非虚构：
文学纪实与荧屏像志

王 晖 ◎ 著

广东高等教育出版社
·广州·

图书在版编目（CIP）数据

非虚构：文学纪实与荧屏像志/王晖著. —广州：广东高等教育出版社，2022.12

ISBN 978-7-5361-7241-8

Ⅰ. ①非… Ⅱ. ①王… Ⅲ. ①文学创作方法 Ⅳ. ①I05

中国版本图书馆CIP数据核字（2022）第087984号

FEI XUGOU: WENXUE JISHI YU YINGPING XIANGZHI

出版发行	广东高等教育出版社 地址：广州市天河区林和西横路 邮政编码：510500　电话：（020）87553335 http://www.gdgjs.com.cn
印　刷	广州市友盛彩印有限公司
开　本	787毫米×1 092毫米　1/16
印　张	21.5
字　数	300千
版　次	2022年12月第1版
印　次	2022年12月第1次印刷
定　价	48.00元

目 录

上编 非虚构：滥觞、建构及流变发展

理论新释 ……………………………………………………………… 3
  非虚构文学：影响、异议、正名与建构 ……………………………… 4
  现实与历史：非虚构文学的独特叙述 ………………………………… 18
  非虚构：链接于文学与影视之间 ……………………………………… 29

多维流变 ……………………………………………………………… 41
  1977—1986：中国非虚构文学描述 …………………………………… 42
  别样的在场：近年女性非虚构文学写作论 …………………………… 57
  现当代中国非虚构文学的大众文化品格 ……………………………… 74
  跨媒介语境下非虚构文学的电影改编 ………………………………… 86
  英模影像写真的广度、深度与融合度 ………………………………… 104

域外观潮 ……………………………………………………………… 117
  美国非虚构文学浪潮：背景与价值 …………………………………… 118
  激变时期的中美非虚构文学 …………………………………………… 131
  二元文本的艺术张力 …………………………………………………… 145

下编　非虚构：个案、专题及多维缕析

城乡纪实 …… 163
　诗性地寻找自己的真相 …… 164
　扎根于坚实土地上的乡愁 …… 178
　由诗意到现实的笃定与伤痛 …… 184
　举轻若重总关情 …… 193
　悲壮拯救的艺术报告 …… 197
　敏于艺术营构的地方性纪实 …… 201

家国叙事 …… 215
　以"最惬意的路径"呈现"问心之旅" …… 216
　"现代化脚印"的文学纪实与思辨 …… 229
　以文学的名义彰显国家的伟力与精神 …… 240
　纪实文学的非虚构叙事及其主体诉求 …… 245
　致力于航天人物形象的多维聚焦 …… 257
　民族传奇的"天真之声" …… 266
　卓越的行动力、思考力与表现力 …… 272

荧屏像志 …… 277
　新意纷呈的"乡愁叙事" …… 278
　独特的农民工群体影像志 …… 287
　奠基者群像的文影互动与互塑 …… 297
　城市文化与影像表达 …… 305
　医疗题材纪录片的新向度与新聚焦 …… 311
　国宝迁徙历史的影像化写真 …… 320
　真相与记忆：历史叙述的影像出新 …… 329

上 编

非虚构：滥觞、建构及流变发展

理论新释

非虚构文学：
影响、异议、正名与建构

一、影响

从范围上来讲，当代的非虚构文学是一个与虚构文学并列的庞大的文学族群。我将这样一些文体看作是这个族群中的主要成员，它们包括报告文学、传记、口述实录体、新新闻报道、纪实性散文、非虚构小说（纪实小说/新闻小说）、历史小说、纪实性影视剧本等。任何实事求是的研究者都不能漠视或者说回避它的存在。进一步说，这种存在对世界和中国文学的发展具有重要的影响力，它是全球文学版图中不可或缺的重要组成部分。

在中国，自20世纪80年代以来，以报告文学为主体的非虚构文学表现出色，它由"附庸蔚成大国"，从被人轻视的"亚流文学"一跃成为令人瞩目的主流文学，而主流就是影响力。[1] 在由中国作家协会主办的全国性文学

---

[1] 此语源自目前国内最具影响力的专业财经媒体《21世纪经济报道》前主编刘洲伟。他说，读大学时，很流行报告文学，他也非常喜欢看。很多报告文学是记者写的，这对他后来选择新闻有着密切联系（《青年记者》2004年第6期）。

大奖（五届全国优秀报告文学奖、鲁迅文学奖等）中，报告文学均与小说、诗歌等传统主流文体相提并论、等量齐观、平分秋色。众多原名不见经传的非虚构文学作家成为明星、英雄，众多作品在社会各界广泛流传：20世纪70年代末至80年代初，在中国社会激变的前夕，徐迟的《哥德巴赫猜想》被《人民日报》和各省级党报头版头条刊载，点燃报告文学复兴之火；20世纪80年代末，百家期刊为"中国潮"报告文学征文开道，报告文学迎来其全盛时期；《唐山大地震》《神圣忧思录》《中国的"小皇帝"》《北京人》《5·19长镜头》《落泪是金》《绝对隐私》《马家军调查》《100个人的10年》等蜚声海内外。① 整个中国当代文坛自20世纪80年代末以来，出现了显然是受到非虚构文学影响的"写实化"浪潮：小说、电影、电视剧、电视专题片的"纪实色彩"成为新的时尚和吸引观众的新的兴奋点。有学者在谈到这种以报告文学为代表的非虚构文学对小说的影响时毫不讳言地指出："这些立体化、全方位的中国社会的'报告'，初步显示着文学在把握和理解当代中国世相人生上的宏大的结构能力和叙事魄力。虽然这些报告文学并不都是追踪现实社会问题，但其立足点都明白无误展示为一种当下立场，至少满足着变革中的国人对中国社会复杂化而又整体化的解释需要。……种种迹象表明，进入80年代中期之后，报告文学在与变革社会的调适中，已经产生了文学与社会之间的理想的共鸣状态，而比较之下，小说的调适过程则相对滞后，似乎到了新写实小说大量出现的时候，小说才勉为其难地从报告文学那里部分地'夺回'被'夺去'了的读者。……两种不同类型的文体在短短几个年头就发生了如此戏剧性的变化，其原因正在于再度加深和加强的社会变革已经对文学作出了强烈的要求和选择。这种选择的力量是如此强大，以至于小说不得不向报告文学作出某种靠拢，

---

① 譬如冯骥才的《100个人的10年》20世纪80年代末由《收获》等多家大型期刊发表后，又在近20年间被江苏文艺出版社、香港香江出版社出版或再版，并远播海外——由美国纽约兰登书屋出版了英译本、由日本东京讲谈社出版了日译本。

以获得被期待的'现实性',而'新写实小说'就是对这种社会作用的滞后反应。"① 对于20世纪90年代初国内名噪一时的"留学生小说""洋打工小说",有学者也将其的兴盛归结于"纪实性"的注入——"这些年来,凡是构成热点的,都是非文学性的,一般都是社会性、文化性的轰动,包括文学性很强的作品产生影响都是这样,现在这种文学现象亦然,新闻性、纪实性很强。为什么在这些作品出现以前,已经有一些描写留学生生活的中短篇小说发表,艺术性很强却没有产生轰动?"② 从20世纪80年代中后期开始,电视政论片、纪实性刑侦电视剧、电视新闻的纪实性深度报道、报纸副刊或周末刊的"大特写"、纪实诗、纪实散文以及纪实摄影被观众与读者持续看好。"非虚构"或者说"纪实"已真正成为20世纪末以来中国文学的基本"母题"。可以说,非虚构文学在中国20多年来的跨越式发展,已经改变了当代文学以小说等虚构文学一统天下的文体霸权局面。

作为非虚构文学主力的报导文学兴盛一时。须文蔚在其《报导文学在台湾,1949—1994》一文中指出:在《中国时报·人间副刊》主编高信疆的增砖添瓦下,1976年策划推出第一个报导文学专栏"现实的边缘",并于1979年在时报文学奖中设置报导文学奖。报导文学在中国应于20世纪之后正式出现,是一种经过移植而来的文体。若考察报导文学在西方的发展,可将它分为两大源流:一是社会主义报导文学,一是美式报导文学。而中国的报导文学演进,则是在不同的时空中,先后承继了不同形式的传统。详言之,社会主义的报导文学发轫于20世纪30年代,当时称之为报告文学。而台湾地区在20世纪70年代一时蔚为风潮的报导文学,则是继受20世纪30年代报告文学之余绪,并深受美国新新闻学的影响。

在国际上,非虚构文学同样如璀璨的明星。在欧美国家、苏联和日本,

---

① 尹昌龙:《1985:延伸与转折》,山东教育出版社,1998,第193-194页。
② 《"留学生文学"暨"域外题材"作品研讨会纪要》,《当代文学研究资料与信息》1993年第2期。

非虚构文学是颇受关注的对象。日本、德国、美国和苏联等国均设有表彰非虚构文学作品的重要奖项。1960—1970年由诺曼·梅勒、汤姆·沃尔夫、杜鲁门·卡波特等著名作家倡导并身体力行的"非虚构小说"和"新新闻报道"在当时被认为代表着美国的写作方向,而这些作家也被称为那一时期文学写作的旗帜。2003年起,由德国柏林《国际文学》杂志开始主办"尤里西斯报告文学奖"。它是迄今为止唯一的国际性大型报告文学奖。该奖的设立目的是鼓励全球报告文学作家真实描写和反映人类社会生活,有人认为这个奖就是报告文学的"诺贝尔"奖。2003年,中国作家江浩的作品《盗猎揭秘》获得了首届尤里西斯奖的三等奖;2004年,陈桂棣和春桃的《中国农民调查》获得了第二届尤里西斯奖的一等奖(美国《商业周刊》自1998年开始每年将"25位走在亚洲巨变最前沿的先锋人物"评选为"亚洲之星"。2004年的评选中,陈桂棣和春桃获得亚洲"舆论领袖"称号)。2005年,非虚构文学研究的圈外人士、著名学者李陀在《也说压迫、反抗和批判——再答吴亮》一文中如是说:"就近半个世纪文学的实际情况来看,非虚构文学发展非常快,而且其影响力正在超过虚构文学,在很多国家的书店的文学类书架上,非虚构的作品数量甚至已经超过虚构性文学作品,喜爱阅读非虚构文学作品的读者数量也在急剧增加,或许数量更为庞大。这已经都是事实,而且是任何作文学研究和文学批评的人都绝不应该忽视的事实。"

既然在文学的版图上非虚构文学占据着重要的地位且日益呈现出其国际影响力,按常规来讲,文学理论与批评界对此应有足够的认识和热忱。然而,令人遗憾的是,与非虚构文学的广泛之声名相左,国内学术界对这一"绝不应该忽视的事实"的忽视令人瞠目,迄今为止,这个族群中的大部分文体并未得到有效的、广泛的和深入的学术关怀,更遑论学术聚焦。其个中三昧使得我们不能不关注这样一个问题,即文体等级观下的非虚构文学命运。

二、异议

非虚构文学研究成为当代文学理论和文学批评界的"弱势群体",其原因是多方面的,但我以为,这其中最大的原因要归咎于一些文学研究者观念中的狭隘文学观和由此带来的陈旧的文体等级观。就非虚构文学中的报告文学而言,它在中国的行进之路并不畅顺。一方面是因为报告文学与小说、诗歌等历史悠久之传统文体相比,其内在建构与规范仍处在完善之中,文体的兼容和交叉又使得其呈现出复杂的样态;另一方面,报告文学存活的外部生态环境不尽如人意——20世纪30年代以至21世纪之初,对报告文学由名称到内涵再到艺术建构的非议、质疑、批判和否定之声不绝于耳。

就近些年而言,2003年10月30日的《南方周末》曾刊载《报告文学的枯竭和文坛的"青春崇拜"》一文,文中称报告文学因其"叙述伦理"的不成立,故"恐龙已死"。"有一种文体确实正在衰亡,那就是报告文学或纪实文学,真正的衰亡是寂静的,在遗忘中,它老去、枯竭。……这个文学中的庞然大物曾有过强健的生命,但在急剧变化的社会和文化生态中已无法生存。"在一份颇具影响力的报纸上由一位风头正劲的青年批评家做出这样的惊人之语,引发报告文学批评界的回应就是很自然的事情了。我和南平先生通过在《文艺报》和《文汇报》上发表文章参与了这种回应,双方的观点还在《新华文摘》(2005年第10期)、《2004年中国文坛纪事》(长江文艺出版社2005年版)、《2003年中国文情报告》(社会科学文献出版社2004年版)、中国作家网、《中华文学选刊》、《南方文坛》等国内重要媒体上亮相,一时间众说纷纭。无独有偶,近几年,曾经为中国报告文学倾力作为的《当代》杂志对报告文学文体也采取了几近自相矛盾的态度:一方面,它并不拒绝刊登报告文学,近年颇具影响力的《中国农民调查》均出自其手;而另一方面,它又以"编者按"或"责编手记"的形式不断解构报告文学。2003年它在发表邓贤《中国知青终结》一文的"编者按"中指出:"报告(纪实)文学把真的写成假的""报告(纪实)文学已经集体日薄西山"。2005年第3期在发表陈桂棣、春桃的《包公遗骨记》的"责编手记"中,它又一次对报告文学发出批判。我想在此摘录其中的一些关键句,以求得公正的评判——"征得桂棣和春桃的同意,我们将这部作品定性为'纪事'。之所以不沿用'报告文学',是因为有太多的疑惑。说声名狼藉太过分,但的确有太多的读者早已经不习惯报告文学的'高屋建瓴''滔滔不绝''振聋发聩'。……多少年前,没有改革开放,思想没有解放,我们都很蒙昧,且承认自己蒙昧。期盼启蒙,期盼教导,期盼振聋发聩,如久旱的禾苗盼甘露。所以报告文学应运而生,那滔滔不绝的慷慨陈词让我们热血沸腾,那义正词严的报告文学家让我们敬仰。二十来年过去了,现如今,我们已经不蒙昧了,至少以为自己不蒙昧了,连北京的出租司机都能够滔滔不绝,再听报告文学家滔滔不绝,会是什么感觉?会觉得自己傻还是报告文学傻?或许,这就是我们反感报告文学的理由?"我当然没有权利剥夺别人对某一种文体发表自己的见解和看法的自由,但我必须表明自己的态度。这些看上去颇有些耸人听闻的话语,集中到一点,即认为报告文学的叙事伦理(逻辑)不成立,用一位论者的话说就是:"它既承诺客观的'真实',又想得到虚构的豁免,天下哪有这等左右逢源的便宜事?"这种指责其实是将"报告"等同于"真实"、将"文学"等同于"虚构"的老调重弹,其本质在于对某一种狭隘文学观的固守,即文学等于虚构,而只有虚构才能称得上是文学。由这种文学观导致了文体等级观,这也还是像李陀在他的那篇再答吴亮的文章中所指出的那样:"以虚构文学的文本影响力做基点进行你的论述,你就已经在文学和虚构文学之间划了等号,似乎论说虚构文学就是在论说文学,这不对,这等号不能划。……其实这后面半隐半现的,是不平等,是你所说的文学等级制(不过我在这里强调的重点和你不同)——随便拿起一本文学史翻一翻,都可以看到这种等级制在耀武扬威:小说、诗歌、戏剧、散文,还有其他写作,都在一定等级里得到不同的安排,这让人想起'星级宾馆'的等级制,从总统套房到普通标准间,秩序井然。我这里用宾馆的等级制来比喻文学的等级制,看来荒诞可笑,但这荒诞后面是一个严酷的事实——等级制无所不在,连文学中文类的划分和评价都难以漏网,对文学写作的意义的估量里充满了等级形成的压迫。……不用说,这种建立在等级制上的文学评价体系是历史的产物,追溯它的缘起和发展并不难,只要打破沙锅问到底就行。……因为我觉得正是这个评价文学的等级体系给了我们一个特定的视野,这个视野不但限制了我们对文学历史和文学现实的总体认识和评价,而且遮蔽了很多东西;这种遮蔽之一,就是对文学反抗压迫的可能性的盲视。我们是不是太看重虚构文学了?是不是太看重小说了?"与报告文学相仿,对20世纪80年代兴起的纪实小说的争议也绵延不断——从20世纪80年代中期发表于《光明日报》的"怪胎"论,到20世纪90年代的马振方与孙春旻的纪实小说名目之争,问题的关键都在于一些人对"纪实"与"小说"持有二者势不两立的基本倾向和态度,其基本症结在于仍然未能逃脱狭隘文学观和文体等级观之囿。

由上文可以看出,有意还是无意地持文体等级观的人,他们的文学意识形态深处仍然保留着浓厚的前现代色彩,他们不愿或者不能理解和把握已经变化了的或正在变化的文学事实,将非虚构文学斥之为"亚流文学"或者根本就不承认它是"文学",进而表现出这样轻视和否定的姿态也就不难理解了。我们不得不感叹非虚构文学成长的外部因素是如此地充满着矛盾与对立——一方面,它对文学自身的影响力越来越大;另一方面,又有如此顽固的力量漠视或者要取消这种影响力。因此,任何关心非虚构文学成长的人,特别是那些文学研究工作者,当务之急是要认真地面对这样一个文体的集团军,做深入的理论研究和理论导引,让偏爱虚构文学的人们重新认识非虚构文学,让已经投身非虚构文学创作的人们更加理直气壮、无怨无悔、义无反顾，让非虚构文学的生命力进一步激发与延续。

三、正名

时下，我们所指称的"非虚构文学"，为世界所共享，并非中国独有。而且它的发生背景还有着浓重的美国色彩。20世纪六七十年代，在美国的文学和新闻界，出现了一个对当代美国文学、新闻以至美国社会都产生了重大冲击的文体写作风潮。这股风潮的范围大致包括 Nonfictional Novel 和 New Journalism，这两个词的译法很多：非小说、文献小说、非虚构小说、生活实录小说和新新闻主义、高级新闻体、新式新闻事业、新新闻报道、新新闻体等。外语教学与研究出版社出版的《大英汉词典》对它们的解释分别是"非小说小说（以小说形式写的真人真事）"和"新新闻写作、新新闻报道"。另外，在中国通常被称为口述实录报告文学或对谈实录体、口述实录体的一种新式文体，也属于这股风潮的一个支流。要给这么一股复杂的、横跨文学与新闻两界的"集合体"提供一个比较令人满意的名称和定义显然是困难的，目前国内外也没有一个统一的说法。美国新闻史学家埃默里父子写道："有几十篇文章和几本书都讨论这个问题，但没有得出一个简单的定义。"[①] 另一位美国非虚构文学作家威廉·李斯特·希特·穆恩说得更为形象："我们把这种形式称为非小说类文学作品，但是还不够。好像一个养猪的农民把自己的工作称为不养鸡的工作一样。"[②] 在这里，我们暂且把它们统称为"非虚构文学"。我们可以按照其所体现的作家的写真意识、文本再现的似真程度以及读者接受时的真实感效果等三个方面因素，将非虚构文学划分成完全非虚构（包含报告文学；传记；口述实录体；新

---

① 埃德温·埃默里、迈克尔·埃默里：《美国新闻史：报业与政治、经济和社会潮流的关系》，苏金琥译，新华出版社，1982，第508页。
② 转引自《当代文艺思潮》1985年第4期。

新闻报道;纪实性散文等)和不完全非虚构(包含非虚构小说/纪实小说/新闻小说;历史小说;纪实性电影/电视剧剧本等)两种主要类型。另外,还有一种基本属于虚构文体的类型,如新写实小说之类,它在某些方面和某种程度上具有"非虚构"的一些元素,我们将之视为仿非虚构类型。在广义上,非虚构文学是一个相对于"虚构文学"的文学族群;在狭义上,它专指美国20世纪六七十年代兴起的非虚构小说、新新闻报道和历史小说等新的写作类型。

对以上非虚构文学三种类型的区分,主要是依据"非虚构"或者说"真实"观念来进行的。但需要说明的是,"真实"一词本身即具有其复杂性、多义性和层次性,况且,"在当代文论里,文学的真实问题是一个语言事实或文化事实。作为一个构造现象,'真实'本身是一个被分析的对象,不足以成为评价艺术水平高低的逻辑依据。但是'真实'不具有客观对应性,并不等于'真实'纯属于作者、读者的个人问题,特定时代的认识范式、历史环境决定了人们对于'真实'的想象……"①。因此,这三个类型的划分并不意味着对它们艺术水准高下的判断,而是对它们对于"真实"内涵系统的契合点、侧重点的考察。

那么,非虚构文学中的"非虚构"一词应作何解释呢?我们可以做一个逆向思维,即先认识"虚构"的本质,再来探讨"非虚构"。"虚构"(fiction)一词,《大英汉词典》对其本意的解释有:①虚构、捏造和杜撰;②谎言、杜撰的故事;③小说、短篇故事、剧本。我们将它用于文学中,它指的主要就是小说等虚构性文本的核心规范——"虚构这个词本身就意味着:印在纸上的词语并不是用来指称某些在经验世界中给定的现实,而是用来表现没有给定的现实。"从伊瑟尔的这段话中,我们不仅认识了"虚构",同时还领悟出了非虚构性的内涵,即文本所呈现的是经验世界中给定的现实,是一种不以主观想象为转移的、与特定历史或现实时空所发生的

---

① 南帆:《二十世纪中国文学批评99个词》,浙江文艺出版社,2003,第335页。

事实相符合的特性。此又如美国批评家卡津说："非虚构作品（以及纪实戏剧、电影、艺术著作），出现的理由是因为它再现了不能被艺术家们所想象出来的事实。"① 如果与小说等虚构文本在"虚构"的情境之下创设的"艺术真实"相比较，我们就会更加清楚地看到非虚构文学中所创设和追求的"非虚构"或者说"真实"的不同内涵。艺术真实"是作家在假定性情境中，以主观性感知与诗艺性创造，达到对社会生活的内蕴，特别是那些规律性的东西的把握，体现着作家的认识和感悟。无疑，这是一种特殊的真实，是主体把自己的'内在的尺度'运用到对象上去而创造出来的审美化真实。它既不像生活真实那样与生活本身是同一的，也不像科学真实那样能够验证和还原"②。而非虚构文学的"真实"表现为"形态真实"与"关系真实"，是一种内在的、动态的相似。此与艺术真实有着内涵上的不同。对非虚构性予以肯定的前提是，它遵循的是柏拉图以来西方知识论的模式，这个模式的主要内涵就是"作为客体的世界有真实与虚假（表面与内在）之分；作为主体的人有透过表面的虚假而把握内在的真实的能力。人的知识行为就是由虚假世界向真实世界越升的过程"③。

既然虚构文学与非虚构文学在"真实"的表达上有如此的区别，那么，虚构性作品被看作是文学，非虚构文学又该作何解释呢？在此，我愿列举德国美学家沃尔夫冈·伊瑟尔有关"文学""真实"与"虚构"的理念来阐述这一问题，他说："长期以来，人们一直把文学文本看做虚构之物，并理所当然地把这种认识看做一种常识。……我们认为，文学文本是虚构与现实的混合物，它是既定事物与想象事物之间相互纠缠、彼此渗透的结果。可以说，在文本中现实与虚构的互融互通的特性远甚于它们之间的对立特性。因此，我们最好还是抛弃那种将现实与虚构二者对立起来的旧观点，

---

① 王先霈、王又平：《文学批评术语词典》，上海文艺出版社，1999，第189页。
② 童庆炳：《文学理论教程（修订二版）》，高等教育出版社，2004，第161页。
③ 李春青：《拷问"真实性"——文学理论的学科反思之一》，《广东社会科学》2001年第4期。

以一种'三元合一'（a tried）的观点来代替二元对立的理论。我们所说的'三元'是指现实、虚构和想象。这种'三元合一'正是文本的基本特征。正如文本不可能被限制在作为参照因素的既定现实之内一样，文本也不可能只具有虚构特征。因为，虚构性对于文本而言，它既不是文本的终极属性，也不是文本的整体属性。"[1] 就是承认"'虚构性'、'创造性'或'想象性'是文学的突出特征"的美籍文学理论家雷·韦勒克也说过这样的话："我们还必须认识到艺术与非艺术、文学与非文学的语言用法之间的区别是流动性的，没有绝对的界限。美学作用可以推展到种类变化多样的应用文字和日常言辞上。如果将所有的宣传艺术或教喻诗和讽刺诗都排斥于文学之外，那是一种狭隘的文学观念。我们还必须承认有些文学，诸如杂文、传记等类过渡的形式和某些更多运用修辞手段的文字也是文学。"[2] 可以看到，在两位著名学者那里，"文学"的内涵是完全不必局限于"虚构"的狭小圈子之内的。由伊瑟尔和韦勒克的话语出发，我想就非虚构文学的"文学"内蕴做这样一个理论的延伸，即"文学"本身理应包含有虚构与非虚构的因素，它在小说那里主要体现为以虚构为核心的文体建构方式，在非虚构文学中则主要地不表现为虚构，而是从虚构之外，通过语言、结构、视角来实现其文体富于艺术性的建构方式。

四、建构

既然非虚构文学与虚构文学一样具有独立的价值和意义，那么，对其的研究就具有了合法性；既然非虚构文学创作影响广泛且深远，那么，对其进行系统深入的研究就是势在必行。20多年前，我就开始了对非虚构文

---

[1] 沃尔夫冈·伊瑟尔：《虚构与想像：文学人类学疆界》，陈定家、汪正龙等译，吉林人民出版社，2003，第13-14页。
[2] 雷·韦勒克、奥·沃伦：《文学理论》，刘象愚等译，生活·读书·新知三联书店，1984，第13页。

学的研究。我与南平先生在1986年第2期的《当代文艺思潮》上发表了题为《美国非虚构文学浪潮：背景与价值》的论文，接着，另一篇论文《1977—1986中国非虚构文学描述》又在1987年第1期的《文学评论》上发表。此二文均被人大复印资料全文转载，后者还被列入中国社会科学院文学研究所举办的"新时期文学十年学术研讨会"会议论文。我们在国内《文学评论》等刊物上较早地打出"非虚构文学"这样一个旗号，其意图并非哗众取宠或借机炒作，而在于以此希冀学术界关注以报告文学为主体的非虚构文学日渐凸显的增长态势，并突破传统的研究格局，以文体整合批评的姿态闯出一条新路。结果，这一旗号得到了关注，在当时就有不少从事报告文学或其他领域研究的理论家、批评家和作家在他们的文论中或引用，或展开了争鸣。如今，"非虚构文学"一词已被诸多出版物和专家学者使用，成为一个具有普范性的术语。令人欣慰的是，中国当下的一些作家也已经开始意识到"非虚构文学"研究的重要性——《学习时报》曾以《〈中国作家·纪实〉倡导非虚幻文学》为题，报道了2005年9月一批报告文学作家"聚集一堂"，为将于2006年创刊的《中国作家·纪实》"献计献策"的情况："关于'非虚构论坛'栏目，到会的作家非常关注。因为'非虚构'名号的提出，不仅是对报告文学、纪实文学的传统称呼进行置换的技术层面的操作，更具有文体革命的理论意义，即高扬了近代以来文学史上占重要地位的小说、诗歌等虚构文体以外的非虚构作品类型。对此，作家、文艺理论家邢军纪认为，'非虚构论坛'的提法是很合适的，因为非虚构文学从理论上还是比较薄弱的，要通过这个刊物，建立自己的阵地，与虚构文学阵地相对峙。要把'非虚构'叫响，真正用文学来表达真实和生命。而卢跃刚则指出，《中国作家·纪实》杂志要建立两个高目标：一是通过作品引领非虚构文学的潮流，二是通过认识引领非虚构文学的理论建构，即通过对这种文体的开创性的解读建构中国特色的非虚构理论框架。他还说，现在西方的非虚构文学研究是被放置到传播学里的，实际上也还未建立一个系统的研究体系，只是创作很发达，比如在美国，大概80%以上的畅销书是非虚构作品。他们对非虚构的认识可能基于与我们报告文学不同的源流。我们报告文学的解读源流是从日本来的文学性解读，而不是欧美的非虚构解读，即两个分析框架。所以，要从源流上重新认识非虚构文学，建立更适合当今如此大量的、如此多样化的非虚构作品的批评体系。比如建立历史写作、社会写作的规定性。"① 虽然作家们的这样一个叫响"非虚构"的意识姗姗来迟，但总归是可贵的觉醒。这其中我以为难能可贵的是著名报告文学作家卢跃刚提出的"引领非虚构文学的潮流"和"建构中国特色的非虚构理论框架"的倡议。建构中国特色的非虚构理论框架应该说是意义重大、任重道远。首先，建构一个与虚构文学相对应的非虚构理论，对论证非虚构文学的存在价值、推动非虚构文学的发展具有重要意义。其次，非虚构理论作为对一个涵盖诸多文体族群的总结，在欧美等非虚构文学的先发地区尚且没有出现成熟完整系统的理论体系，要在中国这样一个后发地区做出深入的诠释和全面的归结，不能说没有难度——在中国大陆，这一方面来自于创作实践，它们虽然数量日臻丰厚但文本的整体质量还达不到一个较高的高度；另一方面来自于专注其生态变迁的理论与批评的人员与小说等文体的研究者相比处于少数，其成果的质素也有待提高。再者，非虚构文学置身其中的文坛生态并不如意，文体等级观的持有者隔三岔五地要对其进行死刑判决，不明真相或阅读面有限的读者（当然也包括批评家）也要时而质疑之、批评之。在台湾地区，这样的难度也巧合地存在——"近年来，由于文学理论变迁，媒介之经济奥援不再，加上创作艰辛，导致后继乏人以及相关理论论述不足，在这些因素交互影响下，报导文学日渐式微。值此之际，理论界应反思如何以报导文学的特质，作为定义的基础，以全观性的角度重行建构报导文学的方法与理论，扬弃过去援引附会纯净新闻写作标准的模式，松开报导文学创作者的束缚，还原此一

---

① 详见曹颖新：《〈中国作家·纪实〉倡导非虚幻文学》，《学习时报》2005年10月3日。

文类原始的面目。"① 在此，须文蔚已认识到要"重行建构报导文学的方法与理论"，这无疑是值得首肯的事情。但我们需要建构的是比报导文学涵盖面更为宽泛的非虚构文学理论，因此，难度之大可以想见。即使如此，我们还是要做一个探险者，不求筚路蓝缕、以启山林之功，但求投石问路、抛砖引玉之效。

在我看来，非虚构文学理论研究可以考虑从以下这几个方面切入：第一，非虚构文学概说——这主要需解决有关非虚构文学的基本内涵、主体构成和审美特征（核心原则）等富于原点意味的问题；第二，非虚构文学主体类型描述——包括对完全非虚构类型和不完全非虚构类型诸种代表性文体的研究，甚至还可以扩展到仿非虚构类型文体；第三，非虚构文学的时空扫描——这主要包括对20世纪初至20世纪末中国的非虚构文学流变、美国非虚构文学以及世界非虚构文学浪潮（以苏联、德国、日本等海外华人华文为主）的考察，这种时空扫描类似于历时性总结；第四，非虚构文学的典范作家——主要选择在上述类型中具代表性意义的作家，对他们的创作特色（成就与局限）和主要代表作品进行个案分析，以求得对非虚构文学更为感性和具体的理解；第五，文学版图中的非虚构文学——主要阐述在现当代文学格局中非虚构文学的地位、影响及与虚构文学的融通、互动；第六，非虚构文学与当代文化——将非虚构文学置身于更为广阔的文化视域，考察其在当代文化流变中的作用及文化流变对其的制约。总的来讲，对非虚构文学的研究可以归结为原理研究、历史研究、个案研究和比较研究等几个主体方面，每一个方面都能够深入展开、掘进，成为诱人的学术话题。可以肯定地说，非虚构文学研究极具理论性、前沿性和挑战性，与小说等虚构文学成熟、博大的疆域相比，它完全可以称作"未开垦的处女地"，因此，它就犹如一张白纸，可以由我们这个时代有眼光、有才华、有勇气的理论家和批评家画出最新最美的图画。

---

① 须文蔚：《报导文学在台湾，1949—1994》，《新闻学研究》1996年第51期。

现实与历史：
非虚构文学的独特叙述

一、非虚构的艺术传达

文学以艺术的方式对现实和历史进行叙述。这种"艺术的方式"可以是虚构的，也可以是非虚构的。前者如小说和剧本，后者如传记、纪实（报告）文学等。

当然，"非虚构"概念是宽泛的。英语中的"Nonfiction"一词，直译是"非小说"，还可译为"非虚构文学"。在西方，非虚构不仅涉及文学，也包含新闻、历史、哲学、社会学（如普利策奖中的新闻类作品，历史、传记、非小说等文章或作品）。20世纪60年代，诺曼·梅勒、汤姆·沃尔夫、杜鲁门·卡波特等人的"非虚构小说"和"新新闻报道"在美国盛极一时，成为文学领域非虚构创作比较早的典型代表。20世纪80年代，中国学界开始引入"非虚构文学"概念①,刘心武、蒋子龙、刘亚洲等作家曾写过"纪实小说",《光明日报》等重要报刊还发表过有关这一写作现象的争鸣文章。20世纪90年代,江苏的《钟山》杂志开设"非虚构文本"栏目。近几年来,王树增等作家称自己的作品为"非虚构文学"。但至少在2010年《人民文学》提出"非虚构"写作之前,无论是创作还是理论,这一概念在中国都仅仅只是一股"潜流",并未获得更为广泛持久的呼应。《人民文学》对于"非虚构"写作的提出,某种程度上意味着"非虚构文学"进入主流文学媒体的视野,使有关"非虚构文学"的创作和研究成为一个热点。2015年白俄罗斯女作家阿列克谢耶维奇的非虚构作品获得诺贝尔文学奖,又将这一文类写作和研究推向新的高峰。

相对于文学的"虚构"写作,"非虚构"并非某种具体文体的写作,它更多的是指一个大的文学类型的集合,譬如非虚构小说、新新闻报道、报告文学、传记、文学回忆录、口述实录文学、纪实性散文、游记、纪实性影视剧本等等。我们可以按照文本所体现的作家的写真意识、文本再现的似真程度以及读者接受时的真实感效果等三个方面因素,将非虚构文学划分成"完全非虚构"和"不完全非虚构"两种主要类型。另外,还有一种"仿非虚构",如20世纪90年代出现的新写实小说,它们基本属于虚构,但在某些方面和某种程度上具有"非虚构"元素。"非虚构性"或曰"写实性"是非虚构文学最重要的特性,这一特性告诉我们,文本所呈现的是经验世界中给定的现实,是一种不以主观想象为转移的、与特定历史或现实时空所发生的事实相符合的特性。② 以此为中心,田野调查、新闻真实、文献价值、跨文体呈现等成为构建非虚构文学的基本元素。在文学家族中,虚构与非虚构实际上是共存共荣的。

---

① 详见王晖与南平合写的《美国非虚构文学浪潮:背景与价值》(《当代文艺思潮》1986年第2期)和《1977—1986中国非虚构文学描述》(《文学评论》1987年第1期)等文,缪俊杰、吴炫等人也在文章中使用过这一概念。

② 详见王晖:《百年报告文学:文体流变与批评态势》,吉林人民出版社,2003,第4页。

而无论虚构还是非虚构,文学家对现实与历史的叙述本身就是一个复杂的问题,譬如对于历史的叙述,即有所谓"宏大叙事"——通过记录重大历史性政治经济文化事件、领袖或精英人物的言行,以把握或反思历史。此犹如黑格尔所言:"所以一种民族精神的全部世界观和客观存在,经过由它本身所对象化成的具体形象,即实际发生的事迹,就形成了正式史诗的内容和形式。"① 也可以一斑窥全豹,用草根、民间性世俗化事件和细节来演绎历史,显示出充满生活质感的"小历史"。就像阿列克谢耶维奇写二战时苏军女兵的故事时所说:"我是在写一部感情史和心灵故事……不是战争或国家的历史,也不是英雄人物的生平传记,而是小人物的故事,那些从平凡生活中被抛入史诗般深刻的宏大事件中的小人物的故事,他们被抛进了大历史。"② 如果说,历史有大历史和小历史之别,那么,在文学中,这种"大""小"历史应当是浑然一体的。这正如文学文本中"大环境"与"小环境"之间的关系。优秀的文学文本应当是将主要人物生存的具体生活环境即"小环境"(包括其周围的人,身边所发生的事情,以及与其发生各种联系的自然环境和物质生活条件等)与这种环境所折射出来的社会背景、历史趋势即"大环境"的高度统一。而非虚构文学对于这种"大""小"融合的现实与历史的叙述有其独特性,它表现在:一方面,是要清晰地再现现实或还原历史的细节质感,创设最为基本的"非虚构性";另一方面,是要超越细节质感,甚至超越时代、党派、国度、民族或意识形态,进入到对人性、人道和人类的思考,即人的终极关怀,回归到"文学是人学"的基本轨道。

---

① 黑格尔:《美学》第三卷下册,朱光潜译,商务印书馆,1981,第107页。
② S. A. 阿列克谢耶维奇:《我是女兵,也是女人》,吕宁思译,九州出版社,2015,第19-20页。

二、写实与超越

在当下语境中,非虚构文学写作之于现实和历史的独特意义是显而易见的。"新时期文学"诞生之初,即20世纪七八十年代,中国文学大多呈现出历史意识的重新觉醒以及对"大历史"的直接表达。这在小说以及非虚构文学中表现明显,譬如发表于《人民文学》1977年第11期的刘心武的小说《班主任》和发表于《人民文学》1978年第1期的徐迟的报告文学《哥德巴赫猜想》,它们分别以受到心灵伤害的青少年和知识分子为表现对象,成为新时期文学对"文革"历史进行反思的先声。自此之后,在散文、诗歌、传记和影视戏剧等文艺样式中,作家、艺术家对于新中国成立以来的历史,甚至于近百年中国历史的反思汇聚成气势恢宏的浪潮。20世纪90年代之后,随着社会文化语境的改变,包括非虚构文学在内的许多作品热衷于"小现实"和"小历史"的展现,对于"大历史"的书写显得更加多元,甚至更加隐晦。尽管如此,我们仍然可以看到一些非虚构文学作家对现实和历史叙述的诚意。他们真实地描述现实,但又不拘泥于对现实的表现,而是有所超越和提升,在由无数个日常生活细节、事件以及人物所组构的"小历史"的"以小见大"中,实现对人类过去、现实和未来命运的思考。我们当然可以开具一个可观的名单和书单来详述这样的中国作家和作品。然而,在此,我更愿意列举两位典型的外国作家来说明这个问题。

一位是诺曼·梅勒。文风大胆、言辞犀利、反叛意识浓郁,是这位美国当代著名作家给予我们的强烈印记。作为以长篇小说《裸者与死者》成名的两届普利策奖得主,梅勒在其非虚构文学作品《夜晚的军队》(又译《黑夜军团》或《夜幕下的大军》,1968年获普利策非小说奖和美国国家文学奖)一书中显示出对现实和历史表现的独特性。这部作品主要描写的是1967年10月发生在美国华盛顿五角大楼前的民众大规模反对"越战"的游行示威活动。"在《夜晚的军队》中,梅勒把小说的虚构技巧应用于描写真实的事件,重新点燃了卡波特在《在冷血中》开始的关于'高等新闻写作'的批评性辩论之火焰。梅勒的作品是他根据自己在五角大楼前的示威游行经历写成的'真实历史'。和卡波特的作品一样,提出了关于新闻观念的演变和美国的写作方向等重要问题。"① 长达十余年的越南战争,是二战后全球社会主义与资本主义阵营冷战对抗的一个突出象征。由社会制度和意识形态的不同所带来的东西方冷战,使全球在20世纪60年代处于剧烈动荡之中。在美国国内,社会各阶层对"越战"的反应充分表现出某种反战和反叛精神。作为作家和记者的梅勒亲历了那场惊心动魄的游行示威活动,他以《夜晚的军队》对此做出近乎自然主义式的详尽的记录,譬如自由派的晚宴、恩巴萨德影剧院的演讲、行进中的游行队伍、河边对抗、五角大楼前示威者与警察的对峙、主人公梅勒的被捕和审讯等等,逼真地还原了现实和历史。可贵的是,梅勒没有止步于此,而是力求通过小说与历史、现实和想象、写实与虚构交织一体的反"越战"游行的描述,以"作为小说的历史"和"作为历史的小说"为作品结构,在看似二元文本的叙述中,实现超越于现象、现场记录的隐喻象征意义。这就像海登·怀特所说:"它利用真实事件和虚构中的常规结构之间的隐喻式的类似性来使过去的事件产生意义。历史学家把史料整理成可提供一个故事的形式,他往那些事件中充入一个综合情节结构的象征意义。"② 因此,我们通过作品可以看到,梅勒既对20世纪60年代美国"分崩离析"的社会政治现实做出尖锐批评,对美国历史做出深刻反思,又超越狭隘的党派归属、国家观念和民族意识,传达出对人性、人道、人类文化生态和世界和平的热切关注,显示出强烈的现实主义精神和人类关怀的气度。梅勒因此成为影响美国政治和社会生

---

① 约翰·霍洛韦尔:《非虚构小说的写作》,仲大军、周友皋译,春风文艺出版社,1988,第146页。
② 海登·怀特:《作为文学虚构的历史本文》,载张京媛主编《新历史主义与文学批评》,北京大学出版社,1993,第171页。

活的重要作家,被美国社会文化批评家琼·迪迪恩誉为"美国伟大的良心"。

另一位是阿列克谢耶维奇①,2015年诺贝尔文学奖获得者。作为诺贝尔奖首次授予的非虚构文学作家,阿列克谢耶维奇其实是一名生于乌克兰、毕业于白俄罗斯明斯克大学新闻系的记者。"她的复调式书写,是对我们时代苦难和勇气的纪念。"(另译:"因为她丰富多元的写作,为我们时代的苦难和勇气树立了丰碑。")这是诺贝尔文学奖给予阿氏的授奖词。复调式书写原为巴赫金对陀思妥耶夫斯基小说特征的评价和总结,此意似在强调阿氏写作的"多声部",即作品中的人物不受作者意识的控制,都具有独立意识和独立话语,以致形成"众语喧哗"的广场效应,体现并表达了自由和多元。

阿列克谢耶维奇的作品是新闻、文学和历史的复合体,契合非虚构文学所要求的非虚构性,在对现实和历史的反映上个性凸显。除二战外,阿氏作品所写的其他事件(如阿富汗战争、切尔诺贝利核爆炸、苏联解体等)均是作者参与其中、亲身经历、感同身受的。在叙事上,其作品大多以被采访者的第一人称口述为主,让人物自然呈现事实和倾诉情感,作者一般不做主观心理分析,以此显示客观性和原始叙述状态。在人物和结构设置方面,其作品基本无中心人物,一些没有严格的章节架构[如《我是女兵,也是女人》(原名《战争中没有女性》)和《我还是想你,妈妈》],一些则有内容相对集中的章节划分(如《我不知道该说什么,关于死亡还是爱情》分为三部——第一部"死亡之地"、第二部"活人的土地"和第三部"出人意料的哀伤";《锌皮娃娃兵》分为"前言""第一天""第二天""第三天""后记")。其文学性的表现主要体现在:选择口述对象,整理口述材

---

① 阿氏的主要作品有:《战争中没有女性》(1984,苏联参加二战女兵口述)、《我还是想你,妈妈》(1985,曾为儿童的健在的白俄人有关二战印象的口述);《锌皮娃娃兵》(1989,有关苏联入侵阿富汗战争的口述);《我不知道该说什么,关于死亡还是爱情》(1997,关于切尔诺贝利核爆炸事件的口述);《二手时间》(2013,苏联解体后俄罗斯普通人生活口述)。

料，以或抒情或议论等非叙事性话语（如作者的手记）连缀章节、表达自身立场。这其中，叙述苏联参加二战的女兵口述《我是女兵，也是女人》（*War's Unwomanly Face*），是比较早译介到中国的阿氏作品，1985年曾以《战争中没有女性》为书名出版中文译本。这部经2013年最新修订再版的作品告诉我们，战争由外到内——穿着、发型、行为、性格、脾气等，残酷地改变了女性。表现战争中的女兵，尤其能够表现战争本身的残酷和反人性。"人性能够击败非人性，仅仅就因为它是人性。"作者在该书"创作笔记"中说："我不是在写战争，而是在写战争中的人。我不是写战争的历史，而是写情感的历史。"不再重复过去宣扬的东西，而是去寻找心灵的记录，"人的心路历程比他们经历的事件更为重要"。"她实际上是开创了一种独特的文学体裁：政治音律的长篇忏悔录，小人物在其中亲身讲述自己的命运，从小历史中构建出大历史。"① 吕宁思在"译后记"中所说的这句话正是抓住了阿氏作品的基本写作指向。

以口述实录的方式再现现实、还原历史，无疑是阿列克谢耶维奇作品的特出之处。它给予读者以淋漓尽致的真实。而更为重要的是，阿氏通过这些致力于揭示二战、阿富汗战争、切尔诺贝利核泄漏、苏联解体等影响人类历史进程大事件的作品，力图表现这些事件对普通人生存和生活的巨大影响。她有着鲜明的揭露真相、还原事实的立场，以及为当代书写、为当代立言的姿态，这就是关注"生物的人、时代的人、人类的人"，反思战争或社会巨变带给人类的灾难和人性扭曲，深刻表达对人类的终极关怀和对人类未来命运的忧思。在作品中，作者多处带有批判性地写到有关苏联的一些问题，但她并非单单剑指制度或政党行为，更多的是超越于一时一事，超越于国家、政党和地域，进入对人、人性、人道和人类的思考。因此，授奖词称其作品是"对我们时代苦难和勇气的纪念"，其意思在于肯定其勇于直面、揭示、反思因为人为的原因所造成的时代和人类的苦难。从

---

① S.A.阿列克谢耶维奇：《我是女兵，也是女人》，吕宁思译，九州出版社，2015，第442页。

这个意义上说，阿氏的作品绝非廉价的颂歌和无节操的娱乐，而是真正的知识分子写作，也是为人类的写作。在"娱乐至死"的文化环境和价值取向面前，阿列克谢耶维奇的选择也许是孤独的，但对于人类的未来却有着特别重要的意义。

三、平视与展示

在谈到非虚构文学对于现实和历史的独特叙述这一问题时，除了上述所言两位外国作家之外，我们还不能不关注从2010年第2期开始《人民文学》杂志开设的"非虚构"新专栏及其由此亮相的作家。这本曾发表过《哥德巴赫猜想》等一系列著名报告文学的中国旗帜性期刊，在2010年第9期上刊有编者的这样一个"留言"——"我们希望由此探索比报告文学或纪实文学更为宽阔的写作，不是虚构的，但从个人到社会，从现实到历史，从微小到宏大，我们各种各样的关切和经验能在文学的书写中得到呈现。"这段话一方面点明新栏目开设的初衷，另一方面也提出了一个不仅仅局限于报告文学或纪实文学的十分宽泛的"非虚构"概念。在这"留言"当中，小与大、微与宏、经验与关切、现实与历史等元素尽在其中，最终落脚到"文学的书写"，与基希当年提出的"艺术的文告"异曲同工。"关注现实""文体宽阔""呈现生活原生态"是这一栏目最为醒目的三个关键词。而强调作者身份的个人性、写作的亲历性、文本的揭秘性、题材的猎奇性和叙述的故事性，又成为这一栏目刊登作品的基本风格。在个人、细节、亲历、现场等元素的作用下，实现对原生态现实和历史的再现，以此构筑非虚构文学有别于虚构文学的基本特性，其意义无疑是值得肯定的。这样的写作既是对文学观念进行的积极调整和拓展，也是对文学写作方向的重新定位，即将现实生活、经验的故事和田野写作视为文学对现实的参与和渗透的强大力量。这也在一定程度上表明，当印刷媒介处于融媒介时代受众收缩与流失困境之时,"非虚构"已然成为主动应对的写作形式,成为社会转型时期关注现实、融入现实、砥砺现实、反思现实的文学利器。

在《人民文学》所倡导的非虚构写作中,李娟、丁燕、乔叶、慕容雪村等作者脱颖而出,奉献了诸如《冬牧场》《工厂女孩》《拆楼记》和《中国,少了一味药》等作品。而学者兼作家的梁鸿则无疑是其中一个最明亮的存在。某种意义上说,是《人民文学》"非虚构"专栏成就了梁鸿。因为梁鸿的"梁庄系列"首发于此,并引起重要反响。在此之前,梁鸿给予人们的印象仅仅是一位普通的从事中国现当代文学研究的学者。其实,相比起那些作品等身的非虚构作家而言,梁鸿的非虚构作品屈指可数,目前引起反响的仅有《中国在梁庄》和《出梁庄记》两部,但其所引发的"非虚构"现象却不容忽视。在这两部作品里,梁鸿以"小叙事"暗喻大社会,以个人化视角诠释现实与历史、社会与人生。这里的"小叙事"所依据的是梁鸿写作的基本叙述策略,即舍弃"先验观念"和"主题先行",在田野调查的基础上进行材料的重新"编码",类似于"有我之境"。即"一种建立在基本事物之上的叙述,这就是非虚构文学的'真实'。并不局限于物理真实本身,而试图去呈现真实里面更细微、更深远的东西(这是一个没有穷尽的空间)。在'真实'的基础上,寻找一种叙事模式,并最终结构出关于事物本身的不同意义和空间"①。这种"小叙事"的聚焦点不是社会精英和商界领袖,而是处于社会底层的"小人物",譬如留守老人、妇女、孩子和外出打工的中青年农民工等。某种意义上说,这就是"小历史"。作者通过密植在文本中的丰富细节来实现对"小历史"的叙述和呈现。即便是重新"编码"事实,梁鸿也仍然秉承做"展示者"而不做"启蒙者"的理念,在作品中融入大篇幅的被访人的口述,如阿列克谢耶维奇一样,力避以"启蒙者"的眼光去审视和反思这一切,做一种"平视"而非"俯视"的观察和描述。当然,梁鸿的"展示"并非"零度介入"或"有闻必录",

---

① 梁鸿:《非虚构的真实》,《人民日报》2014年10月14日。

对事实的"编码"实际隐含着作家的主体因素在其中。因为在梁鸿看来,"梁庄"以及被遍及全国各地的梁庄打工者所延伸出来的乡村,"都不是与'我'无关的事物","我们应该负担起这样一个共有的责任,以重建我们的伦理"。因此,作者并不只是简单地回到梁庄,记录"我的亲人"和"我的故乡",而是"重回生命之初,重新感受大地",并且清晰地揭示自己在亲历家乡巨大现实变迁时所表现出来的或惶惑或温情或伤感或欣喜等种种矛盾情感。

在回到"小村庄"、描述"小人物"、构筑"小历史"的同时,梁鸿还力求以更为深邃而广阔的视野,透视以"梁庄"为代表为象征的中国当代乡村现实与历史的变迁,显示出人在社会巨变面前的复杂心态——"当把一种正在生长、正在转型的文化看作现实,并从此出发去寻找新的出路的时候,我们忽略掉的是什么呢?是仍处于这一文化中的人们。他们的情感、思想,他们的生存方式并非全然跟随这一转型而变化,相反的是,他们可能仍然渴望回到那种传统的模式中。"① 这既是对人心的真实描摹,也是更高层面"以人为中心"社会发展理念的体现。在这一点上,梁鸿与阿列克谢耶维奇有着比较高的一致性。

"非虚构文学作品的激增,标志着人类写作活动的一重大转变,即从传统的艺术虚构写作转向现代的纪实写作。维多利亚时代的小说写作方法已难反映当代这个繁杂快节奏的世界了。真实生活的生动性有时超过了虚构故事的魅力,人们变得越来越喜欢看杂志文章,喜欢看真实的故事。"② 这段话虽然是对美国 20 世纪 60 年代非虚构文学作品兴盛原因的总结,但它也再好不过地描绘了非虚构文学绵延至今成为世界文学大潮的壮景。"喜欢看真实的故事"当然是其兴盛的一个重要原因。从美国的诺曼·梅勒,到白

---

① 梁鸿:《中国在梁庄》,江苏人民出版社,2011,第232页。
② 约翰·霍洛韦尔:《非虚构小说的写作》,仲大军、周友皋译,春风文艺出版社,1988,"译者前言"第2页。

俄罗斯的阿列克谢耶维奇，再到中国的梁鸿，我们可以比较清楚地看到非虚构文学对于现实和历史叙述的独特性。是否也可以这样说？在再现现实真相和还原历史原貌方面，非虚构文学拥有极大的文体优势。阿列克谢耶维奇在写作《我是女兵，也是女人》时曾做过这样的田野调查："我走遍了全国各地，几十趟旅行，数百盒录音带，几千米长的磁带。采访了五百多次"。从20世纪70年代末到21世纪初，作品不断修订完善。"它们在这里没遭遇任何加工处理，十足的原汁原味。"在此，仅仅是田野调查一项，强烈的现场感和原生态就足以给予读者以强烈的真切感受和情感冲击。然而，更为重要的是，非虚构文学在叙述现实和历史的时候所应该具有的超越感，是对具体细节、事件等的超越，最终进入人的终极关怀上，实现形而之下与形而之上的完美结合。这也许是非虚构文学与历史、新闻、社会学等相区别，使之成就为"文学"的一个根本所在。

非虚构：
链接于文学与影视之间

一、跨文体的关联与差异

将非虚构作为一个概念运用于创作和研究之中，较早始于20世纪60年代的美国，那时主要来自作家的"非虚构小说"和来自记者的"新新闻报道"比较时兴。20世纪80年代中期，"非虚构文学"一词在中国出现，包括笔者在内的一些学者、作家在其著述或作品中均有涉及。2010年则完全可以称得上是中国新世纪非虚构文学发展的关键节点。因为在这一年，作为中国最具影响力的文学期刊，《人民文学》宣布开设"非虚构"专栏并发表梁鸿的《梁庄》等多篇以此为旗号的作品，似在使沉寂或曰潜行多年的这一类文体高调重返中国文学现场。[1] 直至近几年"非虚构"创作与研究才

---

[1] 早在20世纪80年代中期，曾经有过对于非虚构文学创作的关注和讨论，但那时未使用"非虚构"一词，而是用"纪实小说""新闻小说"或"报告小说"等词。1985年，《人民文学》就以"纪实小说"的名义发表了刘心武的《5·19长镜头》，同期还刊登了理由的报告文学《倾斜的足球场》。这两篇聚焦同一事件的作品，被编辑部以不同的名称发表出来。与此同时，《光明日报》刊登多位知名作家、评论家探讨有关这一现象的文章。其中对于这些文体名称的争议较大，一些否定者直接称之为"怪胎"。20世纪90年代，江苏的《钟山》杂志开设"非虚构文本"栏目。

日益兴盛，甚至进入国内著名高校博硕士学位论文序列，大有从"偏门"走向"显学"的趋势。除却一直坚持发表"非虚构"作品的《钟山》杂志外，国内一些早已撤下报告文学等栏目的文学期刊开始设立各式名目的"非虚构"专栏，一些出版社也重推非虚构作品的出版。而当白俄罗斯女记者兼作家阿列克谢耶维奇凭借其纪实性"口述实录"揽得2015年度诺贝尔文学奖桂冠之时，中国的非虚构写作又被乘势推上高潮，俨然变成了一个穿越于喧嚣文坛的文学运动。现在看来，这个运动有些类似于"权力的游戏"——一部分人，主要是指小说作家及其评论者、研究者，一方面力推被其认可的非虚构文学作家和作品，另一方面又用"非虚构"回避、抵抗、遮蔽、鄙视传统意义上的报告文学；而固守报告文学的一些作家又力图对此予以回击，甚至以"大报告文学"来统摄非虚构，认为所有非虚构文学都可以被"大报告文学"包括进去。这背后所隐含的多是话语权力的角逐及其相互制衡。尽管目前"非虚构"创作和研究的整体阵势不及20世纪80年代报告文学的创作和研究盛况，但其中对于"非虚构"的历史流变、文类辨析、概念范畴、特征功能、意义价值等所做的愈来愈深入的探讨却是不无裨益的。

自1986年笔者提出"非虚构文学"的概念至今已历33年[①]，其间，非虚构创作和研究潮起潮落，但我对其的基本认识大体没有改变。在我看来，非虚构的话语结构犹如巴比伦塔，因为它并非为文学所独有，而是一个文类集合，即包含文学、历史、新闻、电影、电视等文体话语体系在内的具有"非虚构"元素的集合。即使是在文学内部，非虚构也并非一种类似于小说和诗歌那样具有比较清晰边界的文体，而仍然是一种文体或曰文类的集合。这一文类包含报告文学、口述实录、传记、纪实散文等完全非虚构文体，也包含历史小说、新闻小说、纪实小说、新写实小说等不完全或仿非虚构文体。因此，谈论非虚构其实是有点"跨文体""跨文艺"或"跨文

---

① 详见王晖、南平：《美国非虚构文学浪潮：背景与价值》，《当代文艺思潮》1986年第2期。

化"的意味，泛泛而谈很难说得清楚其中三昧。本文拟从文学与影视非虚构的关联与差异等方面切入，论及其中的一些问题。

二、影像纪实：两种理念与取向

文学与影视均有非虚构，最为典型的就是报告文学和纪录片。在百余年的发展流变中，这两大类型都在凸显其"非虚构""纪录""纪实"等核心要素的同时，还要面临对于既存世界再现的真实与虚构等问题的拷问。譬如，报告文学有小说化虚构、夸张，纪录片则有摆拍、搬演、情景再现等。我们首先考察以纪录片为主要代表的非虚构影像。

从电影创始人卢米埃尔兄弟的纪录短片《水浇园丁》《工厂大门》和《火车进站》开始，以影像记录现实、再现现实就成为电影的一个十分重要的功能。纪录片后来的发展主要呈现两条线索：一是以美国的弗拉哈迪和英国的格里尔逊为主要代表，主张在纪录片当中要有对于现实的"创造性处理"，譬如蒙太奇运用、摆拍、重现等；二是以20世纪60年代美国的直接电影、法国的真实电影为代表，与格里尔逊相对立的严格非虚构且拒绝虚构的主张。这实际上呈现出纪录片对于"非虚构"的两种不同创作理念和取向。

在第一条线索中，拍摄于20世纪20年代的两部默片——弗拉哈迪的《北方的纳努克》和格里尔逊的《漂网渔船》具有代表性。作为世界第一部纪录长片，弗拉哈迪的《北方的纳努克》，是在一家毛皮公司的资助下，用时16个月在哈德逊湾跟踪一个名为"纳努克"的爱斯基摩人，重现他们一家的生活。影片以这个家庭的日常生活为聚焦点，从一家人从冰屋（冰窖）中睡觉醒来开始，记录其用鱼叉捕捉海象海豹、建造冰屋等日常举止。其中有不少摆拍的镜头，如再造"冰窖"、鱼叉打猎等。"片中的每一个场面都是预先计划好的，而且纳努克本人也参与提出许多拍摄应该包括的内容。

弗拉哈迪则在安排过的场景与真实性之间取得平衡。比如，纳努克特地建造了一个一边敞开的冰窖以便影片拍摄到一家人上床睡觉的情景。"① 这部纪录片不仅显示的是异国风情，而且也可以说是非遗文化片。在格里尔逊看来，以"活生生的场景和活生生的故事"为拍摄对象的纪录片，比"只拍摄在人工背景前表演的故事"的剧情片更具生命力、更优美、更真实，因为"原初（或天生）的演员和原初（或天然）的场景，能更好地引导银幕表现当代世界，给电影提供更丰富的素材，赋予电影塑造更丰满的形象的能力，赋予电影表现真实世界中更复杂和更惊人的事件的能力，这些事件比摄影棚里的智者们拼凑出来的故事复杂得多，比摄影棚里的技师们重新塑造的世界生动得多"。② 显然，格里尔逊在此对于纪录片表现真实世界的能力、意义和价值是充分肯定的。与此同时，他也指出纪录片在表现真实现实世界的时候要挖掘出诗意来，而"要在诗人从未涉足过的、跟艺术几乎不沾边的地方挖掘出诗意来，就不仅需要鉴赏力，还得有灵感，也就是说要有勤奋的深刻的洞察力，要付出真正扣人心扉的创造性的努力"③。这其实正是其"创造性处理"的应有之义。此语告诉我们，仅有面对真实现实的姿态是不够的，还需要有描述和表现它的能力。格里尔逊拍摄的记录渔民捕捉鲱鱼过程的《漂网渔船》，比较多地使用蒙太奇组接技巧。"这部影片明显表现出格里尔逊对苏联蒙太奇的兴趣：他快速地剪辑渔船的各个部位，他的影像效果甚至使得片中的一般工人都以英雄形象呈现。"④ 在此，蒙太奇通常被看作是比长镜头更具"创造性处理"的一种表现方式。因为前者强调的是创作主体（导演）对于客观现实中表现对象的偏于主观

---

① 克莉丝汀·汤普森、大卫·波德维尔：《世界电影史》，陈旭光、何一薇译，北京大学出版社，2004，第150页。
② 约翰·格里尔逊：《纪录片的首要原则》，单万里、李恒基译，载李恒基、杨远婴主编《外国电影理论文选（修订本）》上册，生活·读书·新知三联书店，2006，第259页。
③ 同上书，第266页。
④ 克莉丝汀·汤普森、大卫·波德维尔：《世界电影史》，陈旭光、何一薇译，北京大学出版社，2004，第274页。

态度的取舍，或通过组接影像显现出与原生态现实不一样的意义和价值，是一种以作者为中心的理念；而后者则看重原生态现实的直接呈现，淡化创作主体的主观介入性，将影像意义和价值的最终阐释权交给观众，是一种以受众为中心的理念。这两部纪录片都以音乐为背景，其间关键处加以少量字幕呈现，用以链接与连贯全片的叙事，形成完整讲述链条。

在第二条线索中，最为典型的就是20世纪60年代美国的直接电影和法国的真实电影的非虚构主张。这类影片拒绝使用"画外叙事人"，力求使观众产生身临其境的代入感，是对"画面加解说"的格里尔逊模式的一种反叛。"真实电影过去是现在仍然是利用同步声、无画外解说和无操纵剪辑尽可能忠实地呈现不加控制之事件的一种尝试。"① 有学者具体指出了"真实电影"的特质："一是真实电影拒绝和排斥虚构，直接拍摄真实的现实生活。二是不采用事先编写的电影剧本，也不采用职业演员。三是为了使摄制组能够行动敏捷地记录事件的全过程，当机立断地进行拍摄，摄制组成员大大减少，只保留导演、摄影师和录音师。四是对导演提出了很高的要求，即一方面要求导演能够准确地发现事件和预见其戏剧性过程，另一方面导演绝非旁观者，而是积极的参与者。他不仅参与前期拍摄时的采访，同时还亲自进行后期的底片剪辑。五是影片的题材受到了极大限制，它具有无法预料的结果，并随时受到事件本身不可知进程的影响。六是拍摄时间无法预测，底片耗费严重，片比极大提高，剪辑师统揽大局的能力和完美的素养成为影片成功的重要因素。"② 这些特质与"把摄影机扛到街上去"的意大利新现实主义电影的主张极其相似，譬如，强调对社会人生的纪实性，使用非职业演员表现普通人生活，反对虚构，主张实景拍摄及长镜头运用，按自然时序叙事，力求去戏剧化叙事，等等。

路易斯·詹内蒂在他的《认识电影》一书中提出电影在故事层面除了

---

① 单万里主编《纪录电影文献》，中国广播电视出版社，2001，第77页。
② 林少雄：《纪实影片的文化历程》，上海大学出版社，2003，第137-138页。

"现实主义叙事"和"形式主义叙事"之外,还有"非虚构叙事"。在他看来,电影分为三大类型——故事片、纪录片和先锋派。其中,后两者通常不讲述"传统意义上的故事",纪录片按主题或论点来结构全片。他对于纪录片的认识是:"与大多数故事片不同,纪录片表现事实——真实而非虚构的人物、地点和事件。纪录片导演认为,他们主要就是报道既存的世界,而非创造一个世界。但是,他们不仅是外部现实的记录员,因为他们亦如故事片导演那样,通过选择细节来打磨他们的原始素材。这些细节被组织成连贯的艺术形式。许多纪录片导演刻意保持简单平实的影片结构。他们希望自己对事实的描述能够表示出生活本身同样显见的偶然性。"① 对于直接电影或真实电影,他的看法是:"最低限度干预现实的概念,成为美国和加拿大的真实电影派的首要关注。电影导演不应以任何方式操纵事件。二度创作——即使采用真实的人物和地点——是不可取的。尽量少用剪辑,否则会对事件的顺序产生误导。通过利用长镜头,尽可能保持真实的时空。"② 在此,詹内蒂对于纪录片"非虚构"观念的两条线索予以比较清晰的阐释,但并未给出明确的厚此薄彼的结论。因为,实际上这两条标志纪录片创作不同观念的线索至今仍然有其承传。但总体来说,似乎前者的理念更占上风。譬如现在纪录片出现的"情景再现",即将文字文献当中的一些情节或故事通过演员的演绎表现出来。此种情况在文献纪录片当中尤为突出。这样基本具备剧情片的"情景再现"给予当代纪录片再现现实和历史以新的路径,当然也对"非虚构"提出了新的认知和新的课题。近些年来,"纪录剧情片"开始风行起来。这是将传统纪录片的纪实成分与剧情片的艺术表现手法紧密结合的一个片种,完全不避讳人物扮演、情景重现与搬演、戏剧化结构等虚构方式的运用,追求的是"趣味性"和"视听感",

---

① 路易斯·詹内蒂:《认识电影(第十版)》,崔君衍译,中国电影出版社,2007,第363-364页。

② 同上书,第367页。

有别于直接电影和格里尔逊纪录片模式，而其对于真实现实的非虚构的"记录"元素则弱化到可以忽略的地步。这无疑是一种混淆真实与虚构的表现形式，是一种极端化的纪录片形式。尽管有人为此辩称："它不复是'现实的搬运工'，而是藉由职业演员或社会演员的搬演再现及其他故事片的艺术手法来代替自然主义、形式主义的刻板记录，超越了一般纪录片的表象真实。"① 这种虚构成分远大过于非虚构成分的纪录剧情片，如何能够再现原生态的既存真实，如何能够防止因事实与虚构混淆不清而可能造成的观众误读误解误判，其实都是要打一个问号的。这也给纪录片的创作者提出了一个问题，那就是在走向大众化时代或者说跻身于浮躁的商业化时代过程中，怎样能够保证纪录片既守正又创新，而不至于滑向"娱乐至死"的死结似的俗套结局。

总之，纪录片发展的两条主要线索告诉我们，首先，在影视当中，人们承认并运用对既存世界进行再现的非虚构表现方式；其次，人们对如何表现这个既存世界具有不同的理解和做法——或参照剧情片方式进行艺术性处理，或严格恪守非虚构原则"顺其自然"。

三、文学报告：兼具新闻性的文字真实

从文学角度观之，所谓"非虚构"，即文本所呈现的是经验世界中给定的现实，是一种不以主观想象为转移的、与特定历史或现实时空所发生的事实相符合的特性，即所谓"既存世界"。与纪录片相比，非虚构文学的涵盖面比较广泛，正如我们前面所述，这当中有"完全非虚构""不完全非虚构"和"仿非虚构"等多个层次。而这些层次的各种具体文体对于"非虚构"的体现自然比较复杂，在程度上差异不一。譬如，作为完全非虚构的

---

① 牛光夏、成亚生：《论纪录剧情片对"虚实"的跨界与坚守》，《中国文艺评论》2019年第6期。

口述实录、传记、纪实散文对于"非虚构"的再现度,与作为不完全或仿非虚构的历史小说、纪实小说、新写实小说等的再现度就存在较大差别。即使是传记本身,譬如在普通传记与文学传记,甚至传记小说之间也会体现出非虚构的差异。进一步说,我们这里将"非虚构"定向为文本呈现,即是指文本对于经验世界(既存世界)的真实反映。但实际上,除却文本的真实性,作家作为创作主体的真实观(对于既存世界或曰经验世界的认知程度与认知范围)、读者作为接受主体的真实感(根据自身生活阅历和阅读经验对文本真实性做出是否符合既存世界状态的判断)亦是"非虚构"的重要组成部分,这些都因人而异、千差万别,需要进行全面、细致、深入的探究。

以报告文学为例,即使是作为"完全非虚构"的报告文学文体,在是否"完全"意义上,其实也存在不同程度的认知差异。一直以来,报告文学同样也有类似纪录片对于"非虚构"的两种不同创作理念的认知与争议,譬如"略有虚构"说和"不得虚构"说。这一问题几乎成为贯穿于20世纪50年代以来报告文学理论争议的核心点,至今未有统一结论。当然,每一个时期讨论的方面各有所侧重,20世纪五六十年代受苏联特写创作理念的影响,报告文学界开始争议虚构与非虚构问题;20世纪七八十年代因徐迟的一篇文章重新"引爆"这一论题;21世纪之初,有学者发文质疑报告文学的叙述伦理,认为:"它既承诺客观的'真实',又想得到虚构的豁免,天下哪有这等左右逢源的便宜事?"并预言"有一种文体确实正在衰亡,那就是报告文学或纪实文学……""报告文学之名及其所指,终将会消亡"①。此论不仅直指报告文学的非虚构叙事伦理,而且还断言其消亡,故引发报告文学创作和研究界的密切关注与反响。总的来说,在报告文学的"非虚构"问题上主要有两种意见。一种意见认为报告文学既然是"报告",就应从人

---

① 详见李敬泽《报告文学的枯竭和文坛的"青春崇拜"》(《南方周末》2003年10月30日)、吴俊《也说"报告文学"身份的尴尬》(《文汇报》2004年1月18日)二文。

物到细节绝对真实，不允许任何想象与虚构。早在20世纪60年代，写过著名报告文学《包身工》的夏衍就曾明确指出："小说可以虚构，而且应当虚构，报告文学却不能虚构，报告文学对真实性的要求很严格。……报告文学不但不能虚构，我以为，甚至连夸张也是不允许的。……作者如果写报告文学有困难，可以写小说，决不应该在报告文学作品里弄虚作假。"① 20世纪80年代，夏衍又重申了他的立场："报告文学失去了真实，就不称其为报告文学。……为了突出某种'主题'，作者自由地发挥主观创造性，随意地驰骋自己丰富的想象力，加到真实的人物和事件上面，我认为对报告文学是不应有的。"② 另一种意见则认为报告文学既然是"文学"，就应当允许运用一定的文学手段，如合理的想象，来弥补因种种原因造成的事实不足，主张在真人真事的前提下，在剪裁、结构、润色等方面做适当的必要的艺术加工，但不虚构情节，不"拔高"人物。譬如当代中国报告文学的领军人物徐迟曾言报告文学"就完全是实况的写照了。但也允许略有虚构，不离真实的虚构。如果有了较大的虚构，它就变成了小说"③。两种"非虚构"观或曰"真实表现"观使创作者常常左右为难或受到诘难。从本质上说，这也是两种报告文学价值观的体现。在我看来，以夏衍为代表的第一种意见无疑是可取的。它确保了报告文学独特的文体特质和存在价值，是对其"非虚构"内涵与表现的鲜明定位。第二种意见有其合理性，但前提是需要杜绝无中生有的虚构与夸张。正如有学者对此问题的阐述："虚构是一种艺术手法，而想象是一种思维方式（即形象思维），二者不是同一概念的两个用词，而是种属关系的不同概念。""在报告文学的创作和理论中，虚构必须摒弃，因为它骗人害人；想象必须光大，因为它可以使抽象的感情、感受、意念具体化、形象化，使爱憎、好恶、褒贬、悲喜、哀乐等情

---

① 朱宝蓁、吴培华：《报告文学的几个要求——夏衍同志在报告文学座谈会上的发言摘要》，《新闻业务》1963年第5-6期。
② 夏衍：《关于报告文学的一封信》，《人民日报》1981年1月12日。
③ 徐迟：《再说散文》，《湖北文艺》1978年第1期。

感更为浓烈，强化主题思想，使作品意境深化，产生艺术魅力。"① 因此，体现报告文学"文学性"的方式不是用虚构，而是要在"跨文体性"上做文章，即兼容包括小说、诗歌、散文、戏剧影视文学在内的文学文体，甚至对新闻和历史等非文学文体的要素进行艺术创造，在这个意义上去实践茅盾所言"好的'报告'须要具备小说所有的艺术上的条件，——人物的刻画，环境的描写，氛围的渲染等等"②。

无论从哪个角度而言，非虚构性或曰写实性都是非虚构文学最为重要的特征。田野调查、新闻纪实、文献价值、跨文体呈现是其基本要件。在非虚构文学的文类集合当中，梁鸿式文本似乎正在成为一种有别于通常报告文学的非虚构典型"案例"。这类到目前为止都没有一个清晰具体文体命名的"非虚构"，汇集了回忆录、田野调查笔记、个人日志、口述实录等方式，不同程度地强调作者身份的个人性、写作的亲历性、文本的揭秘性、题材的猎奇性和叙述的故事性。在更趋于个人内在心理驱动而不是"命题"或"约请"写就而成的代表作《中国在梁庄》和《出梁庄记》中，梁鸿采取的非虚构方式是，在采访或亲历等田野调查工作的基础上，对材料进行凸显主体性的审视和选择，将个人性、亲历性、揭秘性和故事性等融为一体。在温情、焦虑、忧患等情感的交织中，完成对于自己家乡现状的生动再现，也以此折射中国中西部地区农村在现代化进程中的进退与兴衰。与报告文学作家多少有些"旁观者"的非虚构呈现有所不同，梁鸿式文本更多的是"亲历者"或"见证者"对于既存世界的描述，甚至是倾诉。

当我们将上面所述纪录片纳入到非虚构文学领地做一个对比观照之时，我们就会发现，无论是梁鸿式文本还是报告文学，它们都毫无例外地要通过文字来再现创作主体或旁观、或亲历、或见证的真实世界，这些或带有现实性或带有新闻性的"文字真实"与纪录片当中所呈现的"影像真实"

---

① 李明泉：《戴着镣铐跳舞》，《文学评论》1984 年第 3 期。
② 茅盾：《关于"报告文学"》，《中流》1937 年第 11 期。

多少亦有不同。"影像真实是指纪录片创作者在创作过程中对被摄客观实在的呈现面貌。它包含两层含义：一层是在拍摄过程中对客观实在的利用方法以及后期成片时对素材资源的结构；另一层含义是作品经过创作加工后，所呈现出来的被拍摄客观实在的样貌，它由第一层含义提及的行为产生，与客观实在本身相对应。"① 因此，如果从直观性上看，纪录片影像真实的优势大于非虚构文学的文字真实，因为后者需要通过读者的联想和想象的心理机制还原或再造真实形象，而前者则是将体现真实的影像直接诉诸人的视觉器官，即使其或许仅仅只是记录既存世界事件和人物的"表象"真实。从这个角度看，在当下的非虚构影响力当中，纪录片应该是略胜一筹，因为一个毋庸置疑的事实和趋势正在于媒介的影像化逐渐取代媒介的文字化。

与格里尔逊式纪录片模式类似，但与"真实电影"或"直接电影"有所不同的是，非虚构文学当中的一些文体，譬如报告文学等并不拒绝类似于纪录片里面的"画外叙事人"的存在。这个文字的"画外叙事人"可命之为"非叙事性话语"。非叙事性话语是一种与叙事话语和人物话语相并立的话语形式，它主要指叙述者在陈述的过程中对事件或人物所进行的评述与解释。可以说，这是非虚构文学，特别是报告文学有别于其他叙事文本的特征性内容。除却政治性、时事性评论之外，非叙事性话语还包括叙述者对文本所述事件、问题及人物的带有个人性和多视角的主观评价、理解和情感倾向，是包括其文化观念在内的意识形态的特殊传达方式。② 因此，在强调事实真实与关系真实的前提下，非虚构文学并非都是以绝对中立态度再现对象，而是有其主观倾向性。

法国作家萨特曾乐观地称非虚构文学"不久将成为文学最重要的形

---

① 王冬冬：《纪实与虚构的界限——由纪录片叙事中记录者、本文与受众的相互关系进行观照》，《当代电影》2017年第10期。
② 详见王晖：《二十世纪中国报告文学的叙述模式》，《中国社会科学》2003年第2期。

式"。不论萨特此言在当下是否兑现，一个基本的事实是，非虚构文学已经成为了文学的重要形式之一，且与以纪录片为代表的非虚构影视一道，构筑成当代非虚构文艺不可忽视的力量，为当代文艺版图提供新意和新彩。目前，非虚构创作、传播与研究日渐兴盛，"抖音"和微视频大行其道，俨然已经成为大众非虚构影像的重要形式，纪录片开始频繁登临大银幕，与剧情片争夺观众和票房。尽管如此，在以互联网为核心的融媒体时代，非虚构文艺所面临的问题和挑战仍然不可小觑。"他生下来的时候，并没有玫瑰花，他反而取得成绩。而现在呢？应有所警惕了呢，当美丽的玫瑰花朵微笑时。"徐迟在报告文学《哥德巴赫猜想》中所写的这段话虽然是针对主人公陈景润的，但我以为，它亦应为从事非虚构文艺的创作者和研究者们谨记之。

多维流变

1977—1986：
中国非虚构文学描述

在写下"非虚构文学"这个词时，我们不能不先申明几句，它与我们曾经作为"批评之一"的《美国非虚构文学浪潮：背景与价值》①中的同一字眼有不同的含义，这里，"非虚构文学"有着与中国"国情"相适应的对象，即报告文学、纪实小说和口述实录体，当然，这仍旧是"非虚构文学"的一种狭义解释：把历史小说、文学传记等排除在讨论之外，一方面是因为我们能力有限，另一方面也有利于对当前这类与虚构相对应的文学主潮的澄清与把握。

目前的批评，多数还习惯于对报告文学、纪实小说和口述实录体做单一的或混淆不清的阐释。我们则想从"非虚构"这一角度，冒险地把它们有机融合为一体，以做出整体性的描述。事实上，一部分批评家已有这一意识，因而，我们也并未做真正意义上的"冒险"。

当然，"非虚构"本身又有不同的层次，我们暂且把它分为"完全非虚

---

① 见《当代文艺思潮》1986年第2期上的这篇文章。

构"和"不完全非虚构",并将其实用主义地看作报告文学、口述实录体同纪实小说的分界线,以避免二者间的纠缠不清。至于有着纪实感,然而确属虚构的"仿非虚构"作品,我们则把它放在与非虚构文学相关的位子上,下文中只做有限的描述。

一、"点到为止"与追求"新异"

(一)短篇:高潮与落潮——外在超越

1977年,真正有影响的短篇报告文学,恐怕只有《地质之光》一篇。不过,当李四光这位科学家或曰智能型人物,出现在徐迟笔下之时,我国新时期报告文学的一种比之以往任何时期,在"尽可能意识到的历史内容"和审美表现上的超越,便开始萌芽了。

这种超越的雏形,是1978年初发表的《哥德巴赫猜想》。即使是文学圈以外的人们,也一定记得当时那些反响热烈的奇观。今天,在重新审视这一文本的时候,我们思考的前峰已经远远跨越了陈景润的身世组合。敏感的批评家都注意到了,它实际上预示着一种转变——当代中国人价值观念、思维模式、行为方式以及审美意识的转变,屈居"亚流"的报告文学因此一跃而起,成为强有力地把握现实的艺术传达方式,也正是从那时起,当代报告文学开始步入它的黄金时代。

确切地说,这个黄金时代理应以短篇报告文学的兴盛为起点,沿着《地质之光》《哥德巴赫猜想》往后,一串跳动的"点",能帮助我们确认短篇报告文学的高潮期,1981年可以作为它的下限。三届全国优秀报告文学奖,几乎囊括了1977—1984年的力作,其中最为著名的短篇报告文学则几乎集中于1977—1981年这个高潮期内。除上述两篇外,还有《大雁情》《船长》《励精图治》《祖国高于一切》《为了周总理的嘱托——记农民科学家吴吉昌》《正气歌》《扬眉剑出鞘》《三门李轶闻》《希望在人间》和《艰难的起飞》等作品作为佐证。

这一时期的短篇报告文学既是审美的，又是非审美的（甚至主要是认知的）。因为，与那时的短篇小说一样，它们的轰动更多地是来源于与当时政治、经济和文化等社会因素的契合，而绝不仅仅是文学自身发展的结果。《哥德巴赫猜想》等作品成功的真正根柢，是对于过去时期畸形政治的清醒认知，至于作者怎样艺术地显示这个"认知"，一般人还来不及品味。但这种内容上与"假大空"尖锐对立的"紧贴现实"的现实主义告诉我们：30年来当代文学过于单一的线性主题及由此导致的或片面、或歪曲、或不反映现实的"现实主义"，是多么贫乏和苍白。从这个意义上说，高潮期短篇报告文学实现了对单一线性主题的超越，不过，这种"超越"既然主要发生于文学的审美功能圈之外，我们就不妨把它称之为"外在超越"。因此，本质上看，这些报告文学仍然是"传声筒"，然而，它所传之"音"，已经是实现了"外在超越"的清醒的现实主义。

1982年以后，短篇报告文学出现落潮，随后进入平缓期。对此，需从它自身的嬗变和社会大系统的变革上寻找答案。此时期出现的短篇佳作，如《癌症≠死亡》《快乐学院》《小木屋》《恶魔导演的战争》和《哦，温柔的蓝眼睛》等，都以其鲜明的格调表明：作家们正力图缩短这一文体与小说、电影等"时髦"艺术间的距离，他们想用"小说化"的真人真事来争取有着多种口味的读者。有意无意之间，那些将短篇报告文学推至高潮的非审美性因素便逐渐减弱。也许它是"外在超越"与"内在超越"之间的一座桥梁，因此在审美把握与认知上常常不能处于平衡。另一个危险的事实是，中、长篇及系列型报告文学的崛起和"纪实小说热"的出现。前者实为报告文学内部嬗变的结果，后者则大有些"生存竞争"的味道。值得玩味的倒是：在人们的审美趣味与社会大系统更趋多变与多元化，且强手如林的今天，短篇报告文学的不败之地在哪里？

（二）立体的《唐山大地震》：全息之眼

与短篇报告文学相对照，从1981年起，连续两届的报告文学评奖都是中篇名列榜首，即《中国姑娘》和《省委第一书记》。1983、1984年中、长篇报告文学已异军突起，这两年更是蔚为大观。显而易见，报告文学的审美指向正在发生急速的"流变"。在短篇的"外在超越"之上，对30年当代文学单一线性艺术和对报告文学"自我"的"内在超越"，正在由中、长篇及系列型报告文学来完成。它表现为努力拓展艺术思维的广阔空间，以报告文学固有优势，越过平面、单一的事件描述和过于精雕细凿的人物特写，进入到人与自然、社会关系的哲理性思考，将对历史的反思、对现实的审视和对未来的预测与构想，融进富于现代感的艺术表现形式之中。

就我们视线所及，近期钱钢发表的长篇报告文学《唐山大地震》，比较能够代表这种"内在"的超越。与1979年那部反映"四·五"运动的长篇报告文学《命运》的"实况转播"式的艺术表现不同，《唐山大地震》既是唐山十年前惨状的客观纪实，又更着眼于在广阔的思维领域里，发表对人与自然关系的深邃思考。它超越了"抗震救灾"这个陈旧的浅层次主题模式，传达出难能可贵的"为人类写作"的深远创作目的。尽管作者说自己无意在作品中系统揭示人与社会的关系，但作品仍将多元的社会现象，融入进包括十多种叙述方式在内的，多层次、多角度的立体化网络中，成为不严格意义上的"全息之眼"，反映出目前中、长篇报告文学走向全方位艺术表现的进程。

我们敢于认定中、长篇报告文学的"内在超越"，是因为还有一批作品为之做了出色的"认同"。诸如《在这片国土上》《中国农民大趋势》《洪荒启示录》《中国的"小皇帝"》《北京失去平衡》《香港心态录》《多思的年华》和《秦皇兵马俑》等等。

与此同时，系列型报告文学也应运而生。这主要以陈祖芬的"挑战与机会"系列为代表（另外还有柳明的"婚姻家庭报告文学系列"）。这个系列已发表的九篇报告文学并无人物、事件的必然联系，但它却注入了一种包孕着全新价值观念的总体思考，呈现出作者所说的——节奏感、幽默感、空间感、多变性和随意性。

事实上，1982年以前的《热流》《李宗仁归来》《将军决战岂止在战场》等，就是中、长篇报告文学的"早产"婴儿，我们不会忽略它们为今天这种突进所起的奠基作用。

事实还告诉我们：是历史的发展赋予了中、长篇及系列型报告文学实现"内在超越"的重任。短篇报告文学难以具备的优势，譬如全景式描述、大规模信息量的汇聚、时空感的伸延等，在中、长篇及系列型报告文学中倒是其必备的"血肉"，而这正是与进入80年代我国经济、文化和社会生活的多元化相吻合的。报告文学自身"文体意识"的发展，强化了它在诸多文学样式中的独立地位，显然，仅仅靠短篇报告文学是远远不能完成这一使命的。

二、淡紫色的乐观

（一）1985年新闻人物：刘心武与张辛欣——S⇄R

莫论有意或无意，当《人民文学》恰好把刘心武的纪实小说《5·19长镜头》和理由的报告文学《倾斜的足球场》编发在同一期时，它便在1985年冷不丁冒出来的"纪实小说热"中扮演了接生婆的角色。两篇同写"5·19"爆炸性新闻的非虚构文学作品的高反差对照，使我们不能不对一直在报告文学与小说间"盲流"的纪实小说刮目相看。

《5·19长镜头》对《倾斜的足球场》的压倒性优势并不是文体意义上的胜利，但刘心武至少是头一个解除或"稀释"了人们对事实与虚构合成的忧虑：如果说一年前，刘亚洲在《中国心》中虚构少校给张学良的信，还只是他所谓"我也彻头彻尾照实记录"的适得其反的反讽；那么，《5·19长镜头》中刘心武对滑志明形象的全盘虚构，却反而强化了作品的纪实效果。作家用放弃部分"形态真实"换来的虚构特权，更自由、更深入地经营作品的"关系真实",有分寸地综合了报告文学的"纪实式典型化方法"和小说的"分解式典型化方法"。① 同时,使为纪实性服务的有限虚构,尽可能表现出逼真的"纪实感",或曰"仿非虚构",借以补救读者们对纪实小说不完全非虚构的不信任感。《5·19长镜头》正是在这一意义上实现了对纪实小说的自我超越。

纪实小说的兴起,并不是传统经验论或接受美学简单的S→R(刺激→反应),而是皮亚杰所谓的S⇌R,即认识的发生、发展是认识的外源因素和认识的内源因素的双向作用。刘心武之前,作家们一直在事实与虚构的关系面前无所适从,尽管读者的S(刺激)相当强烈,但作家们却因无所适从,输不出令读者满意的有力的R(反应),反而减弱了读者的这种"刺激"。刘心武没有重蹈从前作家试图用原有格局去"同化"S(刺激)的错误,而是调节纪实小说内部格局以"顺应"现实,准确地把握了事实与虚构的关系,既满足于S(刺激),又强化了S(刺激),这种纪实小说的自我超越,便自然导致了"纪实小说热"的发生。

与《5·19长镜头》相比,刘心武第二篇纪实小说引起的热烈反响夹杂着更多的批评。这篇拿北京市公交问题做文章的《公共汽车咏叹调》同样有所超越,但其道德化的议论与象征又确使作品有着一种刺眼的"假定性",表现出作家作为公民的笨拙的善良和公民作为作家的善良的笨拙。《公共汽车咏叹调》的假定性"跑调",与其说是来自一些批评家所言作家对现实矛盾的回避,不如说是来自对现实矛盾的硬性"介入"。须知并不是每一部非虚构文学作品都需要回答四个要素(时间、地点、人物、事件),哪怕是极艺术地回答。现实的复杂内涵不可能都能一一用逻辑的因果"链",甚至因果"网络"表述出来。"理智的最后一步,就是要承认有无限的事物是超乎理智之外的"。我们有责任告知读者现实的种种答案,但更应

---

① 从罗慧生《世界电影美学思潮史纲》中借来这两个词,实在是有点无可奈何的味道,在没有更科学的表述之前,除了用"典型化",你别无选择。

切记作家不是圣人。对文学引进一种传播学上的"交易模式"也许更明智,即把作为传者的作家与作为受者的读者之间的传通,看作一场平等的交易。

给1985年非虚构文学带来"开门红"的,实际上是为我们移植"口述实录体"的张辛欣和桑晔。我们直觉,他们合写的《北京人》这部结构庞大的"时诗",将比刘心武的两篇纪实小说有着更持久的魅力,它几乎已濒临口述实录体的艺术极限,倘若只是对这种文体做修修补补的"维新",新的口述实录体作品将很难比《北京人》更有意义。

在刘心武和张辛欣的力作之外,还有《忌日》《信从彼岸来》《往事》《冰河》《路易斯女士在中国的奇闻异历》等小有影响的作品,来壮非虚构文学的声势。也是最迟不晚于1985年,纪实小说出现在刊物之外的作家作品集里,即《婚配概率——祖慰的怪味小说》。其中在事先或事后说明的条件下,作家对人兽对话、幻视等超现实的运用,也许无意之间已靠向纪实小说的未来,令人想起安德烈·巴赞不无荒谬也不无道理的观点:外在真实与内在真实是一个铜板的两面,头等的"纪实",当是客观表达内心世界的真实,甚至是下意识的荒诞想象的真实。

(二) 一路红灯:从刘亚洲到蒋子龙

此前有两年功夫,多数批评家是以不吭声或偶尔聊一聊来对待被他们看作"迷途的羔羊"的纪实小说,这倒不能完全归咎于批评家的傲慢。不过,一路红灯之下,我们仍然能寻见一条从刘亚洲到蒋子龙的演进轨迹。1983年给"报告小说"[①]起名的刘亚洲,其《女人的名字是弱者吗?》和《中国心》,曾给文坛带来了一股清新之气,遗憾的是,由于"缺乏信仰",或无心于此,他没有把"报告小说"从新名词发展成新文体。不折不扣通向新文体的"桥梁之作",则是1984年蒋子龙推出的《燕赵悲歌》,小说为生活美与平常性美学的"翻案",事实上也替1985年"纪实小说热"做了

[①] 不言而喻,报告小说、报告体小说、新闻小说、新新闻小说、新新闻体和另一些花样翻新的说法,都被我们鲁莽地拽入"纪实小说"这一框架。

小小的理论准备。

（三）拥挤的 1986 年：继续超越的实验

1986 年，继续升温的"读者热"正在把非虚构文学的一部分，诸如《唐山大地震》《1967 年的 78 天——"二月逆流"纪实》等，变成市场上"坚挺"而非"疲软"的商业符号。与此同时，纪实小说、口述实录体的"作者热"与"编者热"，也在喧哗与骚动中开始。

我们略感不安的是，扣除梁晓声的《京华闻见录》和蒋子龙的《好景门》等，到目前为止还没有多少能与张辛欣、刘心武攀比的作品，此表现出非虚构文学内部的参差不齐。即令是蒋子龙的另一篇《长发男儿》，甚至张辛欣自己的近作《香港十日游》，被贴上"纪实小说"的标签，也实在是作者或编者的漫不经心。口述实录体《橙红色的太阳》《二十一世纪人》等，尽管有的已超前引入了第三人称的"旁述"方式，但总体上远没有《北京人》的功底。

打响口述实录体的张辛欣，1986 年则主要移情于纪实小说，与《香港十日游》一样，《在路上》也患有张辛欣的琐碎"慢性病"。所幸它的琐碎仅在于文字与结构，但它倒是传达出一种"纪实效应"。这种从线性叙述到块状叙述，再回到线性叙述的结构，不仅与一位旅行者的心理觉、筋肉觉十分切近，而且也与大运河及南端近邻太湖的自然地理给我们的主观感受相距不远。

张辛欣与桑晔合写的《灾变》，不妨看作是《北京人》主题的继续，一个颇为生硬的证据便是《北京人》中杨大夫在《灾变》中的闪现。有趣的是，《灾变》发表时附有 13 幅与正文似不相干的"儿童漫画"，它其实构筑了作品所述新年灾变的又一世界，这些画不再是插画，而能视为自成一体的"章节"，是寓意，是补充，是对映，还是别的什么？

当然，最能点燃我们脑子里"兴奋灶"的，还是她目前最短的纪实小说《寻找合适去死的剧中人》。我们不指望它会有何反响，然而一个平淡的老套子注入了"寻找合适去死的剧中人"的奇想,竟变得很有点荒诞味儿。作者、读者、"剧中人"又不时发生讨厌但也讨人喜欢的层次缠绕,形成生死你我谁也解不开的"怪圈"。也许它是比祖慰的纪实小说走得更远的"实验"。

对香港记者说"我正大量尝试非虚构性的纪实风格"的刘心武,1986年正做着另一种有趣又有限的实验:他的"私人照相簿"系列看上去像美式"新闻摄影文章"与口述实录体的组合。而读他的另一篇纪实新作《王府井万花筒》,我们会发现作家并不是没有把"铸灵性""思辩性"安置妥善的才能。《王府井万花筒》是浓缩的《钟鼓楼》,属于刘心武作品中最艺术化的一类。其对纪实小说的新超越,主要是"生活流"的自然引进和"桔瓣式"结构的出色运用,其次是一些零碎的"小聪明":蛇皮包的蒙太奇剪接;短句造成的快节奏;生活中广告、标语、顾客意见等分切、组接小说的各"瓣";等等。后者既起到了《灾变》中"儿童漫画"式的作用,又从感官上诉诸读者以强烈的商业区的现场感;只有想象力"全部售缺"的读者,才会疑心作家的如此安排不过是为了多赚几文稿费。

从我们设身处地的1986年中观之,纪实小说、口述实录体还不是很成熟的文体,用淡紫色倒颇能形容我们对此稍显不安的心情;然而它们正处于继续超越的实验,我们又似可对之抱以乐观的态度。

(四)"仿非虚构":一种风行的模式

如果只是把仿非虚构作品当成"冒牌"的纪实,那我们将对它的日益风行深感困惑。"仿非虚构"最通俗的定义也许是,让你不相信是虚构的虚构。面对《克莱默夫妇》之争,没有几位美国人能用"这是电影"或"这是小说"来安慰自己的泪腺,对于他们:这就是生活。显而易见,这种模式既满足了读者的纪实"欲望",又供给作家莫大的想象与虚构的自由。我们没有十分肯定地把孙犁的"芸斋小说"、汪曾祺的《大淖记事》、梁晓声的《父亲》和《溃疡》等划入它的范围,也没有把刘心武的长篇小说《钟鼓楼》冒昧地视为它在中国的"里程碑"。鉴定"仿非虚构"的困难在于：这些纪实感特强的作品，并非全然没有纪实性。

三、流水不腐、户枢不蠹

近十年来，诚挚的现实感、深远的历史性和哲理性全方位思考，使中国非虚构文学大系统进入了一个更深远、更高级、更多元化的艺术境地。它们尽力摆脱30多年来所形成的浅层次政治、道德宣传和庸俗社会学式的社会分析，不仅以浓郁的民族忧患意识尖锐地直面现实人生，如刘心武的《公共汽车咏叹调》，而且深入发掘出由于历史、社会变革的牵动，所出现的社会群体与个体的思维模式、心态、情感及伦理道德的变化与困惑。这些质与量的突破，使"亚流文学"正在上升成为推动社会变革和中华民族历史进步的，具有重要审美意义的参照系。

同时，非虚构文学"文体意识"的空前加强，结束了其在30年的发展中，只能在传统小说、散文和新闻特写形式的刻板借鉴中徘徊的悲剧历史。特别是报告文学作家，正在努力寻找和把握使其作为独立样式立足于文坛的审美特征。从单一叙事体到以渗透着作家审美个性的人物形象的再现为主，再到全景式、多角度（如口述实录、电影蒙太奇、意识流等）、多层次（政治、经济、文化、历史、心理、民俗）地揭示人们内外在世界及事件发展的综合性描绘，这可视为非虚构文学艺术表现的"三级跳"。它以其两极——微型和中长篇、系列型，分别表现为近距离地迅速反应，普通人生活的广泛涉猎、袖珍式结构、手法的单纯和带有某种史诗意义的感受当代生活的"思想者"。再有改编成电视剧的《新岸》《小木屋》《公共汽车咏叹调》，具有强烈纪实性的《新闻启示录》《微循环专家修瑞娟》和具有浓重纪实感的《钟鼓楼》等，则在表明影、视、文的三角渗透及非虚构文学的穿透力。

实际上，非虚构文学与具体音乐、纪实摄影、纪实电影等一起，正出色地印证着作为世界艺术潮流两大趋势之一的"写实主义"的"共振"现象。这种背景下的中国非虚构文学作家以其可贵的艺术探索精神及其文学观上的"开放性"，迅速地输入当代美国、德国、日本、苏联、英国、瑞典等国纪实文学创作的"新鲜空气"，同时努力保持"同步"时的"原则性"。种种迹象挑明：中国非虚构文学将要汇入世界艺术的大潮。

四、一家之言的感悟与判断

（一）"惯性"的终结：虚构与非虚构共荣

我们斗胆对非虚构文学进行大规模的描述，是基于文学由虚构与非虚构构成这一现实。这一现实正冲击着长期以来所形成的一种思维惯性，或曰过去时态的"现实"。即把文学，至少是正统文学的构成仅仅理解成"虚构"的。尽管文学从文史哲三合一独立出来的最初，正是它的"虚构"特性——它以创造一个虚构世界与现实世界对照，以实现与写现实世界的历史和后起的新闻之区别。但在文学构成已发生了新变化的今天，文学不应也不可能拒日益兴旺的"非虚构"于门外。

（二）真实性：重新认识一个难题

这样，我们就有可能排除一个悖论，即若按"思维惯性"的推导，非虚构的报告文学当不在"文学"之列，但这又与其名称——报告文学和人们实际给予和承认它的地位形成矛盾。现在，我们终于能清楚地看到，报告文学应当毫无愧色地进入"文学"的领地，尽管有时它也可能同时存在于新闻领地。

1977—1986年报告文学的理论研究大有拓展，但其中真实性问题，一直是20世纪30年代起直至今天，"官司"打得最久的大难题。事实是，许多批评者在阐释"真实"内涵的时候，诚挚地犯了角度不一、层次不一的毛病，结果却在词句表面一致的后面，隐藏着一场建造巴比伦塔的"语言混乱"。其实，从作家的真实观、作品的真实性、读者的真实感来考察，"真实"实为多义性、多层次的复杂系统。

我们不能不遗憾，带着上述毛病解释报告文学的真实性必定捉襟见肘：一方面把"生活真实"看成是报告文学的基本点和实质；另一方面，又仅仅在报告文学这个字面上承认其为"文学"，为自圆其说，便按推理得出报告文学应该有与小说等虚构文学一样地具备以虚构为本质的"艺术真实"，并因之将作品中的某些具体表现手法与"艺术真实"相混淆。然而，报告文学的创作实践否认虚构。我们则把"形态真实"与"关系真实"① 看作是对报告文学幸存的"生活真实"更深广、更具美学意义的阐释，认为它们是报告文学所遵循的纪实性美学原则中的根本，规定着报告文学的"非虚构性"，保证着报告文学独立的审美意义和认知价值。无视它们，便很难说是真正意义上的报告文学批评。当然，这里我们还无意去回答"真实"系统内种种"阶层"及其关系，我们所期待的只是：结束在报告文学真实性问题上，"略有虚构"的不确定性和由此带来的危及报告文学生命的非科学态度，同时也结束"不准虚构"者由于理论上的不足而形成的困惑。近年来出现了从信息论等角度谈报告文学系统的颇有艺术深度的批评，这无疑是个好征兆。"创造性的作品就是这个春天最美的花朵"（扬格语），创造性的批评自然也是。

（三）"能嘲笑哲学，这才真是哲学思维"（帕斯卡尔）：纪实小说与口述实录体批判

时下批评家们争论的另两个焦点，质言之，是纪实小说的生存问题与口述实录体的属性问题。

悲观的批评家不相信偏要虚构的"报告文学"或偏要纪实的"小说"

---

① 有耐心的读者，不妨翻翻登在《当代文艺思潮》1986 年第 2 期上的这篇"批评之一"。

能成为一种新文体，而把它看作"实在不折不扣是一个不可能活下来的文学怪胎"①。

的确，纪实小说使"真实性"堕入危险而又微妙的复杂境地。但是，自《5·19长镜头》起，我们与其去感伤它的"危险"，不如去咀嚼它的"微妙"。应知"评论家也需要换一种方式，辟一条新路"②。不滥用但并非尽量少用虚构，使"虚"有用于"实"而非混淆于"实"或损伤于"实"，也许是中国纪实小说不同于美国非虚构小说或新新闻报道的生存关键。至于未来有无可能会宽容一种"事实与虚构混淆不清"的文学，此时此刻，尚不该由我们来盖棺定论。

不相信口述实录体是文学的批评家则往往把它当作了"被动的勾划"，即不含主观的纯客观记录。有力的反批评来自袁基亮的《关于"口述实录文学"的思考》等，对口述实录体的文学属性做了有益的解析。不过，我们仍然怀疑这种文体常有着同属文学与新闻的"双重国籍"。

"争鸣"之外的诸多批评中，尹均生的《论"报告小说"的兴起》，从历时性的纵向发展与共时性的横向同步两方面，为我们建筑了纪实小说兴起的全景式框架。林焱的《论纪实小说》、毛时安的《纪实性——文学把握世界的别一种方式》和刘思谦的《小说张开了纪实的翅膀》等，则对纪实小说和口述实录体做了精细的"内部研究"。我们欣赏一种他们共有的"热情"的冷静，相比之下，一些批评家正处于把作品的优势视为文体的优势的"迷误"，结果很容易对两种新文体得出些乐得发癫的结论。其实，二者"繁荣"的背后都潜伏着各自的"危机"。有意简化的口述实录体切合了"返璞归真"的大众心理，却支付出了与人、社会和自然的复杂的"同构"关系，成为非虚构的文学中最单一的文体，纪实小说也面临着时间与空间

---

① "怪胎论"虽出自袁良骏之口（《光明日报》1985年8月29日），但同道者颇多。
② 魏珂语，引自《评论家也需要换一种方式》（《文论报》1986年1月1日）。

的双重限制①，其冲击波从"震中"向外呈现出算术级甚至几何级的递减关系。正是为化解这些"危机"，我们才不厌其烦地展览着《寻找合适去死的剧中人》等作品中的未来学信息。

五、未来的分界与兼容

（一）走向全息的作品：对照摄影

维系摄影与非虚构文学的，是它们的纪实"共性"（所谓"摄影机是不撒谎的"）。与摄影世界相仿，内部各文体互不平衡的非虚构文学在未来一段时间里将继续它的全景化、立体化直至全息化的进程。四维的"全息摄影"与现实世界有着误差趋向于零的"同构"（自然，"同构"不等于"被动的勾划"）。从《唐山大地震》起，中国非虚构文学，尤其是报告文学，将与美国新新闻报道和被视为其第二代的"文艺化新闻写作"②一样，渐次渗入"全息化"的乐土。

（二）走向兼容的文体，或"太阳底下没有新东西"

把纪实小说概括为小说化的报告文学，是一种时髦的失误③，未来的报告文学可能越来越多地与小说兼容，除开"艺术真实"或"分解式典型化方法"及与它们相关的一些技巧，没有什么不能被报告文学所"拿来"。我们注意到1986年的一篇"报告文学"《生者与死者的对话》已进行了超验

---

① 郭小东以解剖学家式的眼光，指出了另一种限制："从发展观点看，中国是个讲究实际，穷根究底的国度，这类介于文学与纪实之间的作品，最终能否经得住一系列的诘问，或者以其初始的真诚获得牢固的信任，而继续发展，仍然是难以预料的问题。"（《当代文艺思潮》1986年第3期，第55页）

② 这是诺曼·西姆斯的命名（美国新闻总署《交流》1986年第1期，第73页），我们引用并不等于我们赞同。

③ 不约而同，莫里斯·迪克斯坦《伊甸园之门》里有这样一段话："沃尔夫（当然是汤姆·沃尔夫——引者）……只强调了新新闻的一个极为肤浅的特点：它的小说特性（'像一部小说'）。"（方晓光译，上海外语教育出版社1985年版，第139页）

的构思,这是一次极端到纪实小说的实验,但它亮出了报告文学体的未来信号,这信号的"样板",或许当是祖慰应用了"思想流"的《快乐学院》。

与难以偏离"现实主义"的报告文学不同,纪实小说也许会一直走到超现实或曰荒诞的边缘,并对五光十色的新技巧与新感知方式乐试不倦,纪实小说一向是非虚构文学中最活跃、最顽皮的一个,但要避免其"兼容"进纯虚构小说当中去。

最拘谨的口述实录体则将出现分化:或者作为主体,在口述的基础上,兼容其他叙述方式,甚而再次以复杂化、多样化的形态对付生活的挑战;或者作为技巧,成为非虚构文学中另两种文体通用的手法。

我们预感,未来的"兼容"不太可能淘汰各文体现有的分界,即完全非虚构与不完全非虚构。不论"太阳底下没有新东西"是不是机械唯物论:只认量变不认质变的标签,把它贴在非虚构文学的未来之车上,倒还算是和谐。

(三) 趋势报告:必要的张力

我们不大相信萨特,从他的存在主义到他对非虚构文学"不久将成为文学最重要的形式"的断言,两者都有一种 M. 怀特所谓"咖啡馆"的不负责任的气味。中国的非虚构文学——其实也是整个文学——一直在不同程度地替补着欠发达和欠开放的新闻与其他传播媒介的位置,它与同样是替补这一位置的某些"小道消息"或"谣传",有着不分伯仲的范围与效果。因而,非虚构文学在中国有着一定的土壤。同时,非虚构文学自身往往有着印刷传播媒介的优化状态。新闻的发达,甚至电子传播媒介的发达,不一定会削弱,相反倒可能强化非虚构文学的发展。但这些不等于说它没有"增长的极限"。不久的将来,它也许会转而对新闻产生横向的影响,从而打通比文学更艰难的新闻现代化之路。我们应当在非虚构文学文体之间、在非虚构文学与虚构文学之间、在文学与新闻之间冷静地保持必要的张力,以规避"大跃进"悲剧的重演。

(此文与南平合作)

别样的在场：
近年女性非虚构文学写作论

在现代中国，女性从事非虚构文学写作有着一以贯之的历史承传。20世纪三四十年代，谢冰莹、丁玲、陈学昭等女作家创作了《新行军日记》、《出保霖》和《延安访问记》等非虚构文学作品，表现出关注底层、关注社会、关注中国的写作倾向和文化态度。20世纪80年代，非虚构文学创作中的女性写作成为突出现象，黄宗英、柯岩、陈祖芬、孟晓云、戴晴、李玲修、霍达、涵逸、杨绛等人的作品影响深远，令人耳熟能详。进入21世纪，特别是近几年来，非虚构文学写作在《人民文学》杂志的倡导下又开始重新冲击人们的视界，梁鸿等女性作家的作品成为文坛的时尚话题，彰显出近年来女性非虚构文学写作在话语空间、文化表达和书写姿态等方面的鲜明与独特，是别样的在场与书写。

一、多维与多义的话语空间

与 20 世纪 90 年代一些女性作家痴迷于私人化欲望写作或身体写作有所不同的是,近年来的女性非虚构文学作家并没有将其写作进行"性"和"欲"的极端化宣泄,也没有极力凸显女性的性别本位意识,而是更倾向于选择刚性话语,使之成为文学介入社会,以及"私语"转变成公共话语的一种方式,以此表达女性观察、参与社会的超性别主体意识。这种意识正应和了英国女作家弗吉尼娅·沃尔夫的"双性同体"观念。在《一间自己的屋子》中,沃尔夫曾言:"在我们之中每个人都有两个力量支配一切,一个男性的力量,一个女性的力量。最正常、最适意的境况就是在这两个力量一起和谐地生活、精诚合作的时候。"① 这是一种由内向外的话语扩张,它旨在突破传统女性写作的单一性和狭隘性,从关注自我和内心,走向关注社会与人生。多维与多义的话语空间由此得以形成。

这种多维与多义的话语空间有着多方面的表现,最为重要的是对现实社会热点问题的聚焦、描述与思考,其中又以对"三农"问题的关注最为引人注目,近几年来引起重大社会反响的作品大多出自此类。梁鸿的《中国在梁庄》(又名《梁庄》)是作者深入自己家乡所做的一次田野调查。梁庄位于河南南阳穰县,是中国文化的"老城区"。作品对以梁庄为代表的当下中西部农村的教育缺失、村级组织的困境、留守妇女的"性福"危机、老年人养老、孝道与美德不再等问题进行了生动再现,反思工业化和市场化给农村传统秩序和文化带来的种种冲击和畸变。在其姊妹篇《出梁庄记》中,作者则通过描述遍布中国各地的梁庄籍打工者的生存状态,将视野扩散开来,以一种整体的眼光,调查、分析、审视当代乡村在中国历史变革和文化变革中的位置,努力展示广阔而深邃的乡村现实生活图景。在她看

---

① 转引自朱立元主编《当代西方文艺理论》,华东师范大学出版社,1997,第 344 页。

来，乡村以及被遍及全国各地的梁庄打工者所延伸出来的乡村，"都不是与'我'无关的事物"，"我们应该负担起这样一个共有的责任，以重建我们的伦理"。这番表白，在体现梁鸿力求对精神世界进行自我救赎的自觉姿态之时，更表现出一个富于责任感、使命感和忧患意识的当代知识分子对生于斯长于斯的真实乡土的亲历与反思。而无论是《中国在梁庄》还是《出梁庄记》，其实都渗透着梁鸿浓郁的"乡愁"，表达出浓烈的"归乡"之情和寻求精神家园的深刻主题——"如果没有这些，没有故乡，没有故乡维系、展示我们逝去的岁月和曾经的生命痕迹，我们的生命，我们的奋斗、成功、失败又有什么意义呢""乡村并不纯然是被改造的，或者，有许多东西可以保持，因为我们看到一个民族的深层情感，爱、善、淳厚、朴素、亲情等等，失去它们，将会失去很多很多"①。如果说，余光中眼中的乡愁，是海外游子对故乡浓郁的眷恋和重回故乡的渴望；那么，梁鸿心中的乡愁，则是归乡的女儿对故乡之痛的记录、对现代性和城市化的反思。这也许是20世纪80年代中期文学寻根的一种延续，当然，那时的"寻根"主要是面对改革开放之初潮涌般突入的"西方"，作家们出于本能的一种惶惑。而在中国经济高速发展30年之后，以"乡愁"或"归乡"形式出现的这种"寻根"就显得更为真切和自然。梁鸿之外，冷梦的《高西沟调查——中国新农村启示录》针对陕北高原农村生态保持，董江爱与魏荣汉合作的《昂贵的选票》描述农村基层选举和村民自治，春桃与陈桂棣合作的《中国农民调查2——小岗村的故事》描述"中国改革第一村"的诞生，阮梅的《世纪之痛——中国农村留守儿童调查》直击农村留守儿童困境等，都从不同维度全方位揭示出当代至关重要的"三农"问题。在聚焦和反思"三农"问题的同时，梅洁的《大江北去》、长江的《矿难如麻》和《你，"澳抗阳性"吗？》、乔叶的《拆楼记》、丁燕的《低天空：珠三角女工的痛与爱》则分别揭示了移民、矿难、乙肝歧视、城市拆迁和打工女性等重大社会问

---

① 梁鸿：《梁庄》，《人民文学》2010年第9期。

题。关注现实问题本应是非虚构文学的基本写作原则和写作姿态，而由一个个现实个案的描述、分析入手，谈论问题，无疑突破了20世纪90年代流行的并不针对具体人和事的"泛批判"书写模式，或者说，更为及物的"接地气"的个人体验、问题揭示，逐渐取代了冷眼旁观、状态摹写和泛泛而论。

在关注现实社会热点问题之外，近期女性非虚构文学作家还专注于对当下重大事件的再现。我将此视为作家介入现实，尤其是介入事关国家与民族当下趋态的话语扩张。朱玉、裘山山描述汶川大地震的《天堂上的云朵》《巨灾对阵中国》《亲历五月》和《重兵汶川》，孙晶岩再现北京奥运会和上海世博会的《五环旗下的中国》和《珍藏世博》，张雅文记录香港回归现状的《百年钟声——香港沉思录》，梅洁书写南水北调中线工程及其移民的《大江北去》和《汉水大移民》等都是其中的典型代表。作为一名女性，朱玉对于汶川地震的描绘并未止于惨状、伤痛和眼泪，而是力图超越对于现象的感性描绘，理性概括和把握事件所透射出来的深层之义。作者在《天堂上的云朵》中这样写道："更大的地震，发生在中国人的心灵深处。每一个中国人都经历了一场前所未有的情感大地震，我们从来没有为陌生人流过那么多的眼泪，我们从来没有体会到生命中有那么多撕心裂肺的痛楚，我们从来没有这么深刻地体会过'平安是福'，我们从来没有这样不加掩饰地在众人面前，在陌生人的肩膀上号哭。但，有一个最大的收获是，中国人的心灵，从来没有如此一致地，为人的生命如此招展过，为人性如此张扬过，民族之气，从来没有如此地浩荡过……"① 在此，生命至上、民为根本、人性光辉、民族大义等被作者揭示出来，发人深思。孙晶岩在《五环旗下的中国》中，不仅对中国筹办奥运的历程做出全景式描述，更着力表现中华文明和奥运精神的契合、中国发展和世界潮流的呼应这一

---

① 朱玉：《天堂上的云朵——汶川大地震，那些刻骨铭心的生命记忆》，《北京文学》2008年第8－9期。

主题，揭示出体育盛会与民族国家崛起之间的有机联系。《百年钟声——香港沉思录》重点书写香港回归16年来的发展与变化，关注香港社会的民生、医疗、文化、媒体、教育、廉政、金融、驻港部队等现状，真实地写出了香港的昨天和今天，并发掘出香港百年梦圆、中华世纪复兴的深远意义。它与理由出版于1987年香港回归前的报告文学《香港心态录》形成了一个非常有意思的链接。如果我们将两部作品做对比阅读，就会寻找到香港回归前后壮阔而形象的社会变迁史。

话语空间的多维与多义还体现在女作家们以今人视点反观历史事件和人物的历史纪实，以及对日常生活和个人情感经历的写实。王旭峰描述宁波四大家族变迁的《家国书》，舒云揭秘林彪事件中受到牵连的"小人物"的《噩梦"九一三"》，马娜书写革命战争年代用生命和乳汁保护养育红军后代的《滴血的乳汁》，余艳还原杨开慧与毛泽东爱情的《板仓绝唱》，薛媛媛再现20世纪五六十年代湖南支边人响应号召去云南边陲种植橡胶、变无胶国为产胶大国壮举的《中国橡胶的红色记忆》等作品，涉及中国现代史上政商学界的历史事件和历史人物，关注的是大时代中人物的浮沉和遭遇，思考的是大变革里的人性、人道和世风。与此有某种内在联系的是，非虚构文学在书写大时代、大事件、大人物的同时，并没有忽略对日常生活和个人情感经历的再现。韩小蕙的《吉妮丽吉情歌》、李娟的《羊道·春牧场》、董夏青青的《胆小人日记》、谷雪儿的《纳西人的最后殉情》、杜文娟的《阿里阿里》等展现了多彩的民族风情与风俗；张雅文的《生命的呐喊：生与死之间的绽放》，池莉的《怎么爱你也不够》《来吧孩子》和《立》"成长三部曲"倾力关注个体生命和亲情；林那北的《宣传队，运动队》以个人记忆还原"文革"时期带有暖色调的青春成长史；孙惠芬的《生死十日谈》通过描述辽南农村农民自杀现象，关注城市化过程中农民的精神状态；曲兰的《中国人民的理财生活》书写中国人由"票证时代"走向"投资时代"的生活巨变；刘茵的《砸车奇遇》表现城市社区里的凡人好事、折射世态人心；范小青的《苏州人》聚焦特定地域中的风俗与人。这些"日常书写"使惯常于宏大叙事的非虚构文学有了新的话语维度，以及新的表现力。

以上几个层面所构筑的多维与多义的话语空间，一方面表现出富有男性写作气质的宽阔与宏大，甚至刚性与锐利，使之有别于同时代的女性小说和诗歌等虚构文体的话语，成为通常以男性作家为主体的非虚构文学写作的一道独特风景；另一方面，这些话语也没有放弃女性写作的细致与感性，甚至还表露出关注弱势女性的女性立场。《梁庄》中对农村留守女性性压抑和遭遇性骚扰的同情，《西部的倾诉》中对西部贫困地区女性生存现状和女童教育缺失的焦虑，《低天空：珠三角女工的痛与爱》中对于流水线上从事繁重单调工作的年轻女工青春爱情梦想的萌生与破灭的慨叹等都是如此，体现出女性非虚构文学写作话语空间的多元性。这些不仅鲜明地标示着当代中国女性作家进入公共领域，表达社会关怀意识的自觉，也在一定程度上显示出力求把握公共领域"话语权利"的女性作家彰显自身个性与存在价值的努力。因为，某种意义上说，"公共领域是专供个人施展个性的。这是一个人证明自己的真实的和不可替代的价值的唯一场所"①。当然，在非虚构文学这里，这种个性价值的彰显主要不以私人化或个人化为旨归。而这一特点也在很大程度上凸显出中国非虚构文学写作话语空间维度的嬗变过程。由中华人民共和国成立后30年间打上强烈主流意识形态烙印的单一维度的"政治化叙事"，走向改革开放之后30年的"政治化叙事""泛政治化叙事"与"文学化叙事"的多维度话语并存，非虚构文学写作的话语空间呈现出由一元到多元的基本格局。而究其根本，这仍然是来自于社会话语由一元到多元的基本流变态势——"我们正在逐步告别只有一种声音的'社会生态'，或正在逐步走向思想更加开放，现实主义精神进一步获得

---

① 汉娜·阿伦特语，详见汪晖、陈燕谷主编《文化与公共性》，生活·读书·新知三联书店，1998，第73页。

弘扬的时代。"①

二、反思与建构的文化表达

多维与多义的话语空间无疑使近年女性非虚构文学创作的多向度和高容量成为可能，但这并不能因此而遮蔽或者取代其创作的叙述着力点和基本的价值取向。因为"无论什么样的文学作品都不可避免地包含着作者一定的倾向性，这种倾向性是作者在社会、历史、文化和文学体系等多重因素中作出选择的结果"②。约翰·霍洛韦尔在谈到美国20世纪60年代的非虚构文学写作时也曾说过这样的话："最好的非虚构小说显示出一些辨别是非的审美能力，这种能力在所有的时代对持续不断的人类困境来说，都起到一种向导的作用。如同任何时期最好的文学，这些作品最终都具有人的性质和人类解决面临的困难的力量。"③霍洛韦尔在这里强调的是非虚构文学写作的人类关怀价值和意义。当我们反观近年来的女性非虚构文学写作时，便会发现其特质与霍洛韦尔所言并无二致。无论是热点社会问题和重大事件的纪实，还是回望历史、记录生命个体与民族风情，这些女性非虚构文本叙述的着力点或曰价值取向，大多不在猎奇与炒作、自恋与作秀，也不在漠视民瘼的风花雪月，而是倾向于反思与建构的文化表达。一方面，我将这种文化表达视为依托于传统印刷媒介的非虚构文学的一种策略，即在以数字与网络为代表的新媒体时代不求传播速度上的领先，而力争在趋于深度的文化表达上取胜，以抵御文学与文化的碎片化、快餐化和深度消解；另一方面，这同时也与反思内省、道义良知和人类关怀等知识分子写

---

① 周政保：《非虚构叙述形态：九十年代报告文学批评》，解放军文艺出版社，1999，第58页。
② 沃尔夫冈·伊瑟尔：《虚构与想像：文学人类学疆界》，陈定家、汪正龙等译，吉林人民出版社，2003，第18页。
③ 约翰·霍洛韦尔：《非虚构小说的写作》，仲大军、周友皋译，春风文艺出版社，1988，第22页。

作的基本特质相契合。

与 20 世纪 30 年代左翼非虚构文学强化阶级视点的叙述策略有所不同的是，近年来女性作家们的叙述着力点在于文化反思，即从人的主体自由这一终极关怀出发，特别关注和警醒中国社会文化全面转型中所出现的危机与隐忧，以及中国人在面临乡村与城市、传统与现代的选择时，所表现出来的生存状态和精神生态。这恰好印证了卡林内斯库在谈到二战后第三世界民族国家时提出的观点："对这些国家来说，经济的发展与增长似乎是极其合乎意愿的目标，它们居民的大多数仍旧生活在各种传统社会形式下。在一个新的语境中，现代化的概念加剧了传统同现代性之间的旧有冲突。"[①]因此，我们就不难看到《梁庄》对于乡村在"被现代化"之中丧失传统文化窘状的喟叹，《矿难如麻》对中国"矿难猛于虎"粗放型产业文化的揭露，《中国式拆迁》对"一半是暴力，一半是暴利"的中国特色城市拆迁文化的愤懑，《昂贵的选票》以"选村官"个案对乡村选举文化乃至 21 世纪中国民主政治进程进行的透视。在这里，女性作家们以人类的终极关怀为目标，以理想主义或完美主义为标尺，批评、暴露或反思中国社会文化转型中出现的"利弊兼具"的种种现象，从乡村到城市，从底层到高层，从边缘到中心，书写当代中国人的焦虑与渴望，其视野不可谓不宽阔，其力度不可谓不强劲，与同时期男性非虚构文学作家一道构筑起引人深思、促人警醒的反思之镜。如果说，20 世纪 90 年代一些女性作家的私人化欲望写作呈现某种"告别革命"的意味，是以"性"的矫枉过正和感性舒张来表达对"无性"的"文革"时代的"反动"，那么，近几年来的女性非虚构文学则以超越性别的人类"反思"表达出其显明的理性观照和介入。

当然，反思的最终目的不在于解构、否定和摧毁，而在于建构、肯定与推进。近年来的女性非虚构文学作家在反省现代化进程中民族文化传统

---

① 马泰·卡林内斯库：《现代性的五副面孔：现代主义、先锋派、颓废、媚俗艺术、后现代主义》，顾爱彬、李瑞华译，商务印书馆，2002，第 354 页。

缺失的同时，也在用自己的思考和书写致力于新文化建构图景的描画。朱玉的《巨灾对阵中国》在揭示重大自然灾难侵袭惨状的同时，更着力探讨的是如何科学应对巨灾的公共性问题。"一个善于反思的民族，才是真正值得敬佩的民族。我们需要的，是沉淀下来经验和认识，为亲人，为民族，也为这片亲爱的土地。"作者的这番感言，正是艺术地传达出女性非虚构文学努力建构以社会主义核心价值观为主体的新文化的拳拳之心。《家国书》由叙述家族变迁折射60年中国巨变。作者王旭烽在文中写道："此刻，我站在一个重大的三十年的终端，回望我们的家国。百年，作为一个整体的时间段，出现在我的历史年表中。我意识到，当我想要认识这三十年时，我必须首先认识六十年，而当我想要认识六十年时，我还必须首先认识这一百年。因为，从黑暗到光明，从苦难到幸福，从衰败到强盛，20世纪在中国五千年文明史上是一个最为奇特、最富有变化、最有张力的世纪。于我们的国家是这样，于我们的家园又何尝不是如此。"[①] 作者所强调的"三十""六十"和"一百"，无疑是三个极富象征意义的特定时间节点，它们代表着中国百年曲折历史，有屈辱，有衰败，更有抗争和自强，是道路自信、制度自信、文化自信的形象表达。一些女性非虚构作品将视角聚焦于占据大多数人口的，努力反思过去、改变今天、敢为天下先的中国农村和农民。春桃与陈桂棣合作的《中国农民调查2——小岗村的故事》讲述安徽凤阳小岗村农民冒险进行土地承包，脱贫致富，创建中国社会主义市场经济"第一村"的生动壮举。薛媛媛的《中国橡胶的红色记忆》点赞人类的非凡创造力，思考生态系统的平衡，对自然的保护与开发过程中所显示出来的纠结与矛盾做出形象化表现。冷梦在《高西沟调查——中国新农村启示录》里记录了一个西部山村怎样坚持改善生态、可持续发展，成为新世纪新农村建设典范的过程。在这篇作品中，作者通过当代中国农村发展两种模式此消彼长的描述，提出一个发人深思的问题，而这个问题恰恰击中

[①] 王旭烽：《家国书》，浙江摄影出版社，2009，"序"。

了新农村建设乃至中国社会发展的要害：

> 当历史的大幕浑然落下几十年，当大寨已然凝固成了那个特殊年代里的一个符号，当历史早已经不再需要在黄河之滨的以东、以西两个不同模式的山区村庄之间作出选择，当所有的风流，包括山西昔阳县大寨大队的陈永贵和陕西米脂县高西沟大队的高祖玉两个风云人物在内，均被历史的风云所湮灭，留给我们的，只会是两个寻常的和普通的村庄。
>
> 大寨在虎头山下。
>
> 高西沟在无定河边。
>
> 只是，关于一个符号和一种图腾，我们必须冷静审视。大寨符号和高西沟图腾。主观上企图人定胜天、客观上反自然和破坏自然的大寨符号与回归自然和绿色崇拜的高西沟图腾。
>
> 或许，这种审视对我们民族的生存与延续至关重要。①

在此，作者通过其对比性的描述，清晰地表达出"新农村"建设乃至中国社会发展的应有理念、方向和路径。这无疑是一种力图科学构筑人与自然关系、明确人的权责利的建构性思维——"就是从人一方面是这个世界的受益者，一方面是要负责的管理员的双重角色来反省的话，就必能开创新的人生、喜乐、热情、想象与预见。"② 由以上可见，并不止步于对现实的"写实"及其反思，更注重具有建设意义的文化新建构，使近年来的女性非虚构文学成为一种不仅仅局限于记录现实的有深度的写作。这种深度的获得，主要在于这些创作主体一定程度上混合了批判型和创造型知识分子的精神特质。批判型知识分子的最大特点就是对一切的不和谐和不完

---

① 冷梦：《高西沟调查——中国新农村启示录》，《北京文学》2006 年第 8 期。
② 孙志文：《现代人的焦虑和希望》，陈永禹译，生活·读书·新知三联书店，1994，第 114 页。

美的不满,"反思"和"批判"成为其显著的"徽章"。"因而一切受过良好正规教育的人都会近乎于出自本性地对充斥在社会一切领域中的愚昧、荒诞、非理性持否定和批判的态度,除非他们因利欲熏心而丧失了天良。"①创造型知识分子尽管也不乏批判意识,但大多以建构新理念、新知识或新社会形态为己任。而接受过良好高等教育的女性非虚构文学作家的"反思"与"建构"的文化表达,恰好对应着上述两类知识分子的基本精神倾向。作家们以形象化的反思与建构,使作品在凸显其文学价值之时,还叠加了文化价值和社会价值。此正如诺埃尔·杜特莱在谈及中国当代报告文学时所言:"恰恰由于它日益明显地成为中国当代文学的组成部分,因而它像其他文学形式一样得到了当之无愧的关注。尽管它在构成时受到某些不得已的束缚,仍能传递出完整的信息";"只要会破译这些信息,就肯定能从中获取丰富的教益,进而了解中国当代社会"。②

三、见证与写实的书写姿态

话语空间的多维与多义,以及倾向于反思与建构的文化表达,无疑强化了近几年女性非虚构文学创作的多向度和深度。而如何呈现这种话语空间和文化表达,或者说以怎样的书写姿态面对现实,则是非虚构文学作家需要考虑的一个问题。"在很大程度上,优秀的非虚构作品是对一种印象的确认。靠你的诚实呈现世界。"③ "见证与写实"强调的是创作主体表现客观对象时的切入视角和写作方式。"见证"在此指的是类似田野调查式的第一手材料的获取,强调创作主体的"在场";"写实"则是指处理见证材料的基本规则、态度和方法。二者的结合使非虚构文学的"非虚构性"得以

---

① 郑也夫:《知识分子研究》,中国青年出版社,2004,第86—87页。
② 诺埃尔·杜特莱:《中国的报告文学》,林青译,《文学研究参考》1987年第7期。
③ 雪莉·艾利斯编《开始写吧!——非虚构文学创作》,刁克利译校,中国人民大学出版社,2011,第5页。

充分实现。作为一种书写姿态，近年的女性非虚构文学既在"写实""纪实"或"非虚构"上与女性小说和诗歌等虚构写作相区别，又以其行动性、田野性和亲历性，有别于局促在书斋写作的一般女性散文。总体而言，在"见证与写实"这一问题上，女性作家似乎与男性作家保持着相当的一致性，其原因首先在于文学本身的现实主义传统，其次也许还在于社会转型时期的现实比虚构更精彩，局限于虚幻、玄怪、穿越、无厘头的写作已使人产生审美疲劳。

值得欣慰的是，近年来的女性作家们正以多种多样的见证与写实的方式，践行着她们对于文学与社会、文学与理想、文学与人生的基本信念。"见证方式"的多样化表现在多个方面。这里既有类似报告文学作家那样的受命或邀约采访，孙晶岩写作《五环旗下的中国》、王旭烽写作《让我们敲希望的钟啊》、李玲修写作《乒乓中国梦——走进蔡振华团队》即是如此。也有像冷梦那样先为组织采访，后又主动重返当地，与农民共同生活一段时间，写出反映当代农村可持续发展的《高西沟调查——中国新农村启示录》。还有李娟深入基层体验生活；梅洁、梁鸿回到自己家乡进行田野调查；池莉、张雅文、章诒和、曲兰根据个人或亲朋好友的经历纪实。更有涂俏为写作《我在深圳"二奶村"的60个日日夜夜》，用角色置换的"卧底"方式进行全程的追踪和体验；作为文联签约作家的丁燕"卧底"打工200天观察珠三角工厂年轻女工的工作和生活。从这些多元化的见证方式中，我们可以强烈地感受到女性作家们独具个性地获取第一手写作素材的方式。从受命或邀约采访，到角色置换、"卧底"体验，再到亲历家乡或记录亲朋，宏大叙事、探奇叙事和亲情叙事交错其间，构成一幅奇妙的图画。受命或邀约采访，作家们似乎大多有某种"命题作文"的因素在其中，处理这类情况需要作家的智慧，这是"戴着镣铐"，也还要去"跳舞"，也就是要将"规定动作"和"自选动作"巧妙结合起来，契合命题，又能够在某种程度上超越命题。李玲修在采访过程中，将重点放在蔡振华团队的发展上——此为受命采访的"规定动作",即对象采写的必须性和侧重点。与此同时,作者又力求"尊重历史""完整表现"和"去伪存真",耗时三年进行大工作量的田野调查,没有忽略,甚至是力图尽可能全面地展示中国乒乓球运动历史进程的原貌,以及在这一进程中具有重要意义的人物与事件。这是作者恪守非虚构原则的"自选动作"。而正是因为有了这两种"动作"的共存与互动,保证了《乒乓中国梦——走进蔡振华团队》不仅是作为文学叙述,更是作为中国乒乓球发展的"信史"而存在。相比较而言,家乡亲历或亲朋记录则显示出比较多的个人性或地方性。这种方式与受命(邀约)采访形成"见证"的不同侧面。梁鸿对家乡进行的"见证",为写作所获取的第一手材料,是其归乡之旅的自然过程,洋溢着浓烈个人情感的乡情要素。她的"见证"不是简单的旁观式或嵌入式的在场,而是一种伴随其出生、成长,因而是带有特别铭心刻骨印记的亲历再现。"如果说这是一部乡村调查的话,毋宁说这是一个归乡者对故乡的再次进入,不是一个启蒙者的眼光,而是重回生命之初,重新感受大地,感受那片土地上的亲人们的精神与心灵。它是一种展示,而非判断或结论。"① 是替"我故乡的亲人"立的一个"小传"。这种个人性、倾向性和地方性相融合的见证方式,当然也将直接影响到作者的写作立场和观念表达。而角色置换、"卧底"体验,则更具"在场"感,在见证对象的选择上多以女性生活为主,无论是"二奶",还是"打工妹",都是如此。相比较上述两种"见证"形式,此类"见证"多以社会底层人群或灰色生活为对象,因此,作家们的真实身份大多隐秘与潜伏,而公开显在的是其需要深入体验与考察的"角色"。这种"见证"方式并非女性作家们的独创,非虚构文学历史上的许多男性作家也早已做出尝试。譬如现代著名作家夏衍潜伏上海纱厂做观察,写出描述纱厂女工惨状的《包身工》;当代报告文学作家贾鲁生乔装打扮混迹丐帮数月之久,写出反映中国乞丐群体的《丐帮漂流记》;作家冈特·瓦

---

① 梁鸿:《中国在梁庄》,江苏人民出版社,2011,第4页。

尔拉夫乔装成土耳其劳工，历时三载，写出揭露德国外籍底层社会苦状的《最底层》。在获取"眼见为实"的第一手材料的同时，这种角色置换、"卧底"体验的风险性指数当然也大过上述两种"见证"方式。当然，无论见证方式如何多样化，其最终旨归都应指向创作主体的"在场"，并以此获取具有可靠真实性的写作材料。对于非虚构写作来说，这一点至关重要——它将保证作品"非虚构"品质的显现，以此确证自身的价值和意义。此正如鲁道夫·哈勒所言："在实证的或实在的阶段，人类放弃了绝对的或终极的解释，而将知识和对于知识的冲动限制于可观察的事物的领域。"①

对于以田野调查为摄取写作材料主渠道的非虚构文学而言，真实而全面的第一手资讯的成功获取是作家进入写作的前提和基础，某种意义上说，没有田野调查，没有在场的见证，就没有真正的非虚构文学的产生。"但是，观察并不等于一切，还得要表现。因此，除了真实感以外，还要有作家的个性。"② 左拉在此虽是针对小说发言，但我以为这个原则对于非虚构创作也是适用的。非虚构文学创作的"见证"方式不同，作为处理见证材料的基本规则、态度和方法，"写实"体现出的是整一与多样的姿态。

近年来女性非虚构文学作家的创作总体上遵循着"写实"应有的基本指向，那就是对人物与事物描述的实证性，即在文本中描述与现实可以对应的确指的地域性事物、人物和事件，或者说是对经验世界中给定现实的再现。无论是梁鸿笔下的"梁庄"、冷梦笔下的"高西沟"、丁燕笔下的"工厂女孩"，还是池莉笔下的"女儿"、张雅文笔下的"香港回归"、王旭烽笔下的"宁波家族"、范小青笔下的"苏州人"，它们都给予读者并非虚拟、荒诞和穿越的幻影，而是十分确定的"非虚构"的现实世事与人生。此可谓"写实"的整一。当然，这里的"写实"并非一种照单全收、有闻必录的纯粹照相式写实。此正像梁鸿所理解的那样："一种建立在基本事物

---

① 鲁道夫·哈勒：《新实证主义》，韩林合译，商务印书馆，1998，第29页。
② 左拉：《论小说》，载朱雯等编选《文学中的自然主义》，上海文艺出版社，1992，第210页。

之上的叙述,这就是非虚构文学的'真实'。并不局限于物理真实本身,而试图去呈现真实里面更细微、更深远的东西(这是一个没有穷尽的空间)。在'真实'的基础上,寻找一种叙事模式,并最终结构出关于事物本身的不同意义和空间。"① 因此,为了呈现这种特殊意义的"真实",干预叙述者及其非叙事性话语就成为"写实"整一的另一种呈现方式。与小说等虚构类文体不同,非虚构文学文本的叙述者与作者本人具有同一性,而且这个叙述者不仅不需要隐瞒自己,还要在文本中经常使用非叙事性话语表达主观判断——或抒发揭示,或解析勾连,达到以对叙事的"干预"和"间离"引领读者、宣泄自身文化观念的目的,最终用来构筑个性化的文本风格。《低天空:珠三角女工的痛与爱》一文中,丁燕以细腻的笔触写出了广东珠三角一家外资工厂女工们繁重、枯燥、压抑的工作与生活,作为叙述者,她常常在叙事中嵌入或情真意切或愤懑不平或冷观静思的非叙事性话语,用来表现其对叙述过程的"干预"。在叙述女工失落的青春与爱情之后,作者写下了这样一段非叙事性话语——"在工厂的日子,是一连串的因果链条,没有什么人会对女孩子们夭折的青春负责,在她们饱满的躯体内,蕴藏着最荒凉的记忆。她们沉默着,安静而倦怠,比实际年龄还老。我和她们相遇——我看到她们在排队等饭,下班后涌出楼道,在拉线上拿起电子板,从啤机里取出塑胶品,但我却无法看清她们的全貌;当工厂的大门关闭后,这幅少女群像图,渐渐变得模糊,成为某张褪色的旧照片。无论我怎么辨认,也还原不了其中的万分之一。我只能说出我所看到的那点细小和琐碎,那点微光和温暖。"② 从这段话语中,我们不难看出作者饱含同情、无奈、感伤的情感,以及对于现代工业压抑人性、剥离自由的理性认知。而这样"间离"叙事的表达,既呈现出作者的所思所想,也是对读者的阅读引领。

---

① 梁鸿:《非虚构的真实》,《人民日报》2014年10月14日。
② 丁燕:《低天空:珠三角女工的痛与爱》,《北京文学》2013年第2期。

"写实"的多样姿态,主要体现于女性非虚构文学的视角、结构、修辞等具有跨文体性的艺术表达等方面。由不同"见证"方式所建构的宏大叙事、探奇叙事和亲情叙事,使得近年来的女性非虚构文学在恪守"非虚构性"的前提下,充分吸收小说、散文、诗歌、影视、新闻、调查报告和学术论文等多种文体的优长,将文学与社会学、心理学、生态学、教育学、历史学、民俗学和文化人类学等多学科内容交织在文本之中,最大限度地拓展再现的空间,使文本在闪耀文学光辉的同时,更具文献价值和文化意义。张雅文的《百年钟声——香港沉思录》借鉴小说、散文和新闻等多种文体笔法,叙述在宏微相间中展开,诸多的场面与细节的描写,又使作品开阖自如、飞扬灵动,形象化地把握香港回归以来的"大势所趋",以及当下香港的"人心所向"。梁鸿的《出梁庄记》中大量的人物口述实录,让人感受原生态的思想浪潮和语言魅力。在《中国橡胶的红色记忆》中,薛媛媛用传奇与写实叠加的手法再现湖南支边人创造的伟力,如怨如慕、如泣如歌。在多样姿态的"写实"路径中,一些优秀的女作家们很好地演绎了话语空间的多维与多义,以及反思与建构的文化表达。在见证与写实中收获巨大的情感冲击与思想震撼,并由此产生揭示真相、还原本真的强烈的纪实内驱力,这使得女性非虚构文学在对现实热点问题、重要事件和人物的真实再现上独具优势,在创作集现实性、艺术性和文献性于一身的优秀文本之时,还创造出为许多虚构文学所难以企及的文学效应和社会反响。

在肯定近年来女性非虚构文学写作的话语空间、文化表达和书写姿态的独特价值之时,我们也不能忽视其所存在的局限性。从总体而言,这一写作群体对狭隘和单一话语空间的突破是显而易见的,但并未形成强大的话语合力,其结果便导致话语的传播力弱化。除《中国在梁庄》《大江北去》《拆楼记》等少数作品之外,近年来女性非虚构文学的其他作品缺乏更为广泛的文学影响力和社会感召力。从艺术传达本身来看,一些作家的"非虚构"意识仍然不够清晰,这直接影响到其文本的真实度和公信力。

"非虚构文学"虽然并非特指某一种具体文体,它更多的是包含报告文学、传记、口述实录体文学、文学回忆录、纪实性散文等在内的多种文体类型的集合,是一个与虚构文学相并列的文学族群,但有一点是应该明确的,那就是它们无一例外地需要坚守以田野调查性、真实性和文献性等为内涵的"非虚构性"文体规范。而在一些女作家的非虚构文本中,我们可以发现其常常混淆虚构与非虚构界限的情况,特别是在一些历史性题材文本中大量使用心理描写、大段人物对话和细节等,过度使用创造想象等技巧,最终导致事实与虚构混淆不清。另外,一些作品在材料处理和艺术表现上的粗糙也是需要加倍关注的——"非虚构作品强调认识的时效性,强调在场体验,虽然不失为好的意愿,却也可能导致很多题材还没得到深度消化就直接呈现,也来不及考虑艺术层面的问题。"① 尽管有专业作家、编辑记者、学者教授等不同职业身份作者的参与,但与小说等其他文学文体作者相比,非虚构文学写作领域的女作者参与度仍然偏低,田野调查的艰辛与周折、文体传达的刚性与智性、再现对象的复杂与危险,似乎都可以用来解释个中原因。认识和超越这些局限,也许正是女性非虚构文学作为一个独特的文学存在完善自我、继续前行的不竭动力。

---

① 李德南:《非虚构:面对真实还是面对文学?》,《文学报》2014年12月11日。

现当代中国非虚构文学的大众文化品格

现代大众传播媒介的迅速发展，使大众文化的出现、成长乃至壮大成为可能。① 而近代中国报业的兴起，又为生于兹、脱胎于此的中国非虚构文学（以20世纪初至20世纪90年代初为其上下限）② 注入了其作为现代大众文化的最初基因。进入20世纪八九十年代的非虚构文学，正与武侠言情小说、室内电视剧、时装表演、流行歌曲、激光唱盘一道，日渐成为大众文化的主角。忽视在激变的历史时期非虚构文学所显示出来的大众文化品格，也许就难以理解其在现代的飞速发展及其对现当代文学进程的重大影响。当然，我们确认现代中国非虚构文学具有大众文化品格，其意义是相对于精英文化而言——但这并不等于说，来源于中国近代文化精英创立的近代报刊的非虚构文学不带有精英文化的特质。作为"边缘性文体"的非

---

① 本文所言"大众文化"，意指利用大众传播媒介传播的，有相当经济效益与社会效益，为大众提供身心娱乐的文化，而非一般意义上的民俗文化。

② 此包含20世纪内中国出现的有代表性的报告文学、口述实录体文学和纪实性特写等文种。

虚构文学实际上正处于两种文化的交汇点上——它既是文化精英们用"形象的侧面来传达或暗示对于社会现象的批判"（胡风语），又在商业主义全方位入侵的态势下表现出大众文化的种种特性。本文欲从大众参与和商品化这两个视点，着重理解现当代中国非虚构文学的大众文化品格。

一、视点 A：大众参与

文化学研究表明：精英文化与大众文化之间并非横跨着一道不可逾越的鸿沟，在特定条件下，它们存在着双向交流运动。精英文化经长期推广普及，会逐渐通俗化，成为大众文化形式或被打上大众文化印记。大众参与，即是现代中国非虚构文学实践上述交流与转换的独特方式。

与美国 20 世纪 60 年代"许多小说家暂时地放弃了小说创作，转而写社会评论、纪实文学和充满活力的报告文学"① 略有不同的是，现代中国非虚构文学（以 20 世纪 30 至 50 年代最为显著）的迅速发展得力于民众的热情参与。这种群众性创作，即大众参与形式所形成的优良传统，是同一时期别的文学样式所欠缺的。在这里，"大众参与"的不仅仅是具体的文体写作过程，更重要、也更引人注目的是其参与的行为本身和渗透其间的"参与意识"——它昭示着非虚构文学在表达内容、技巧和语言日趋"平民化"，并为大众喜闻乐见的同时，这种文体的精英文化特质部分地被民众接受、改造、作用、转换成大众文化的特质。大众参与的最表面化成果，是促成了当时那些群众性的写作风潮，其人数之众，层次之广，规模之空前，投入的热情之浓厚，非别国能比。我们仅从这些风潮中的"征稿"一项，便可略见大众参与势态的宏阔，1936 年茅盾曾发起编撰《中国的一日》报告文学集，他在《关于编辑的经过》一文中写道："我们收到的来稿，以字数计；不下六百万言，以篇数计，在三千篇以上，全国除新疆、青海、西康、

---

① 约翰·霍洛韦尔：《非虚构小说的写作》，仲大军、周友皋译，春风文艺出版社，1988，第 3 页。

西藏、蒙古而外,各省市都有来稿;除了僧道妓女以及'跑江湖的'等等特殊'人生'而外,没有一个社会阶层和职业'人生'不在庞大的来稿堆中占一位置,而且我们还收到了侨居在南洋、暹罗(今泰国)、日本的赞助者的来稿。"① 在这些群众化的写作风潮中,众多的写作成果被结集出版,这主要指1932年的《上海事变与报告文学》、1936年的《中国的一日》、1939年的《上海一日》、1941年的《冀中一日》、1958年的《志愿军一日》、1989年的《新中国的一日》等。它们无疑是"大众参与"的较为典范的摹本。

另一个有意味的事实是,大众参与非虚构文学进程的高涨期往往也正是现代中国社会的激变、动荡或转型时期,诸如19世纪30年代的抗日战争、50年代的"大跃进"和1978年以后的改革开放时期等。在这些时期,人们所显示出来的对自身价值、命运和对社会问题的日益增长的关心,远远超过一般时代所赋予人的生活内涵。而非虚构文学作为激变时期里最具现实感的艺术把握方式,成为大众以空前热情积极投入的主要文学形式,就是再自然不过的事了。这时,大众参与的非虚构文学实际上是权威意识形态出于政治层面的考虑而积极提倡的产物,民众为宣泄内心情绪的最迅速、最质朴,又较易掌握的工具,知识界出于坚守"社会责任与良心"的形象而大量运用的,比一般新闻报道更具深度与力度的代言形式。20世纪80年代后期,由全国百家杂志发起的旨在描述前所未有的中国经济改革的"中国潮"报告文学征文活动,可看作是这一有意味事实的典范。由一般民众和专业作家组成的庞大的创作主体,把笔触伸进中国经济与社会文化转型的每一处角落、每一个心灵,用通俗的语言和富于概括力的结构形式,以及所有高涨的情绪和灵感,把握着最富于大众意义的社会流向和经济变革的本质面貌。非虚构文学比之以往任何时候,都获得了绝不仅仅是文体

---

① 茅盾:《关于编辑的经过》,载《中国报告文学丛书》第1辑第3分册,长江文艺出版社,1981,第109页。

意义上的巨大成功。在此时，由"大众参与"方式作为重要因素所培育的现代中国非虚构文学的大众文化品格日渐凸现，这一文体在赢得最广泛大众注目与参与的背景下，以展示中国当代社会各层面现状的优势，成为近十多年来昂首于文坛的鲜明旗帜。

二、视点 B：商品化

若从时序上做机械的划分，我们可以将"大众参与"这一现代中国非虚构文学大众文化品格的重要特征的形成发展期，确定在20世纪30至50年代，而作为这一品格的核心内容——商品化趋势，则是在20世纪80至90年代逐步凸现的。当代中国经济的迅速发展和多元化大众传播媒介的建立，成为其生长背景与必备条件。不过，辩证地看，商品化特征的形成有其预备期，是渐进而非突进的历程。商品化将贯穿于20世纪90年代的非虚构文学演进中，并将波及21世纪。

20世纪八九十年代，中国向市场经济转轨的大趋势，将以商品化为主要标志的大众文化（自然包括中国非虚构文学）推至文化潮流的前锋，且大有先声夺人之势。如今，"大众文化已经形成新的集权主义，它不仅控制了全社会的文化生产，控制了新的意识形态的再生产，而且把生产方式轻而易举就套用在所谓的'精英文化'运用中"[①]。也许有人现在还难以接受非虚构文学成为商品这一事实，但实质上，"在工业—商业时代，艺术品的商品性对所有艺术生产都是重要的，并非通俗艺术所特有，其区别在于：市场和商品经济的决定性作用在一种艺术中比较隐蔽，在另一种艺术中则比较明显"[②]。也就是说，作为现代大众文化之一隅，非虚构文学的本质即

[①] 陈晓明：《填平鸿沟，划清界线——"精英"与"大众"殊途同归的当代潮流》，《文艺研究》1994年第1期。

[②] 阿诺德·豪泽尔：《艺术社会学》，居延安译编，学林出版社，1987，第232–233页。

带有比一般精英文化明显得多的商品性。这一方面是指它的产生和发生过程，基本上按照商品生产的规律（也即一般艺术生产规律）完成，即：生产→流通→消费。另一方面，非虚构文学作品的产生，在相当大的程度上，是以"市场需求"为写作动力，以能否畅销、能否取得较大的社会反响效应为目的的。因此，在高效率、快节奏的现代社会中，非虚构文学越来越像"文化快餐"。我曾在另一文中谈到过这一现象，即"报告文学有一定的文献性，但它更像人们选择各种形式的消费一样，常常在火车上、咖啡屋中、工间、课余被一次性地消费掉了。因此，报告文学中相当比例的作品已成为大众文化商品，被各层次的人群争购"①。

（一）受众：品位多级与作品的多层对应

非虚构文学受众的多品位需求与作品的多层次制作、供给，已越来越引人注目。20世纪80年代中期，中国的非虚构文学一跃而起，独领文坛风骚，作品的数量空前，新作家不断涌现并形成群体。在众人争购《唐山大地震》《南京大屠杀》《中国姑娘》《三门李轶闻》等高水准的作品时，地摊、车站、码头上随处可见的诸多的纪实性特写等也蜂拥而至，并有着可观的发行量。这似乎已经在暗示受众的多品位和非虚构文学多层对应的出现。实际生活中，"受众"对于精英文化来讲，也许只是趣味相投的少数人或少数文化人，而从非虚构文学的"市场"来看，它无疑是一个庞大的混合体。各层次的人群对非虚构文学作品的要求千差万别，正如美国学者雷蒙德·鲍尔指出的："在可以获得的大量（传播）内容中，受传者中的每个成员特别注意选择那些同他的兴趣有关、同他的立场一致、同他的信仰吻合、并且支持他的价值观念的信息。他对这些信息的反应受到他的心理构成的制约……"②在受众那里，又可按照某些共有倾向与特点，把他们分成

---

① 王晖：《报告文学理论研究：回眸与展望》，《文艺争鸣》1991年第4期。
② 雷蒙德·鲍尔：《顽固的受传者》，转引自中国社会科学院新闻研究所等编《传播学（简介）》，人民日报出版社，1983，第19页。

若干群体，这样，多层次、多品位的受众就必然需要有多层次的作品来对应。

为了叙述的方便，我们大致上可将中国非虚构文学的受众分为三个档次，即高层品位、中层品位和低层品位（这里的品位主要是就受众的心理构成、文化素养、对作品的选择特性及欣赏水平而言）。这种划分的相对意义在于，三级品位的"消费指向"有时也会相互交叉。

高层品位受众中的相当部分是知识阶层人士，如干部、教师、大学生和专业技术人员等等，其对于非虚构文学的要求，自然是那种具有认识与美学价值，又有一定可读性的作品类型。譬如近几年时兴的学术化报告文学、历史反思类报告文学、调查报告式的纪实性特写以及口述实录体文学，如《100个人的10年》《唐山大地震》《无极之路》《昨天——中英鸦片战争纪实》《深圳的斯芬克思之谜》《中国政府大裁员——'93时事热点》等等。那些有史实依据的领袖生活纪实，诸如《毛泽东的人际世界》《中国第一人毛泽东》等，以及一些高质量的丛书，如"中国革命斗争报告文学丛书"、江苏文艺出版社出版的"纪实文学丛书"等，也正在进入这一群体的视野。

高层品位受众群体的存在，无疑使非虚构文学的大众文化品位有所提高；反过来，为适应他们的需求，那些有着较高档次的作家也在大量制作以上几类"消费品"。譬如陈祖芬、贾鲁生、宏甲、王光明、麦天枢、马役军、钱钢、孟晓云和陈冠柏等。从目前来看，这一群体在大众中只占较小的比例，但他们所选择作品的"信息指向"却引人注目。粗略算来，有这样一些：在新闻尚未彻底开放的今天，尽可能多地披露一些与大众现实生活密切、较敏感的社会问题，以强化社会批判与监督机制；认识大众的道德观念、生活方式和价值取向的变化；休现知识阶层作为社会道德与良心维护者的价值；宣泄忧虑情感，以求心理平衡。

对那些一般阶层（有一定文化程度和教育水平）的人士，我们视为中层品位受众,而把受过较少教育或未受过教育的人,看成是低层品位的受众。其中前者占据着整个受众群的较大比例。这两类受众对非虚构文学大多持实用观点,即阿诺德·豪泽尔所言:"经济上和文化上没有地位的社会阶层无论对精英艺术还是对通俗艺术都没有明确的态度。他们是以非艺术观点来看待艺术作品的成就的。他们对作品的美学价值——即艺术上的优劣——常无动于衷,关心的只是作品是否涉及他们的实际利益、是否反映他们的思想和目标","对他们来说,重要的作品反而不易获得成功,因为他们未受过良好教育,没有特殊的审美经验"。[①] 两类受众的窥视心理、本能欲望和娱乐天性都促使其对非虚构文学的趣味性(娱乐性)和可读性的要求远远超出其对高品位的追求。他们的目光一般投向报刊的纪实性特写,在相当部分的受众看来,阅读非虚构文学作品与一般娱乐性文化属同一层次的消费。而车站、码头、商店及各式人群聚集地,是两类受众,特别是低层品位受众获取非虚构文学这种特殊商品的主要渠道。一些作者也投其所好,以求可观的"票房价值",其创作质量的高下粗细、参差不齐就是显而易见的了。

摆在非虚构文学作家面前的难题是:多品位的需求与多层次的供给关系该怎样维持到一个"度",才不致使中国非虚构文学的大众文化品格走入低调。或许,这是个高于市场调节机制的宏观把握问题。非虚构文学创作既要遵循市场经济规律,也应当给受众以文化价值观、道德观的有影响力的制约,从 21 世纪中国非虚构文学的发生与发展来看,这实在是它的传统与独具现实感召力的价值魅力所在。即非虚构文学不仅是出色地描述现实的好手,更具有从较高文化视野分析、评判所描述的现状,并体现社会责任与正义的理性思考和超越现实的预见性。诚如一位研究者所言:"报告文学创作中的理性精神和超前思维正是带有方向、方法性的成分,它的有无

[①] 阿诺德·豪泽尔:《艺术社会学》,居延安译编,学林出版社,1987,第 232–233 页。

或程度的不同，往往显示着一位作家的修养和作品品位的高下。"① 我们应摒弃那种机械照搬现实，或功利性地对某种品位受众，特别是低层品位受众投其所好地选择现实的做法，对在消费主义大潮浸润下的多品位需求，应给予充满理智感的写作对应，以此形成受众与作家之间相互制约的有效张力，保持非虚构文学作家与作品独立明辨现实的品格。唯其如此，非虚构文学才可能不致走入低调，并给予多品位的受众以良好的、多层次的而不是粗制滥造的，既能娱乐身心，又不是仅用来刺激感官的优质作品。

（二）大众传媒：多元化格局与全方位的传播

现代商品经济中，流通使产品变成可供消费者使用的商品，其重要的中介作用不言而喻。

正如没有电视转播，奥运会的全球性便荡然无存。对非虚构文学来说，没有大众传播媒介作为流通渠道，便无非虚构文学，后者也就谈不上成为具有大众文化品格的商品了。

大众传播的世纪性变化，出现在现代电子技术的飞跃发展之后。电视、广播和传统的报刊、书籍，使传媒形式日臻完善，为大众文化产品多元化生产与消费提供了先决条件。20世纪八九十年代，以报纸、杂志、书籍、电视、广播和电影等六大传媒为主体，以交通中心（车站、码头、机场等）、社区服务中心和人群主要聚集地为流通场合的大众或次大众传媒，一齐营造着前所未有的多元化态势。中国非虚构文学也相应出现了全方位传播，其中以报刊、书籍最为显著。

以信息量大、发行广泛、易于保存和携带为特点的各类杂志，成为非虚构文学最主要的传播媒体。大型纯文学期刊、文化综合类期刊大多以高、中层品位受众为主要对象，登载高质量的报告文学、纪实小说、纪实性特写和口述实录体文学。《当代》《十月》《中国作家》《昆仑》《花城》《萌

---

① 李炳银：《生活与文学凝聚的大山——对报告文学创作的阅读与理解》，《文学评论》1992年第2期。

芽》《开发区导刊》《三月风》和《文化广场》等可作为其中突出的代表；另一类是以中、低层品位受众为对象，以纪实性内容为主体的杂志，它们大多具有发行量大（每期三万至十万册）、正式出版书号、大体一致的定价等共同特征。较大的发行量是赢利的基本保证，正规书号给人以较强的可信度，中等的定价适应了受众的经济承受力。但此类杂志内容繁杂，信息指向多以社会新闻纪实为主，有些不免泥沙俱下。

1993年全国报纸已从1978年的186种激增至1 755种，报业竞争的"战国时代"使得几乎每种报纸都绞尽脑汁地相继推出"周末版"与"扩大版"，主要登载的就是纪实性特写。时下，财大气粗的报纸以高出一般文章几倍的稿酬来吸引纪实文学作者，扩大发行量，招徕受众。应该承认，报纸的非虚构文学受众数量在急剧膨胀，大有与杂志平分秋色之势。譬如以发表纪实性特写为主的《南方周末》，已覆盖几十个省、市、自治区，每期印数均在100万份以上。

中长篇报告文学、纪实性特写和口述实录体文学，则大部分选择以单行本或丛书形式出现。特别是1990年以来，大部头作品方兴未艾，产生了极大的轰动效应，近年来举办的全国图书奖和新华书店畅销书统计表明，纪实性作品均名列前茅。

至于次大众传播媒介（指车站、码头、商店等非正式媒介发行渠道）所提供的"商品"，大多为书刊、报纸所载非虚构文学作品。尽管目前这一媒介系统还处于不规范期，但它对非虚构文学于正式发行渠道之外的再传播所起的作用不容低估。

今日非虚构文学借助多元化大众传媒系统，所得到的全方位传播，是现代中国非虚构文学历史上绝无仅有的，日渐浓厚的商品化色彩，使之汇入大众文化的主潮之中。多品位的受众需求与多元化的大众传媒，都力促非虚构文学进行自身写作机制的应对，以更快更好地向商品化迈进。

（三）作品："模式化"写作机制及其应对

消费市场与流通领域的繁荣，为非虚构文学的商品化提供了有力的前提与条件，不过，三者关系的互补性告诉我们，如果没有非虚构文学初具商品化的自身写作机制，也难以出现多层品位受众和全方位传播态势。

按照大众文化生产的一般规律，为满足广大受众的消费，其产品的制作往往采取机械操作原则，即先按某一模式（范型）制作，进入市场，一旦销路大开，便批量复制生产，此模式百用不厌，直至下一个新模式的到来。非虚构文学的自身写作机制与此十分相似。的确，并非所有的非虚构文学作品都按某一模式制作，但从20世纪三四十年代起，我们确能寻找到一个"模式化"写作机制的轨道。譬如上述"大众参与"的"一日"式写作模式，从20世纪30年代的《上海一日》到20世纪50年代的《志愿军一日》，写作套路基本一致，变化的主要是因时而异的内容。20世纪50年代末60年代初中期以至70年代，《向秀丽》《焦裕禄》《共产主义战士——雷锋》和《一不怕苦、二不怕死的共产主义战士》等以"人物特写"笔法形成的创造"时代英雄"模式，在内容上也无一例外地有着浓厚的时代政治色彩。20世纪80年代中后期出现的"全景式"结构模式，几乎成为这一时期报告文学写作的唯一样板。不同模式在不同时期的流行和大量摹本的出现，已足以证明非虚构文学的模式化写作机制论题。这实际上与大众文化的其他门类，例如通俗小说，有着异曲同工之妙。像我们十分熟悉的金庸、梁羽生武侠小说模式，琼瑶、岑凯伦言情小说模式，克里斯蒂侦探小说模式，王朔市井文化小说模式，等等。其实，包括非虚构文学在内的模式化写作机制的存在，大多是受一定环境、时代受众的语言模式与行为方式影响而成。诚如萨姆瓦所言："文化表现为一定的语言模式和一定的行为方式，这些共同接受并采用的言行模式和传通体式，使我们在某一特定的时间内，生活于具有一定技术技能的，受到一定地理环境限制的社会之中。"[1]

因此非虚构文学写作机制的应对，只会以外部受众需求为目标，以适

---

[1] 萨姆瓦、波特、简恩：《跨文化传通》，陈南、龚光明译，生活·读书·新知三联书店，1988，第28页。

应大众传媒的多元化为条件。这里从其选材、整体结构和语言等方面来讨论一下它的"机制应对"。

首先是选材。非虚构文学选材意向与类型（模式）依据不同品位受众的要求来设计，对高层品位的受众来说，带方向性、主导性的社会问题是其关注的热点，作品的选材意向需围绕此展开。近年出现的《中国政府大裁员——'93时事热点》《白猫黑猫——中国改革现状透视》《留学生心态录》《孔雀东南飞》和《深圳的斯芬克思之谜》等作品令人满意地实现了选材与受众的应对。这又与高层品位受众对非虚构文学的信息指向内容不谋而合。中、低层品位受众则偏爱那些消遣、刺激性强的社会新闻纪实模式。但一味迁就此类受众的需求，作家的写作易进入误区。近年来，一些学者就指出，目前领袖题材热的致命点是失真失实，胡编乱造，对历史人物评价凭一己之见，失密泄密，发布"绯闻""内幕"，猎奇猎艳。① 选材中的另一模式是，广告式的"企业报告文学"。其制作方式多以企业出资，作家执笔，以企业或企业家本身为描述、宣传对象展开。

其次为结构。结构的模式化与受众的欣赏习惯相关。20世纪20年代，非虚构文学作品大多为故事体结构，类似一般散文或短篇小说的结构方式，以叙述事件的前因后果为中心，带一些议论色彩。这种模式与中国传统的小说相近，适合那些受到中国传统叙事方法影响与熏陶的受众的阅读心理。至20世纪30年代起，故事体与人物特写式相交融模式流行，那些时期的《彭德怀速写》《小丫扛大旗》等都是如此。20世纪八九十年代，结构模式趋于多元，其中既有传统的故事体，如《三门李轶闻》，也有像《哥德巴赫猜想》似的人物特写式，甚至故事体与人物特写式的结合，如《中国姑娘》《胡杨泪》等。最普遍的是"全景式"，即全方位、多角度描述某一类问题、现象、人物等，运用大量数据材料，用语富于思辨性；是学术论文、调查报告、杂文、电影脚本等多种模式融合的产物。《唐山大地震》是其中较早

---

① 详见《人大代表批评领袖题材纪实作品太多太滥》，《文艺报》1993年3月27日。

出现的典型代表。另外，还有如《走出神农架》之类的读书卡片式结构。上述模式在各类型杂志中均可见到，从中亦可看出受众的不同需求。

最后是语言。作品语言的模式及应对，自20世纪20年代就初见锋芒，那时期的作品中，新闻词汇多，有些还是文白夹杂。此模式与刚刚进入现代社会、脱离文言文语境的受众心理定势和阅读习惯相吻合。而在20世纪五六十年代，也是与当时社会环境相关，非虚构文学作品的语言构成不外乎政治性术语和报刊用语，某些作品不切实际的假大空语言模式和千篇一律的"公共语汇"，使作家及作品特有的个性风格丧失殆尽。20世纪八九十年代，非虚构文学作品摒弃了过重的语言上的政治色彩，以一种更务实、更富于现代文化气息的书面语加口语的崭新语言形式呈现在受众面前。对高层品位受众而言，其作品的语言模式就以较强的政论色彩、较多的科学论证性语汇及口语为主（如学术性报告文学）；对一般受众，则主要是通俗口语。另外，在《北京人》《100个人的10年》等作品中，还首次出现了以录音实录为主体的"口述实录体"形式，这种同时也盛行于西方的模式所造就的现场实感和生活原生态，正是基于现代社会中人们返璞归真的心理渴求。

跨媒介语境下非虚构文学的电影改编

20 世纪 80 年代以来，跨媒介技术的发展使电影的创作环境发生了重要改变，通过不同媒介之间的间性互动，电影与其他艺术形式呈现相互融合的趋势。2006 年，美国麻省理工学院教授亨利·詹金斯（Henry Jenkins）提出"跨媒介叙事"概念，在他看来，"从技术层面上讲，媒体正不断地融合与分化。我们正生活在一个通过媒体平台日益整合的文化中"①。"跨媒介"这一概念由此成为传媒领域与学术界关注的焦点。在此语境下，媒介的具体形式、基本功能以及传播状态发生巨大变化，电影与其他媒介形式融通，演绎出不同形式的艺术创造活动。"跨媒介模态是媒介间的转换，或是部分转换，或是整体转换，或是类型的转换。比如文学中的叙述者，也可以被电影、戏剧、舞蹈甚至绘画所借鉴，而这类现象最典型的例子就是

---

① 亨利·詹金斯：《融合文化：新媒体和旧媒体的冲突地带》，杜永明译，商务印书馆，2012，第 8-9 页。

文学作品被改编成电影。"① 在文学作品改编电影的活动中，从人物传记、报告文学、回忆录和非虚构小说转换到电影艺术的作品比较多见，并受到学界的密切关注。因此，本文拟以非虚构文学的电影改编为对象，力求探讨其产生动因和基本特点，以及合理的改编路径和策略，以对非虚构文学电影改编的创作和研究有所裨益。

一、非虚构文学改编电影的概况

非虚构文学改编电影主要是指人物传记、报告文学、回忆录和非虚构小说等文学形式的电影改编。某种意义上说，这是对克拉考尔（Siegfried Kracauer）有关"物质现实的还原"电影本质的一种呼应。

在有关人物传记的改编中，电影对"自传"或"他传"的传记作品进行再创造，在"自述"与"他述"之间，在真实与虚构之间，向观众展示传主的人性支点和心理世界。如丹尼·鲍尔（Danny Boyle）执导的《史蒂夫·乔布斯》（2015，*Steve Jobs*）改编自沃尔特·艾萨克森（Walter Isaacson）所著的《史蒂夫·乔布斯传》（*Steve Jobs：A Biography*），马克·福斯特（Marc Forster）执导的《机关枪传教士》（2011，*Machine Gun Preacher*）改编自美国传教士山姆·奇德斯（Sam Childers）的自传，《模仿游戏》（2014，*The Imitation Game*）改编自数学家安德鲁·霍奇斯（Andrew Hodges）的《艾伦·图灵传：如谜的解谜者》（*Alan Turing：The Enigma*），《万物理论》（2014，*The Theory of Everything*）改编自简·王尔德（Jane Wilde）的《飞向无限：和霍金在一起的日子》（*Traveling to Infinity：My Life with Stephen*），等等。这些影片大多以纪实精神为前提，真实再现传主的主要事迹，以增强历史感，同时对传主的情感世界和心理活动予以一定程度的艺

---

① 周宪：《艺术跨媒介性与艺术统一性——艺术理论学科知识建构的方法论》，《文艺研究》2019年第12期。

术创造，以强化情感共鸣，使观众能够以新的审美视角观照原著作品及其传主的故事。

电影对报告文学的改编主要以现实重大事件或重要人物的再现为重点，也不乏对富于正能量的先进人物的描述，以及对现实社会问题和历史进程的表现。早在20世纪20年代，苏联导演爱森斯坦（Sergei M. Eisenstein）就拍摄过电影《十月》（1927，*October*），这是一部为纪念苏联十月革命十周年而拍摄的影片，它改编的主要来源是美国记者约翰·里德（John Reed）所写的著名报告文学《震撼世界的十天》（*Ten Days That Shook the World*）。电影《绞刑架下的报告》（1961，*Reportáž psaná na oprátce*），由20世纪60年代捷克导演巴立克（Jaroslav Balík）执导，根据捷克作家伏契克（Julius Fučík）的同名报告文学改编。影片表现捷克革命家伏契克在狱中所受到的德国法西斯分子的种种酷刑和非人的折磨，以及伏契克团结难友坚持斗争，最后英勇就义的壮举。临终前，伏契克在狱中写下了报告文学《绞刑架下的报告》。2013年，鲁本·弗雷斯彻（Ruben Fleischer）执导的电影《匪帮传奇》（*Gangster Squad*）由美国华纳兄弟影片公司出品。影片根据保罗·利伯曼（Paul Lieberman）发表于《洛杉矶时报》上的系列同名纪实文学改编，这部作品的素材全部来自美国洛杉矶警察局的机密文件和档案。诸如此类的报告文学改编电影遵循"大事不虚、小事不拘"的原则，在不违背影视表现自身规律的前提下，尽最大可能尊重原著对于重要历史事件和人物再现的基本原貌。

回忆录是关于一系列事件的记录，是一种带有回望性质和知识考古的非虚构文学。它"是以亲历、亲见、亲闻、亲感的名义回忆的（包括写作、口述等方式），让他人相信回忆内容在过去确实发生过的作品"①。在回忆录的改编中，电影以真实性为首要原则，尽可能地还原人物面貌和故事细节，避免忽略艺术价值和精神脉络的简单罗列和记录。国内外有不少根据回忆

---

① 廖久明：《回忆录的定义、价值及使用态度与方法》，《当代文坛》2018年第1期。

录改编的电影作品，如《革命家庭》（1961）改编自陶承的同名长篇革命回忆录《我的一家》，《我的绝密生涯》（2014）改编自沈醉的生前回忆录《我的特务生涯》，《华尔街之狼》（2013，*The Wolf of Wall Street*）根据乔丹·贝尔福特（Jordan R. Belfort）的回忆录改编而成，《好心先生》（2010，*Mr. Nice*）改编自霍华德·马克斯（Howard Marks）的回忆录，《阿德拉尔日记》（2015，*The Adderall Diaries*）根据斯蒂芬·埃利奥特（Stephen Elliott）的回忆录改编，等等。这种改编是历史真实和艺术真实的有机结合，既让受众了解回忆录中的经典故事和历史事件，凸显其时代价值、榜样效应和教育意义，又能以艺术旨趣重塑不忘初心的时代"史诗"。

电影对非虚构小说的改编则始终保持小说本身的吸引力，做到在尊重历史事实的基础上，以介入性纪实的方式去重构历史事件，做出符合生活和艺术逻辑的情感介入和故事再造，使作品呈现于亦真亦幻之间，让观众想象性地回到事件发生的现场。20世纪60年代，美国文学界开始流行"非虚构小说"的说法。1965年，杜鲁门·卡波特（Truman Capote）出版了他的新作《冷血》（*In Cold Blood*，或译《杀人不眨眼》），首次提出"非虚构小说"的概念，即所叙的是实事，所用的是小说技巧。1967年，美国导演理查德·布鲁克斯（Richard Brooks）将其改编成电影。此后，非虚构小说的创作逐渐形成热潮，根据这类小说改编的电影也越来越多，电影题材更加多元。如迈克·内威尔（Mike Newell）执导，根据《唐尼·布拉斯科：我在黑帮的卧底生活》（*Donnie Brasco: My Undercover Life in the Mafia*）改编的黑帮电影《忠奸人》（1997，*Donnie Brasco*）；斯派克·琼斯（Spike Jonze）执导，根据《兰花窃贼》（*The Orchid Thief*）改编的电影《改编剧本》（2002，*Adaptation*）；马克·沃特斯（Mark Waters）执导，根据《女王蜂与跟屁虫》（*Queen Bees and Wannabes*）改编的校园爱情电影《贱女孩》（2004，*Mean Girls*）；西奥多·梅尔菲（Theodore Melfi）执导，根据同名非虚构小说改编的传记电影《隐藏人物》（2015，*Hidden Figures*）；山姆·雷米（Sam Raimi）执导，根据《未来100年：关于21世纪的预测》（*The Next 100 Years: A Forecast for the 21st Century*）改编的科幻电影《第三次世界大战》（2016，*World War 3*）；詹姆斯·格雷（James Gray）执导，根据大卫·格恩（David Grann）《迷失Z城：一次亚马逊致命之旅》（*The Lost City of Z: A Tale of Deadly Obsession*）改编的探险电影《迷失Z城》（2017，*The Lost City of Z*）；德斯汀·克里顿（Destin Cretton）执导，根据珍妮特·沃尔斯（Jeannette Walls）同名非虚构小说改编的《玻璃城堡》（2017，*The Glass Castle*）；布拉德·福尔曼（Brad Furman）执导，根据同名非虚构小说改编的犯罪电影《谎言之城》（2018，*City of Lies*）；等等。

从非虚构文学到电影，从文学纪实到影像呈现，从文字阅读到影像传播，这其中有许多问题值得探究。可以说，非虚构文学与影视艺术之间有许多共通性。第一，非虚构文学的"非虚构性"所带来的具有强烈现实性的真实元素与电影影像的纪实元素相似，前者用语言描摹现实，后者则是用影像来表达现实。这正如克拉考尔对电影特质的论述："电影特别擅长记录和揭示具体的现实，因而现实对它具有自然的吸引力。"[①] 电影还原现实、追求真实性的艺术本性与非虚构文学"对生活纪实性、写实性乃至原生态的刻画与摹写"[②] 是不谋而合的。第二，非虚构文学中的新闻性与电影媒介的新闻性有着基本一致的取向，即对于现实中所发生的重要事件、所出现的重要人物以及所暴露的重要问题，都会给予迅速的关注和呈现。第三，非虚构文学与电影都在某种程度上满足了社会转折时期人们期待真实、了解现实和自身的心理诉求。因此，这些因素就决定了非虚构文学与电影艺术有着天然而内在的联系。当然，非虚构文学与电影的这种"共通性"，并不能替代或者抹杀分属于文学和电影两种艺术形式的特点之间的差异性。特别是在当今视觉艺术几乎要成为主角的时代，文学如何立于不败之地并

[①] 齐格弗里德·克拉考尔：《电影的本性》，邵牧君译，江苏教育出版社，2006，第39页。

[②] 周星：《影视艺术概论》，高等教育出版社，2007，第176页。

尽可能地保留甚至扩大自己的读者群,这无疑是一个亟需认真面对的问题。"当今文学界要特别重视这样一个问题:以往的读者们现今已绝大多数转成了电视、电影和其他新兴媒体的观众。文学要想获得应有的作用和影响,就必须注意将原创文学转化为影视作品和其他新媒体传播艺术。"① 在此,报告文学作家何建明说出了一个不得不面对的事实。当然,文学作品通过电影来呈现,或者电影作品通过对文学作品的改编获得新意,这个过程其实是双向互动的,并不绝对地说文学匍匐于电影的脚下。可以说,文学与影视在这样的双向互动中应当都能够获得各自所需的艺术精神和影响力,产生"双赢"的效应。作为电视剧《奠基者》的原作者和编剧之一,何建明在创作报告文学《部长与国家》时就有将其搬上银幕或荧屏的企图。因此,他特别注意在这部作品中强化场面、对话、动作、表情等适宜用影视表达的具有鲜明画面感的元素。这自然不是新的发明,而是影视的传统所致。安德烈·巴赞(André Bazin)在他的《非纯电影辩——为改编辩护》一文中就曾说过:"诚然,电影从小说和戏剧中汲取滋养并非自今日始;但是,借鉴方式似乎有所变化。……的确,不少美国'黑色小说'一类作品的写法明显地追求双重目的,为的是让好莱坞把它搬上银幕。"② 从巴赞的这句话里,我们其实已经十分清晰地看到了文学与电影之间并非鸿沟横亘,而是存在着紧密的"互鉴"关系。

二、从"非虚构"到"艺术虚构"的文本转换

将非虚构文学改编成电影,是解码文学语言并以电影语言进行二次编码的过程。这不仅仅是一种简单的符号转码、叙事转换现象,而更是一种

---

① 高小立:《我是革命英雄主义的崇拜者和表达者——访电视剧〈奠基者〉原著〈部长与国家〉作者、报告文学作家何建明》,《文艺报》2010 年 1 月 11 日。
② 安德烈·巴赞:《电影是什么?》,崔君衍译,中国电影出版社,1987,第 83 – 84 页。

双向互动的艺术想象,是电影改编者对文学形式的"再生产",是从"非虚构"到"艺术虚构"的文本转换。

(一) 千面英雄:人物塑造的多样性

在非虚构文学的基础上,改编电影所描写的对象大多是卓尔不凡、具有榜样作用的真实人物,这些优秀的人物不仅是一个个鲜活的生命个体,而且还是历史优秀文化和当今时代精神的形象表现。他们在时间长河中创造历史,在现实语境中名留青史,他们是杰出人物或模范代表,亦是值得被反复表述、颂扬和再媒介化的时代英雄。约瑟夫·坎贝尔(Joseph Campbell)的《千面英雄》描绘过形形色色的英雄人物,他们为了改变世界,披荆斩棘,用强大的力量战胜一切敌对势力。非虚构文学改编电影中的主人公们同样如此,他们接受考验、克服障碍、实现超越,共同建构出千万个振奋人心的英雄故事,形成千面英雄,凸显传奇叙事。

非虚构文学改编电影中超越困境、超越自我的英雄形象类型繁多、各具特色。第一类是立潮头者、勇于突破的科学家形象。他们追求真理,不惧世俗偏见。根据安德鲁·霍奇斯(Andrew Hodges)的《艾伦·图灵传:如谜的解谜者》(*Alan Turing*:*The Enigma*)改编的《模仿游戏》(2014,*The Imitation Game*),讲述计算机之父艾伦·图灵发明图灵机、开拓计算机领域新纪元的故事;根据简·王尔德(Jane Wilde)的《飞向无限:和霍金在一起的日子》(*Traveling to Infinity*:*My Life with Stephen*)改编的《万物理论》(2014,*The Theory of Everything*),讲述具有"宇宙之王"美誉的物理学家霍金在妻子的陪伴下从事科学研究的故事;根据西尔维娅·纳萨尔(Sylvia Nasar)为约翰·纳什所写的同名传记改编的《美丽心灵》(2001,*A Beautiful Mind*),讲述了数学家纳什潜心研究博弈论,最终获得诺贝尔经济学奖的故事;根据同名非虚构小说改编的《隐藏人物》(2016,*Hidden Figures*),将镜头对准20世纪60年代美国国家航空航天局的三位非洲裔女性科学家,讲述她们为1962年美国人首次完成地球轨道飞行项目做出的不为人知的贡献。计算机之父、物理学家和数学家并不只是一种崇高的"称谓"，而是创新精神和抗压能力的集中体现。图灵不顾世人的同性恋偏见，霍金克服瘫痪带来的不便，纳什正视自己的精神分裂症，"凯瑟琳们"无视种族歧视，他们用真心和智慧投身科研，在平凡的工作中做出不平凡的业绩，成为科学界的英雄。

第二类是历经时代巨变、叱咤风云的政治家形象。他们为国家和社会的进步贡献力量，坚守政治立场、铸造政治品质。史蒂文·斯皮尔伯格（Steven Spielberg）执导的《林肯》（2012，*Lincoln*），改编自多丽丝·卡恩斯·古德温（Doris Kearns Goodwin）的《对手团队：政治天才林肯》（*Team of Rivals: The Political Genius of Abraham Lincoln*），影片讲述林肯在生命和任期的最后四个月为推进宪法第13修正案殚精竭虑的故事；贾斯汀·查德维克（Justin Chadwick）执导的《曼德拉：漫漫自由路》（2013，*Mandela: Long Walk to Freedom*）根据纳尔逊·曼德拉（Nelson Mandela）的同名自传改编，影片讲述南非已故总统曼德拉从入狱20多年直至1994年当选南非第一任黑人总统的历程；道格·里曼（Doug Liman）执导的《众矢之的》（2010，*Fair Game*）改编自美国中情局瓦莱丽·普莱姆·威尔森（Valerie Plame Wilson）的回忆录，讲述外交官乔·威尔逊在《纽约时报》上发布反对布什政府的一则文章，却导致妻子瓦莱丽·普莱姆的特工身份被揭露，为了维护自己的家庭和名誉，瓦莱丽·普莱姆开始了自己的行动。这些关于政治家的非虚构文学改编电影立意深远、格局宏大，表面上叙述的是政治人物运筹帷幄的时代传奇，实际上代表的是国家形象和国家精神，是国家主流意识形态的隐喻和表征。

第三类是挣扎于困境之中、努力走向光明的励志者形象。他们就像承受苦难的"西西佛斯"一样，尽管受尽艰难险阻，仍然不放弃生存的希望，铸就了不朽的精神世界。由朗·霍华德（Ron Howard）执导的《阿波罗13号》（1995，*Apollo 13*），改编自吉姆·洛威尔（Jim Lovell）、杰弗里·克鲁格（Jeffrey Kluger）创作的回忆录《失去月球：阿波罗 13 号的危险之旅》（*Lost Moon：The Perilous Voyage of Apollo 13* ），讲述 1970 年阿波罗 13 号飞船顺利升空后突然遇到爆炸，三名宇航员詹姆斯·洛威尔、弗莱德·海斯与杰克·斯威格通过不懈努力，历经九死一生终于回到地球的故事；根据美国"奇迹女孩"莉丝·默里的同名传记改编的《风雨哈佛路》（2003，*Homeless to Harvard：The Liz Murray Story*），讲述出身贫民窟的女孩通过奋斗获得哈佛大学全额奖学金的故事；史蒂夫·麦奎因（Steve McQueen）执导的《为奴十二载》（2013，*12 Years a Slave*）改编自所罗门·诺瑟普（Solomon Northup）于 1853 年所写的同名传记文学，讲述小提琴演奏家诺瑟普被贩卖成黑奴并为自由而战的故事；萧锋导演的电影《5 颗子弹》（2008）改编自杨黎光的报告文学《生死一线》，影片围绕老马枪中的五颗子弹，重点表现失散的三个犯人与一个退休的狱警老马在转移途中所经历的惊心动魄的较量和生死抉择，以此表现这些人物在面临绝境之时所展现出来的人性善恶、人格高下和人情冷暖。虽然励志者形象没有科学家形象和政治家形象那样刺激观众的感官，但却足够细腻、温情，如细水长流般温润每个人的心灵，让人回味无穷。

不言而喻，科学家形象立足于科学实验，他们是建构世界理论体系的英雄；政治家形象构建政治格局，他们是维护世界和平的英雄；励志者形象追求美好生活，他们是洗涤观众心灵的英雄。除此之外，罗勒·莎菲（Lone Scherfig）执导的《成长教育》（2009，*An Education*），改编自英国星期日《泰晤士报》记者琳·巴贝尔（Lynn Barber）的回忆录，塑造了珍妮从一个伦敦乡下人成长为牛津大学"种子选手"的形象；丹尼·博伊尔（Danny Boyle）执导的《史蒂夫·乔布斯》（2015，*Steve Jobs*），改编自沃尔特·艾萨克森（Walter Isaacson）所著的《史蒂夫·乔布斯传》（*Steve Jobs：A Biography*），塑造了与普罗大众息息相关的苹果公司创始人的形象；马克·福斯特（Marc Forster）执导的《机关枪传教士》（2011，*Machine Gun*

Preacher）根据美国传教士山姆·奇德斯（Sam Childers）的自传改编，塑造出拯救苏丹儿童兵的"耶稣式"英雄形象。因此，非虚构文学改编电影以众多传奇人物为表述对象，为观众塑造了有血有肉、有勇有谋、有胆有识的"千面英雄"，他们在风暴中前行、在斗争中生存，以惊人的力量涅槃重生、成就自我。这正如坎贝尔所言："一旦穿越阈限，英雄便进入了变幻不定、难以捉摸的梦一样的地方，在这里他必须经受住一系列考验。"[①] 正是这些考验，让真实的主人公们拥有传奇的一生，也正是这些考验，让非虚构改编电影足够精彩。

（二）题材选择的现实指向

现实题材是文学艺术作品的基本题材类型之一，而现实主义表现为一种叙述方式和艺术创作手法，现实主义精神则指向创作者的价值判断和精神取向，它显现为文艺作品对人的密切关注，深入表现人的现实境况、情感世界以及命运走向。遵循生活的本真面貌，反映人的基本生存状态，无疑是现实主义的要义。电影创作需要"强化现实主义创作，展现人心和人性在生活中的本来面貌，发挥电影纪录美学和文化深层意义的作用"[②]。非虚构文学及其改编电影具备现实性和时代性，在题材的选择上都指向真实生活和现实世界，注重现实主义的美学原则，彰显现实主义精神。

现实主义的一个重要议题，即是通过文本来唤起观众对现实问题的思考。在非虚构文学的电影改编过程中，创作者的情感介入和故事再造发挥着重要作用，他们对历史和现实进行介入性考察，让原本沉睡在泛黄纸件中的集体记忆以影像化的方式再现。这种创意书写具有极强的主观能动性，它使作品介于亦真与亦幻之间，让观众想象性地回到事件发生的现场，直击他们的心灵，引发他们的思索。亚当·麦凯（Adam McKay）执导，根据

---

① 约瑟夫·坎贝尔：《千面英雄》，黄珏苹译，浙江人民出版社，2016，第83页。
② 丁亚平：《表现美好生活与走向超越——新中国70年电影创作的发生、流衍及选择》，《当代电影》2019年第10期。

迈克尔·刘易斯（Michael Lewis）同名非虚构小说改编的喜剧电影《大空头》（2015，*The Big Short*），将镜头对准 2008 年的全球金融危机，用一场全球性的现实公共事件唤起观众的情感认同。故事以四位不同性格的男性为主人公，讲述他们在这场经济危机中"四两拨千斤"的故事。迈克尔·布瑞以极其敏锐的眼光看出了美国房地产市场的问题，房价越炒越高，但是实际的收益却越来越少；贾瑞德·韦内特很有商业头脑，他参透了布瑞的预测，并从内心深处相信这种预测将成为现实，于是他也投入到贷款违约保险市场，试图从中牟利；马克·鲍姆从事基金行业，他在韦内特的鼓动下一起投身于贷款违约保险市场，他们甚至还掌握了房地产市场的规律，市场崩溃的速度被担保债务凭证影响着；本·李克特是一位已经退休的银行家，他是在金融业中眼光精准老练的投资人。金融危机可视为"真"，四位男性的故事可视为"幻"。金融危机是唤起观众内心记忆的魔法棒，而四位男性的精彩故事则是让观众相信金融危机已经过去的新证据。因此，非虚构小说改编电影的价值就在于紧扣宏观和微观两个层面，既展示时代风貌，又专注于细节刻画，从而表达出创作者对现实的审视以及对未来世界的前瞻性思考。

当下一些作品的创作者虽打着"揭露社会现实、弘扬时代精神"的旗号，但却拘囿于主观臆想的"魔幻现实"之中，对现实进行简单粗暴的影视化处理。郭敬明的由虚构文学改编而来的"小时代"系列电影，主要为了表达四个女孩的成长主题，但却陷入纸醉金迷、幼稚可笑和一味追求进入上层社会的叙事怪圈。而非虚构文学改编电影的创作，表明电影导演们正在有意识地从现实生活中提取艺术素材，主动介入历史和现实，怀着一颗敬畏生活的心去寻找灵感，既展示了作为电影人所具有的精神面貌和社会责任，又推动了电影的进步和发展。《改编剧本》（2002，*Adaptation*）以大名鼎鼎的编剧查理·考夫曼为主角，讲述他改编电影故事的整个过程。电影用艺术的方式展示好莱坞电影写作的叙事特点、关注视角以及商业考量等，从而揭示一个由来已久的问题——电影创作到底应该以导演个人的风格为主，还是以市场的导向为主？矛盾的焦点直指艺术电影和商业电影之争。电影中的哥哥在弟弟的"激励"下跟现实妥协，不再坚守自己创作的底线，并从弟弟的导师那里获取了改编的"捷径"。这部电影似乎成为现实世界的一个缩影。在电影创作中，是坚守电影人的底线，还是把流量、资本和明星等因素放在首位？这是一个亟需思考的现实问题。

（三）心理刻画的真实性及其反思功能

非虚构文学之所以能够被读者所欣赏，离不开主人公跌宕起伏的传奇人生所自带的真实感和冲击力，以及复杂丰富的情感心理和人性光辉。因此，非虚构文学改编电影也着力彰显主人公人性中的闪光点，刻画其丰富、复杂、多面的心理状态，以此展示主人公内心的真实性。

非虚构文学改编电影通常会直观或大胆地展现主人公对物质、精神、自由和爱情等元素的追求或欲望，并综合运用画外音、臆想空间和梦境画面等视听手段予以心理呈现，让观众看到主人公真实的情感变化。电影用画面来讲故事、表达涵义的最终结果——从观众审美经验的心理特征来说——是把文学这样一种侧重理解、分析的艺术变成了一种侧重直感、体验的艺术。① 杰里·霍普金斯（Jerry Hopkins）在1979年出版了关于"大门"乐队主唱吉姆·莫里森（Jim Morrison）的人物传记《此地无人生还》（*No One Here Gets Out Alive*），奥利佛·斯通（Oliver Stone）将其改编成电影《大门》（1991，*The Doors*）。影片讲述的是20世纪60年代美国摇滚巨星吉姆·莫里森从年少成名到离奇死亡的疯狂故事。在传记作品中，霍普金斯描述了莫里森复杂狂躁的内心世界，不定时出现被鬼魂附体的幻觉，以及在无意识状态下所做出的嗑药和酗酒等各种出格举动。正是在这种状态下，莫里森创作出了为世人所震撼的灵魂摇滚乐。霍普金斯以一种褒扬的叙事

---

① 陈犀禾：《理解的艺术和直感的艺术——从文学改编作品出发对电影特性的探讨》，《当代电影》1985年第1期。

姿态描绘莫里森在音乐上取得的巨大成就，追忆似水少年，感叹天妒英才。事实上，现实中的莫里森对摇滚乐的痴迷和对人生境遇的悲叹都是一些很难形象化的心理状态。斯通并未重蹈表现传主从生到死生命全过程的一般传记片创作套路，而是用缀段式结构串联起莫里森奇幻的一生。譬如影片表现莫里森回忆那个附体在他身上的印第安人时，斯通便用超现实主义手法呈现眼镜蛇、美洲豹和印第安人的图腾等特定的文化意象，试图通过这些具有幻想性和陌生化的影像符号，展示莫里森对摇滚乐的执着精神、对内心自由的极致追求及其浪漫主义创作风格。

在展示主人公"内心真实"的同时，非虚构文学改编电影更加注重以情感共鸣和有力的"心灵击打"来实现一种反思功能。譬如在传记改编电影中，创作者真实再现传主的主要事迹，以增强历史感，同时对传主的情感世界予以一定程度的艺术创造，以强化情感共鸣。改编自米歇尔·尼科尔森（Michelle Nicholson）同名传记的电影《甘地传》（1982，*Gandhi*）中再现了一个印度的重要人物——甘地。他是印度民族解放运动的领导人、杰出的政治家，一生饱经沧桑，终身为了平等和正义而奋斗，提倡"非暴力不合作"，在特定的历史环境下坚守理想，并以自身的行动和信仰感化他人。影片采用编年体叙事手法，对甘地生平当中的一些重要事件予以真实记录，深入挖掘其在历史演进中的功绩和闪光点，凸显历史真实性。譬如，表现甘地带领印度人民游行示威，反抗英国人的镇压，以绝食的方式制止宗教纷争，等等。同时，创作者综合运用视听手段对人物进行艺术性处理。如表现甘地颤抖着带头将象征屈辱的"通行证"扔进火中；在英国士兵的警告和毒打下依然不屈不挠；等等。这种将历史真实和内心真实相结合的方式，艺术化地凸显出人物的人生境遇、坚忍顽强的内心和崇高的爱国情操。

相对于传记文学，回忆录是最接近历史事实的文本形式，具有较高的史料价值。它也并不只是对过去记忆的简单叙述，而更是对过去的一种审视和回味。因此,根据回忆录改编的电影也具有对历史的反思功能。娜塔莉·波特曼(Natalie Portman)导演的电影《爱与黑暗的故事》(2015,*A Tale of Love and Darkness*)改编自以色列作家阿莫斯·奥兹(Amos Oz)的同名回忆录,该片以二战之后饱受战争蹂躏的耶路撒冷为背景,从一个小男孩的角度讲述了一个破碎家庭的悲剧故事。原著有着宏大的历史背景基础,它记录了一个国家在混乱之中的诞生,以及犹太复国主义先驱者在动荡不安的社会中舍命奋斗的艰苦历程。影片沿袭原著的风格,人物关系复杂、情节纵横交错,力图呈现主人公自身的冲突、命运的冲突以及时代的冲突,体现个人与历史、民族与历史、宗教与历史等三个层次的内蕴。影片将母亲内心的热情与现实的黑暗做对比,让观众感受到爱与黑暗的双层情感,既温情又悲伤。

三、非虚构文学的电影改编策略

毋庸置疑,无论在媒介特质、叙事方式,还是接收者获取信息的途径等方面,非虚构文学和电影都存在着明显的差异性。如何使非虚构文学改编电影在跨媒介语境中"保质",既凸显非虚构文学的本质特征,又满足观众日益"严苛"的审美需求,这是创作者"二次创作"的重要使命,同时也是电影延续文学经典的关键所在。

(一)创设具有亲历性的"在场感"

非虚构文学的重要特征,就是紧密结合历史真实或客观事实进行创意写作,以一种"在场"的方式去还原可能抵达的真相,显示出一种极具现场感的"真实感"。对于个人来说,非虚构文学写作只是一次基于现实所发生的文学再现;对于历史来说,非虚构文学却承担着展示历史记忆、还原事实真相、赢得读者认同的重要责任。因此,非虚构文学的电影改编必须要做到尊重历史事实,用纪实的方式去重构历史事件,在此基础上进行符合现实逻辑的艺术创造，让观众获得一种类似亲历者的口述之感。在创作非虚构文学《迷失Z城：一次亚马孙致命之旅》（*The Lost City of Z: A Tale of Deadly Obsession*）时，《纽约客》专栏作家大卫·格恩（David Gunn）反复阅读福塞特的探险日记，到皇家地理学会档案馆查阅史料，并奔赴亚马孙亲身体验福塞特的丛林探险。大卫·格恩始终秉承还原历史的原则，引用大量原始资料，载入福塞特的探险照片，写下了这个迷人、危险、疯狂的探险故事。詹姆斯·格雷所拍摄的同名电影即是在小说的基础上进行改编的，他还请来大卫·格恩担任本片的编剧。大卫·格恩经历过亚马孙探险，作为亲历者，他能够为观众尽可能地还原亚马孙的丛林环境、福塞特的真实见闻以及那些未可知的险境。像小说一样，影片也或多或少地呈现了各种有毒的虫蚁、长在膝盖里的蛆虫以及致命的传染病等。更为重要的是，电影通过福塞特对亚马孙未知区域的三次探险，向观众展示了那些鲜为人知的原始文明。因此，站在历史和现实的宏观视野上，用一种独特的角度和巧妙的衔接方式，搭建非虚构文学与改编电影之间的"桥梁"，是非虚构文学改编电影过程中的重中之重。只有让观众看到历史真相，让他们感受到口耳相传的真实感，改编后的电影作品才有可能更加接近历史，从而被观众所接受。

（二）崇实基础上合乎逻辑的想象

非虚构文学的写作需要注重真实性和在场感，从非虚构文学到电影的改编，不仅要凸显这些元素，还要在尊重事实的基础上做出符合生活逻辑的想象。由西奥多·梅尔菲（Theodore Melfi）执导的《隐藏人物》（2016，*Hidden Figures*）就是这样一部有着较多合理想象的电影。影片获得过第89届奥斯卡金像奖最佳影片、第70届英国电影学院奖电影奖最佳改编剧本提名等荣誉。电影讲述的是三位女性非裔主人公以其智慧和品德获得尊重并推动人权事业发展的故事。1962年，三位女主人公在存有种族歧视的美国生活，因为性别和国籍的原因遭到各种轻视。但她们逆流而上，以自身的光彩战胜僵硬的体制和固有的偏见，最终成就了自我。在电影中，凯文·科斯特纳饰演的美国国家航空航天局兰利研究中心主管并非真实存在，这个中心主管的原型实际来自于塔拉吉·P. 汉森饰演的女主角在研究中心工作期间遇到的三位男主管，导演将三位男主管的性格融合于一个人物身上，体现出合理想象之下的艺术性真实。克斯汀·邓斯特饰演的角色也并非真实存在，这位女主管性格古怪、居高临下，她的行为举止透露出对他人的不认同和偏见，一定程度上真实地反映出兰利研究中心里一些部门主管的态度。

非虚构文学是纪实性相对较强的文本形式，而影视剧作品对艺术性和审美性的要求较高。因此，在把非虚构文学改编成电影时，如何保证这些真实的故事与史实达成一致，并获得艺术性的影像生命力，这是创作者需要认真对待的问题。非虚构文学改编电影中的人物塑造需要以纪实精神为前提，在符合人物基本事实的基础上进行有限度的艺术处理，让观众以新的审美思维看待原著及主人公的故事。奥斯卡获奖影片《模仿游戏》（2014，*The Imitation Game*）和《万物理论》（2014，*The Theory of Everything*）等人物传记改编电影，即是通过客观叙述主人公的生平事件以及艺术性渲染人物的情感世界来增强作品的感染力。《模仿游戏》详细还原了图灵为军方破译代码、受到丘吉尔高度赞扬以及发明图灵机等重要历史事件，同时也表现了图灵与克里斯多夫·默卡之间微妙的同性恋情。《万物理论》截取霍金求学、患病以及结婚等重要的时间节点，对霍金的爱情故事做出比原著更大篇幅的描述。影片讲述霍金得知自己患病，害怕拖累简想要与她分手，而简却毅然决定嫁给霍金，并照料他的日常起居的故事。这样的叙事使霍金这个人物形象更加真实饱满，也使严肃的传记电影充满灵动感。可以说，人物传记改编电影对传主情感世界的描绘主要是出于两方面的考虑：其一是艺术价值的考量，细腻的情感和柔软的内心可以让人物形象变得更为立体丰满；其二是基于市场的考虑，在大众消费文化盛行的时代，如果传记改编电影作品的主题过于陈旧，表达形式过于传统，就有可能降低观众的接受度，从而影响传播效果。

（三）对重要事件保持敏感度

对历史和现实中重要事件的高度关注，是非虚构文学和电影的共同指向。非虚构文学的创作需要作家用心去反映人们有可能感兴趣的重大事件，根据非虚构文学改编的电影，则需要保持非虚构文学本身的吸引力。这种吸引力主要源自于集体记忆和感同身受。如果所改编的非虚构文学中的故事就是观众共同经历过，并且能够引起其共鸣的，那么相关的改编电影可能就成功了一半。杜鲁门·卡波特（Truman Capote）曾经创作的非虚构小说《冷血》（*In Cold Blood*），以1959年在美国堪萨斯发生的一系列谋杀案为素材进行创作，以"死神来临前夕"（The Last to See Them Alive）、"不明人士"（Person Unknown）、"水落石出"（Answer）和"角落"（The Corner）四部分构成，环环相扣地探寻谋杀案的真相。具有探秘性质和激发好奇心的谋杀案本身就能够引起观众和读者的兴趣。因此，《冷血》的出版以迅雷之势在社会上引起强烈反响，跻身当年的畅销书榜首，发行300多万册，先后被翻译成20多种文字，成为世界经典名作。1967年，美国导演理查德·布鲁克斯（Richard Brooks）看到了《冷血》的改编价值，采用黑白纪录片式的纪实手法，忠实地观察和表现每一个犯罪个案。"冷血"这个词本身的意思就是指一个人和冷血动物一样缺乏感情，无情无义。由于全片风格高度写实而冷峻，让观众有身临现场的感觉，诡异的气氛令人不寒而栗，情绪上亦会受到强烈的冲击。影片获得第40届奥斯卡金像奖、第25届美国金球奖提名和大卫奖等一系列奖项。因此，在改编中必须要保持对重要事件的敏感度，只有时刻保持艺术敏感和创作感知，才能创作出惊世骇俗的经典之作。

结　　语

　　总而言之，在跨媒介语境中，从非虚构文学到电影艺术的文本转换和改编，我们仍然处于探索阶段，需要进行不断的创作实践和理论研究，以推动此类电影的长足发展。"随着电影产业化的不断发展，内容层面凸显出来的问题越来越多，我们不能只注重电影产业的经济指数的提升而不注重其文化内容的升华……我们要把以创意为核心的叙事内容作为文化产业发展的重要因素来考虑。"① 推而广之，电影艺术在跨媒介语境中所表现出的创作新质和实践路径，某种程度上正在推动全球电影产业的良性发展。无论是从非虚构文学到电影艺术的影像转换，还是从电影艺术到其他媒介形式的动态改编，都是互联网发展、媒介互动和受众需求等要素共同作用的结果。从这个意义上说，"及时更新电影观念，形成建立在当下中国电影实践基础上的科学话语体系、评价体系和评价标准，实现电影理论批评与创作实践的良性互动"②，仍然是电影研究的当务之急，也是电影创作的当下之需。

（此文与艾志杰合作）

---

① 贾磊磊：《电影，作为文化产业衍生的文化问题》，《当代电影》2010 年第 2 期。
② 饶曙光、李国聪：《文化体制改革与中国电影的产业化之路》，《电影理论研究》2019 年第 1 期。

英模影像写真的广度、深度与融合度

根据真实事件或人物改编的英模题材电视剧,历来是中国电视剧中极具特色的重要组成部分。21世纪初至今,特别是近几年来,伴随着中国特色社会主义建设进程的持续推进,《湄公河大案》《破冰行动》《共和国血脉》《绝命后卫师》《长沙保卫战》《国宝奇旅》《焦裕禄》《初心》和《马兰谣》等一批英模题材电视剧脱颖而出,在对于英模影像写真的广度、深度和融合度上呈现新的气质,赢得受众的广泛关注与好评,成为当下中国电视剧创作的一个突出景观。

一、广度:对象观照、时代映射与价值引领

英模题材电视剧最为重要的聚焦对象是"英模",即英雄模范人物。何谓"英雄"?何谓"模范"?不同时代、不同国度、不同民族对此的理解可能会有差异。英雄可以指才能勇武、智慧过人的人,譬如好莱坞西部片当

中"反体制，反权威，独来独往，但在紧要关头总会挺身而出拯救群众，保护妇孺良民"的孤胆英雄。① 对于当代中国人而言，"英模"是那些真实存在于现实生活之中的人格和业绩堪称榜样和典型的人物，即在工作学习、劳动科研、文化教育和军事保卫等各个领域做出卓越贡献，并且具有忠诚爱国、坚忍不拔、奉献为民等高尚道德情操的人，诸如全国劳动模范、中国人民解放军挂像英模、全国见义勇为英雄模范、全国公安系统英雄模范等。近几年来的英模题材电视剧在英模影像写真的广度上显现出表现对象的多元观照、时代精神的多重映射以及核心价值观的多维引领等特点。

首先是表现对象的多元观照。近几年来的英模题材电视剧表现的英模有些是共和国历史上早已家喻户晓的人物，如焦裕禄、孔繁森、甘祖昌、杨善洲等；有些则是近些年涌现出来的先进模范，如黄大年、林俊德、李保国、任长霞、王瑛、沈浩、范党育等；还有一些则是被重新认识或"发掘"出来的英模或抗战英雄，如高志航、阎宝航、陈树湘、薛岳、易培基、马衡等。除却这些具有真名实姓的英模个体之外，一批电视剧还对中国现代历史或现实所真实发生的重要事件做出艺术的再现，并塑造了众多英模群像。譬如，根据1934年为掩护红军主力长征突围几近全军覆没的红34师事迹改编的《绝命后卫师》，以1939至1942年间国民党将军薛岳率部与日军的三次长沙壮烈战事为原型的《长沙保卫战》，以抗战时期数以万计的故宫文物由北平南迁至南京的惊险曲折迁徙史实改编的《国宝奇旅》，以中华人民共和国成立之后解放军石油工程第一师艰辛开拓中国石油工业基地为原型的《共和国血脉》，根据20世纪90年代公安干警跨国追缉中俄K3国际列车大劫案涉案人员事件改编的《莫斯科行动》，根据2011年10月中国船员在湄公河水域遭枪击遇难真实事件改编的《湄公河大案》，以2013年广东省公安"雷霆扫毒专项行动"中破获号称中国"金三角"的汕尾陆丰博社村民境内外制贩冰毒特大案件为原型改编而成的《破冰行动》，等等。

---

① 郑树森：《电影类型与类型电影》，江苏教育出版社，2006，第32页。

这些剧作所表现的英模身份既有当代的党员领导干部、专家学者、公安干警，亦有历史岁月里的红军将士、抗日英烈、文物保护专家、石油工业开拓者，描述对象的视域之广是显而易见的。这其中，《长沙保卫战》《远去的飞鹰》和《国宝奇旅》等电视剧对于坚持抗战的国民党将军薛岳、中国空军王牌飞行员高志航、文物护卫队长任弘毅等主要"民族英雄"人物的倾情表现，又使得作为表现对象的"英模"之内涵得以最具广度的扩充和彰显。而这些涉及国内革命战争、抗日战争、中华人民共和国建设、破获跨国大案要案等内容的真实事件，无一不占据着中国现当代历史和现实的重要地位，它们从时间，更从广阔的空间上擘画出共和国的前世今生。

其次是时代精神的多重映射。在近几年来的英模题材电视剧中，我们可以清晰地看到，这些剧作力求通过表现不同时代各式英模人物的传奇故事，实现对共和国创建发展历史和现实的艺术回望。一方面，在这些剧作中，中国现代革命历史和当代社会主义建设的各个时期大多得到生动而真实的再现；另一方面，也更为重要的是，通过这些真实历史和现实的再现映射时代的精神特质。《共和国血脉》展现的是20世纪五六十年代中国社会主义建设初期"激情燃烧的岁月"。剧作通过以石兴国为代表的石油师官兵从中华人民共和国成立之初接管玉门油矿到柴达木创业，再到参加新疆克拉玛依油田勘探、川中石油会战，直至东北松辽石油会战，全景式再现了新中国石油建设的发展史。可贵的是，这部剧既写出了国家决策与实施石油勘探的历史进程，也将"川中石油会战"的冒进倾向，"大跃进"时期盲目拆卸钻井设施、大炼钢铁的激进行为等予以披露，显示出客观记录历史事件的基本态度。而剧名所言"血脉"，不仅指石油是中国工业和经济的"血脉"，更是指新中国初创时期时代精神的"血脉"。这种精神即如剧中人物王政委所言，就是"宁肯少活二十年、拼命也要拿下大油田的铁人精神；一不怕苦、二不怕死、敢打敢拼、不屈不挠的钢刀精神；一切为了祖国、一切为了石油的石油师精神"。另一些剧作则从不同角度体现始于20世

70年代末的新时期直至21世纪的时代精神风貌。《初心》再现的是从20世纪50年代到80年代,老革命甘祖昌将军不恋高位、不贪享受,自请辞职解甲归乡,倾力于乡亲们的脱贫致富,表现出其不忘共产党人为民服务的初心;《黄大年》表现21世纪的海归科学家黄大年夜以继日、顽强攻关,为国家深探高科技事业的发展竭尽生命的全力;《破冰行动》展示的是广东公安禁毒英雄不畏地方"黑恶势力"保护伞,破获境内外制贩毒大案,维护公共安全和国家安全的壮举;《远山的红叶》叙述女县纪委书记王瑛与腐败分子的斗争,再现出爱憎分明、铁面无私、敢于碰硬办案的好干部形象。在这些剧作中,我们可以看到40余年时代风云的变迁,体味到改革开放、共同富裕、科学发展、生态文明、反腐倡廉、从严治党、民族复兴等凝聚创造、发展、复兴等意涵的多重时代精神的映射。

最后是核心价值观的多维引领。以当代价值观去诠释和呈现各时期英模人物的存在意义和价值,可谓是近几年来英模题材电视剧的一个特点。"对于地方色彩、道德习俗、机关制度等外在事物的纯然历史性的精确,在艺术作品中只能算是次要的部分,它应该服从一种既真实而对现代文化来说又是意义还未过去的内容(意蕴)。"① 黑格尔此言告诉我们,艺术品的重要价值不仅仅在于其具有记录"历史"的那一部分,更在于其对当下现实生活的意义。近几年来英模题材电视剧当中的优秀之作,大多都是立足于社会主义核心价值观的国家、社会和公民三个层面的价值取向去诠释英模的现世意义和价值。这其中,爱国主义与民族国家复兴是这些英模传奇故事的基本内核。无论是《绝命后卫师》《长沙保卫战》《远去的飞鹰》《国宝奇旅》对于红军战士、抗日勇士、护宝卫士的书写,《任长霞》《破冰行动》《湄公河大案》《营盘镇警事》对于公安武警官兵的描述,还是《黄大年》《马兰谣》《太行赤子》对于科学家和知识分子的写实,《焦裕禄》《孔繁森》《远山的红叶》《初心》《奠基者》《永远的忠诚》《共和国血脉》

---

① 黑格尔:《美学》第一卷,朱光潜译,商务印书馆,1979,第343页。

对于各级优秀党员干部的再现,它们都几无例外地强调着凸显着这一内核。而"爱国"与"复兴"也正是当代中国社会发展所亟需凝聚的共识和情感,具有重要的价值力量。以这个基本内核为中心,近几年来的英模题材电视剧将英模人物的"中国英雄"本色描绘出来。尽管这些剧作当中的英模人物职业、年龄、身份、个性各有不同,但他们都是遵循职业操守和构筑道德高点的模范,具有这样一些共通的"英模"特质:国家与民族利益至上,坚守理想与信念的初心,攻坚克难与创业图强,敬业奉献与诚信友善,弘扬正义与维护公平,等等。而这些特质,正是在多个维度上与核心价值观形成紧密的广泛契合。

二、深度:丰润形象与真实人生

近几年来的英模题材电视剧在英模影像写真广度上的表现可圈可点,在人物形象的再现与塑造上则力求以丰润形象重现真实人生,显示出一定的深度。

目前来看,英模题材电视剧主要有两大类型:一是以一个英模人物的故事为核心,譬如《杨善洲》《焦裕禄》《黄大年》等;二是以一个真实事件的叙述为核心,譬如《绝命后卫师》《湄公河大案》《共和国血脉》等。而无论哪一种类型,对于英模人物的艺术化再现都是其最为重要的"标的"。当然,这绝非孤家寡人式的再现,而是要形成忠奸善恶鲜明的人物形象联盟。"就像小孩们玩'魂斗罗'游戏那样,主角必须和其他人组成联盟,才能达到其目标,他们被称为'辅助人物'或者是'镜子人物'。对手同样有一个'帮助小组',被称为'对抗力量'或者说'对抗人物'。另一个类型,是'爱情人物'或'浪漫角色'。"①

人物联盟中的角色对立与冲突是一般电视剧叙事的基本法则,英模题

---

① 温迪·简·汉森:《编剧:步步为营》,郝哲、柳青译,江苏教育出版社,2006,第139页。

材电视剧也不例外。但其特别之处在于,以人物道德与思想观念行为为核心的角色对立与冲突更为鲜明。在忠与奸、善与恶、正与邪的对立与冲突中,形成美与丑的强烈对比效果,以此凸显英模人物性格与事迹所蕴含的崇高之美、净化之效,给予受众以极大的美感享受和心灵震撼。近几年来的英模题材电视剧一方面仍然承袭这一传统,另一方面,则是努力克服偏于概念化"单面人"的性格塑造,克服人物不接地气的"神化"倾向,力图最大限度地还原真实人物和真实事件的本来面目,再现具有多侧面性格的生活化的鲜活的"圆形人物",将人物个性的成长性细腻地表现出来,甚至不排除描述人物在抉择与冲突面前所显露的种种困惑、消极、矛盾等心理过程。力图以艺术的方式呈现立体丰润的人性光辉,再现"典型环境中的典型人物",即麦基所言"最优秀的作品不但揭示人物性格真相,而且还在其讲述过程中展现人物内在本性中的弧光或变化,无论变好还是变坏"[①]。可以说,电视剧对于人物性格特点和人物命运结局的表现固然重要,但更为重要的是展现人物性格发展的历史及其直击人心的"闪耀点"。《永远的忠诚》以安徽凤阳县小岗村党支部原第一书记沈浩事迹为原型改编,再现了这位英模人物以务实创业、无私奉献的精神改变中国农村大包干发源地"带头村"的落后面貌,赢得村民信任和爱戴的故事。剧中写沈浩作为省财政厅选派干部的动机一开始并非那么"高大上",而主要考虑的是个人前途问题。在遇到村主任等人的刁难之时,沈浩亦曾打过退堂鼓,但最终坚持了下来。他帮助村里修建道路、卫生院、养老院、幼儿园、产业园等,为处理村里事务多年未回家过年,最终积劳成疾以身殉职。剧作真实自然地表现出这一人物丰富的成长历程和高尚人格。《马兰谣》再现的主要人物是中国工程院院士、全军挂像英模人物林俊德。剧作按照人物生平表现这位福建农家子弟从浙大毕业入伍到哈军工深造,直至20世纪60年代初投身罗

[①] 罗伯特·麦基:《故事:材质、结构、风格和银幕剧作的原理》,周铁东译,天津人民出版社,2014,第114页。

布泊马兰村核研究基地,最终成为国防科技原子弹、氢弹爆炸试验专家。剧中写到其经受军训、情感、隐姓埋名等种种考验,以及在面对考验时候的内心矛盾与困惑。剧作最后一集还原林俊德患癌去世前仍然在病房指导学生,插满各种导管坐在电脑前处理文件的场景。这个对原始视频的重现场面,十分感人地将林俊德生命不息、战斗不止的"工作狂"形象凸显出来。《共和国血脉》中的主角石兴国是一位"永不卷刃的钢刀"式英模人物形象。剧中比较细腻地展现了这位英勇无畏的军人从解放军钢刀连长到石油钻井大队队长的曲折"转型"之路。譬如从改编军队为石油师时不愿交枪的思想情绪冲突,抵触向油矿工人学习石油技术,到后来积极适应新的工作环境,奋力而为,夺得优异成绩,成长为石油战线的劳动模范。这个人物形象凝聚着新中国石油工人爱国、创业、奉献的精气神,也昭示着"中国创造"精神血脉的当代传承与光大。剧作还以较多情节表现石兴国、许茹和梅大妮之间的情感纠葛。石兴国与许茹相爱,许茹却不愿因家庭原因拖累石兴国,石兴国无奈之下与喜欢他的梅大妮成婚。最终,石兴国与许茹并没有"有情人终成眷属"。这无疑表现出石兴国作为有情有义有担当的时代英雄气质。《国宝奇旅》中的主要人物任弘毅从北大退学又弃文从武留学日本,是国民党部队教官,也是故宫博物院副院长之子,文武双全,处于"人物联盟"的中心。剧作围绕故宫文物南迁前后亲情、友情和爱情的重重考验,表现任弘毅历尽磨难终不悔,顺利完成了南迁任务,同时也收获了一份坚贞的爱情。其深明大义、爱国忠勇、坚韧果敢、情真意切的个性,使之呈现出鲜明而灵动的人物之弧。《远去的飞鹰》里的空军飞行员高志航是一个颇富传奇色彩的人物,他邂逅爱情娶俄国美女,奉张学良之命,深入敌营智取日军飞机。在淞沪空战中,他率领飞鹰航空队以弱胜强,战胜日军,显示出敢爱敢恨、有勇有谋、做事为人干净利落的独特个性。此外,《绝命后卫师》里忠勇无畏的师长陈树湘、《长沙保卫战》里三战日寇的铁血将军薛岳、《营盘镇警事》里的派出所所长范党育、《焦裕禄》里

"县委书记的榜样"焦裕禄、《英雄无名》里的中共隐蔽战线传奇人物阎宝航、《黄大年》里的"拼命黄郎"黄大年、《初心》里主动解甲归田的将军甘祖昌、《江城警事》里乐于助人的"小警察"杨先（原型为陈先岩）等作为英模电视剧的主要人物，都在不同程度上承担着人物联盟之正面角色的功能，并以立体丰润的形象使历史和现实中真实存在的人物借助影像的力量得以"复活"。

人物联盟的主角对立面，即主要反派角色，是实现剧作忠奸善恶鲜明的人物设置，强化人物道德与思想观念行为的对立性，以及营构强烈矛盾冲突的重要构成，是推进情节发展、塑造人物性格的必备要件。因为"反对主人公的对抗力量越强大越复杂，人物和故事必定会发展得越充分"[①]。近几年来的英模题材电视剧对此有着比较充分的体现。这些剧作里面大多都有与主角对立的主要反派人物，诸如《永远的忠诚》里的村主任贾治国、大包干带头人余本福，《远山的红叶》里的腐败分子岳映久，《共和国血脉》里的"破坏者"邱建设，《破冰行动》里制贩毒的操纵者村支书林耀东、黑恶势力"保护伞"市长陈文泽、公安局副局长马云波，《湄公河大案》里的大毒枭臬雄，《长沙保卫战》里的日寇头目冈村宁次、阿南惟畿，《国宝奇旅》里的日本军官本田喜多、汉奸赵光希，等等。这些反派人物与主角形成强烈的思想与行为冲突，成为推动电视剧叙事的重要元素，与此同时，亦将其自身与主角及其同盟者的相对立的价值观凸显出来，从另一面来确证和反衬主要人物的"英模"气质。在近几年来的英模电视剧人物联盟当中，还有大量正面主角的同盟者，即辅佐英模人物的群像。他们的主要作用在于对主角的丰富、呼应和补充，为人物形象表现的深度增添筹码。

[①] 罗伯特·麦基：《故事：材质、结构、风格和银幕剧作的原理》，周铁东译，天津人民出版社，2014，第370页。

三、融合度：纪实原则与艺术传达

近几年英模题材电视剧的英模影像写真，在纪实原则与艺术传达之间的融合度方面多有进展。与其他题材的电视剧相比，作为主流意识形态话语表达的重要组成部分，英模题材电视剧并非想象的那样整齐划一，而是涵盖了诸多"类型"，譬如刑侦（悬疑）、战争（军旅）、励志（传记）、历史（传奇）等。出现多种类型的原因一方面在于表现对象——英模人物职业、身份、事迹的广泛性，另一方面也在于近些年剧受众群体诉求的新变与多样。随着电视受众年龄段的下移，"90后"和"00后"等青少年群体逐渐成为观剧主力。为适应这一群体有别于其父辈或祖辈的审美诉求，过去较为单一的英模题材电视剧在题材选择、情节安排和人物设置等方面开始出现新变化。因此，我们就可看到近几年来热播的正是那些趋向青少年受众诉求的英模题材电视剧。譬如以大案要案为再现对象，着力于悬疑、刑侦和动作元素的《破冰行动》《湄公河大案》和《莫斯科行动》；倾向于轻喜剧的《江城警事》；偏重于传奇色彩的战争剧《国宝奇旅》《长沙保卫战》和《绝命后卫师》；等等。

然而，无论英模题材电视剧如何为适应受众市场而生发多种类型，有一个核心问题是必须面对和解决的，就是如何处理真实事件和人物的艺术化呈现，即纪实原则与艺术传达的融合度问题。相对于一般题材电视剧，根据真实事件和人物改编而来的英模题材电视剧所要遵循的艺术传达模式就是"带着镣铐跳舞"。在此，"带着镣铐"是指电视剧叙事并非完全凭借自由虚构与想象，而是要遵循"大事不虚、小事不拘"的纪实原则，以真实的事件和人物为依据，在再现英模人物或事件之时不能违背基本事实和历史真实。这无疑是一种叙事的限制或曰限制性叙事。当然，依据真实事件和人物，也并非是将其直接搬演到电视剧当中，而是需要进行艺术的加工，即用审美的方式表达，目的是使之更加形象化和丰满化，达到源于生活并高于生活的艺术效果。这即是"跳舞"，是对艺术传达的形象化解释。此正如马尔库塞所言："所谓'审美形式'是指把一种给定的内容（即现实的或历史的、个体的或社会的事实）变形为一个自足整体（如诗歌、戏剧、小说等）所得到的结果。有了审美形式，艺术作品就摆脱了现实的无尽的过程，获得了它本身的意味和真理。"① 由此我们知道，事实只有通过审美的形式形成"自足的整体"，否则就可能只是一些散布于时间和空间的话语碎片，而不能获得其本身的意义和价值。"带着镣铐跳舞"则是对纪实原则与艺术传达之间融合关系最佳状态的一种形象描述。

在近几年来的英模题材电视剧中，我们可以看到，大多数剧作基本遵循"大事不虚、小事不拘"的纪实原则，主要人物和情节基本按照真实事件或人物的原貌来表现，次要人物和情节有艺术想象和加工成分，包括人物对话、人物关系、细节与场面等。当然，不同剧作对真实事件或人物的艺术呈现有差异。一部分电视剧基本按照真实人物生平或事件发展过程进行叙述，主要人物姓名、地名、单位名称等基本未做改变，呈现出较强的纪实性，譬如《黄大年》《焦裕禄》《马兰谣》《初心》《任长霞》《太行赤子》《英雄无名》《永远的忠诚》《远去的飞鹰》和《绝命后卫师》等。《破冰行动》《湄公河大案》等，除人名地名用化名外，也基本按照真实事件和人物来表现。有些电视剧则在人物设置、人物关系、情节、对话、细节、场面等方面改编较多，如《国宝奇旅》《共和国血脉》和《江城警事》等。也就是说，近几年来的英模题材电视剧在纪实原则与艺术传达的融合度方面仍然处于不均衡状态，存在一定的差异性。

实际上，根据真实事件和人物改编的英模题材电视剧是对于原事件和人物的二次再现和传播，这当然是一种艺术的传达，而并非是简单的新闻报道式"搬演"。在遵循"大事不虚、小事不拘"纪实原则的前提下，这类

---

① 赫伯特·马尔库塞：《审美之维》，李小兵译，广西师范大学出版社，2001，第196页。

电视剧应以富于现场感的真实而丰富的细节与场面表现人物和事件,在清晰而连贯的情节发展中,在建构于真实事件或人物的矛盾冲突中,描述、刻画、彰显英模人物的生动个性,以电视剧形象化的视听语言优势,复现具有强烈直观性和情感冲击力的真实事件之来龙去脉,或真实人物的高尚品格风范。《湄公河大案》的叙事按照中国船员在湄公河流域被枪杀的真实事件展开,再现中国公安干警与老挝、缅甸和泰国警方密切合作,成功侦破中国船员被害一案,并抓获特大国际贩毒集团。剧作融合刑侦、悬疑、公安剧特点,情节曲折、环环相扣,充分展现了以江海峰、高野为代表的中国公安干警的风采,以及中国政府"以人为本"的大国风度和责任担当。剧作体现出较强的纪实性,譬如以简要字幕形式说明真实事件的具体进程,链接有关大毒枭糯康被捕审判时的纪录片片段以及公安部授予英模称号的人员名单等,类似一种叠映式意象,力求使剧作呈现原生态记录与艺术表现的双效效应。以影像的方式重现真实事件或人物的价值在于,不仅仅是"人终于找到一种能够捕捉和记录'真实世界'的工具",更为重要的是"改变人类对世界的感知"。[①]《破冰行动》的故事切入视角与《湄公河大案》有所不同,它是以禁毒警察李飞(原型为广东武警何捷)等抓捕制毒村民为叙事线索,表现其被诬陷涉毒、羁押直至恢复工作,进而发现并抓获塔寨村民制毒贩毒的操纵者、境内外贩毒集团以及地方黑恶势力"保护伞"。该剧的新意在于,由常规的外向外在冲突——体现正能量的警察集体形象对阵各式犯罪分子,转向既有常规的外向外在冲突,又有表现办案过程警察内部所显示出来的正与邪、忠与奸、情与理、利与义之间的内在冲突,并在双重冲突中再现英雄本色。该剧融合刑侦、悬疑、公安剧元素,时代感浓厚,人物性格塑造丰富,真实深入地反映了当下复杂多变的现实。李飞等人物的帅气俊朗形象设计,吴刚等当红实力明星加盟出演,也十分贴合当下青年观剧的心理。将传统老典型重新发掘和表现的《焦裕禄》从

---

① 诺埃尔·伯奇:《电影实践理论》,周传基译,中国电影出版社,1992,第144页。

焦裕禄做区长搞土地改革写起，重点写其到兰考之后的工作和生活。其中大量的细节和场面特别能够凸显主人公的精气神，譬如焦裕禄带领兰考人除风沙、治盐碱，强忍肝痛带领干部雪夜去火车站给灾民分发救灾棉衣，动真格整肃干部作风，教育儿女爱国爱党爱劳动，肝癌晚期疼痛不止之时仍惦记农民除三害，等等。这部非典型的传记式剧作以朴实的影像话语诠释了焦裕禄形象及其超越时空的意义和价值——"他的品格成为一个民族最重要的精神不动产"，从而也为当下英模题材电视剧创作提供了可资借鉴的经验。

可以说，纪实原则与艺术传达的融合度高低，是检验真实事件改编英模题材电视剧的一个重要标尺。融合度高，则纪实与传达二者之关系把握准确、相得益彰；反之，则存在传达过度或不足等问题。目前来看，前者的情况更为突出一些。对于英模题材电视剧而言，传达过度是指在虚构人物和人物关系、情节设置、细节场面等方面的"过度"、过犹不及。譬如，一些剧作里的男女主人公的情感戏份过多，某种程度上冲淡了剧作需要表达的主题，有为吸引受众、提升收视率之嫌；一些剧作里虚构的人物和事件占比例较大，甚至不惜改变真实事件或人物的原貌，以虚构人物为主角，真实人物则屈居配角，事件发生的时间地点被改变；等等。传达不足则是指剧作存在同质化、概念化、脸谱化等沉疴，譬如流水账式的好人好事堆砌，以某种先验的英模角色概念演绎缺乏个性色彩的"单面人"，高度重合英模事迹的纪实报道而无艺术性再造等。

如果从更为阔大的角度观之，近几年来的英模题材电视剧与电影、文学、戏剧等艺术形式一样，成为讲述中国故事、谱写民族史诗的重要途径。因为"祖国是人民最坚实的依靠，英雄是民族最闪亮的坐标。歌唱祖国、礼赞英雄从来都是文艺创作的永恒主题，也是最动人的篇章"。在这样一种语境之中，英模题材电视剧在广度、深度和融合度上对英模影像写真的新意就特别值得记取，当然，若需达至理想状态，它的前路仍然是进无止境。

域外观潮

美国非虚构文学浪潮：背景与价值

20世纪六七十年代，在美国文学和新闻的两大领域里，掀起了一股有着共同倾向的浪潮，它们对当代美国文学、新闻以至美国社会都产生了相当的影响。这股浪潮的范围大致包括 Nonfiction Novel 和 New Journalism，在中国，这两个词有着很多译法：非小说、文献小说、非虚构小说、生活实录小说和新新闻主义、高级新闻体、新式新闻事业、新新闻报道、新新闻体等。另外，在中国通常被称为口述实录报告文学或对谈实录体、口述实录体的一种新式文体，也属于这股浪潮的一个支流。为了论述的方便起见，在本文中，我们统一地把它们称为"非虚构小说""新新闻报道"和"口述实录体"。要给这么一股复杂的、横跨文学与新闻两界的"集合体"提供一个比较令人满意的名称和定义显然是困难的，目前国内外也没有一个统一的说法。① 在这里，我们暂且把它们统称为"非虚构文学"。

---

① 美国新闻史学家埃默里父子写道："有几十篇文章和几本书都讨论这个问题，但没有得出一个简单的定义。"（《美国新闻史》，苏金琥译，新华出版社1982年版，第508页）另一位美国非虚构文学作家威廉·李斯特·希特·穆恩说得更为形象："我们把这种形式称为非小说类文学作品，但是还不够。好像一个养猪的农民把自己的工作称为不养鸡的工作一样。"（转引自《当代文艺思潮》1985年第4期）

本文的任务是，力图分析出美国非虚构文学浪潮的背景，并总结其价值所在。通过此文，我们希望大家能对当代美国文学格局中的这股浪潮有所关注，并对国内目前日益深入的报告文学的理论探讨有所裨益。

一、背景

（一）文学的透视

"爆炸"一词，通常是批评家们专用于形容当代拉美文学的。然而拿它来概括多元化的20世纪60年代美国文学也不算勉强。自欧文·华盛顿以来，美国的作家还很少投入过如此多的热情，去倔强地实验着使他们的文学创作丰富多彩、标新立异的写作。非虚构小说正是这时应运而生的。

众所周知，现代西方社会充满着超常态的变形与不稳定，使得把握现实竟成为一件了不得的难事。不少作家都存在着哲学家伯兰特·罗素式的困惑。罗素怀疑："我们称之为醒着的生活可能仅仅是一种寻常的、持续不断的梦魇。"①

这种困惑构成了风行一时的"事实与虚构混淆不清"，其"再生产品"是使部分的文学创作趋向相反的两极：更写实化和更虚构化。后者由美国学者奥尔德曼称之为"传奇小说"的文学倾向所代表。它基本上属于后现代主义流派，特征是在整体结构上运用超现实的寓言、神话和滑稽模拟等，以形而上地概括现实世界的"荒诞"实质，力图编造出比事实更"事实"的虚构作品。而在另一极，一些作家则不肯再为虚构煞费苦心，他们认定：既然现实世界变得与虚构的小说一样怪诞、离奇、捉摸不定，作家也就不如干脆用写小说的笔法直接表述现实世界中的真人真事。诺曼·梅勒写过不少一流的非虚构小说，他很早就深感战后美国的"社会难以理解"。而

---

① 转引自陈焜：《西方现代派文学研究》，北京大学出版社，1981，第136页。

且，某些真实的事件在他心目中，跟他作为小说家能想象和虚构的事件同样富于戏剧性和讽刺意味。① 非虚构小说中，事实与虚构往往弥漫在一起，甚至让现实世界中的真人或真事与作家虚构出的假事或假人合成一体，比方说道格特罗的《拉格泰姆时代》等。

不过，并非所有非虚构小说的作者都存在着这样的困惑。与非虚构小说家身处同一条战壕里的新新闻报道作家汤姆·沃尔夫就号召作家应该敢于做"今日的菲尔丁和巴尔扎克"。即使是深受存在主义影响的梅勒，也对记者说："我曾受益于德莱塞和法雷尔，可能还有斯坦贝克和沃尔夫以及所有写工人阶级和下层中产阶级的作家，是这些作家首先燃起了我从事创作的激情。"② 这种被称作"社会现实主义"的创作思想，使得这些作家自觉运用一种比虚构的小说更能直接干预现实的文学样式，以具有更为深广的社会效果。这种样式正像梅勒《夜幕下的大军》副标题所显示的，它是"作为小说的历史，作为历史的小说"。

非虚构小说的作家们还有着与传统作家不尽相同的智识结构和美学追求。与新新闻报道的作家相仿，他们大多受过高等学校文科教育，视野开阔，感觉敏锐，社会责任感强。特别是他们中的不少人又有做记者或编辑的经历，在文学创作上自然就易于倾向选择非虚构的方法。而且，不但要直接参与现实，还要分析现实、解释现实和改变现实。在美学追求上，他们往往都敢于并乐于在艺术风格与写作技巧上不断创新。据说梅勒一直在寻找一种既富于虚构的幻想，又能够对现实社会的政治形势发生影响的文学样式。③ 从1965年的《美国之梦》起，他就开始接近非虚构小说了。另一位与梅勒齐名的杜鲁门·卡波特，也早在20世纪50年代初期就开始潜心

---

① 参见施咸荣：《当代美国文学近况》，载《外国文艺思潮》第二辑，陕西人民出版社，1983。
② 希拉利·米尔斯：《诺曼·梅勒采访记》，王长荣译，《外国文学报道》1982年第1期。
③ 参见施咸荣：《当代美国文学概论（一）》，《当代外国文学》1982年第4期。

研究，立志要闯出一条文学新路来。① 非虚构小说的兴起，与作家这种不懈的主观努力是分不开的。

作品离不开读者，作为美国学者艾布拉姆斯所谓"艺术四要素"之一的读者，他们对作品的各种反馈，都可能直接或间接地影响着文学的发展——包括文学样式的发展。20世纪60年代的美国读者有着五花八门的文学"胃口"，不论是传统的现实主义文学，还是现代主义文学，或者新起的后现代主义文学，都能找到自己的"食客"。在经受了20世纪50年代的煎熬之后，读者大众普遍有一种渴望文学面对现实的要求，而非虚构小说"使公众有时发现比传统的诗歌、小说或戏剧更能夺人心目"②。它的兴起，也就是再自然不过的事情了。

从更为宏观的视野上考察，非虚构小说的兴起似乎也是美国文学发展的必然。实力雄厚的美国文学为非虚构小说的"发育"提供了"高蛋白"艺术营养；兴旺发达的美国新闻事业又为之"输血送氧"。这样，综合了小说、新闻、散文、诗歌、传记、政论等多种文体的非虚构小说才有了适宜其生存的气候与土壤，成为自20世纪头十年"黑幕揭发小说"盛极一时之后，美国文学的又一次"非虚构浪潮"。

失之枯燥的"黑幕揭发小说"，有时简直像是一份社会调查报告，写出它们之中代表作《屠场》的厄普顿·辛克莱，就不时被批评家划入"报告文学者"的名单。③ 当然，非虚构小说与"黑幕揭发小说"有着许多的不同，它既不是一场运动，也没有一个像"黑幕揭发小说"那样的，深度有限然而到底还算统一的共同目标。对于这种"非虚构"的浪潮，要进一步探明其成因，显然不能单单在文学范畴的自身中寻找。

---

① 参见王惟甚：《新新闻主义——"反小说"流派》，《花城》1983年第5期。
② 伊哈布·哈桑：《当代美国文学：1945—1972》，陆凡译，山东人民出版社，1982，第5页。
③ 像川口浩和皮埃尔·梅林等国外批评家都曾在各自的《报告文学论》一文，把辛克莱称作"报告文学者"。

（二）新闻的透视

1704年，当第一份真正的美国报纸开始发行时，它的大多数新闻报道还不可能摆脱掉一种行政公文式的呆板。今天的报刊，当然也需要一些那样的简讯，但新闻报道的形式，毕竟是不断走向艺术化了。记者们为了满足现代读者日益挑剔的新闻"胃口"，不得不绞尽脑汁把新闻报道"烹调"得尽可能"色香味"俱全，以刺激这些读者的"食欲"。他们甚至求援于小说技巧，获得戏剧性场面。绘声绘色的对白、不可告人的潜意识，乃至传统上大逆不道的角色拼合与虚构，都堂而皇之出现在许多新闻报道中。于是，就有了有别于传统新闻报道的"新新闻报道"。埃默里父子在谈到新闻报道时说："它是把重点放在写作风格和描绘方面。"①

与此同时，新闻报道的内容也不断深化。"报道事实，而不报道意见"曾经是美国记者奉若神明的信条，但这种"纯客观"的新闻报道很快就露出了它的"阿喀琉斯之踵"。梅勒说："所有新闻体作品的症结就在于报道者装得客观，而实际上在说谎话。"况且，纯客观的何时、何地、何事这三个"W"远不能使读者看到一幅完整的新闻图景，他们需要记者不仅仅充当一个称职的邮差或信使，还要能提供出"何故"——这第四个"W"的答案。于是，就产生了"解释性报道""调查性报道"。新新闻报道与它们有着密切的内在联系。但我们认为，这种新闻样式的贡献并不像有些文章谈及的，在于回答了第四个"W"。因为20世纪三四十年代兴起的"解释性报道"已经开始致力于这项工作了。新新闻报道实际上是艺术地回答了第四个"W"，而且更为复杂的是，有的新新闻报道完全抛弃了简单回答四个"W"的线性封闭型结构，而是呈现出一种仅仅提出问题，让读者自己思寻答案的开放形态。

新新闻报道正是一种颇能发挥印刷传播媒介特长与优势的新闻样式，

---

① 埃德温·埃默里、迈克尔·埃默里：《美国新闻史》，苏金琥译，新华出版社，1982，第507页。

它也许很适应新闻事业的历史进程。况且,录音机、照相复印机、通信卫星等新技术的普遍应用,使得作家们有条件进行迅速、广泛而又"高保真"的调查研究。新新闻报道可能永远不会成为新闻报道的主流——准许虚构使得它在新闻世界里困难重重,多数报纸主编至今还对此存有戒心。但作为一种新闻样式,新新闻报道自有其生命力。

值得注意的是,电子传播媒介方面也杀出了一位非虚构文学作家。芝加哥一位电台节目主持人斯特兹·特克尔创造出一种口述实录体。它的出现,当然不会是印刷传播媒介对电子传播媒介的应战。不过,与新闻报道的兴起一样,要进一步探明其成因,显然不能单单在新闻范畴的自身中寻找。

(三) 社会的透视

文学妙在虚构,新闻贵在事实,粗看之下,它们仿佛是互无联系的两极。然而,"新闻与文学的最大相同,就在于二者都是用语言文字的形式,反映人类社会生活的社会意识形态,同属于社会文化的范畴"[①]。甚至,"新闻与文学不仅在反映对象和表现内容上是相同的(从根本上说),而且在把握、表现生活的方式和途径上,也有明显的相同之处"[②]。二者的联系实质上是如此的紧密,当小说家开始热衷于直接表述现实世界中的真人真事,而记者们反过来开始热衷于运用小说技巧对新闻报道进行加工乃至虚构时,它们之间的边线渐渐模糊了。出现的是我们称之为"非虚构文学"的复杂的"集合体"。

当然,新闻与文学毕竟只是整个社会结构中意识形态子系统的两个部分。非虚构文学的浪潮,与20世纪60年代美国社会结构的激变,有着一种潜在的、必然的联系。

20世纪60年代的美国社会,是一个撞击着怀疑、愤怒、不稳定情绪的时代。阿波罗登月飞行的成功,并没有使它的尾声变得美妙。我们觉得,20世

[①][②] 吴肇荣:《新闻文学比较论》,《武汉大学学报(社会科学版)》1984年第6期。

纪60年代真正的尾声应当是水门事件,它一直延伸到尼克松辞职的1974年。

不过,用"反传统"来概括20世纪60年代,也许比用"危机"来概括更为准确。当时的美国社会从某种意义上讲,是一个新旧交替的时代,传统社会结构的稳定正受到剧烈的震荡与冲击。经济子系统内,一种被称作"第三次浪潮"的信息社会,开始渐渐取代目前的工业社会;政治子系统内,20世纪50年代对内对外的"冷战体制"土崩瓦解,政治舞台上出现了一片演出时突然停电的混乱;意识形态子系统内,"外向暴发的十年"完全淹没了"内向暴发的十年"①,或者说淹没了"顺从的年代"②。三个子系统功能紊乱,相互影响,催促着整个社会从结构上发生了一场并非根本性革命的演变。

这种演变,客观上为非虚构文学浪潮的兴起提供了相宜的环境。梅勒1981年说:"我也许不会再涉足新闻报道。不过也许还是要搞它,尤其是我们在六十年代度过的那段历史。那时好的素材俯拾皆是,所以写新闻报道就容易得多。我从来也没有写出一部能与整个六十年代所发生的事件相称的作品。"

20世纪60年代的这种演变,其明显而普遍的表现形式是多元化代替了一元化或二元化。这,无疑也有利于"新"文学与"新"新闻的产生和发展。

二、价值

(一)"形态真实"与"关系真实"

批评家们都深信这一点,美国非虚构文学的价值内核与魅力,很大程度上取决于它的"真实性"。与艺术真实不同的是:非虚构文学的"真实",

---

① 这种提法可参见《当代美国文学:1945—1972》序言,作者说:"假如五十年代表现为内向爆发的话,那么以后的十年就该被称为外向爆发。"

② 这种提法转引自美国丹尼尔·霍夫曼主编的《哈佛当代美国文学指南》。

是一种内在的、动态的相似，确切地说，即是"形态真实"与"关系真实"。"形态真实"指人和事物自身的自然形态必须在客观社会中"确定无疑"，它是一种未经加工处理的原始的存在状态。"关系真实"则是指人与事物均处在一定的时空关系中，并保持着现存自然形态的内部组织结构，它是一种非假定性的、实在的、直接的现实景象，是一个动态系统。"形态真实"显示微观结构，"关系真实"则在更大的时空范围内显出宏观之真。美国非虚构文学的这种"真实"，是由纪实性美学的根本精神所决定的，即深信客观生活本身所蕴含的巨大的表现力，并有责任把它再现出来。由此产生的美国非虚构文学的可信性、文献性和纪实效应等独特的美学价值，使之至今不衰。

美国非虚构文学在作者与读者双方的审美要求下，以多种复杂的形式，不同层次地显示着"形态真实"与"关系真实"。尽管评论界对此褒贬不一，但不少美国学者都一致公认它在"真实性"方面取得的真正的突破。它不仅使人们在具体表现技巧上有所受益，更为人们提供了现实与艺术之间辩证关系的新思考。

"形态真实"和"关系真实"在美国非虚构文学中，具体体现在哪些内容上？这些内容又给它带来怎样的美学价值呢？概括起来，有如下几点：

（1）价值同步。大多数美国非虚构文学作家在各自的作品中再现的生活及对人物的主观评价，与当代美国社会的价值观念同步。非虚构文学盛行于20世纪六七十年代，这是美国历史上少见的"反传统"的时代。正像"背景"中所论述的那样，人们迫切要求进一步认识自己，冷静地多方面、多层次地了解和分析美国社会。不论是《刽子手之歌》《凶杀》等揭露政坛丑闻、凶杀和犯罪等重大社会问题，还是惊叹人类登月壮举（《月亮上的火焰》）、袭击黑豹党（《美国的判决》）等，都从不同角度再现了20世纪六七十年代美国社会的变迁。作家的主观评价与社会上人们所思所想所期待的统一步调，并产生了和谐的"共振"。作家们对于当代美国生活的自我体验也与社会普遍心理相协调，其再现的生活图景真实地显示出整个社会发展的总趋势。如果非虚构文学作家的主观判断和价值尺度与大众心理相左，那就必然会传递出"伪信息"，人们便会产生强烈的负反馈：这是假的！因此，只有对价值观念这个具有整体性的因素深刻把握，非虚构文学才能够如此生动地再现出形态的和关系的真实来。

（2）关系的多维与整一。作为纪实性的美国非虚构文学，其作品所展示的关系是多维的：人物与人物之间、人物与环境之间有多重关系，有处于时间观念上的事物间的关系，也有它们在空间里组合而成的关系。同时，它们又以开放与闭锁、凝聚与释放、紧张与徐缓等为外在的存在方式。这样的一些关系和存在方式正是美国当代社会盘根错节的内部组织结构的折射。非虚构文学作家们并没有仅仅再现一些不能够让人把握整个美国社会脉搏的非本质的关系，而是将全部关系的实质井然有序地表现出来，呈现出"整一"的色彩，其根本原因就是他们把美国当代社会看成了一个庞大的系统。他们努力地使所写人物的关系与人物的情感运动相协调，人物与环境关系相协调。他们牢牢地把握了个别关系（子系统）与总系统之间常人不易察觉的，却能揭示其真相的契机。斯特兹·特克尔的《美国梦寻》之所以受到人们的欢迎，就在于作者深深地把握了关系的多维与整一。这是一个近百人的口述实录，看起来谈话的随意性占据着主角位置，但实际上作者并未破坏本来就存在着的美国当代社会的关系网络。他经过精心地剪接，活生生地解剖了立于这块国土上的个人的"自然形态"的"确定"，以及现存于各人物之间的内部结构。他准确地抓住了这个契机。

（3）细节的多样化。这种多样化，一是说明美国非虚构文学作品借鉴了小说等艺术部类的细节表现手法，呈现出一种广泛性；二是表明其细节描写上的独特性。

①实物细节。这是美国非虚构文学中经常用到的一种表现手法。它起着以部分代替整体，以一斑窥全豹的作用，通过它显示事物的逼真感。这

里的实物一般起着一种重要的道具作用,《袖珍棺材》里有一只被作者反复描述和重现的冷杉木质的"袖珍棺材",它在这篇作品中,即是一个串连情节的富于象征意味的"重要角色"。

②气氛性细节。即强调以环境气氛去再现人物及人物关系的真实。作者自身形象的参与,也为这种细节处理打开了局面。卡波特在他的对白体"非虚构小说"中,常常用一些引导性的文字或曰解释词来写环境,造成各式各样的契合人物当时心境的有力的氛围,而且作者也在其中与人物一起活动。这样的细节,给予人们的是更强烈的纪实感和逼真效果,充分展示了一定时空内的"关系真实"。

③生活化细节。它是一种显示人物间自然关系的细节描写,多用"中景"与"全景",给人造成一种客观纪实的印象。《刽子手之歌》《夜幕下的大军》等作品中都有这种随意性很强的细节。当然,这种生活化细节已经经过作家和记者们的精心编排,呈现出淡化的色彩。

此外,还有对话性细节、综合化细节等等。它们都在不同程度、层次上为再现非虚构文学之"真"做出努力。如果说,"价值同步""关系的多维与整一"主要显示其"关系真实"的话,"细节的多样化"则为再现"形态事实"打下了坚实的基础。当然所有这些,在美国非虚构文学作品中都是有机有序地相互联系、相互渗透的。

(二)情感语言

大量的情感语言的使用,是美国非虚构文学作品具有独特审美价值的又一表现。情感语言,即能够唤起情感、传达情感的一种语言形式,它与确知对象、传达客观信息的认知语言(符号学、语义学概念)和纯文学作品中使用的具象语言有一定区别。它的载体——词,没有所指的具体客体,比较抽象,但它又含有能触发情感的内质,它是处于两种语言之间的中介语言。这种语言在作品中主要渗透于作者的主观评介和引导读者进入作品进而理解作品的语言里。

新新闻报道和非虚构小说之前的新闻报道并不具有审美意义,记者们使用的主要是单纯传递信息的认知语言。后来,新新闻报道出现了,它逐渐在内容上深化,形式上艺术化,那些不具备情感特征的语言逐渐被一种深刻独到的议论、分析、判断等较生动的叙述所代替。这种语言的载体——词都比较抽象,但其概括力强,且显示出人物的很强烈的直观判断和令人思考的无可辩驳的力量。与事实相符的一种概括(浓缩)性的图景传达出的客观信息,契合了新闻真实的特性。因此,在不同程度上,这种情感语言为美国非虚构文学作品的"形态真实"和"关系真实"的显现,起到了直接传达的作用。

情感——非虚构文学情感语言的主要方面,则更多地显示出一种奇特的感染力,美国非虚构文学的主导功能即审美功能的展示主要是靠情感语言进行传导。情感语言的运动过程是:储存情感→释放情感→延伸情感→折射情感(由读者完成)。这样一个运动的最终归宿,是形成强烈的净化效应(即从感情语言中表露出来的情感逐渐浸透读者的心灵,继而使情感升华,剔除那些非审美的观念,进入一个富于真切感的艺术境界之中)。

新新闻报道和非虚构小说这两大类作品中都显示出上述特点。

口述实录体则又别有风采。《美国梦寻》不仅在微观,更是在全书的总体系上注入了一种情感"基因",整本书就是一个评述,一种判断。它通过对书中人物语言的客观剪接,通过每个人物的独白与对白,表达出作者的主观态度——美国梦的追求与幻灭。久蓄未发的思考经过情感语言的宣泄,撞击着读者的心灵,使之得到强烈的情感净化。特克尔的这番努力,使美国非虚构文学的美学追求独具匠心。

(三) 文献性

当我们谈及美国非虚构文学的美学价值的时候,我们不能不想起它的文献性。

首先,美国非虚构文学储存的密集的客观信息有文献价值。一篇作品即是一座"信息库",从登月火箭的摇摆舞团,我们看到的是美国当代社会的林林总总。这些层次感强、密集度高的信息所做的水平描述,一般说来,涉及面越广,则越准确、真实。同时,这些作者奉行的"社会现实主义"又使他们注重重大的社会问题,捕捉高度浓缩的具有当代美国社会本质倾向的客观信息,让人们从特征性上深刻地把握这个社会各个侧面的主潮。

其次,注重调查,掌握第一手材料,将真实面貌公之于众,取信于民,也大大加强了作品的文献色彩。亨特尔·汤普生甚至服用海洛因,亲身体验吸毒,然后如实地进行报道。艺术家的勇气换来了有价值的客观信息。

如果说上述两点作为美国非虚构文学文献性的客观因素,带来了它在水平方向(表层)的可观的价值的话,那么当代意识的强化和评述的哲理性深度,则加强了文献性的内在的深刻性。

文学的当代意识,是作为一种具有整体意义的有机性的特质贯穿于作家创作的全过程的。在作品中,它首先指其现实感和时代感,它同当代大众的审美意识、趣味相一致。美国非虚构文学作家大都有较强烈的社会责任感,他们的作品反映并强化了跟美国社会大众审美趣味与意识的一致性。当代性愈强,历史价值就愈显著。当我们重温这些作品时,眼前浮现的便是这一时期富于特征性的图画。

"叙述者不仅起着讲故事的作用,而且也帮助读者评价这一经历"[①]。梅勒的言行是一致的,在他和卡波特等人的作品里,对事件"评头品足"、陈述己见的现象比比皆是。这种评述对读者起着引导、点拨和明辨是非的作用,更重要的是,它还写出了蕴含于平凡事物内部的本质特性,努力揭示出美国当代社会文化和经济的重要意义。这就是非虚构文学评述的哲理性深度,没有这种深度,单靠表面堆砌的信息,其文献的价值充其量不过是匆匆的过客。

此外,标题的分析评述色彩及术语化,揭露矛盾、重在提出问题的开

---

① 希拉利·米尔斯:《诺曼·梅勒采访记》,王长荣译,《外国文学报道》1982年第1期。

放性结构,也为美国非虚构文学的文献性的确立贡献了有力的证据。

(四)纪实效应

在尽可能广阔的画面和微观描述中再现"真实"的现场感,是美国非虚构文学所产生的纪实效应之一。这是一种使人身临其境的审美情感体验。它表现在作家对于现场情景特色的把握,对人物现场活动的带有特征性细节的描绘,以及事件进行之中对动人心魄场面的"强化"上。它带来的是活泼的动作感和立体感。罗伯特·萨·安森的《是社会的"改革者"呢,还是人间的妖魔?》就是在富于现场感的画面中,写出"西奈垅"的恐怖组织内幕的。

现场感等诸因素让美国非虚构文学产生了纪实效应。它并非单方面地显现,而是在作家、作品与读者之间共同发生的,是从作品的深层结构中衍生出来,在读者身上获得的一种较强烈的美感反应。它也是这种"集合体"的审美价值的体现之一。可以说,它是一种综合性反应,没有非虚构文学其他方面的艺术手段的作用,这种效应不可能出现。纪实效应能使读者对当代生活进行强烈的近距离观照,以此把握整个社会的总体。特克尔的《断街》《工作》等系列口述实录体,即在广阔的背景上,展示了美国当代的"观潮者和弄潮儿"的思维方式和行为方式,从这些浓缩着巨大信息量的文字中,我们体味到了对美国当代社会的近距离的心理对应。

显然,美国非虚构文学浪潮是一股复杂的"集合体",它的一些作品属于文学范畴,一些则属于新闻的天地,还有一些又很难指出它的确定范围。作为一种具有相对独立的审美价值的"集合体",它无疑具有长久的生命力,但作为一股浪潮,它也许会时涨时消。《美国史话》的主编卡罗尔·卡尔金斯在谈到卡波特及其非虚构小说创作时说:"他们的著作都可能影响未来的文学趋势"。但,这仅仅是一种"可能"。今天,对美国非虚构文学下一个确定无疑的全景式的结论,似乎还为时尚早。

(此文与南平合作)

激变时期的中美非虚构文学

在美国20世纪六七十年代——非虚构文学的鼎盛时期,与传统新闻和一般传记、游记有别的,体现其写作方向的代表性文体是新新闻报道和非虚构小说。而在20世纪八九十年代的中国,非虚构文学的主要文体指的是报告文学、纪实小说(非虚构小说)和口述实录体。这种简略的阐释可能显得单薄,但它实在是我们进行这一论题的前提与基础。一定意义上讲,它也昭示着中美非虚构文学的某种相似性及其给人以启迪的对比意义。

一、激变:"非虚构"生成的前提与基础

的确,变幻莫测又极富挑战性的20世纪,给中美非虚构文学的生成与繁荣创造了绝好的良机。当我们站在世纪之末来回溯两国的这一文体的风貌时,便由衷地感到了两国特定的历史"激变时期",在其非虚构文学的发展中所占据的极重要地位。而且,可以断言的是,"激变时期"里,两国的

非虚构文学都为其各自的历史写下了最令人瞩目的篇章。因此，我们不能不把目光投注于此。

20世纪60年代的美国，就其表象而言，充斥着各式各样的冲突、动荡、不安和怀疑，国内一连串的反越战示威、黑人民权运动、贫民暴动、嬉皮士的反文化及政治暗杀事件，使20世纪50年代的传统社会的相对宁静被打破。若究其深层原因，则不能不确证它们实质上的反传统本性，也即是说，20世纪60年代成为美国新旧交替的变革时期——它正在进行着一场由传统工业社会向信息社会的深刻"激变"。这诚如莫里斯·迪克斯坦所言："六十年代发生的事情大部分就是这种意义上的时髦事物，但是变幻莫测的时髦事物中却蕴藏着社会情感、道德观念和政治气氛的深刻变革的线索，这些变革将会影响最偏远的社会角落。"① 在这样一种被称为"对抗文化"的氛围中，新奇的事物不断涌现，现实变得比小说更离奇、动人，甚至是令人迷惑和不可思议，这无疑是给以描述当下现实见长的非虚构文学以极好的机遇。

而与20世纪60年代的美国具有某种社会变革相似性的20世纪八九十年代的中国，也正在经历着一场前所未有的"全面转型"——由传统的农业社会向现代化的工业社会的转变。之所以说它"全面"是因为"从'温饱'走向'小康'的中国社会经济从体制、社会结构、利益格局，到人的价值观念、生活方式、行为规范等各方面，无一不在发生意义深远的变革"②。这种变革是以六种转型作为其特征的：计划经济向市场经济的转型，农业社会向工业社会的转型，封闭半封闭社会向开放社会的转型，乡村社会向城镇社会的转型，同质单一性社会向异质多样性社会的转型，伦理社会向法理社会的转型。③ 与美国20世纪60年代在保持体制基本不变的情况下进行的社会转型略有不同的是，中国20世纪八九十年代的社会转型是与

---

① 莫里斯·迪克斯坦：《伊甸园之门》，方晓光译，上海外语教育出版社，1985，第129页。
②③ 赵卫：《社会学家评述中国社会进入全面转型期》，《瞭望》1992年第29期。

体制转轨并行的，这种社会结构与机制及其利益的大调整所带来的震荡与矛盾也正逐渐显示出来。与20世纪60年代美国以"动荡""动乱""对抗"为特征的"激变时期"相比，中国改革开放十多年来的局势保持着令人惊叹的基本稳定。

二、非虚构：文化传统与时尚的产儿

"激变时期"的美国将非虚构文学推至其新文化的中心。当时以写作新新闻报道和非虚构小说风靡一时的记者汤姆·沃尔夫、小说家杜鲁门·卡波特和诺曼·梅勒成为那一时期写作的旗帜。甚至有人断言，非虚构文学代表着20世纪60年代美国的写作方向，它的中气十足的气势显示出自20世纪初的"黑幕小说"以来，又一次巨大的非虚构浪潮。与此同时，作为美国文学传统形式的小说被人宣称为已临近死亡，莱斯利·菲德勒认定小说死亡的两个根本原因是："第一，支撑作家们的艺术信心丧失了；第二，满足读者需要的艺术虚构正在被另一些更好的东西所代替。"① 众多小说家被"激变时期"的现实所引诱，转向去写非虚构文学作品——卡波特与梅勒就是其中最典型的代表。

非虚构文学成为"激变时期"美国的最重要的文化现象之一，其原因是多方面的。现实的不可思议与变动性所造成的巨大魅力自不待言，对于非虚构文学作家来说，其内在素质的倾向性尤为重要。这些受过高等教育（有些还拥有博士头衔）、做过记者与编辑工作、关注社会现实的人，在其写作中对再现那些不能被小说家们想象出来的事实，进而去用自己的思想解释它，甚至还想去改变它的兴趣十分高涨。这一兴趣使这批作家很自然地成了与沉溺于虚构世界的传统小说家迥然有别的弄潮儿——他们的优势

---

① 转引自约翰·霍洛韦尔：《非虚构小说的写作》，仲大军、周友皋译，春风文艺出版社，1988，第7页。

在于不失时机地把握住了对20世纪60年代美国"激变时期"做最适宜叙述的表达方式。比起简单地将非虚构文学理解成是对现实的描述（或展示），有更深刻的思虑的论者曾经还这样说道："梅勒后来致力于写作非虚构小说，目的并不仅仅在于展示超过生活现实的远为激动人心的所谓'现实'，而是意识到当代人已经变为自身处境的电影观众或者变为权力与脆弱性的政治戏剧的观众。当个人对自身所处的现实无能为力时，他充当一个异己的观众可能是缓解现实（权力和暴力）的压力的最好的办法。"① 这种不失为一家之言的论断似已把梅勒等非虚构文学作家纳入后现代主义之列，当然，它也为我们从多种意义上理解这些作家树立起了一个参照系。

从读者这一角度来看，20世纪60年代的美国大众普遍希望以一个适宜的形式对身边不断发生的离奇事件做深入细致的描述，这些过去基本上是通过小说来满足自己的需求的人们，把目光投进新新闻报道与非虚构小说之中——希冀这种面对现实的文体形式能为他们带来某种解释与答案。

另外，成果丰硕的美国文学及其中的"非虚构"传统（诸如马克·吐温就曾经写过《密西西比河上》等非虚构文学作品）和兴旺发达的美国新闻业等多种有益于非虚构文学生成的力量集聚，终于促使其登临20世纪60年代美国"激变时期"的文化高峰。因此，作为本质上对社会现实进行深度再现的非虚构文学，在超常态的历史进程中比一般文学样式获得更大的成功，就不是那么费解的事情了。至于有论者将20世纪60年代美国非虚构文学的成功与激变的社会理解成前者对后者的依附关系，并断言一旦社会动乱平静下来，这些应运而生的写作形式就会偃旗息鼓，这恐怕是看轻了非虚构文学的自身价值与发展规律。不过，它倒是从一个侧面证明了"激变时期"对于非虚构文学成功的重要性。中国20世纪八九十年代非虚构文学的发展也恰恰确证了这一点。

若以全景视角考察，中国非虚构文学的生成可以追溯至20世纪初叶，

---

① 陈晓明：《解构的踪迹：历史、话语与主体》，中国社会科学出版社，1994，第208页。

其后也历经两次高涨期，但真正达到全盛，还是在20世纪的八九十年代——这正好是中国进入全面的社会与体制转型、社会现实面临激变的重要关头。一方面，超稳定的中国社会结构、价值观念、生活方式和行为规范所出现的前所未有的变化，各种矛盾与问题层出不穷的困惑促使中国人急于去了解自身和自身所处的环境，非虚构文学便最好不过地充当了满足这些欲望的桥梁，成为大众以极大的热情主动投入的主要文体形式。另一方面，不够开放的新闻传播体系已难以满足人们对现实生活中重大事件、重要人物的不止于一般消息报道的深入追问，而非虚构文学——这种以深入报道为己任的文体形式则受到人们拥戴。非虚构文学兴盛的第三个因素来源于当代中国作家，特别是非虚构文学作家心中尚存的，自《史记》以来在纪实性文学中所显示的"以天下为己任""兼济天下"的传统文人的社会责任感和良知——这些宝贵的精神品质有力地保证了非虚构文学对社会现实所做的顺应民心的描述与分析，使非虚构文学比之同时期的其他文体更易于成为民众为宣泄内心情绪而较易掌握的"武器"，成为以记者、作家、学者为写作主体的"社会责任与良心"的代言形式。

以上我们可以看出，中国非虚构文学黄金时代的到来也是多种因素合力的结果——它与20世纪60年代美国非虚构文学的兴盛有着许多相似的背景。"激变时期"中国非虚构文学对当代中国文学的持续影响力和震撼力，恐怕也不亚于当时美国非虚构文学对其整个文学进程的巨大作用。已经有不少论者指出，中国非虚构文学可谓新时期文学中最富代表性和实绩的一面旗帜，其成功在小说、散文之上，尽管这种成功更多的是来源于与当代政治、经济和文化等社会因素的契合。随着20世纪80年代中期五次全国性优秀报告文学评奖的进行，众多原名不见经传的非虚构文学作家成为明星、英雄，众多作品在社会各界广泛流传。整个中国当代文坛自20世纪80年代末以来，出现了显然是受到非虚构文学影响的"写实化"浪潮：电影、电视剧、电视专题片的"纪实色彩"成为新的时尚和吸引观众的新的兴奋点。

尤其是作为传统的主导文学样式——小说，也一浪高过一浪地以"写实"为基因，衍生出"新写实小说""新状态小说"和"新体验小说"等新样式。这些标榜"消解叙事者的神圣性，将亲历性、纪实性放在第一位""以写实为主要创作手法，但特别注重现实生活原生态的还原，直面现实、直面人生"①之类原则的作品无疑是摄取了非虚构文学的精神实质。小说写实化倾向日渐浓厚，虽然与20世纪60年代美国学者惊呼"小说已经死亡"的情形有差异，但至少它说明了面对非虚构文学大有由边缘移至中心以便取代小说正宗地位的"危情"，小说家所做的明智调整。而当我们将视角放宽，便会发现"写实化"其实正是当今世界文学和艺术潮流的共振现象。"激变时期"中国非虚构文学的卓尔不群，对当代中国文学顺应这一潮流所起的重要推进作用是显而易见的。

三、多元组合的作家群体

中美两国在各自特殊的"激变时期"里成就了不少非虚构文学作家。这些由多种职业成分组成的作家集合体，将不同的思维方式、写作习惯及文体特长带入非虚构文学这一新兴样式之中，使非虚构文学能够以其特有的优势去创造"激变时期"里的文学的辉煌。

20世纪60年代美国非虚构文学的写作群体主要由两类人组成——新闻记者（编辑）和小说家。前者以汤姆·沃尔夫、琼·迪戴恩、乔治·奥韦尔、莉莲·罗斯等为代表，这些被称为"新派新闻记者"或"文艺型记者"的人，主要经营的是加进了大量的小说技巧，同时又背叛了传统"客观报道"的"新新闻报道"。沃尔夫1965年出版的第一部文集《糖果色闪着桔红火花的流线型婴儿》和1968年发表的长篇报道《电冷却器酸性试验》表明其已与传统新闻观念相分离，并成为新式新闻报道的首领。尽管他的创

---

① 参见1995年1月7日《文汇读书周报》中《新写实与新历史小说》等文。

新遭到了来自传统新闻界的猛烈批评，甚至也被非虚构文学的另一些代表作家诸如杜鲁门·卡波特等人以"沃尔夫不具备写小说的适当素质"为由而看轻，但他仍然是与另一些小说家们一道，属于开拓美国非虚构文学疆土的有功之臣。

与沃尔夫有所不同的是，诺曼·梅勒、杜鲁门·卡波特等人是作为小说家身份入驻非虚构文学的写作群体的。卡波特这位先以创作梦幻式的浪漫传奇小说为业的作家，在20世纪60年代却转向了以小说形式写真实事件的非虚构小说的创作。1966年他发表的《冷血》以其胜于一般凶杀案报道或恐怖侦探小说的技巧，赢得了巨大的反响。这种被卡波特本人称之为"新艺术形式"的文体，也就一举成为与"新新闻报道"并驾齐驱的明星。另一位战后美国文学的代表作家诺曼·梅勒，写作风格灵活多变，他在20世纪60年代里以比之传统新闻写作有着更为广阔的隐喻和象征寓意的三部名作《夜幕下的大军》《迈阿密与芝加哥之围》和《月球之火》，描绘出美国"激变时期"重大事件的壮阔图画。其实，小说家参与非虚构文学创作，往往使事实与虚构含混不清，这实际上倒隐含着他们对"激变时期"美国社会现实的基本看法，即事实与想象的奇特交替与更迭："每天的'现实'变得甚至比最好的小说更离奇动人。……那些过去看起来超出我们最奇异想象之外的事情，变成了现实的一部分。"[①] 重写实与重想象的两类写作方式的结合，使美国非虚构文学在反映"激变"的现实及其现实中人的处境等方面，比纯新闻和纯小说更占据了优势。

与美国非虚构文学写作群体结构类似，中国20世纪八九十年代里涌现的非虚构文学作家也包括新闻记者和小说家，前者如钱钢、张胜友、陈冠柏、卢跃刚，后者如蒋子龙、梁晓声、冯骥才、王蒙、张辛欣、刘心武、肖复兴、刘亚洲等。记者出身的作家们多写报告文学，而小说家则专注于

---

① 约翰·霍洛韦尔：《非虚构小说的写作》，仲大军、周友皋译，春风文艺出版社，1988，第1-2页。

非虚构小说（纪实小说）和口述实录体。这两类写作群体所构筑的著名篇章，诸如《唐山大地震》《世界大串联》《寻找农民的真理》《长发男儿》《100个人的10年》《北京人》《5·19长镜头》和《恶魔导演的战争》等，大多是对中国社会现实的严肃反映，社会反响较大。较庞大的记者与小说家群体之实力似乎是不相上下。但迄今为止，还未能见到有如沃尔夫、卡波特、梅勒这样的杰出代表人物。

专职的报告文学作家和学者，同样也是中国非虚构文学写作群体中的重要组成部分，而这正是美国20世纪60年代非虚构文学写作群体构成所缺乏的。专写报告文学的麦天枢、徐迟、黄钢、理由、陈祖芬、李延国、马役军、权延赤等人，与20世纪80年代末90年代初跃出的社会学、史学、心理学青年学者、研究员或大学教授等一齐构筑了"激变时期"非虚构文学的更高品位和对现实审视的更深层次——他们以社会热点问题为描述的突破口，用论文和调查报告的行文方式，充满智感地形象化地阐释现实的变化及各式各样的矛盾与问题。这些都使得非虚构文学，特别是其中的报告文学比之以往任何时期都更富于学术性和政治色彩，而并非仅仅停留在对事件或人物的单调摹写和反映上。

集合了新闻报道、小说、学术论文和调查报告等诸种文体写作好手的"激变时期"中国非虚构文学的写作群体，以集团优势，一路领先于这一时期的其他文体写作阵营，在作品的数量与质量及其社会影响度等方面占据上风。这一情形与20世纪60年代美国非虚构文学的成功有相似之处，但后者更多的是依赖于几位明星，而非集团式推进。

另一个有趣的事实是，在"激变时期"里，中美非虚构文学作家与传媒（这里主要指报纸和期刊）之间构成了一种相互"利用"的关系。在20世纪60年代的美国，伴随着出版业的竞争和财政困境，许多著名和不著名的，甚至是地下刊物都力求拉拢盛极一时的梅勒、卡波特他们为其写稿。著名的《哈泼斯》《大西洋》等月刊的重整旗鼓，正是有赖于大量登载像

《夜幕下的大军》这样引人注目的非虚构文学作品，其结果是带来了非虚构文学的广泛传播。类似的情形在20世纪八九十年代的中国也得以重现——为在报刊业竞争中占一席有利地位，从80年代末到90年代初，中国出现了"报刊大战"，其杀手锏即是各报刊争相推出纪实性大特写项目，有名和无名的非虚构文学作家成为其争抢的对象。作家们也因此拿出各自的"好戏"，将大特写充满大大小小的报纸期刊。这种无疑是带有浓厚商业时代气息的情状，客观上使得非虚构文学作家与作品有了一个充分展示的大好时机。

四、新型文化的表征

超常态的社会发展往往孕育着不同寻常的新型文化。美国"激变时期"异军突起的新式写作样式——新新闻报道和非虚构小说，以及20世纪八九十年代独领文坛之风骚的中国报告文学的崛起，都毫无例外地证明了这一论题。当我们深入其文体"内部"做一具体考察时，这种感觉就愈加鲜明。

尽管类似新新闻报道和非虚构小说的技巧，早在马克·吐温、海明威时代就已初露锋芒，"尽管'新新闻报道'之根早已扎进美国的写作之中，但是只有到了六十年代，它们才聚集起足够的力量在一个更广泛的范围里孕育了一场对传统条条框框的反叛"①。这种明显带着美国"激变时期"反文化特征的反叛的主要内容大致有如下几项：

第一，与传统的纯客观性新闻相反，新新闻报道为了达到对客观事实的"深度报道"，在叙述时强调作者的个人主观性，即加入个人观点与看法。从叙述学角度看，这就是使用了非叙事性话语。这种话语的作用在于显示叙述者的自我意识、控制读者对文本的阅读——力图让他接受叙述者

---

① 约翰·霍洛韦尔：《非虚构小说的写作》，仲大军、周友皋译，春风文艺出版社，1988，第56页。

的观点，以达成对文本价值的共识，最终实现与权威的"政府发言人"的"事实真相"相对抗。汤姆·沃尔夫的《天才之境》在叙述发明家莱门逊为保护自己的专利权而进行的一场持久战中，即表达了许多个人观点，用以显示对权威的不满——"那意思就是说，他们将派遣一位律师到欧洲去，从能找到的所有曾和莱门逊或他的发明有关联的人那儿获取证据。在这里你看到了法律这项职业所曾想到的最伟大的生产文牍的办法。所有成功的发明家都对这种书面证明深有了解。像患风湿病的人必须学着和风湿病相安一样，他们也必须学着和这种证明一同生活下去。"① 非虚构小说也在再现重大事件（客观事实）之时保持了小说家应有的主观性。卡波特的《袖珍棺材》《冷血》，梅勒的《夜幕下的大军》《刽子手之歌》等均是如此。

第二，与强调个人主观性相关的问题是，新新闻报道中小说技巧的引进。这包括在作品中再造戏剧性场景（如《冷血》即是由80个这样的场景组合）；运用倒叙、悬念手法（在案件纪实中尤为突出）；以现实中多个人物原型合成为作品中代表某一类人的"合成人物"（如盖尔·希伊的《拉客》中"红裤子"的妓女形象，即是纽约时代广场上诸位妓女原型的合成体）；多样化细节的运用（这包括实物细节、气氛性细节、生活化细节、对话性细节等）；对现实中人物对话的详细引用；以间接引语为特征的内心独白限制视角与全知视角的广泛运用；等等。小说笔法的涌入，暗含着作家主观想象的成分，它使得非虚构文学徘徊于事实与虚构之间。自然，沃尔夫等人所做的这一切并非想让非虚构文学变成小说，它除了显示反叛传统的意味之外，最终目的还在于加深对客观现实描述的深度，以揭示事实背后的更隐蔽的东西。

第三，独立的文化批判品格成为20世纪60年代美国非虚构文学反权威、反传统的表现之一。它集中地体现在其反映的内容上：一是对人们关

---

① 王向远、亢华主编《你好，美人——社会纪实小说》，北京师范大学出版社，1993，第123页。

注的重大事件的描述，诸如暴力行动、反战示威、刑事大案等。《冷血》、《刽子手之歌》、《阿尔及尔汽车旅馆事件》（约翰·赫西）、《夜幕下的大军》、《袖珍棺材》等都是其中的杰出代表。作家力求深入地报道，揭示出事件的真相和"激变时期"美国社会的"动荡"实质。二是对反传统文化的青年行为的再现。摇滚乐、裸体舞、奇装异服、吸毒等现状强烈地折射出对传统文化的反拨及社会习俗的变化。《糖果色闪着桔红火花的流线型婴儿》《电冷却器酸性试验》《嬉皮士的生活与死亡》《蹒跚走向伯利恒》等篇章形象地说明了这一变迁。三是对名人和社会、政治内容的触及——人权运动、贫民斗争、政治集会、种族恐怖、少数民族生活等都被收进作家们的视野。《迈阿密与芝加哥之围》、《超级国家在和平与战争时代》（丹·韦克菲尔德）、《抽水站的人们》（汤姆·沃尔夫）、《尼德兰公园的恐惧》（詹·米尔斯）等都从不同侧面组成了对美国社会的全景观察之眼。"世界末日"之感常常贯穿于上述所表现的内容之中，这其实是面对"激变时期"的种种迷惑，非虚构文学作家真实心境的表白。一定意义上说，新新闻报道、非虚构小说都在最大限度上与20世纪60年代的美国大众的情绪保持了同步，作家们对世事的不依赖于政府权威的独立的文化批判眼光正显示出"反叛"的势不可挡及新文化诞生的历史必然性。

摆在一种新型文化面前的道路并不平坦。20世纪60年代美国的非虚构文学曾遭到批评者的强烈抨击，甚至于连名称都不予承认。尽管如此，新新闻报道和非虚构小说所引起的文体革新已经被默认——许多同期或稍后一些时期的小说家在向它们的一些特长看齐，就连传统新闻写作方式的捍卫者，也为了迎合读者的口味，不能不要求记者们在简短的纯新闻之上再加点更细致的故事讲述或背景描写。即使是时至20世纪七八十年代，也没有谁能否认非虚构文学的深远的影响力——"非虚构的叙述方式扩大了小说的价值，促使读者对小说的需求产生了一次质变，亦即，人们阅读小说的动机将不仅仅是满足其文化生活的一个方面，而是与他的现实选择行为密切相关,与个人社会实践密切相关。故而,'非虚构性小说'使小说读者面大为拓宽,并不一定只有欣赏者、消遣者才读这种作品,相反,社会各阶层、各种职业的人都被吸引。这种需求,与人们对报纸、经济信息的需求不相上下,在美国,'非虚构性小说'的广泛传播就证实这一点。"① 处于20世纪八九十年代"转型时期"的中国报告文学、纪实小说等非虚构文学的主要形式,也以其不俗的成绩,预示着传统文化向现代文化的转变。

与美国20世纪60年代非虚构文学强烈的"反叛"色彩略有不同的是,中国的报告文学等文体更强调了对传统文化的扬弃,其中之一便是,在叙述客观事实时必须绝对真实,不得有虚构成分。诸多批评家与作家众口一词地肯定:真实是报告文学的生命。这样,至少在事实与虚构混淆不清这一点上,报告文学的旗帜是鲜明的——这也无疑是坚持了传统新闻的主要观点,当然,为了追求对现实世界变化的深入把握,报告文学作家往往是调动了除虚构之外的一切小说、电影等艺术形式中有益的技巧,这与新新闻报道有相似性。最为出色的变化是,报告文学在结构上的翻新。"激变时期"最为时髦的结构形式是全景式和集合式,几乎所有叫得响的名篇都得益于此。全景式结构的优势在于,利用电影中长焦镜头的手法,将其一事件做全方位的大跨度再现,诸如《唐山大地震》《昨天》《长江三峡:中国的史诗》等。其吸收小说、诗歌、戏剧、学术论文、调查报告、政论等文体的诸种技巧所产生的对事件的深入透析和高信息量,是过去时期单纯写一人一事的事件型报告文学所缺乏的。而像《中国的"小皇帝"》《世界大串联》《中国的水污染》《中国农民大趋势》《沉沦的国土》《当代中国夜生活》《辞职者》《神秘人》等综述某一类社会现象或社会问题的"集合式"报告文学,则力图对转型时期人们关注的热点现象和问题进行深入的剖析。这种宏观扫描式的技巧,迎合了大众对现实变幻进行急切把握的心理需求。因此,与美国的新新闻报道有明显区别的是,报告文学看起来更像是形象

---

① 李洁非:《略论小说五大叙述技巧(续)》,《小说评论》1992年第4期。

化的政论或调查报告，而并非是小说。当然，新新闻报道与报告文学在以生动别致的形式追求对现实的深入把握这一终极目标上还是有着一致性。

这种一致性，在报告文学充当文化反思与批判角色上也鲜明地表征出来——这突出地反映在其题材的选择上。其一，是对20世纪80年代改革开放以来所发生的对社会发展有重大影响的事件的描述，《深圳的斯芬克思之谜》《飞向太空港》《无极之路》《大兴安岭大火灾》《中国姑娘》《在这片国土上》《东方风来满眼春》等作品从不同侧面揭示出"激变时期"中国社会发展的大趋势。其二，对社会转型时期出现的各式各样的"问题""矛盾"的反映，力图透视大众的复杂心态。这里有写都市问题的《北京失去平衡》《中国当代舞潮》《京华建筑沉思录》，有写性道德、婚姻变幻的《少男少女的隐秘世界》《亚当的苦难王国》《人生环行道》，有涉及环境保护及生态平衡的《白天鹅之死》《沉沦的国土》，有对法制与人的关系进行思考的《土地与土皇帝》《法兮归来》《一个省长的堕落》，有描述商业化趋势中人的各式行为的《辞职者》《前门外的新大亨》《广东大裂变》《金融大地震》《关于股票和非股票的放眼录》，等等。其三，是对名人的生活再现或形象重塑。权延赤的系列领袖纪实报告文学、叶永烈的对中国政坛风云人物的系列纪实等都是如此。所有这些题材，大多纳入了报告文学作家文化反思或批判的报道。与20世纪五六十年代中国报告文学的以"歌颂"为主调的文化精神相比，"激变时期"的作品更多了一些的批判、反思意味，这同样是显示了作家独立地对社会现状做出合乎客观实际的判断，以求树立富于个性的文化品格的大趋势。

"激变时期"里，中国非虚构文学的另一文体形式——纪实小说的发展始终呈现一种平稳状态。与美国的非虚构小说相比，无论在社会影响上，还是在作品数量和作家的知名度上，它都还暂时地缺乏一些有说服力的东西。自然，纪实小说的出现，也应当看作是作家认识多变世界，进行文体变革的大举动。1985年左右，纪实小说刚刚诞生之时，虽然有刘亚洲的

《海水下面是泥土》，刘心武的《5·19 长镜头》《王府井万花筒》，蒋子龙的《燕赵悲歌》，梁晓声的《京华见闻录》这样的名家之作为其树立旗帜，但还是没有能够消除人们对其名目的疑虑，不少人甚至发问：纪实小说（或曰报告小说、新闻小说、非虚构小说）的名目能否成活？这种酷似当年美国人质问新生的新新闻报道的情形，实际上也是中国"激变时期"传统与反传统的观念冲突的鲜明表现。时至今日，纪实小说的名目仍然活着，尽管它活得相对于报告文学来说稍显平淡一些。但任何有识之士都会承认，中国报告文学和纪实小说所带来的新的文体写作形式及其思维方式，很大程度上助推了中国当代文学与世界艺术潮流交汇并迈向"写实化"的历史进程。

尽管相隔 20 多年，但"激变时期"带给中美非虚构文学的相似性，并没有因为时间的原因而受到影响。当然，中美两国体制、社会结构、文化传统不同，在各自的新型文体中存在某些差异性是不难理解的，可以说，这也正是中美非虚构文学具有不同个性的基础。

二元文本的艺术张力

一、经验与虚构成分的重新结合

一般而言，致力于想象与虚构元素营构的"小说"和致力于经验事实再现的"历史"的分野至少在现代批评家看来是显明的，因为就连海登·怀特这样将历史看成"把事实变成虚构的翻译"的新历史主义持论者，也不否认"我们的批评传统一直在寻找小说中的'真实'和'想象'的成分，在这样的批评传统中，历史一直是表述的'真实'角色的原型"①。也就是说，将小说视为虚构之物似乎已经成为文学的常识。当然也有人，譬如罗伯特·斯科尔斯和罗伯特·凯洛格，并不完全认同这一常识，在他们看来：

---

① 海登·怀特：《作为文学虚构的历史本文》，载张京媛主编《新历史主义与文学批评》，北京大学出版社，1993，第168页。

"长篇小说不是罗曼司的对立面,像通常被主张的那样;它是叙事文学中经验成分与虚构成分重新结合的产物。"① 无独有偶,20世纪60年代,美国作家诺曼·梅勒以他的一部名为《夜幕下的大军》(*The Armies of the Night*)的作品获得1968年普利策非小说奖。一个以长篇小说《裸者与死者》成名的小说作家获得的却是"非小说"奖,这无疑轰动了当时的美国文坛,这种轰动主要来自于"在《夜晚的军队》中,梅勒把小说的虚构技巧应用于描写真实的事件,重新点燃了卡波特在《在冷血中》开始的关于'高等新闻写作'的批评性辩论之火焰。梅勒的作品是他根据自己在五角大楼前的示威游行经历写成的'真实历史'。和卡波特的作品一样,提出了关于新闻观念的演变和美国的写作方向等重要问题"②。不知是有意还是无意,梅勒通过这种被批评家称为"非虚构小说"的看似有违常识并混淆小说与历史、虚构与非虚构的"另类"写作③,恰好呼应了斯科尔斯和凯洛格的小说"经验与虚构结合论",也在某种程度上应验着新历史主义对传统历史观的颠覆之语——海登·怀特认定历史是"它利用真实事件和虚构中的常规结构之间的隐喻式的类似性来使过去的事件产生意义。历史学家把史料整理成可提供一个故事的形式,他往那些事件中充入一个综合情节结构的象征意义"④。与文学史上那些大多数恪守文体虚构与非虚构"泾渭分明"属性

---

① 翻译自 Robert Scholes, James Phelan, Robert Kellogg, *The Nature of Narrative* (New York: Oxford University Press, 1966), p. 15.
② 约翰·霍洛韦尔:《非虚构小说的写作》,仲大军、周友皋译,春风文艺出版社,1988,第146页。
③ 这种"另类"写作在获得好评的同时,也遭遇到异议。莫里斯·迪克斯坦(Morris Dickstein)就曾指出:"《夜晚的军队》出版之后,梅勒以惊人的风度和尊严登上了美国作家中的一个显赫地位,但就在此时,他的新闻写作逐步衰落了,这表明最新颖的策略能多么轻而易举地僵化成死板的公式。"(参见莫里斯·迪克斯坦:《伊甸园之门——六十年代美国文化》,方晓光译,上海外语教育出版社1985年版,第150页)更有甚者,说:"某些诋毁者却把这些作品称为'通俗社会学'和'副新闻学'。"(参见约翰·霍洛韦尔:《非虚构小说的写作》,仲大军、周友皋译,春风文艺出版社1988年版,原序第4页)
④ 海登·怀特:《作为文学虚构的历史本文》,载张京媛主编《新历史主义与文学批评》,北京大学出版社,1993,第171页。

的经典相比,《夜幕下的大军》无疑是一部有意味的"二元"文本,它将虚构的小说文本与非虚构的新闻(历史)文本交汇融通,与杜鲁门·卡波特的《冷血》、汤姆·沃尔夫的《电冷却器酸性试验》(*The Electric Kool-Aid Acid Test*)等一批它的同类,成为20世纪60年代激变美国的形象产物和文学写作转向的风向标。

二、虚构与非虚构的"二元"叙事伦理

与虚构性小说相比,作为一部混合着新闻、散文、政论、历史文献、自传、报告文学和回忆录等多种文体成分的非虚构小说,《夜幕下的大军》无疑有着别样的叙事伦理。这里的叙事伦理实际上是叙事理念、原则、策略、风格以及技法的综合指称。在这部小说中,作家将两种看似互不相容、互为矛盾的——虚构与非虚构的"二元"叙事伦理元素,通过两大板块即第一卷"作为小说的历史"和第二卷"作为历史的小说"来体现,在相互对照、相互显现中达到相互制衡,使全篇形成融会贯通、浑然一体的独特架构,尽显其鲜明而突出的"二元文本"的艺术张力。"张力"原本是物理学上的一个专有名词,其本意是指物体受到两个相反方向的拉力作用时所产生于其内部而垂直于两个部分接触面上的互相牵引力。在此,我将之借用到文学之中,用以说明和阐释当两种看似不同质素互为矛盾的文学元素组接成一个全新的文体时空时,双方并不以损害、消解对方为目的,而是在对立状态下互相抗衡、冲击、比较、衬映,最后达致相互认同,接受者得以在"对立"的双方之间游移,最终产生的多维度、多层次的艺术感受。

在《夜幕下的大军》中,这种由特异的叙事伦理所显示出来的艺术张力的一个最为重要的表现就在其叙事结构上。对小说而言,结构的意义怎么强调都不过分。美国小说家弗兰克·诺里斯在创作时"如此重视结构,源于这样一个认识:写小说不同于说故事,小说家的任务绝对不仅仅是讲

故事,而是要对故事进行安排,建构'结构'。为此,他认为,良好的小说在形式结构方面必须具备某种理论'体系',因为任何一位小说家都不可能'完全凭着一股持续不断的灵感完成整部小说的创作过程'"①。诺曼·梅勒可以说也是一位如诺里斯那样煞费苦心的叙事结构的"建构"者。他甚至在文本的第二卷中直接"跳"出来,向读者坦陈自己的叙事结构策略:"这部著作由两卷组成,第一卷的题目是《作为小说的历史》,我们现在正在阅读的第二卷则题为《作为历史的小说》。任何研究英语歧义的老手都不太会被这两个题目给难住。第一卷显然是披着小说伪装或外衣的历史,或者说是自称小说的历史;而第二卷则是一部用史书风格写成的货真价实的小说——其小说的成分绝对不会少于第一卷!不过,严格地说,第一卷只描写了个人的亲身经历。虽然作者把它当作小说撰写,可是他是尽量根据自己的记忆来写的。他在回忆时非常注意事实,所以他写就的只是一部记录。然而,他在写第二卷时却兼顾了所有报纸上的有关报导,所有目击者的叙述以及所有可以搜集的关于这段历史的归纳和推断。因此,虽然他基本上忠实于史书的写作风格(至少到目前为止),虽然他还假装在写一部史书(他在引言中就是这样宣称的),这第二卷现在终于现出了原形:它只是某种集体创作的小说的浓缩——这也就是承认,用写史书的方法是无法解释那些发生在五角大楼的神秘事件的。只有依靠直觉写作的小说家才能胜任这一解释工作。"② 我们由此可以看到梅勒对结构安排的良苦用心。这种用心浸润在全书结构的时空关联之中,即全书结构呈现为两个层次:一个层次是由"第一卷"和"第二卷"组建的两大板块,这显然是一种空间布置与安排;另一个层次是,在两个板块之中的时间之维,即无论哪个板块都是基本按照连贯叙述的方式来结构。譬如第一卷分为四个"部分",从第一部分到第四部分,均由开端、发展、高潮至结局的传统小说故事时间的话

---

① 申丹、韩加明、王丽亚:《英美小说叙事理论研究》,北京大学出版社,2005,第187页。
② 诺曼·梅勒:《夜幕下的大军》,任绍曾译,译林出版社,1998,第272–273页。

语列出——"星期四夜晚"→"星期五下午"→"星期六的行动"→"星期六夜晚和星期天全天"。在这里,空间层次包含着时间层次,时间层次支撑着空间层次,形成时空呼应、时空互显、时空延伸的结构功效,从而在最大程度上获得纵横驰骋、动静协调、张弛有度的叙述效果。粗看上去,两个空间板块似乎是一种重置,因为它们所叙述的其实是同一件事情,只不过视角的聚焦有异(第一卷主要聚焦于主人公"梅勒"参与活动的全过程,第二卷则主要是对示威活动的一个类似从决策层到一般民众的全景式描述)。但仔细揣摩便会发现其中的妙处,那就是这样的安排能够充分显示叙事空间的多向度,拓展表现的深广度,彰显结构的张力而不是使叙事逼仄和落俗。

与这种结构相联系的是它的叙事节奏。小说如同音乐,也有其自身的内在节奏。沃尔夫冈·凯塞尔在谈到散文中的节奏时说到:"我们必须把我们研究的目标放在散文组织所具有的手段上。那就是强调和非强调的音节的区别、停顿、小组构成、紧张性。"[1] 具体而言,小说节奏的起伏和疾徐,与其叙述和描写是否概述、停顿、扩展、省略等因素相关,而"不论注意力是否或多或少地平均贯穿于素材中,扩展的与概括的描述总是会交错运用。这种交错一般被视为叙述类型最为重要的特征,既如此,它也就明显地是一种重要的标志"[2]。在《夜幕下的大军》中,第一卷叙事节奏舒缓,而第二卷节奏紧凑,它们恰好形成一个最终使全文归于平衡叙述的张力。第一卷中舒缓节奏的形成,主要在于作者在叙述中大量运用了延缓时间进程的扩展性叙描和非叙事性话语,造成某种停顿效果。譬如第三部分"言谈林薮"中对主人公"梅勒"怏怏然走过游行队伍的旗牌时所做的意识流风格的弥漫式联想,第四部分"为什么我们在越南"里对各派别以及"梅勒"本人反战观点的非叙事性话语的渗入等。第二卷紧凑节奏的显现则主要依赖于作者对动作、行为和事件进程的直接而简洁的概括式描述,而对

---

[1] 沃尔夫冈·凯塞尔:《语言的艺术作品》,陈铨译,上海译文出版社,1984,第346页。
[2] 米克·巴尔:《叙述学:叙事理论导论》,谭君强译,中国社会科学出版社,1995,第79页。

第一卷中那些弥漫式联想和非叙事性话语设置的比例相对而言要少去很多，这在无形中便加快了节奏，而不是延缓了节奏。此种节奏的安排策略无疑使全文显示出张弛交错、疾徐多变的美学效应。

非虚构性描写与虚构性描写的结合也是体现《夜幕下的大军》艺术张力的重要特征。以虚构故事为旨归的传统小说在描写上主要遵从体现本质真实的想象性原则，而在梅勒的这部"非虚构小说"里，这样的原则并不是孤立的存在，而是与再现原态生活真实——我称之为经验世界中给定的不以主观想象为转移，并与特定历史或现实时空所发生的事实的写实性原则相融合的一种二元复合存在。这种看似矛盾的描写伦理在文本中的组构获得了作家所要表达的事实与虚构混淆不清之效果。《夜幕下的大军》中的非虚构性描写突出表现在对事件起因、发展、高潮和结局全过程进行细致的近乎自然主义的书写，这又以对场面的描绘为显明。如果说梅勒对事件的过程采用的是以连贯叙述的线性时间表现，那么，这种表现就是以其对事件中具空间意义的场面的写实性描述实现的。在文中，自由派的晚宴、恩巴萨德影剧院的演讲、行进中的游行队伍、河边对抗、五角大楼前示威者与警察的对峙、主人公梅勒的被捕和审讯等场面都是通过这种方式传达出来的，譬如作者在"河边对抗"一节中对示威者和警察对峙情形的描写就具有浓厚的写实色彩：

> 情况很简单，无需仔细打量。宪兵站成两排，相距很大。第一排在绳索后面十码，同排宪兵之间相距接近二十英尺。第二排的成员间隔相仿，处在第一排后面十码。他们后面约三十码处，有两三个美国法警，再往后每隔五十码左右又有两三个美国法区警官。他们头戴白色钢盔，身穿深蓝色制服，在那儿待命。两种不同的情绪在对抗，双方各自保持沉默。[①]

[①] 诺曼·梅勒：《夜幕下的大军》，任绍曾译，译林出版社，1998，第137页。

再如，作品中对游行队伍的描述也是堪称细致、铺陈详尽，甚至是不厌其烦的：

> 他们徒步前来，一群群人数不一，这是一支未定级别的民众部队，一支男女并肩、人数相当的部队，一支老少兼收年轻人为主的部队。有的衣着讲究，有的显得寒酸，而多数人外貌平平。其中嬉皮士人数众多，步行下山，有的穿得像警官佩珀乐队的成员，有的打扮得像阿拉伯酋长，或者身穿公园街守门人的大衣，其他人则像西部的罗杰斯和克拉克，穿着鹿皮衫的怀亚特·厄普、基特·卡逊和丹尼尔·布恩，有的蓄着胡须，活像《预备用枪，前进》中的人物——珀拉丁的代表在此！——有的像头饰羽毛的印第安人，有一个嬉皮士打扮得像蝙蝠人，还有一个像《无形人》一书中的克劳德·雷茵——脸上缠着绷带似的头布，头戴一顶黑色绸帽。众多的人都披着披肩，陈旧的卡其披肩，当过睡觉用的垫单，或用作毯子、浴巾，或权当过行李袋；或者是上等披肩，桔黄色的衬里，亮晶晶的玫瑰色衬里，贴边已经磨损，几乎要悬挂下来，一道道针脚都快磨光了，然而头上却戴着一顶枪手帽。……他们当中有火星人，月球人，还有下了坐骑的骑士，全副盔甲，迈着阔步，四周巡视。还可以见到一百名穿联邦灰色军服的士兵，另有约二三百名身穿联邦军深蓝色军官服的嬉皮士。①

类似这样的场面描述还有许多，它们使文本对事件的叙述充溢着仿佛让人身临其境的"现场感"。当然，作为"非虚构小说"的《夜幕下的大军》毕竟不同于以再现现场感为己任的新闻作品，它在非虚构性描写之外仍然没有放弃小说所特有的虚构性描写的权力，譬如说对人物心态的想象

---

① 诺曼·梅勒：《夜幕下的大军》，任绍曾译，译林出版社，1998，第96–97页。

性表现,甚至在"赌场外婆"一节作者还有意刻画了一位带有几分隐喻色彩的"老外婆"的虚拟性形象:

同时,老外婆,一位常到教堂礼拜的信徒,橙黄的头发,燃烧似耀眼,这会儿正在独臂强盗机前低声吟唱,皮夹子已打开,正在把半美元的筹码往狭槽里塞。
"夫人,我们在越南火烧儿童。"
"孩子,你走吧,一直走到不认识家。外婆拿到一对杰克就可以接受累积赌注的亲吻了。"
烧伤的孩子被放在病床上,推进了赌场。
"夫人,看一看我们在越南的行径吧!"
"我中了,我中了,事儿真多,我中了!怎么啦,可怜的被烧伤的孩子——你可给我带来了好运气。这儿,亲爱的,给你半美元作为答谢。听着,亲爱的,叫护士换一换床单。这床单肯定有臭味了。我希望你不要得坏疽。嗳,嗳,嗳,在维加斯跟菲律宾人混在一起,其乐无穷。"①

非虚构性描写与虚构性描写在《夜幕下的大军》里就是这样奇妙地组合着,其效应在于,以充分的写实来传达"老外婆"对于越战冷漠态度的真实原态,又以灵动的想象潜入人物内心或者以虚拟的形象表达某种超然于写实之上的隐喻,而"梅勒创作的具有隐喻和哲理含义的篇章比典型的示威游行的新闻报道要丰富得多。虽然投机的风险很大,他在各种孤立和没有联系的事件中找到了较大的问题,这些问题成了他所有作品中基本隐喻的源泉,这是很有典型性的"②。

---

① 诺曼·梅勒:《夜幕下的大军》,任绍曾译,译林出版社,1998,第160页。
② 约翰·霍洛韦尔:《非虚构小说的写作》,仲大军、周友皋译,春风文艺出版社,1988,第164页。

如果从语言层面来探析梅勒通过其独特的叙事伦理来营构文本的艺术张力，那么我们还可以发现，叙事性话语与非叙事性话语的结合使《夜幕下的大军》呈现出新的语言力量，这种二元合一的力量显然不同于或者说更超越于单一的叙事或非叙事的话语设置。一般而言，作为以虚构为宗的小说的叙述话语主要包含叙述人话语和人物话语。在叙述人话语中又以对故事的讲述、对人物行动的模仿、对人物的描写以及对文本各个部分进行整合的叙事性话语为最重要的话语形式。而在以非虚构为主体的纪实性文体，特别是报告文学那里，除继续拥有叙事性话语之外，还有非叙事性话语——一种叙述者在陈述故事的过程中对故事里的人物或者事件进行评述和解释的话语形式的强势加入，之所以在此强调"强势"，是因为虚构类型的文体中也并不是完全排斥这种话语形式，只不过相对而言，它是一种"弱势"存在或者是"微量"的存在。这正如法国学者蒂费纳·萨莫瓦约所言："一切文学肯定都具有互文性，不过对于不同的文本，程度也有所不同。"① 某种意义上说，这就是一种跨文体写作。标明"小说"的《夜幕下的大军》一方面延续着小说叙事性话语的传统，另一方面又如报告文学那样大量使用非叙事性话语，以此构成了一个庞大的、富有磁性与张力的话语场，使文体穿行在虚构和非虚构之间，获得某种亦真亦幻、既实且虚的平衡效应，亦即约翰·霍洛韦尔所说的"作为一种故事形式，非虚构小说综合了小说、自白自传和新闻报道的各种特点"，是一个"完美的故事形式的融合"。② 应当说，非叙事性话语的加入，改变或者解构着这部作品的纯叙事性，它的作用首先在于对叙事起到一种间离作用，使读者不至于像阅读纯粹的小说那样自陷作家精心编织的叙事网络中不能自拔，并通过中断叙事，来达到控制和引导读者对文本的解读，显示阐释的主动权力。其次

---

① 蒂费纳·萨莫瓦约:《互文性研究》，邵炜译，天津人民出版社，2003，第115页。
② 约翰·霍洛韦尔:《非虚构小说的写作》，仲大军、周友皋译，春风文艺出版社，1988，第21页。

是直接宣示叙述者的文化观念，在自由抒发中形成个人风格与创作个性。与恩格斯在《致玛·哈克奈斯》一文中所述"作者的见解愈隐蔽，对艺术作品来说就愈好"的观点有所不同的是，在叙事中强化甚至直接表露叙述者的主体意识及其对全文叙述的引领，是梅勒非虚构小说文本的突出特征。它通过运用抒发、解析和揭示等非叙事性话语的主要功能，与叙事性话语形成某种对比、穿插和间离，最终交融为一体。《夜幕下的大军》第一卷第四部分的"邮局"一节在叙述主人公"梅勒"和一群被捕的示威者乘车穿越黑夜里的原野前往沃哥昆监狱的情形之后，即开始了一段"抒发"文字：

> 这是极为难得的时刻，因为这时美国生活中的野心勃勃，放荡不羁，俗不可耐，希望渺茫以及技术至上等令人窒息的一切的一切都能在短时间内相互适应，相互协调，给予人们一点暂时的安宁；也许只有在旅途的颠簸之中美国人才能在往日的种种回忆中感到安定。黑暗中，山丘在车旁闪过，活像一头头动物，还有什么比这更赏心悦目呢？是的，只有在旅途中，昔日亲切的（更为忧伤的）回忆会从无意识的宁静状态中开始活动，温暖了血，温暖了心，温暖了那激发美国狂热的寒冷而焦虑的中心。是的，这亲切的回忆无需在脑际显现，只是像灯光（闺房的光？港湾的光？）在旅行的温暖的河川上飘流。①

这段紧接着叙述示威者被军警押进漆黑汽车里的文字具有双重意义，它既可以看作主人公"梅勒"在暂时离开白天的紧张与喧嚣之后难得的自由联想，也可以视为叙述人梅勒对示威者境遇的情感表达，与前面的叙事形成肉体的困窘与思想的伸张、静谧与狂躁、黑暗与光明、寒冷与温暖等元素的巧妙对比。除"抒发"之外，《夜幕下的大军》还对非叙事性话语中主要围绕事件和人物进行某种阐释、介绍和细致分析，以使读者更全面地

---

① 诺曼·梅勒：《夜幕下的大军》，任绍曾译，译林出版社，1998，第184页。

把握其内涵的"解析"功能有着充分的体现。譬如在第一卷第四部分,作者用了整整一节(第七节"为什么我们在越南")的篇幅对当时美国国内有关越南战争的各派观点以及主人公"梅勒"的观点做出详细的阐述和分析,并直言不讳地亮出了"梅勒"的态度——"他并不认为所有的战争都是罪恶的战争。他可以想象有的战争可能是高尚的战争。但是越南战争对于美国却是糟糕透顶,因为这是一场罪恶的战争。凡是富孩子打穷孩子而富孩子在武器上又占有优势的战争都是罪恶的战争。"① 主人公的这种大胆的"反战"言论使读者能够进一步加深对"越战"本质的认识。第二卷第二节"具有象征意义的探索"中对美国左派的解析也颇有意味。类似这样的大段的解析文字充溢在作品中,对叙事起到了补充与深化作用。力图超拔于文本所叙的人和事件的一般层面,进入到有关伦理、道德等方面的深入思考,是非叙事性话语中"揭示"功能的主要表征。在《夜幕下的大军》里这一功能也毫无例外地得到了展示,梅勒的特异性在于,他使得本应做哲学化提升的"揭示"转化为以形象化的"妙喻"来代表,显示出文本在写实叙事之外的灵动与韵味。譬如作者对美国左派具有深刻的中产阶级特征的概括即是:"他们的思想僵化,因而在对待外界政治形势的重大变化时总是像病人对手术作出的反应那样,要经历痛苦、恶心和康复三个阶段。"② "而老左派把一种既大胆,又非常保守(并且容易掌握)的冒险原则带入了中产阶级自由派的舒适生活,就像给刚施过除臭剂的果园里注入了一种新的气味一样。"③ 再如作者对一个"在美国爱国主义的特殊怒水中泡了一个星期"的愠怒警官的性格揭示——"因为他具有美国人的耿直,而且无所畏惧,甚至野蛮,野蛮得像摩托车队留下的废气。"④ 还有如"传闻像进了堤

---

① 诺曼·梅勒:《夜幕下的大军》,任绍曾译,译林出版社,1998,第194页。
② 同上书,第234页。
③ 同上书,第235页。
④ 同上书,第152页。

岸之间的河水，忽而涌上去，忽而退下来"①。最有意味的就是第二卷结尾对于"美国"的妙喻，极具形象性、概括力和哲理意味：

> 仔细看一下那个代表我们意志的国家吧。她就是美国。昔日，她曾美貌无双。如今，她却长满了天花。她怀着身孕——无人知道她是否偷了汉子。她身陷地牢，四周是无形的墙。只见她不断地憔悴下去。现在，可怕的分娩期到了；她开始了第一阵痉挛——这痉挛还会持续下去：知道她持续多久的医生还没有出世。我们仅仅知道她不可能是假产。不，她或许会生产。可是会产出什么来呢？——是世界上迄今为止最可怕的极权主义政权吗？或许她——这个可怜的巨人，受尽折磨的可爱的姑娘——能够产下一个属于新世界的婴儿，一个智勇双全、既刚强又多情的孩子来？快去开锁吧。②

这样的"妙喻"不仅仅是一种修辞策略，更是一种哲学意义的形象化表达。"表现在学生抗议和反越战的示威里的愤怒、绝望、缺乏归属感，揭发黑幕的情绪——诺曼·梅勒以非凡的自白式的锐利文笔，把这种种心情一并写进了他的《黑夜的大军》和《迈阿密和围困芝加哥》（1968）。"③ 当然，这也十分鲜明地显露出特定历史时期里作者对于自己祖国爱恨交织的复杂情感以及反对极权、反对战争的文化观念。

如果说在《夜幕下的大军》中，来自语言层面的叙事性话语和非叙事性话语通过二元合一的方式显示出新的语言力量，并以此彰显着文本的内在张力，那么，文本中对人物性格矛盾性的表现，也在某种程度上丰富着其艺术张力的内涵。作品再现了多个颇具个性的人物，譬如作家古德曼、

---

① 诺曼·梅勒：《夜幕下的大军》，任绍曾译，译林出版社，1998，第182页。
② 同上书，第314页。
③ 马库斯·坎利夫：《美国的文学》，方杰译，中国对外翻译出版公司，1985，第350页。

评论家麦克唐纳、诗人洛厄尔、律师格雷齐厄、"鼓动家"蒂格、示威领袖德林杰、神甫赖斯等，但这其中最具性格张力的人物却是主人公"梅勒"。这是一个充满内在矛盾的人物形象，他既是真实的作者，又是一个由作者虚构的人物，这种处于虚构和非虚构之间的人物身份本身就已经充满了二元意义，但更具意味的是作为主人公"梅勒"的矛盾心理与行动。在作品中，"梅勒"是一个矛盾的、离经叛道的人，"人们常常可以发现诸如此类的矛盾。他讨厌电话，而另一方面却又不时地必须拿起电话"[1]。他曾经吸过毒品，"几年前，威士忌、大麻、萨肯纳尔、苯齐巨林他也不加选择地多少都来一点，他的智力苍穹因而受到各种不同的侵蚀"[2]。但同时他又对吸毒深恶痛绝，并不赞成吸毒。他很注意塑造自己的形象，但又在许多场合显得粗暴无礼，甚至在剧院演讲之前，像"畜牲"一样将尿液洒在厕所的地板上。他坚持反战立场，却在痛斥政府发动罪恶战争时口出秽语。甚至"在创作《为什么我们在越南？》的时候，他就一举与追求雅致的老式文学胸衣告别，任凭他的语感随心所欲地作淫辞游戏"[3]。被邀请参加示威游行时，梅勒犹豫再三，认为这种活动是多余的，但面对军警的刀枪时，他却义无反顾，不惧被捕。毋庸置疑，主人公"梅勒"的言谈举止无不充满着强烈二元色彩的悖论意味，可以说，这一形象完全是对20世纪60年代美国时代特性的真实写照和绝妙隐喻：一个反叛的、混乱的、矛盾的、阶层分裂的、理智丧失的时代，一个混合着激进主义、存在主义、和平主义、无政府主义的时代，一个充溢着典型的"嬉皮士"精神的时代，这就是"梅勒"形象给予我们的真正启示。从今天看来，作者对这一人物的表现仍然显示出其艺术魅力。其一，作为"虚构与非虚构"合二为一的形象，"梅勒"成为文学史中别具一格的类型，为文学写作中对人物形象的创造提供

---

[1] 诺曼·梅勒：《夜幕下的大军》，任绍曾译，译林出版社，1998，第6页。
[2] 同上书，第5页。
[3] 同上书，第52页。

了一个新的路径；其二，"梅勒"性格本身的矛盾性、二元性，使对其阐释的空间具有了多维伸展的可能，从其性格矛盾所构成的对抗、制衡等因素中实现综合，进而使人物达到内在的精神丰满，具备了"圆形人物"所要求的某种典型性，最终显示出人物表现上的内在的张力。

在表现为结构、节奏、描写、语言、形象等构筑的独特叙事伦理的导引下，梅勒的《夜幕下的大军》获得了作为一般虚构小说或非虚构的历史和新闻所难以具备的艺术效应，这种效应体现为独具博大阐释空间和想象空间的艺术张力。正如苏联学者莫里斯·缅杰利松在谈到《夜幕下的大军》时所说："我敢肯定说，艺术家的这部'新闻体裁作品'的部分章节所达到的高度，使他的纪实性作品在高度审美价值方面几乎可与20世纪中叶某些优秀的美国小说家的作品并驾齐驱。"① 而莫里斯·迪克斯坦则更为肯定地宣称诺曼·梅勒与小库尔特·冯尼格、艾伦·金斯伯格等人的作品成了20世纪60年代文化的中心。

三、反叛型文化理念的坚守

诺曼·梅勒的这部看上去充满着文体命名悖论并混合着虚构与非虚构元素的"非虚构小说"，以它鲜明的二元文本的叙事伦理获得了意想不到的新颖的艺术建构和艺术张力。究其根本，这主要源于梅勒所坚守的反叛型文化理念。而这种反叛，首先应归因于时代的文化场效应。莫里斯·迪克斯坦曾为我们描述过美国20世纪60年代的文化特征，他说："六十年代文化的口号则是解放：传统和环境的桎梏将被抛弃，社会将按人类的潜力来塑造。"② "青年们杂乱无章地迷恋于马克思和神秘学、毛泽东和《易经》、

---

① 莫里斯·缅杰利松：《当代美国文学探胜》，傅仲选译，上海译文出版社，1994，第299页。
② 莫里斯·迪克斯坦：《伊甸园之门——六十年代美国文化》，方晓光译，上海外语教育出版社，1985，"前言"。

政治和大麻、革命和摇滚乐。普遍的政治动荡在艺术中不仅打开了性开放之门，而且打开了实验普遍复兴之门，类似这样的复兴至少在文学中是我们自第一代现代派以来见所未见的。"① 因此，在这样的文化场域里，颠覆传统、对抗思维就不能不影响到深浸着美国文化血脉的诺曼·梅勒，从文体建构上对反叛型文化理念做出积极的回应与探索就是十分自然的事情了。而促使梅勒乐此不疲做出回应与探索的最大实绩，正是他与沃尔夫等人开创的富于独特叙事伦理的现代实验新文体"非虚构小说"。我们完全可以从《夜幕下的大军》中看到梅勒由反传统的小说观和反传统的新闻观所构成的反叛型叙事观。对传统小说以"虚构"为宗的叙事伦理的颠覆体现在梅勒将小说的虚构用于真实事件的描绘之中，因为在他看来，要描述发生在五角大楼游行示威事件的真相靠新闻和历史都是不可能胜任的，因为"姑且不去说当时双方提供的新闻消息是多么地不联贯和不精确，多么地矛盾百出和充满恶意，甚至压根儿就是以讹传讹——仅凭这一点就可以知道要写一部准确无误的史书是不可能的"②。于是，他对"新闻"的客观性做出挑战性否定，"显而易见，梅勒是想把《夜晚的军队》作为对付传统的新闻报道中不可避免的歪曲的解毒药，特别是对付关于新左派政治和群众性示威游行的报道中出现的歪曲"③。因此，梅勒运用了小说方式来记录事实，因为在他看来，小说致力于对人的内心世界的真实描绘，比歪曲的貌似真实的新闻更能表现现实，这其实正是亚里士多德有关诗与历史关系理论的当代再现，亚里士多德认为："诗是一种比历史更富哲学性、更严肃的艺术，因为诗倾向于表现带普遍性的事，而历史却倾向于记载具体事件。"④ 正是

---

① 莫里斯·迪克斯坦:《伊甸园之门——六十年代美国文化》，方晓光译，上海外语教育出版社，1985，第12页。
② 诺曼·梅勒:《夜幕下的大军》，任绍曾译，译林出版社，1998，第273页。
③ 约翰·霍洛韦尔:《非虚构小说的写作》，仲大军、周友皋译，春风文艺出版社，1988，第150页。
④ 亚里士多德:《诗学》，陈中梅译注，商务印书馆，1999，第81页。

在这个意义上，梅勒将极具小说风格的第一卷称作"历史"，而把对多个新闻报道做出组合的第二卷当成"小说"，目的就在于表达自己的反小说观和反新闻观。当然，将历史与小说混淆不清，将非虚构与虚构合二为一，还来自于作者自己所秉持的经验与想象并无明显界线的理念，因为在20世纪60年代的美国"对小说家来说，经常碰到的困难是给'社会现实'下定义。每天发生的事情不断地混淆着现实与非现实、奇幻与事实之间的区别"①。如果我们将视野放开，便会发现，梅勒等人的反叛文化理念及其叙事观更深一层的原因来自于二战以后全球东西方阵营的冷战思维。冷战导致对抗，越战即是其中典型的一例。冷战还使得20世纪60年代全球处于激变动荡之中，在美国国内则主要是通过社会各阶层对"越战"的反应来表达这种伴随着激荡而来的反叛精神。值得肯定的是，梅勒的反叛理念源于冷战，但最终却超越于冷战。在《夜幕下的大军》中，我们一方面看到了在二元文本叙事伦理支配下的文体变革之声，另一方面，还可以发现作者通过反"越战"的描述所传达出来的超越国家、民族、党派和地域，超越意识形态界限，关注人类政治文化生态平衡，致力于创造和平世界的文化伦理诉求。由显示二元文本张力的叙事伦理到致力于人类关怀的文化伦理，《夜幕下的大军》的这种诉求即使在今天看来都会尽显其珍贵价值。当然，梅勒的这部特立独行的作品从它诞生之日起就并未赢得满堂喝彩，在美国或者是在其他地方，质疑其叙事伦理和文化伦理的声音从未断绝。但诚如一位学者所言，"我们既不能用过去的道德观念批评当前的文学，也不能用未来的假设的道德观念批评当前的文学，而只能采用历史主义的态度"②。对待"当前的文学"尚且需要历史主义的态度，对待过去的文学就更应当如此。

---

① 约翰·霍洛韦尔：《非虚构小说的写作》，仲大军、周友皋译，春风文艺出版社，1988，第4页。
② 聂珍钊：《文学伦理学批评与道德批评》，《外国文学研究》2006年第2期。

下 编

非虚构：个案、专题及多维缕析

城乡纪实

诗性地寻找自己的真相

　　作为一名作家，任林举主要是以散文等非虚构文体创作博得文名、异军突起的，故在坊间多有"新生代散文作家""吉林散文的三叉戟"等美誉。他并非中文科班出身，写作于他的职业而言也纯属业余爱好。但世事往往无心插柳柳成荫。任林举用他的勤奋、热情、才气和智慧，开拓出了一片属于自己的文学新天地。近十余年来，他出版或发表了《粮道》《玉米大地》《松漠往事》《上帝的蓖麻》《轻云起处》《说服命运》《西塘的心思》《阿尔山的花开与爱情》和《一棵草或更多的草》等多部（篇）散文和纪实文学作品。在产生重要影响的同时，他将冰心散文奖、老舍散文奖、华文最佳散文奖、吉林省文学奖、长白山文艺奖等全国和地方的重要奖项尽获其囊中，直至 2014 年问鼎中国文学最高荣誉奖项之一的鲁迅文学奖。可以说，任林举所取得的实绩，使之当之无愧地成为 21 世纪以来中国非虚构文体写作之重要作家。他的笔下充溢着有关乡村的记忆和对于亲朋的书写，充溢着浓郁的乡情和温润的亲情，也充溢着强烈的忧患意识与现实关注。其文字既宏大又细微、既阳刚又柔美，知感交融，诗意盎然。除创作之外，任林举的文学批评文字独具真诚、感性和犀利，与其创作品格形成有机的互动与勾连。

一、乡村记忆与亲情书写

"2004年，我着手创作《玉米大地》，一边以自己的方式重温人在土地上的感觉，一边尝试着唤醒已经沉睡多年的记忆。当过往的一切渐次从生命里苏醒时，我发现自己又找到了遗失很久的故乡。"① 这是任林举在谈论其另一部作品《粮道》时说的话。此言本真地道出了作者对于家乡和亲人的情感，就像他的比喻："骨子里仍然没有断掉那条从泥土里生出的根。"因此，我们可以真切而强烈地感受到乡村记忆和亲情书写在他创作中所占据的重要位置。

《松漠往事》是比较典型的乡村记忆，同时也是有关家乡亲朋的回忆录。但它并非传统意义上的回忆录，而是带有强烈发散性叙述的回忆，是非系统的、零星的、片段的。当然，也许这只是叙述上的一种策略，因为更为重要的是，"回忆是创造身份的一种途径。回忆录作家在选择阐明一段特殊的回忆时，其实是在创造自己的身份，即重塑自己的身份认同感"②。《松漠往事》中所呈现的"我"何尝不是如此，它通过回忆来重塑作者作为从家乡"泥土里生出的根"的身份认同，而不是身份异化，以此来表明自己在时间隧道的穿梭中，还没有完全"失根"，还保存着与生俱来的那些由基因和文化组合而成的底色。值得肯定的是，作者并未止于个体性的怀旧和身份认同，而是以此为圆心，将思路进一步荡漾开去，以个人经验和回忆——尽管这看起来仍然是如此"模糊"或"被不知不觉地略去了"，来表

---

① 任林举：《我写〈粮道〉》，《吉林日报》2014年8月21日。
② 雪莉·艾利斯编《开始写吧！——非虚构文学创作》，刁克利译校，中国人民大学出版社，2011，第63页。

达一种千万家族的命运共同性——"我们的家族其实和千万个家族一样，都是从同一条路上，以同一种方式走到了当下。一样的故事，不同的只是人物；一样的色彩，不同的只是深浅；一样的悲叹，不同的只是轻重……"① 而对命运共同性概括的最终旨归，是对人类历史和人类自身的思考，而这种思考的价值尺度则是人生态度、人之品质和人之能力。"苦难如火，一些人经过灼烧之后，成为一片废墟，永远失去了站在经验或历史之上的能力和勇气，永远放弃了生命的硬度与高度；而另一些人则因为超常的历练，使生命获得了钻石般的强度和金子般的品质。"② 由乡村、由亲朋，生发到家族和人类，作者完成了他拓境式的思考，他肯定的是生命的硬度、高度和强度，这其实也正是在扪心自问、发现自己。"回忆录作家的任务就是寻找自己的真相，而不是去判定事实上究竟发生了什么；那也许是一段历史，一个证据，也有可能是一个有趣的传说。"③ 从身份认同到"寻找自己的真相"，实际上正好契合黑格尔在谈到历史著作时所言："因为历史著作所描绘的因素也并不是直接的客观存在，而是直接的客观存在的心灵性的显现，……"④ 也就是说，《松漠往事》对于"往事"的追忆，对于历史人物的缅怀，都经历了作者内心的过滤，或曰打上了浓厚的"心灵性"烙印。作者其实并不想写一部刻板的家谱，也不想为回忆而回忆，他的目的或许就是在寻找与发掘真正的自己。

在任林举的另一部作品《玉米大地》中，对乡村和亲情的书写集束到"玉米"身上，一个"物"而不是"人"，成为叙述的主角。很显然，作品将这样一种在中国北方农村司空见惯的农作物作为主角来展现，已远远超出了它作为一种植物的意义。玉米以及玉米大地的朴实与神秘、坚守与顽强、包容与自由，使之成为现代中国北方农村乡村记忆的抒情诗。作品寓

---

①② 任林举：《松漠往事》，时代文艺出版社，2012，第4页。
③ 雪莉·艾利斯编《开始写吧！——非虚构文学创作》，刁克利译校，中国人民大学出版社，2011，第63页。
④ 黑格尔：《美学》第一卷，朱光潜译，商务印书馆，1979，第12页。

宏大叙事于日常亲情书写之中的整体构思给予我深刻的印象。所谓宏大叙事，可以将之理解为对民族、国家和时代等恢宏主题的形象阐释。《玉米大地》在整体构思上不乏宏大叙事的表现意味，"国家""民族""农业""文明""人民"等字眼频繁地穿行于它的字里行间。但这种叙事并非天马行空，而是紧紧地与日常亲情书写连接在一起。作者深情描述父亲、母亲、孟二奶奶、七舅爷、十二舅等亲人与玉米大地的血肉关系，从玉米这样一种平凡而又朴实的农作物的生长习性与灵性中，揭示玉米、农民与历史、国家、文明之间血脉相通的丰厚内涵，使作品显示出以小事物写大格局的恢宏气象——"在中国，从台湾到新疆，从东北至西南，广大的玉米种植带纵横几万里，以其不可替代的重要顽强地主宰了近四百年中国农业文明史。这是一个国家和民族的粮食啊！"① "然而，像历史从来看不清也从不关心每一个人的面容一样，在人们的眼中，玉米的个体与个性常常是被忽略的。……但在错觉中，玉米呈现出其生命的某种诗意和永恒的本质；在错觉中，人民与玉米有了血脉的联系；在错觉中，玉米和人民担当起同样的使命，拥有了同样的命运。"② 在此，"玉米"既是农业文明史与江山社稷的核心支撑，同时又是具有血缘或亲缘意义的父辈形象的象征，它使文本充分显示出作者心事浩渺连广宇的忧患与感怀，它也使文本成为亲情叙述的巧妙载体。

如果说，《玉米大地》是寓宏大叙事于亲情书写之中，那么，《上帝的蓖麻》（北方妇女儿童出版社2013年版）中的一些篇章则更为纯粹、更为专注地表达家庭成员之间的深情，以此展现基于血缘的人性的真善美。《婷婷》《来生还是做父女》《一个地址》和《我们来自不同的时间》写出了现代社会中家庭成员聚少离多的生活状态，以及任何时空都难以阻隔的父女情深；《大安，我那有母无父的故乡》，在《轻云起处》（内蒙古教育出版社

---

① 任林举：《玉米大地》，时代文艺出版社，2005，第6页。
② 同上书，第8页。

1999年版)中的《重温遥远的父亲》《想起妈妈》等篇什,则体现出作者对逝去父亲的怀念,以及注重"血浓于水"的传统孝道与感恩。

二、忧患意识与现实关注

"无论什么样的文学作品都不可避免地包含着作者一定的倾向性,这种倾向性是作者在社会、历史、文化和文学体系等多重因素中作出选择的结果。"① 与虚构文学相比,非虚构文学更需要强调在作品中凸显作家的价值立场,强化其主体性和倾向性。我们从任林举的创作中不难看到这一点。更为可贵的是,其作品往往还渗透着比较强烈的忧患意识与现实关注,这无疑体现出作为知识分子写作的某种特质,"在公开场合代表某种立场,不畏各种艰难险阻向他的公众作清楚有力的表述"②。萨义德此言正是对知识分子特质的妙解。任林举获得第六届鲁迅文学奖的《粮道》特别能够彰显这个特质。在《粮道》里,我似乎又看到了在以"粮食"为核心意象的叙述中进行秦牧散文式发散思考的影子。作品通过八个章节的叙写,对粮食生产和运行规律、粮食与农民、粮食与文化、粮食与伦理、粮食与国家兴衰、粮食与国家民族安全、粮食与中国农业的未来等问题做出形象化的解读,在纵横交错之间,表现出作者对于中国粮食问题的深切关注,充满着理性精神、忧患意识和批判思维,正是"欢乐着人民的欢乐,忧患着人民的忧患"。

关注粮食和粮食生产的历史和现实,使这部作品充满着强烈的现实感。这种现实感的传达既遵循非虚构文体的叙述原则——用大量事实和数据进行佐证,也没有忘记反思与批判的书写态度。作品有作者亲自采访四叔、

---

① 沃尔夫冈·伊瑟尔:《虚构与想像:文学人类学疆界》,陈定家、汪正龙等译,吉林人民出版社,2003,第18页。
② 萨义德:《知识分子论》,单德兴译,陆建德校,生活·读书·新知三联书店,2002,第17页。

三子、二娇、徐二喜、胖子、吴志军等农民的现场描述,也有对于历史文献和现实数据的详尽铺陈,真正体现出"用事实说话"的文体特质。与此同时,作者并非以纯粹新闻方式表现这些具有现实感的人、事、理,而是有着自己观照事物的倾向性,这就是浓郁的忧患意识和哲理式反思。作品的非线性结构不仅最大限度地凸显了这样一种意识和反思,也为作者的发散性思维创造了绝佳的叙述境界。全篇始终贯穿着作者的忧患与反思:譬如关于"粮道"的领悟及其规律的把握;关于人类如依赖"上帝怀里的解药"那样依赖粮食,从而暴露出生命的脆弱;关于种粮人的苦命、弱势,代人类受自然的各式各样的惩罚;关于"粒食者"与"肉食者"之间自古而今的文明博弈和文化冲突;关于转基因粮食的义与利、是与非;关于粮食与社会、世道变迁的复杂关系;关于粮食领域的"生物海盗"及其潜藏的没有硝烟的新"鸦片战争"。这些凝聚着作者个人思考与智慧的忧患与反思,是具有足够深度和广度的,它鲜明地表现出作者作为"思想者"对于非虚构文体特性的真切领悟。

对于《粮道》,如果用传统的文体概念框定它,是不容易的。因为它既非彻底的散文,也非传统的人物型、事件型或问题型报告文学模式。对此,我以为赵玫的说法是有道理的:"如果你仅仅注意到了纪实性,或许你将错过一本优秀的文学读本;如果你仅仅停留于文学的欣赏,或许你将错过深刻的哲理;如果你仅仅拘泥于某种哲理的体悟,你或许又将错过一位作家最可贵的忧患情怀。"① 在这个意义上,《粮道》或许可以说是一个"新概念"纪实文体。它对于"粮食"这一涉及国计民生大事的关注,类似于20世纪80年代产生的问题报告文学,但它的叙述却更为从容——由粮食说开去,运用多学科的视角,以生动的话语阐述"民以食为天"的"大道",以及粮道与人道、粮道与国家、粮道与世界的复杂关系。这些叙述确证了知识分子写作的基本旨归,而这对于一部非虚构作品,尤其是关注重大问题

---

① 详见任林举《粮道》封底语。

的非虚构作品而言,是怎么强调都不过分的。一位记者采访作者时写道:"谈到《粮道》这部作品的创作,他直言:'《粮道》这部作品属于命题作文,因为之前写过《玉米大地》,对粮食这块算比较熟悉吧,所以就让我来写。为了写好这部作品,我走了大半个中国,对农村、农业和农民情况进行了了解。虽然现实材料占的比重并不太大,但却是作品中思想、观点和哲理的主要依据。'"① 然而,我在这部作品的字里行间并未看到或者感觉到一般命题作文式报告文学的那些明显印记,更多体味的是作者个人对现实的独立判断、忧思和哲思。

这样的忧患意识和现实关注,同样也体现在任林举的其他作品当中,譬如《玉米大地》等。这部作品并非有关"玉米"的"百科"介绍或《舌尖上的中国》之美食之旅,它其实是在借"玉米"来谈家人、农民、乡村和人世,其叙述的格调带着忧患和沉思:"在这里,玉米则是几种关系的一个交点,是羁压于大地之上的'人质';是上天对人制约的一种实现方式;也是人对大地实施伤害的理由和借口;是各种关系中,最先的条件,最后的推托。所以它无疑将比土地上的人们还要先行一步,去承受最深重的苦难。"② 这样一种忧患与沉思成为任林举非虚构写作的主线,"我之所以在谈《粮道》之前谈了这么多《玉米大地》,是因为两部作品虽然在文学形式上有所不同,但它们的情感基础、它们的灵魂是一脉相承的,它们的关系是前世与今生的关系。知道了《玉米大地》的写作背景,也就知道了《粮道》的往世前缘。这一点,只要认真阅读过两部作品的人都会有所发觉"③。作者此言无疑已标明了其价值立场和写作态度。在《一棵草或更多的草》一文中,作者由自然界平凡得不能再平凡的小草展开联想,想到草与人的关系种种,忧虑人类在自然面前无知的自负,以及为此需要付出的代价:"在

---

① 董博:《任林举和他的〈粮道〉》,《吉林日报》2011年5月23日。
② 任林举:《玉米大地》,时代文艺出版社,2005,第67页。
③ 任林举:《我写〈粮道〉》,《吉林日报》2014年8月21日。

与上帝打赌的第一个回合里，人类成为赢家。人类从草中获得可食之物后，便有了骄傲和自负的资本，依凭着上帝的仁慈与许诺，肆无忌惮地发展壮大起来，数繁量巨，多如牛毛、海沙，并以一种极强的势头将大地覆盖，将其他物种的生存空间占为己有，除了同类甚至同类中的同类，一切都被挤兑至边缘地带或无立足之地。"作品最后以袁隆平这位"弄草儿"的伟绩丰功作结，指明人类的出路："真正的英雄、凡人中的神灵呵，他们并不是要将一棵平凡的草变成所向披靡的利剑；而是要将无坚不克的利剑变成一棵平凡的草；或者，将一棵平凡的草变成一棵意义非凡的草。"① 其所思所想已经超越于对于一般事物的状貌和功能的描述，进入到对人生、人类和生态等层面的思考。

三、知感交融与诗性表达

无论是乡村记忆和亲情，还是忧患意识和现实关注，任林举都会为它们找到一个合适而又有个性的传达方式，这就是知感交融与诗性表达。

在文本中体现知性与感性的因素，并使二者有机地融合，应该是优秀非虚构作品的重要评判维度。在《玉米大地》中，知性外化为从叙述中所体现出来的哲理性文字，而感性则表现为其语言的诗性。就前者而言，作者对于"玉米"以及由此引申出来的哲理性思考弥漫于全文的各个角落，鲜明地展示了一个生于斯、长于斯的学人对生活与生命意义的不懈探寻。譬如，对于什么是"幸福"这个问题，作者便在文中举出两例以佐证之。其一，他写其穷苦的祖父生病时想吃有奢侈之嫌的"饸饹"——"当这个简单的愿望一旦得到满足，就会有很浓厚的慰藉感和幸福感油然而生。什么叫作幸福，幸福就是你想吃'饸饹'时，就吃到了'饸饹'，就是有一个

---

① 任林举：《一棵草或更多的草》，《散文选刊》2015年第1期。

愿望,'整巴整巴'就实现了。"① 在此,以爷爷吃饸饹一事作比,作者用朴素的文字阐释了普通人的幸福感。其二,他写一位记者去监狱采访一个犯人,"问他最想要什么,他一脸庄严地说,就想要一个女人"。作者由此感慨道:"生活中,一个有企盼的人是多么的大有希望和令人感动啊。不知道自己想要什么,是这个时代的流行病,而病因恰恰在于人们已经拥有得太多了。"② 以一个非人生常态的人对人之基本欲望的渴求,触及对当代社会人的生存意义和生活质量的拷问,体现出作者深入的知性及其独特的表达。

在《玉米大地》中,感性与知性的融会是显而易见的——将熔铸作者思想的哲理性文字,以及在此基础上营构的某种整体构思的哲理性,渗透进具有诗性的语言之中,以达到一定程度上的知感交融,使全文超越对"玉米"的写实性表达,而进入到一个对乡村记忆做抒情铺叙的诗质境地。这样一种有着淡淡忧郁、感伤、思念元素的诗性表现在许多方面,譬如特殊的意象、想象性描述和主体意识的发散性展示等。意象的营造是标识散文感性的重要支点,《玉米大地》里的意象营造具有作者个人生命体验的独特性,别开生面也别具一格,如"人们疯狂地淘舀、挤榨着大地的乳汁,像一群狗仔拼命地撕扯着瘦骨嶙峋的母亲一样,让人揪心又无可奈何"③。想象性描述在文中也多有出彩,譬如对玉米"长牙齿"的描述——"于是,整穗玉米便瞬间裸露于人们的视线之中,而呈现在我们面前的已经不仅仅是一排牙齿,而是许多排牙齿。一穗玉米浑身上下原来长满了牙齿。"④ 对玉米如浪涛的描述——"此起彼伏的浪涛,如熊熊燃烧的绿色火焰,从眼前滚向遥远,又从遥远回到眼前。仿佛这一望无际的玉米地就是风的源头,

---

① 任林举:《玉米大地》,时代文艺出版社,2005,第108页。
② 同上书,第110页。
③ 同上书,第65页。
④ 同上书,第19页。

许许多多的风蕴藏其间,并被它们像舞动自己的袖子一样挥来挥去。"① 无疑,想象性描述为全文叙述时空的延展和空灵色彩的涂抹增添了有力一笔。纵观全文还可以发现,作者对玉米自身及其由此生发的诸种联想的叙述并没有一个十分清晰的线形逻辑布阵,而是遵循发散性思维的套路,以"玉米"为核心,做四散式书写,颇似同心圆结构。这种结构的好处在于,对作者投射于文本中的宏大叙事与日常亲情叙事起到开阖自由、跳跃自由之效果,呈现出时空纵横、张弛有度的大气之美。但也会使节奏略显凝滞缓慢,描述细致而精练不足。

善于和乐于以"粮食"为核心意象的诗性表达,也是《粮道》的鲜明特点。这里的"诗性表达"其实正是作者内心对"粮道"爱意的表现,正所谓爱之切,忧之深。当然,作为非虚构文本,完全应该区别于而不是混同于历史著作、调查报告、新闻报道和学术论文,因为它的艺术性理所当然地不可或缺,不若此,它的存在就无必要了。我在《粮道》里欣慰地看到作者艺术表现的才能,他所具有的叙述功力和情感抒发力,特别是他融广博知识于一文的统摄力,都令人难以忘怀。就像余光中的诗常常凸显的是因海峡之阻隔而郁积成挥之不去的"乡愁",任林举在文中也几乎无时无刻不在表达对于故乡和田园的眷念,而这种眷念始终是充满"乡愁"一般的诗意情感——"总是那不着一砖一瓦的土平房,总是那被雨水冲刷得露出泥土波纹的院落,总是柴门,总是起起伏伏的板障,总是牵牛花和豆角秧,总是一碗小米干饭和大葱、大酱……凭空地,空气里就会飘动着一种令人心动的味道,宁静、灵动并有断续的香甜,近似于花香,又近似于新翻起泥土的芬芳。"② 这样的诗性表达与作者的忧患意识一样贯穿作品始终,并且是以诗性表达来映衬忧患与反思。我们可以从作品的第三、四、五章,更为集中地把握这一特点。因此,尽管《粮道》所涉及的话题是宏大的、

---

① 任林举:《玉米大地》,时代文艺出版社,2005,第92-93页。
② 任林举:《粮道》,吉林人民出版社,2011,第92页。

沉重的，但仍然具有比较强的可读性，而这很大程度上便与诗性表达相关。在文字风格上，它与《玉米大地》有着显明的一致性，只是《玉米大地》更重感性和抒情，而《粮道》则更为成熟一些，无论是内涵还是表达，它给予我的冲击力、启示力和感染力都更为强劲。

与《粮道》中所言国计民生大事有所不同的是，《松漠往事》关乎的大多是与亲情、爱情、友情相关，与家乡、童年、成长相关的人事和物象。但其知感交融和诗性表达的特点仍然鲜明。这部作品给予我深刻印象的，还有作者对于事物与人物所具有的细腻、准确、形象的观察与描述能力，以及无处不在地渗透于其间的浓郁的情感色彩。譬如书中对于作者家乡特有的具有仪式感和宗教色彩的"祭祖"场面和过程的描写，对"父亲"管教子女的描述——"像管教看囚犯一样，希望中带着绝望，严格中带着怨愤，关爱中带着仇恨。"[1] 对"老屋"拟人化的描绘——"老屋的房顶，荒草已经盈尺，如一蓬乱发在秋风里茫然抖动，阳光如明亮的手指，徒劳地在其间一遍遍穿行，却总是理不开那郁结着的凌乱与凄凉。墙体上，已被岁月弥合的道道皱痕，在那些锐利光线的穿凿下，重新显现出雨水或风爬过的印迹，明暗相间，凸凹不平。半张半合的门，如半张半合的嘴，差不多已经失去了呼吸与发出任何声音的能力，更失去了表达某种经历和情感的能力。它已经是一座空房子。"[2] 对家乡景物如工笔画一般的诗性描述——"皎洁的月亮挂在天上。丝丝袅袅的云，如一层薄纱，在天幕上飘成风的形状。所有的鸟儿都停止了飞翔，甚至蝙蝠，甚至夜莺。一切归于宁静。只有钢蓝色的光，从大地上升起，穿越缭绕的雾气，与月光在空中顺序交叉，共同组成一层晶莹的帷幕。"[3] "在每一个没有雨水的清晨，太阳还没有完全升起，打碗花儿就已经悄然展开它含着露水的微笑；而在那些

---

[1] 任林举：《松漠往事》，时代文艺出版社，2012，第27页。
[2] 同上书，第28页。
[3] 同上书，第50页。

黑夜降临和雨水淅沥的时候,它们却敏感地收卷起脆而薄的花瓣,成为一个左旋的烛蕊状小花苞,静候着阳光再一次到来时再一次的开放。"① 在作品中,作者对一系列具有代表性的家乡事物,诸如土豆、土盐、羊、蛇、查干湖水鸟、谷莠草、大布苏(碱湖)等的描绘,都表现出知感交融和诗性表达的特点。当然,其中的人物系列也颇具神韵:与土地保持若即若离姿态的"垦荒者"爷爷;拖着瘫痪的身子焦灼而耐心地活着的太奶;反抗命运、望子成龙的父亲;好交朋友甚于妻儿、"舍妻保友"、"一辈子没办错事儿"的大姑父;有着"艳丽往事"的活雷锋陈二叔与孤女哑巴张;在神与鬼、贼人与伟人之间摇来晃去的"通灵者"周荣;妖气横生、"狐仙附体"的长顺媳妇;等等。这些人物个性独具、活灵活现,在他们身上寄托着作者的情感和思考。

四、印象感悟与真诚犀利

手执两支笔,兼具创作与评论,任林举还是一位独具感悟力和批评力的评论家。他的批评文字与他的创作品格有着某种内在的联系,可以用真诚、感悟和犀利来概括其特征。

任林举文学评论的对象主要是诗歌及其诗人,对小说、散文等也有所涉及。在印象式、感悟性的批评中,力求挖掘作品的审美价值,发现作品的个性,正是任林举批评文字的基本出发点和归宿点。而这样的批评理念无疑是靠近文学本身的。韦勒克和沃伦说:"我们把文学分类为文学(即小说、诗和戏剧),然后,我们再看它是不是'好的文学',即看它是不是那种值得以审美经验去加以注意的文学。"② 因此,对文学作品的"审美价

---

① 任林举:《松漠往事》,时代文艺出版社,2012,第60页。
② 雷·韦勒克、奥·沃伦:《文学理论》,刘象愚等译,生活·读书·新知三联书店,1984,第276页。

值"进行评判,理应成为文学批评本身应有的品格和职责。在任林举的评论中,我们可以看到他的这种路径。应该说,在这条路径上,他的立场是真诚的,有时也不乏犀利;他的方法是感悟的、印象式的、诗性的。而这二者恰与其创作品格近似。他的话语方式似乎是对学院派批评的祛魅,既感性又形象,还直抵问题的核心,颇具重直觉感悟的印象式批评之神韵。在《形而上的手艺》一文中,任林举用武林争霸来巧比当下诗坛的流派乱象——"回过头来看当下的诗坛,其与武林的情形又何其相似乃尔,有多少靠宣言和主张在诗界抢占了一席之地的流派,其堂主都因拿不出可以支撑自己的作品而早早地改辙变道,悄悄溜出诗界,余众以及个别场外捐客还死死地抱住一条假想的大腿,叫嚣着什么主义就是好,岂不要让人笑掉大牙!"他在此的真实目的并非仅仅指点一下诗界的江山,他是在直言当下诗坛怪状的同时,凸显曲有源这位酷似"迷宗"的诗坛技巧派。任林举在《翅膀是鸟的绝路》中以诗语点评小说家北村,认为其小说"在爱情悲剧的营造上,似乎反复施展着同一块魔术的丝绒布";"这小说不仅仅是为了折磨读者,而是作者在以自己的方式,呼唤着真爱——人性中最圣洁的一面。或许,北村真是一个懂爱、爱的哲学,也懂得人性弱点的人"。他的《消费主义语境下的文学策略——从葛红兵现象看当下中国文坛的五种困惑》,以引起争议的作家葛红兵及其作品为例,提出了五个问题,每个问题都事关当下文坛的要害,譬如"经典与时尚能不能握手言和?""文学作品能不能拒斥'炒作'的俗?""抛开'身体'到哪里去探寻精神?""什么是文学的最高道德?""怎样面对文学界繁荣的饥荒?"等。作者旗帜鲜明地亮出了自己的观点,并对葛红兵及其创作做出自己的肯定判断:"葛红兵的成功,不是单纯的经典因素的成功,也不是单纯的时尚因素的成功,而是二者水乳交融后而成的新'化合物'的成功。经典与时尚双重因素在他的作品和生命里握手言和的结果,使他成为了一个没有边界、没有概念的浑然存在。好的作家从来都是一个巨大的容器,如海,难以度量并同时蕴藏着无尽的变化及潜能。"① 此外，在有关曹有云、南勇前、老乡等当代诗人及其创作的《格尔木天空里澄明的苍凉》《坚守与超越》《捉一把漠风涂写苍茫》等评论中，我们都可以看到任林举文学批评的基本品格。而实际上，对作品审美价值的发现和肯定，就是强调批评的建设性。任林举是有这样的意识的。

"在岁月之河上捕捞诗性的光芒"，这是任林举所作一篇诗歌综述的标题，在我看来，也完全可以用来概括其创作和批评。他的写作历程启示我们，在消费主义的语境下，在融媒体的时代里，只要勇于坚守和执着，"诗性地寻找自己的真相"或许就不是一个遥不可及的梦。

---

① 任林举:《消费主义语境下的文学策略——从葛红兵现象看当下中国文坛的五种困惑》，《中州大学学报》2006年第3期。

扎根于坚实土地上的乡愁

在近年来风行的非虚构写作中,梁鸿无疑是最引人注目的一位。作为一名"70后",梁鸿既是学者,也是作家。多年蹲守象牙塔的她,也曾迷茫、困惑,曾对自己的工作充满怀疑,怀疑这种虚构的生活与现实、与大地、与心灵没有关系,渴求那种能体现人的本质意义的生活。回到故乡,回到梁庄,用脚步去丈量,用心灵去感知那片熟悉而又陌生的土地,这不仅成就了《中国在梁庄》和《出梁庄记》,也体现出梁鸿力求对精神世界进行自我救赎的自觉姿态,更表现出一个富于责任感、使命感和忧患意识的当代知识分子对生于斯、长于斯的真实乡土的亲历与反思。

一、学者的浓郁乡愁

从乡野走出来的梁鸿,尽管外出求学多年,但家乡始终是她情感的牵挂。20年故乡水土的滋养,使她对乡村生活有着铭心刻骨的记忆、理解和认识。面对当代乡村的破败,梁鸿总有为它做点什么的冲动。同时,作为一名大学教授,梁鸿深知知识分子的责任和使命。在现代化的进程中,面对一个个正在消逝或即将消逝的村庄,回到梁庄,把一个乡土中国的"缩影"真实而形象地呈现出来,是梁鸿的"野心",更是她的浓郁乡愁。

近几年,梁鸿以家乡河南梁庄为调查对象,在五个月的回乡调查和近两年对十余省市数百人的采访中,通过对一个个乡村人物的具体描绘,真实记录了他们的生活轨迹,以及乡村破败、荒芜的现状,将近30年间农村在城市化和现代化进程中所经历的变迁、所面临的危机呈现在人们眼前。"梁庄,只是最近30年'被'消灭的40万个村庄的缩影。"(温铁军)"梁庄质疑、修正了关于农村的种种通行定见。不曾认识梁庄,我们或许就不曾认识农村,不曾认识农村,何以认识中国?"(李敬泽)这些评论,或许道出了《中国在梁庄》的真正价值。

《中国在梁庄》(江苏人民出版社2010年版)一鸣惊人,收获荣誉满满。之后,梁鸿又沿着梁庄人外出打工的路线,走访十余省市,遍访340余人,收集资料达200多万字,讲述梁庄三代农民工在城市谋生的故事。2013年3月,《出梁庄记》由花城出版社出版。

"为什么我的眼里常含泪水,因为我对这土地爱得深沉……"无论是《中国在梁庄》还是《出梁庄记》,都渗透着梁鸿浓郁的"乡愁"。在书中,作者对当下以梁庄为代表的乡土中国不是一味简单的"否定"或"肯定",而是在描摹现象的同时,努力探究其变迁背后的社会、文化原因,以及这些变迁对个体生命的巨大影响。"从什么时候起,乡村成了民族的累赘,成了改革、发展与现代化追求的负担?从什么时候起,乡村成为底层、边缘、病症的代名词?""这一切,都是什么时候发生的,又是如何发生的?"

在大力推进城镇化建设的今天,将"熟人式的""家园式的"乡土文化模式替换成"陌生人式的""个体式的"城市文化模式,会不会过于绝对化?城市化进程的快速推进使农耕文明迅速解体,我们的"故乡"何去何从?乡村是否真的适合用全球化、现代化的模式来发展?带着这些疑问,梁鸿一步步探寻中国改革进程对乡土文化的冲击。在这里，梁鸿表现出一种沉思者的气质，她的"乡愁"也超越"梁庄"，而成了无数现代人的乡愁。

二、站在坚实的土地上

梁鸿的"乡愁"并非虚妄的想象，而是扎根于坚实土地的忧思。了解真相是现代人精神生活的一种需要。然而，近年来，随着新媒体的迅速发展，网络文学异军突起，尽管其中不乏优秀之作，但大多是为了迎合快餐消费的需要，穿越小说、历史戏说、言情小说充斥在我们的周围。胡编乱造、毫无逻辑的虚构混淆了我们的视听，赤裸裸的文字描写挤占了我们的思考空间，充斥的浮躁吞噬了我们内心的安宁。而且，"文以载道""文章合为时而著"的文学传统，也似乎正在远离人们的视线。文学界的浮躁使近年来接地气的优秀作品乏善可陈。在这样的情况下，读者更加渴望作家能够揭示现实的真相，渴望有思想深度、有历史意识、有反思精神的作品出现。梁鸿的"梁庄两部曲"就在这样的背景下横空出世，给当下浮躁的创作注入一股清新之风。

梁鸿身体力行，"走出象牙塔，跨进泥巴墙"，以田野调查的方式忠实记录和还原农业、农村和农民的真实，为广袤土地上最朴实无华的小人物群体立言。她深爱这片故土，用一颗真诚而挚爱的赤子之心，生动展现一个个鲜活的生命个体。她的文笔细腻朴实，字里行间皆是一份情、一份真，一份时刻接着地气的实诚。在作者的笔下，乡村、农民自己开口说话，讲述他们琐碎的生活、真实的情感和面对时代巨变所产生的精神困顿与迷茫。坚守土地的农民说："种地虽然免税了，但是肥料、种子、人工在不停地涨价。种一年地下来，也只是落个'原地转'。"留守儿童说："我就是要玩游戏，读书有啥用，将来还不是出去打工？"留守老人说："六七十岁的老两口,既当爹妈,又当老师、校长,能当好吗?"进城的农民工说:"城市不是我的家,我们终归还是要回去的。"他们的话语里包括许多信息,超出理论的总结,也超出我们的把握。读者会从这些口述实录的话语里体会不同的东西。当这些真实而独特的个体自己开口言说时,我们才能真正触摸到乡村的脉搏,感受"故乡"的沦陷模样。梁鸿用另一种方式见证了时代巨变中的乡村之痛。正是这一个个真实而独特的个体,构成了当下最真实的乡土中国。

三、非虚构:"小叙事"重构公共记忆

文学史上有多种范本和模式来表现扎根于坚实土地上的乡愁,梁鸿选择的方式是非虚构。何谓非虚构?对这个问题的回答到目前为止并没有一个统一的答案。我以为,非虚构文学的最重要特征就是它的非虚构性,或者说是"写实性"。田野调查、新闻纪实、文献价值、跨文体呈现是非虚构文学构建的基本要素。"非虚构"汇集了回忆录、田野调查等方式,不同程度地强调作者身份的个人性、写作的亲历性、文本的揭秘性、题材的猎奇性和叙述的故事性,与现存的报告文学文体有一定差异。

梁鸿在《中国在梁庄》前言中谈到自己对非虚构创作的认识:"海登·怀特在谈到历史学家所陈述的'事实'时认为,历史学家必须认识到'事实'的'虚构性',所谓的'事实'是由论者先验的意识形态、文化观念所决定的。那么,我的'先验的意识形态'是什么呢?苦难的乡村?已经沦陷的乡村?需要被拯救的乡村?在现代性的夹缝中丧失自我特性与生存空间的乡村?我想要抛弃我的这些先验观念,以一个怀疑论者,对或左或右的观念保持警惕,以一个重新进入故乡密码的情感者的态度进入乡村,寻找它存在的内在逻辑。"在此,梁鸿已经比较清楚地说明了其写作的基本叙述策略,那就是抛弃"先验观念",不搞"主题先行",但也不是完全的

"有闻必录",而是在田野调查的基础上进行材料的重新"编码"。因此,在梁鸿的文本里,个人、亲历、揭秘、故事等要素被一一凸显了出来。

与报告文学等非虚构文体写作不同的是,在《中国在梁庄》和《出梁庄记》里,梁鸿不是以宏大叙事而是以"小叙事"折射大问题,以个人化视角诠释社会与人生。

这里的"小叙事"一方面表现为作者对处于社会底层的"小人物"的生活和生存状态的写实,另一方面表现为细节的密布,以至于达到了比比皆是、信手拈来的地步。做"展示者",不做"启蒙者"也是其"小叙事"的一个重要特点。在作品中,我们发现,无论是作者作为采访者的举止言行,还是大量的被访人口述,由梁庄的留守老人、孩子、外出打工的中青年人等组成故事和叙述主体,大多不是用"启蒙者"的眼光去居高临下地审视一切、反思一切,而是将这一切作为"展示"——尽管一些展示有时候读来令人心里不安。实际上,在两部作品中,作者的观点和表达的感情倾向比比皆是,只是在以梁庄为代表的乡土中国及其民众,当亲历巨大现实变迁时所表现出来的憧憬、纠结、惶惑、盲目、绝望、希望、矛盾等情绪、行为和认知面前,作者也陷入了矛盾的境地。

如果说,在《中国在梁庄》里,作者叙述的着力点是怀着忧虑的心境"展示"当今乡村的一切,那么,在《出梁庄记》中,作者则推进了一步,在她看来,乡村以及被遍及全国各地的梁庄打工者所延伸出来的乡村,"都不是与'我'无关的事物","我们应该负担起这样一个共有的责任,以重建我们的伦理","否则,我们的'自我'将彻底地失落"。由此看出,梁鸿在写作《中国在梁庄》和《出梁庄记》时,并不只是单单回到梁庄,记录"我的亲人"和"我的故乡",而是站在更广阔的视野上,以一种整体的眼光,调查、分析、审视当代乡村在中国历史变革和文化变革中的位置,努力展示具有内在性的、广阔的乡村现实生活图景。

梁鸿的作品充满了敬畏与悲悯,她敬畏的是那些时代变迁中顽强生存的鲜活个体,悲悯的是沦陷中的乡村之痛。但悲悯并不是简单的是非对错判断,而是意味着要让时代巨变中的裂痛在当下的公共记忆中复活。她希望经由"个人记忆"来重构"公共记忆",把一个真实的乡土中国的"缩影"呈现出来,并回答:它的痛、它的沦陷、它的明天在哪里?

梁鸿曾说过:"真正的人文主义态度是从自身——'民族'和'自我'的双重自身的经验、体验和伦理感出发,从内部的历史与原点出发,去发现其与外部世界的关系。"正是基于这一认识,让文学重回公共空间,用文学的力量重建公共生活和公共领域,构成了梁鸿文学研究和文学创作的出发点和原动力。追问我们的历史、忧患我们的时代、祈福我们的民族,使梁鸿的"乡愁"更具博大与深远的意义。

(此文与张娜合作)

由诗意到现实的笃定与伤痛

一、听命于内心与故乡的写作姿态

在当下的非虚构文学创作中,丁燕无疑是其中比较引人注目的一位作家。其实,早在20世纪80年代,丁燕就已经开始了诗歌创作,先后出版《午夜葡萄园》《母亲书》等诗集,获得各种诗歌奖项,被誉为"葡萄诗人"。但真正使其声名鹊起的倒是自2013年以来她所写下的《工厂女孩》《工厂男孩》《双重生活》和《沙孜湖》等非虚构作品。由此,丁燕完成了从理想主义诗人到现实主义非虚构作家的转型。有意思的是,丁燕的文学转型与她的生活迁徙之路不谋而合,从新疆到广东,2010年成为其南北生活的分水岭,这一年丁燕举家从乌鲁木齐迁往广东东莞。这一地理上的迁移,不仅促成了作家从物质世界到精神世界的重要改变,同样也使之"放弃以往靠幻想的写作,而更喜欢真实的故事、真实的人物、真实的场景",

由虚构之极端的诗歌创作走向了非虚构的纪实写作。

新疆，一个遥远广袤的西部省份，充满诗意和想象；广东珠三角的东莞，制造业基地，世界工厂，一个中国现代化工业的象征，充满现实意味。丁燕的文学创作基本上围绕着这两个地域展开。某种意义上，它们暗喻着当代中国由农业文明走向工业文明，从传统社会走向现代社会的基本轨迹。新疆的"葡萄"对应自然、农业、传统和诗情，东莞的"工厂"对应人工、工业、现代和现实。这种强烈的对比，在丁燕的非虚构作品中比比皆是。现在看来，对于真实生活，特别是底层民众生存状态的关注，尤其是将堪称"现代化""城市""幸福"象征的"工厂"与来自乡村、怀抱梦想的青年男女生活的对应书写，是丁燕最为感同身受的东西，也是最能够刺痛读者柔软内心的东西。与一般报告文学作家有所不同的是，丁燕不仅是田野调查者和观察者，她还是一个身陷其中的亲历者和践行者，她更是一个有感而发、不得不发的主动者，因此，她的写作就被打上了"公共性""个人性"和"主动性"等鲜明烙印。这样的书写与梁鸿的《中国在梁庄》和《出梁庄记》、李娟的《羊道·春牧场》和《羊道·冬牧场》，与近些年来日渐风行的非虚构写作相互贯通，构成了21世纪以来中国非虚构文学发展的独特风景。这些更多听命于内心、身边与故乡的写作，或许不能构成某种新闻性的轰动效应，或许也不能成为盛极一时的"网红"，但其存在的价值和意义却是不可忽略的。它们所触及的对当代中国社会的真实而真切的表达，对中国人"我的梦"的描绘，在我们这个愈来愈同质化、泛娱乐化和浮躁化的时代，或许就会构成一种姿态、一种力量。

二、南方与北方：生存之隐喻

当我们深入探析丁燕的非虚构作品时就会发现，《双重生活》实际上更像是作者个人心迹的抒发，与《工厂女孩》和《工厂男孩》的叙述风格有些不同的是,"工厂"系列更倾向于"潜伏"式的观察与体验他者的生存状态,类似于夏衍当年对于"芦柴棒"们的表现,文字以写实为主,似乎在重现作者作为新闻专业背景的表述习惯。而《双重生活》则很大程度上更为靠近"独抒性灵"的散文,在弥漫于全篇的对于作者自己内在心理的描绘中,广泛的艺术性修辞、长镜头般细节与场面描写使叙述节奏放慢,其目的也许在做一种切身感受的对比和选择,当然既是展示作者自己对于"双重生活"的纠结、矛盾、审视和反思,也是在给予读者一种"看"与"思"的兴味。这种叙述方式显然是更为偏重于个人化表达的。

在《双重生活》中,我们可以时不时地看到作者对于新疆哈密与乌鲁木齐、广东东莞之间的种种"好"与"不好"的比对,这绝非抽象的比对,而是十分具体具象的描述。譬如,在"追梦到岭南"一章里,作者首先描述的是南国之地的垃圾猫、蚊子、死老鼠、飞车党、意欲行凶的陌生人。在"从毡房到出租房""有阳台的房间""隐形芳邻"和"半山定居记"等章节里,作者写自己由租房到买房过程中所遭遇到的人情冷暖和各种尴尬事。在书中,新疆与东莞生活画面不断交叉、闪回、叠加,构成某种隐喻。但最终,作者所要表达的意思却十分明确而坚定,那就是岭南是"梦"之所在,此"梦"代表着脱离贫困,并为治"穷病"而战。当然,作品的诱人之处正在于,它对于追梦的书写,所给予读者的感受并非是非黑即白的肯定或否定,而是犹疑与坚定、痛苦与欢乐的层层叠加,故乡与新居之间没有完美,只有比较优势。而这种表达,恰恰不是"为赋新词强作愁",而是一种真实心境的表达,是社会转型时期人的心态的最为真实的书写。因为,对某个生存地域的绝对赞美,其动机都是值得怀疑的。在作品中,作者写出了对于自己出生长大之地的特殊情感——故乡是挥之不去的口味、习惯、风俗、礼仪和伤痛,"当我们的身体离开故乡,故乡并不会心甘情愿地退场,它总会在某个时候,露出藤蔓上的尖刺,让我们痛一下。我们必须承认,故乡对我们的意义重大,它不仅仅是面条和口音,不仅仅是肤色和习性，它将我们与过去相连，又把我们输送到未来，我们后来所收获的一切，都是从故乡这个母体里汲取养料的"。因此，"失乡"成为终其一生的心痛。这无疑是极为真实的。作者同时也写出了离开故乡奔向南方的理由，在她看来，与东莞的本地居民和打工族不同的是，自己属于"迁居者"，20世纪50年代，其父母从甘肃逃荒到新疆哈密，是一次被动无奈的"迁居"，而此次作者自己的南下行动，无疑是一次主动而为的结果，虽然作者并未挑明迁徙南方的具体原因，但摆脱贫困、崇尚自由与现代、探索新生活方式等似乎可以用来解释这种行为。"轰隆隆的流水线，不仅消解了传统的牧业和农业的生产方式，同时，还颠覆了旧有的生活方式，让人们得以在相对自由的范围内，寻找另一个生存场。"作者对于南方的摩天大楼、厂房、高架桥、通宵大排档等的向往，正是其真实内心的剖露。因此，在这样得风气之先的国际化"气场"吸引下，作者的"从乌鲁木齐到东莞的迁徙之路"其实是笃定而清晰的，即使是离乡的伤痛，即使是异地生活的诸多不易与不适应，都变得无足轻重，进而使之义无反顾。

作者除了描述自己作为一个岭南新移民的种种适应与不适应之外，在《双重生活》里还花费大量笔墨速写了环绕其上卜左右、形形色色的新旧居民，尤其是那些从事各种职业的女性们。譬如，世故冷漠的前女房主，隐形的"芳邻"刘小姐，"拉拉化妆店"里的庆子、艾美、阿萍等夜店女，干活只穿雨靴的电子厂女工"大姐"和她的女儿阿香，由工厂女工到开房产中介公司的教授之女江欣，扎红绳的"莞女"周阿婆，用彩带勒住婴孩的母亲，春运列车里的鹅蛋女，等等。作者对于这些人物的描绘，来自于自己作为体验者——套上工装、在啤机前一天干活达十几个小时的女工，或者是作为观察者而得之。此正如雷达在评价《双重生活》时所言："这部作品凝结了作者的血泪真情，广纳了社会底层的最新信息，寄托了深刻的人文关怀，提供出一份真实生动的南方日常生活的精神档案，是一部改革开放前沿地区的民情备忘录，不仅展现了作者独特的观察与体验、感悟与深思,还具有较高的文化含量。"从更为宏观的角度上看,《双重生活》所展现的正是当下中国的现实——区域发展的不平衡与人民日益增长的美好生活需要之间的矛盾。南方经济发达地区的现代化生活与西部传统农耕生活方式的反差与冲突,正是对处于改革开放语境中的中国变迁进程的一次形象化写真。也是因为作者所具有的"双重生活"者的身份和感受,使得这种写真更具真实感、更具冲击性、更具说服力。而"双重生活"的另一端——新疆生活的原貌与变迁,我们在丁燕的《沙孜湖》里可以获得更为详尽的了解和解读。这部作品以被誉为中国的"瓦尔登湖"的新疆沙孜湖为叙述焦点,着重再现托里县和克拉玛依市的哈萨克族和汉族人的生活状态,力图表现新疆的民族传统和文化的当下景观,以及自东南沿海开始的社会巨变对于新疆以及广袤西北的大规模辐射与冲击。有意思的是,这部书并不是在作者居住新疆时完成,而是来到东莞之后写下的。在丁燕看来,尽管新疆与广东相距数千公里,但"当我将车间生活和牧民生活摆在同一水平线上时,惊诧地发现,它们并非没有共同处,不,它们之间的联系,紧密而深刻"。也许这正是一种现实与文学的互文。

三、痛与爱:不仅仅是性别问题

如果说,《双重生活》重点从"双重"的角度,交叉描述以广东东莞为代表的南方与以新疆为代表的西北生存与生活的样态,以做对比映衬,那么,丁燕的另两部作品——《工厂女孩》与《工厂男孩》则将笔触直接对准东莞外资或合资工厂——那些电子厂、服装厂、纸箱厂、塑胶厂和汽车配件厂等劳动密集型产业,聚焦在此工作的年轻女工和男工的劳动强度、情感、日常生活、性问题等。

在《工厂女孩》里面,作者以乔装打扮方式进入劳动场景的第一现场,通过"潜伏"式体验、观察与采访,将作者、叙述者和角色混搭为一体,是秘密地探查与写作。应该说,为丁燕首先带来声誉的正是《工厂女孩》这部作品,其节选版《低天空:珠三角女工的痛与爱》首发于《北京文学》杂志,之后获得第六届鲁迅文学奖提名和第五届徐迟报告文学奖等诸项荣誉。《工厂女孩》聚焦东莞工厂里年轻女工作为城市边缘人、打工者的日常工作和生活状态:高强度的工作(每天11个小时劳动,简单、机械、重复、乏味的流水线动作,高度紧张,睡眠不足,体能超越极限,失去自由),不良的居住条件(没有阳台、厨房、窗户、阳光、清洁空气),等等。作者以身份置换方式,亲身体验女工生活的种种"痛",对这种人在机器面前失去自由与人性的高强度"异化"劳动表达反思与愤懑。与此同时,作品还以较大篇幅写了这些女工所遭遇的男女比例失调,对性与爱的需求异常强烈等情感困境。显然,作者的叙述立场是鲜明的,那就是关注在工业化流程中求取生存的人,人在机器面前成为被异化的"机器人",面临丧失正常人的情感、创造性和想象力的危险。这当然是以形象化的事例证明了马克思主义关于"人的自由全面发展"学说的科学性和正确性。丁燕在文中还特别谈到女工比男工在东莞工厂更受欢迎的原因——"生产机器只对特殊的身体,年轻女性的身体,更感兴趣,因为女性更能适应精益生产方式的要求,价格更便宜,更容易管理和控制。"从这个意义上说,女工可能更为适合现代工业流水线的工作,尤其是那些劳动密集型产业。但是,这样的劳作给予女工的身心伤害也是显而易见的,《工厂女孩》中的一些章节标题足以表达这一切——"身体的极限""捏钳子两千下""煎熬到中午""不能插嘴""断指""全能眼"等等。但即使是这样高强度的劳作,也仍然阻挡不住因为贫困奔向南方,为"薪多粮准"打工的人们——"没有暴力,没有强制,农业劳动的贬值拉大了城乡差距,让年轻女孩想到城里打工,她们甚至十分清楚工厂生活的实质,可她们还是来到城市,到工厂出卖自己的劳动力。"看上去,这群女工与夏衍《包身工》笔下的"芦柴棒"们有着大不同,但这无疑也揭示了一个严峻的现实,那就是,尽管改革开放已历经40余年，中国崛起成为世界第二大经济体，整体实力今非昔比，但深层次的社会发展不平衡问题仍然未能得到彻底解决。值得肯定的是，丁燕在作品里以"后勤世界"等章节的描述，再现出工厂基于恶性用工制度而导致的员工流失率增大，进而实行的各种人性化管理举措，譬如举办员工卡拉OK、跑步、拔河比赛和生日晚会，不随意罚款、开除员工，在车间安装中央空调、节假日加餐，免费阅读杂志，内部招聘文员和技术员，给予普通工人晋升机会，等等，这似乎给工厂女孩们的生活抹上了一丝亮色。除却外在的工作压力之外，《工厂女孩》还写到了年轻女工们的情感问题，譬如"上班时间爱聊天、爱闹小情绪、在宿舍里拉帮结派"，甚至因为找男朋友导致意外怀孕流产，或者患上各种妇科病，等等。与男工不同的是，女工的情感诉求更复杂，她们"不仅需要性伴侣，更需要情感伴侣"，甚至出现了由临时性和流动性所带来的强烈的职业危机感与社会隔绝感。而最为可悲的是，"没有什么人会对女孩子们夭折的青春负责，在她们饱满的躯体内，蕴藏着最荒凉的记忆"。

在出版《工厂女孩》之后，丁燕又写下了《工厂男孩》，将目光聚焦到东莞打工者的另一性别群体。不知是有意还是无意，作者似乎在构筑一个系列。这部作品写的是电子厂的男工人。在作者笔下，这个群体的主体是"90后"男孩，其标志是"脏话、香烟、恋爱、盗窃、手机"，与工厂女孩相比，他们的青春荷尔蒙意味更强烈。如果说，在《工厂女孩》里，作者是集体验者、观察者和叙述者三位一体的话，《工厂男孩》里的作者则主要是一个观察采访者与叙述者的二合一角色。她"混进"工厂的女工宿舍住下来，以此为据点观察男工，甚至单刀直入到男工宿舍，与阿坚、高利民、严小强、徐富民等"工厂男孩"对谈，在"电子厂的开工日""工厂路的秘密""男工来到电子厂""十九岁出远门""追时代的'90后'""学生工的抗争"等章节里，作者详尽叙述了有关"工厂男孩"工作与生活的方方面面，譬如工装等级、车间管理、宿舍纪律、械斗与偷盗、追求女工等，细节与场面之密植，对话、行动与心理描摹之生动，不一而足。譬如，作者在"工厂路"搭摩托车时与忙里偷闲出来挣点小钱贴补家用的"工厂男孩"对话，小贩们的相互对垒、亲戚网络以及对沿路所见垃圾桶、红色塑料凳、路灯、绿色台球桌、广告语等的形象风趣的描绘，还有对于"工厂路"的单调、周末的倦怠、各种秘密潜规则等的叙述，使这部看上去主题略显沉重的纪实作品有了某种阅读的轻快感和趣味性。作者写出了以"90后"为主体的打工男孩不同于其父辈的"新生代"特点：留守儿童，初中辍学，到父母打工的城市打工；更倾向于城市青年的价值观和人生观，衣着发型赶时尚，攀比花钱消费；懂得如何"追马子"（泡妞）的"追时代"成为其基本生活方式和目标；干活太累太受气不行，总是在寻找机会脱离打工生活，但也不排斥回老家发展。总之，是更少"紧张、愤慨、焦虑"，更多崇尚"自由、轻松、愉快"。而为了更为多元立体地表现"工厂男孩"，作品还用了许多篇什书写围绕男工们的其他各色人等，譬如帮儿子带孙子的老张、做保安的阿勇、带重孙子的张老太、露天饮品店店主老廖、二级批发商老夏、舍友许月芳、林小月与儿子吴宏伟、阿杰与阿林小兄弟等。这使得作品的内涵更趋近于丰满。这些青春年少的"工厂男孩"远离家乡进入城市"追梦"的同时，对于广大的中国农村而言却又是一个巨大的冲击——"冲击的不仅是外在的村落形态，更是整个以血缘、亲缘、地缘为纽带的乡土社会关系网络"。作者的这种忧虑来自于她的观察和亲历。而对于这一切的书写，在作者看来，都是因为"嗅到了一种自己熟悉的气味"，写他人都是为了更好地看清自己、认识自己。当然，也是在另一个层面上认识社会、看清社会。

当我们谈论丁燕的这些非虚构作品之时，其实也是在肯定其以"以人民为中心"的写作导向。她以对我们这个时代的迁徙者、底层打工群体和边疆少数民族的关注，以深入细致的田野调查行动、注重原生态的人物呈现、艺术化的细节场面描写、启人心智发人深省的非叙事性话语、基于人性人道人文关怀的叙述立场等,将人民的"痛"与"爱"呈现出来,将自己对于中国当下发展中存在问题的认识表达出来。这也许就是一个作家的情怀、责任与担当,是非虚构文学,甚至是整个文学的创作方向。我们希望这样的作家和作品多起来,为新时代中国文学书写新的现实主义华章。

举轻若重总关情

在人们的惯性思维当中，似乎"脱贫攻坚"一词主要关联的是中国的中西部地区，与东部发达地区的紧密度不大。近年以此为题旨的非虚构创作似乎也大多以前者为主。然而，当我读到王国平的长篇报告文学新作《一片叶子的重量——脱贫攻坚的"黄杜行动"》（浙江文艺出版社2020年版）之时，我的眼前不禁为之一亮，这部副题为"脱贫攻坚的'黄杜行动'"的非虚构作品，聚焦的主体并不是中西部贫困地区，而是位于东部发达地区的浙江安吉黄杜村，其以"一片叶子富了一方百姓"。在作者一以贯之的高密度细节场面设置、白描式人物形象速写、曲直交融与收放自如话语所构建的叙述风格之下，作品极生动地传达出黄杜村"安吉白茶"产业从无到有、从小到大、从弱到强、从点到面、从浅入深之脱贫致富漫长曲折艰辛的历程，以及当地村民主动帮助中西部三省五县贫困地区实现"一片叶子再富一方百姓"的先富帮后进之动人义举，进而完成了对黄杜村三代村民抛穷根、求进取，由物质生活层面的茶农、茶商到文化精神层面的茶人全面转型的形象诠释。在这里，作品不仅为我们展示了黄杜村人奋力打造属于自己烟火气十足的"柴米油盐酱醋茶"，还为我们擘画出了黄杜村人极具浓郁艺术范儿的"琴棋书画诗酒花"。我们更能够欣喜地看到，在这部作品中，脱贫攻坚主题褪去了它的意义单一性和浅表性，获得了独具丰厚内涵的多层次性和深邃性。可以说，这是作者继近年《美丽的村庄在说话》和《好一个大"林子"》等表现农村农业题材作品之后的又一力作。它给予当下再现"脱贫攻坚"报告文学创作以全新启示，也从另一个方面显示出作者对作品主旨设置和表现视角营构的精心和巧妙。

而这种精心与巧妙又具现为作品清晰的叙事结构。在作品统共叙述的四章中，其中的两章是其重点，即主要叙写黄杜村脱贫致富进程的第一章"黄杜何以成为'黄杜'"，以及重点书写富裕起来的黄杜村民帮助三省五县贫困地区民众脱贫的第二章"'黄杜+'时间与'茶苗×'效应"。作品的序章"在一片茶叶上写好一个'本'字"可视为全书主旨的总述——以"一片叶子"叙说"黄杜行动"，以"黄杜行动"妙喻"中国故事"。作品的最后一章，也即第三章"走向明媚、稳健的'茶生活'"则是全书叙述境界的提升——老一辈的黄杜村人"就着一片叶子，为了生存"；新生代的黄杜村人以审美的方式演绎接地气与上云端的"茶生活"。在全书清晰的结构中，作品真实地描述了曾经饱受贫寒与饥饿的黄杜村人，在寻找到"白茶"产业致富路径之前的屡战屡败和屡败屡战。他们在"勇气是铠甲、实干当军规"的乡村基层干部的带领下，以摆脱贫困"横竖要过好日子""兴业不倦"的强烈生存原动能，以苦干加巧干的持久力，咬定"茶业"不放松，最终闯出一片发展的新天地。作品特别写到时任浙江省委书记习近平曾亲临黄杜村考察，对村民们所投身的"安吉白茶"事业给予"一片叶子富了一方百姓"的高度评价，并在此后不久提出了著名的"绿水青山就是金山银山"的生态发展理念。也正是被这样的评价所激励，被这样的理念所指引，黄杜村才能够在基层干部、科研院所的科技人员以及普通村民的共同努力之下，在世人面前展现种茶脱贫致富、奋斗不忘感恩的绚烂图画。这当中，我们印象深刻的是作品所细腻描述的专注于种茶卖茶品茶创举的各色人物，譬如土生土长的"安吉白茶叶妈妈"——乡党委书记叶海珍，"当先锋、立榜样"的村书记盛阿林、盛阿伟，勇于"吃螃蟹"种白茶的盛振乾，"兵心永驻"的退伍军人阮安丰、盛红兵，"技术帮扶天团"成员盛敏凡、盛志勇，"茶人"布道者贾伟，"搞茶叶"有声有色的十八大代表宋昌美，钟爱"茶生活"的小学生陈思瑜，等等。作品更为深刻的意义在于，它不仅再现了黄杜村人的脱贫致富，也再现了他们"先富帮后进"，走共同富裕道路的感恩之心。第二章里的"滚烫红心向北京"一节讲述了盛阿伟带领20位黄杜村人给习总书记写信，希望捐出1 500万株白茶苗，帮助贫困地区种植并使之脱贫的故事。由此展开再现包括黄杜村村民、中茶所研究员、中国工程院院士、浙茶集团、保亿集团等在内的捐苗扶贫的人和事。这种对不同扶贫角色的描述告诉我们，"捐苗扶贫"并非一次性作秀式的赠予，而是立足于捐赠茶苗、帮助种植管理、畅通销售渠道、树立茶叶品牌等要素构成的全流程全方位的"实打实"援助，是"授人以鱼"和"授人以渔"的有机结合，最终形成精准扶贫与全程帮扶的"黄杜+"与"茶苗×"的叠加效应。从这个意义上说，作品所再现的"先富帮后进"的"黄杜行动"鲜明凸显出求真务实"真扶贫"和"扶真贫"的深刻内涵，是感恩心态、大爱伦理和共富理想的集中体现，内里渗透着守望相助、慈善仁义、和美与共、世界大同的基本理念，也是时代共情与国族认同的鲜明表征。这无疑是对当下扶贫攻坚非虚构创作的内涵扩容、路径探新及境界提升，具有显在的现实意义和文学价值。

《一片叶子的重量——脱贫攻坚的"黄杜行动"》还为我们进行了详细的白茶及其种植的"科普"，既填补了读者的认知盲区，也将"一芽一叶总关情"的丰富内涵诠释得淋漓尽致，更使人对"绿水青山"的概念有了更为具体更为全面的理解。有意味的是，作品的第三章特别写到黄杜村的若干位"80后""90后"和"00后"们对于白茶事业的新思维、新期待、新举措和新想象:"新青年创业联盟"理事长贾伟开发白茶新品,联手三省五县"百叶一号"构建网络"茶产业联盟";"茶三代"盛茗大学毕业后回乡种茶,力求运用新媒体以艺术的方式讲好茶故事,追求有"爱"的茶生活;"00后"六年级学生陈思瑜在作文里描述茶树的三种颜色,写下肺腑之言——"我爱这绿色的茶乡,我爱这茶香四溢的生活"。这不仅是对于现实中已经完成物质脱贫,进而走向更高阶段"精神脱贫"人们的真实写照,也为以扶贫攻坚非虚构作品为代表的现实主义创作的未来精进提供了有力的参照系。因而,从这个角度上说,王国平为我们描绘的这片"叶子"所承载的东西不少,重量确实不轻,正可谓一片叶子开天地,举轻若重总关情。

悲壮拯救的艺术报告

2009年一开年,报告文学界的"黑马"朱晓军便推出了他的33万字的长篇报告文学《一个医生的救赎》(人民文学出版社2009年版)。作品的主人公是一个叫陈晓兰的医生,她既是上海滩上无数大大小小的普通医生中的一员,同时又是一个专为医院看病的医生、一个"打假医生",2007年度中央电视台"感动中国人物"的入选者。2006年朱晓军以这个人物为主体发表的《天使在作战》在第四届鲁迅文学奖报告文学奖中独占鳌头,次年,他又发表了《一家疯狂医院的最后的疯狂》,主人公仍然是陈晓兰。《一个医生的救赎》可以说是朱晓军专注书写的有关陈晓兰故事的完整版。它综合了前两篇作品的所有内容,同时又通过重新采访增添了更为丰富的细节和更为惊心动魄的故事,成为21世纪近八年来关注民生、反对腐败的最具震撼力的报告文学。某种意义上说,《一个医生的救赎》所表达的不仅是对于当今医德的救赎,也是对社会转型时期道德与非道德、规则与潜规则、人性与非人性博弈的形象写照,是对当代中国人精神病象的解剖,当然更是对勇士的悲歌、对大爱的赞颂。它以回归经典报告文学的姿态和路径，让我们重新提振了对于报告文学的信心。

《一个医生的救赎》书写的是陈晓兰倾力拯救日渐沦陷的医德的传奇。作品主要通过主人公两个"打假"的中心事件展开这个传奇：一是对其所在医院使用"光量子"等伪劣医疗器械行为的揭露；二是对以上海协和医院为代表的一些民办医院的"医疗欺诈"行为的揭露。在这两个"揭露"中，一方面，作品直指转型时期突出的医疗"潜规则"怪相——"厂商造假，经销商售假，医院用假，医生给病人做假治疗是各方牟利的流程图，这已经成为潜规则"，对最不能腐败的医疗领域假丑恶做出深刻的批判；另一方面，与之相对比凸现陈晓兰的纯真信念、至善品质和优美人格。这位被一些人说成"精神病"的医生有着超常"不放弃、不抛弃"的一根筋式的韧劲和意志力，她"打假"的动力源不在金钱，不在名利，不在私心，而在其母亲曾经谆谆告诫她的那句看似平凡实则伟大的肺腑之言："你是医生，病人不懂，你懂，你要保护病人的权利。"在于她对古老的希波克拉底誓言的信守——"我愿尽余之能力与判断力所及，遵守为病家谋利益之信条，并检束一切堕落及害人行为，我不得将危害药品给与他人"，即医生最为基本的道德准则和职业伦理。因此，这个传奇的重点不在表现陈晓兰"华佗再世"般的高超医术，而在描述其在这个金钱使一些医院和医生背叛人民的时代，以近乎悲壮的义举，捍卫职业伦理的底线，完成作为一个医生的"成人礼"。作者并没有将陈晓兰写成一个"高大全"式的超人，反而在文中多个地方真实描述了主人公和她的朋友在巨大的胁迫、压力、诋毁、误解面前曾经有过的犹豫、退却、恐惧、害怕甚至放弃的念想。这样的描写，既反映出恶势力的嚣张，也十分真实地表现出人物的个性与心态。可贵的是，他们终究没有放弃、退缩和背叛。如果说，我们在一些所谓医生的丑行和恶行面前曾经模糊过"白衣天使"的形象，甚至将"天使"幻化为"魔鬼"；那么，在陈晓兰这个人物身上，我们又找回了"医生"作为

"救死扶伤""把病人当亲人"的原初定义。某种意义上讲,陈晓兰不仅是当下中国敢于为民请命、勇于为民鼓与呼的真正的医生,她也是今日公共知识分子的杰出代表。她虽然专注的是医疗领域的"作假"与"欺诈"问题,但由此显示出来的基于人道的良知和关爱、基于社会的正义与公平、基于职业的诚信与责任、基于战士的无畏与果敢,都是公共知识分子的核心价值观。她的言行举止令我们这些沉默的大多数们不能不汗颜,也不能不钦佩。在作者为我们描绘的这场精彩的医疗伦理保卫战中,陈晓兰绝非堂吉诃德,她的身后站着一大批支持她的各阶层人士,没有他们的并肩作战,"一个医生的救赎"也很难完成。

对重大社会现象和重要现实事件的发现、捕捉、表现和反思,是报告文学的主要功能和优势所在,《一个医生的救赎》正是在这一方面为当下的报告文学做出了表率。我以为朱晓军在鲁迅文学奖报告文学奖中的"获奖感言"既是他创作报告文学的基本出发点,也契合着这一文体的核心特性。他说:"真正的报告文学是来自时代前沿的、具有忧患意识和批判性的。报告文学是知识分子的写作方式,知识分子是社会的脊梁,不论什么时候知识分子都不能丧失良知和操守。"因此,坚守非虚构性和义化批判性,就是在践行报告文学的基本法则。而将传达的艺术性和审美性作为报告文学写作的自觉追求,也应成为报告文学作家的文体常识。《一个医生的救赎》就充分展示出这种"常识意识"和自觉追求。报告文学近几年"长风"渐长,其中臃肿、单调、粗糙之作正在败掉读者的胃口,而这部长达33万字的作品,不仅没有使人产生阅读疲劳,反而给人以一气呵成的阅读快感。我觉得这主要得益于作者艺术表达的内功。譬如作品虽然采用的是线性叙事的结构,但却用交错、闪回等叙述方式,对主人公"打假"的两大中心事件进行时间和空间上的穿插叙述,避免平铺直叙,使行文跌宕起伏,具有悬念感、戏剧性,引人入胜。这种叙述方式并非故弄玄虚,而是正符合这种惊心动魄的传奇故事的特性。作品对人物的刻画也有其独特之处。文中写到了许多人物，其中最为用力的是对于主人公陈晓兰的描写，寥寥几笔就勾勒出人物的精气神——"她性格内向，从来不爱抛头露面，家里来了客人，只要不是找她的，她都躲在自己的房间里看书，直到客人走了才出来。她爱清静，喜欢过那种一杯香茗、一本书的日子。读书累了，她就会听一会儿二胡曲。如果不是为了病人，怎么可能主动找检察官反映情况？"其他人物也表现得多有个性，如陈晓兰母亲、刘丹、王洪艳、郝和平等。作者对修辞也十分看重。文中给人印象最深的是那些配合着人物心境描写的奇巧而新颖的比喻，如写到陈晓兰感到孤独无援的心境时，便有"自信像一根戳在沙漠的竹竿，在阵阵狂风中摇摇欲坠""街灯像玩累了的孩子安静地亮着，霓虹灯和广告像张牙舞爪的幽灵，闪烁着惨淡的辉煌"，还有"愚蠢的解释就像在帽子上打了一个补丁，不拆补丁就知道那是个破帽子""二十七八岁就像高速公路的提示牌一晃就过去了""客套就犹如卖火柴的小姑娘手里燃烧的火柴，没改变周遭的温度就倏忽熄灭"。作品还十分注意细节的表现和现场感的营造，譬如第13章和第20章对论证会场的描述，使人如临其境、如闻其声、如见其形。在这样一部充满激情叙述的作品里，作者使用了诸多的非叙事性话语直接表达自己的观点和感慨，以撞击读者灵魂、引领读者深思——"阿基米德说：'给我一个支点，我就能撬动地球。'回扣撬动了几千年的传统医德，湮灭了部分医生和护士的良心。""最大的悲哀是分清了哪大哪小，分不清是非曲直！当生命背离了尊严，苟活就会成为最高的原则。""妈妈是想活得体面，死得庄重！妈妈这样是对生命亵渎的一种拒绝，是对人的尊严的最后捍卫，是以生命为代价对医疗服务现状的抗争。"阅读这些足以让人振聋发聩的文字，我们完全可以清晰地触摸到作者的情感和倾向，也完全能够感同身受。

我以为，报告文学是高难度的写作，它是对作家的思想、勇气、才情和表达的集中检验。《一个医生的救赎》体现了这样一种难度，因此，它的高度就成为必然。

敏于艺术营构的地方性纪实

在文学创作上，辽宁作家刘国强无疑是一个多面手。迄今为止，他已经发表或出版了《日本八路》《黑枪》等数十部中长篇小说，《我的传奇至亲》《寻找感动》等散文，《世纪丹青》等传记作品，但给予我印象最深的还是他的报告文学。在当下的辽宁文坛，刘国强的报告文学应该是一个鲜明的存在。

一、题材选择的地方性：宽广而多元

作为一种以现实性表达为主要取向的非虚构文体，题材选择之于报告文学的重要性不言而喻。由此观之，刘国强报告文学题材选择的地方性十分凸显，这主要是指其作品对于以辽宁为中心的东北地区重要事件或人物的再现。譬如叙述黑龙江民众救助收养日本孤儿的长篇报告文学《日本遗孤》，再现沈阳人张立祥办车行收容"刑释解教者"的长篇报告文学《浪子的春天》，全景勾勒辽宁西丰县"鹿产业"和"鹿文化"发展历程的长篇报告文学《鹿王朝》,描述辽宁沈阳市"艺术惠民"活动的短篇报告文学集《城韵》,再现吉林大学黄大年教授的中篇报告文学《祖国至上——战略科学家黄大年"飞行记录"》,直击辽宁丹东中朝友谊大桥今昔的短篇报告文学《弹孔里的和平》,聚焦"深爱能兴业"的辽宁边防总队大连边检站代理排长姚林的短篇报告文学《生当做兵王》,等等。这种地方性题材的选择,主要源于作者本人生于斯、长于斯的"地利",从国内报告文学创作的历史和现状来看,这种写作当然有其独特性。除此之外,刘国强也写有一些并不局限于"辽宁"或"东北"地域的报告文学,譬如其发表的再现新疆"罗布泊钾肥"创造奇迹的长篇报告文学《罗布泊新歌》。如果从写作视域的扩展和作家影响力扩大的角度言之,作者的这个立于本土而不限于本土的努力方向是值得肯定的。

进一步说,与当下一些报告文学作家关注并致力于某一行业或某一领域写作有所不同的是,刘国强报告文学虽多为地方性写作,但其再现的领域却是比较宽广而多元的。《日本遗孤》描述的是日本侵华战争期间遗留在中国,并被中国人收养的日本开拓团团民孤儿。这是一个有别于传统抗日战争叙述的立意新颖的表现视角。作者从人性与人道、民族国家正义的立场出发,审视"日本遗孤"这一在侵略与被侵略战争中所具有的特殊现象。反对一切反人性和反人道的侵略战争,指斥一切造成战争遗孤问题的统治者,维护民族国家的尊严和正义,是作品传递给我们的基本价值立场。作品通过讲述以黑龙江方正县为主体的中国平民百姓收养日本无辜遗孤的义举,赞颂中华民族爱憎分明、疾恶如仇的传统伦理美德,以及被收养的日本遗孤对中国养父母和"第二祖国"的报恩之情。作者也通过"状告中国妈妈""日本养子把她推向绝境"和"假孤儿"等事例,客观再现了少数日本遗孤中那些"以怨报德"的个案,以此表明报告文学不虚美不隐恶的文体本质。长篇报告文学《罗布泊新歌》全景描绘的是国投新疆罗布泊钾盐有限责任公司负责人李守江及其团队在"千里无人区"的罗布泊艰苦创业,创造中国钾肥产业领军世界市场的传奇故事。"当植物们纷纷逃离这里、向外围闪,寻找集群和繁华,连'沙漠明星'都不敢落脚的地方,李守江和他的团队却怀揣梦想,告别亲人和恋人,告别繁华时尚的故里,来到毫无生命迹象的罗布泊腹地,在孤寂的死亡之海开创未来。"作品详尽再现了李守江及其团队历尽艰辛的钾盐开路、实验、融资、生产和销售过程,着力表现其为国争光、为国分忧的使命感和责任感,吃苦耐劳、特别能战斗的"一根筋"精神,以及用现代科技武装自己,以科技创新为理念抢占行业制高点的大智大勇。可以说,在应对人类生存极限的挑战面前,李守江们谱写了一曲雄浑的信念"新歌"和科技"新歌"。中篇报告文学《祖国至上——战略科学家黄大年"飞行记录"》(以下简称《祖国至上》)讲述的是黄大年的先进事迹。作为我国著名的地球物理学家、国家深部探测技术与实验研究专项装备研发和国家863航空探测装备主题项目首席科学家、吉林大学国家"千人计划"特聘教授,黄大年放弃国外优越条件回到祖国,在夜以继日的工作中积劳成疾,因病去世。作品勾勒出黄大年50余年生命的重要轨迹,并重点再现其到吉林大学任教后的教学与科研工作情况。在作者笔下,黄大年认真坦诚的性格、爱国报国的情怀、科学家的才华和智慧、严谨求实的工作态度等尽显无遗。这是一位深受亲人、学生、同事和团队成员爱戴的新时代科技报国之典范。长篇报告文学《浪子的春天》再现的对象是沈阳市一位名叫张立祥的刑释解教者。他于20世纪90年代初与人合办了一个"旧机动车交易中心有限公司"。张立祥先后接收300多名就业困难的刑释解教人员到公司工作。作品详尽描述张立祥通过垫钱救人、买养老保险和医疗保险、借钱、张罗婚丧嫁娶、去监狱帮教等多种方式,帮助刑释解教人员洗心革面、改恶从善,回归正常社会、重启"零犯罪"人生。作品通过个案的再现,对这些人员犯罪的心理缘由及其家庭社会因素,譬如贫穷、孤独、家庭失和、失业、社会歧视、霸凌、公平公正的缺失等做出深入探析,力求把握刑释解教人员弃旧图新的内在心志与外在推力，以此呈现在惩治、规训、教育、感召和关爱综合作用下的犯罪救治机制，以及家庭与社会健康运行机制。曾经的刑释解教人员张立祥，以人道、善意、关爱、信任之心救助他人，这样的视角选择具有某种现身说法的意味，亦是颇具新意的。与"浪子"们不堪的过去相比，"春天"在此意味着其今天的希望、活力与美好，这正如《爱的奉献》这首歌里所唱到的："只要人人都献出一点爱，世界将变成美好的人间"。长篇报告文学《鹿王朝》以"中国鹿乡"辽宁西丰县养鹿产业为描述对象，再现了西丰养鹿人及其相关产业人士的逐鹿人生、人文历史和传奇故事。这部作品所涉领域具有显明的地域产业特征和文化特色。报告文学集《城韵》表现的是沈阳市自2010年开始的艺术惠民"双百万"工程活动——"百万市民艺术培训工程"和"百万市民艺术共享工程"。作者通过17个短篇，再现了一批热心开展免费艺术培训、惠民演出、公益电影放映和艺术作品展览等公益艺术活动的专业艺术家和业余爱好者。作品写出了这些致力于服务广大市民群众的人士吃苦耐劳、乐于奉献的优良品质，也塑造出沈阳作为东北地区中心城市的文化底蕴和时代气息。

由以上可以看到，日本遗孤、西部企业、大学教授、刑释解教者、县域特色产业、城市惠民文化工程、边检战士、中朝边境大桥等彼此看似关联性并不那么强的描述对象，其实构成了刘国强报告文学题材领域的多向度，这使得其作品在凸显地方性的同时，亦获得了再现的多样而非同质的艺术效果。

二、及物的现实诉求与书写

与普通纪实性文字相比，报告文学更为强调其再现对象的新闻性特质，即作家所写应是当下或近年来引起社会关注的重要事件或人物。从这一点来看，刘国强作品所再现的日本遗孤、黄大年事迹、罗布泊钾肥、沈阳

"艺术惠民"活动等,其新闻性是比较突出的。这些立足于当下、影响至未来的事件和人物,不仅回应着中日两国关系、中国核心技术与竞争力、城市市民生活品位提升等事关国计民生的重要问题,而且其强烈的现实关怀亦令人印象深刻。譬如作品描写的国投新疆罗布泊钾盐有限责任公司李守江及其团队不畏艰难,创造中国钾肥生产的若干奇迹,在解决中国农业可持续发展、粮食生产安全等关键问题上,实现对发达国家跨越式追赶的弯道超车,"从钾盐卤水令人震惊的发现,到一个开发钾盐、极大填补我国钾肥产量奇缺空白进而成为世界顶级的企业的成长,构成了一种当代传奇——对我国粮食安全甚至人类温饱的意义就延伸在曾经拒绝生命迹象的罗布泊"①。可以说,作品对这种"传奇"的现实意义和未来影响的描述是颇具眼光的。而黄大年及其团队对于超高精密机械和电子技术、纳米和微电机技术,以及快速移动平台探测技术装备的研发,对于当下打破西方技术封锁,构筑拥有自主知识产权核心技术的中国科技发展至关重要,其现实针对性亦是不言而喻。对报告文学新闻性及其现实性的坚守,使刘国强作品平添了锐气、地气与厚度。这正如有学者指出的那样:"刘国强的报告文学创作带给我们很多启示,我以为最重要的是:一个作家创作主体中强烈的社会责任感和忧患意识。"② 在我看来,作为"时代文体"的报告文学不仅需要迅疾再现时代的风云变幻,更需要积极回应时代的潮流与发展,要"及物"地书写现实诉求,承担社会责任,而不是一味在"钻故纸堆"当中迷失作家的责任和文体的个性。

对于新闻性的坚持,是坚守报告文学非虚构性的其中一个要义。报告文学非虚构性的另一元素是其田野调查性。也就是说,这一文体不仅需要"手写",更需要"行走",即以类似于人类学或考古学当中的"田野调查"方法,以亲历拟再现对象的现场采访式而非书斋写作获得第一手活的资讯。

---

① 施战军:《〈罗布泊新歌〉:生命在场的艺术创作》,《文艺报》2018年7月6日。
② 孙武臣:《〈浪子的春天〉有大爱和大美》,《文艺报》2013年1月16日。

这当然是真实传达现实世界的"非虚构"文体的要求，它使得报告文学在信息获得和文本构造上拥有有别于虚构文体的独特气质和优势。从这个角度看，刘国强报告文学对于田野调查性的践行是比较到位的。在《日本遗孤》中，作者并没有过多地讲述自己的田野调查经历，但从数十上百个事件或人物个案的描述当中，完全可以感受到作者为进行田野调查付出体力和脑力时的艰辛。因此，作品的亲历性和现场感十分突出。这种亲历性和现场感不仅表现在作品中大量引述的当事人或被采访人的讲述及"证言"，通过多数为原生态语言的口述实录，将60余年间的历史以"情景再现"的形式表现出来，也表现在作者作为本土作家和采访人的双重身份在作品中以叙述者"我"的形式出现。文中的"采访手记""场景"等单元都在标示叙述者（作者）的在场。作者的出现，既强化了现场感，又表明其对于叙述的引领和掌控。《鹿王朝》是作者对家乡西丰县养鹿产业的全景描述，《罗布泊新歌》是作者多次亲赴罗布泊采访所得，除了查阅图书馆的文字资料之外，"我三次穿越罗布泊腹地，在越野车、火车里详细观察茫茫戈壁荒原"，采访上至李守江下至普通员工的各色公司人等，其中还特别详细地写到自己在罗布泊多次乘车的惊险经历，以此形成对于由环境、气候和人构成的再现对象的全方位表达。如果没有这样深入细致的"田野调查"，就不可能呈现文本中那些饱含生活质感的丰富的人物、细节和场面，"新歌"自然也就无从唱起。《鹿王朝》《浪子的春天》等亦为刘国强经过长期田野调查和密集深入的采访写作而成，文中陈述的大量真实人物和事件个案即可说明这一问题。某种意义上讲，"田野调查"是报告文学文体形成的前提条件，如果没有这个"程序"，报告文学所写的内容都是可以存疑的。因此，"田野调查"在报告文学创作当中的作用是怎么强调都不过分的。而正是因为立足于比较严格细致的"田野调查"，譬如《日本遗孤》对于有关"日本遗孤"史料的发掘和整理、《罗布泊新歌》对中国钾肥创造历程的梳理、《鹿王朝》对于"中国鹿乡"辽宁西丰鹿产业和鹿文化的历史叙述等，刘国强报告文学也凸显出一定的文献价值。当然，报告文学文献价值的实现需要建立在事件和人物的真实性确定无疑的基础上，建立在依据科学方法对原始材料进行认真甄别、去伪存真、去粗取精的基础上。就这一点而言，刘国强报告文学还有进一步完善的空间。

我们在强调报告文学基于真实和现实的非虚构性的同时，也不能忽略创作者的主体性。也就是说，在报告文学写作中，作家一方面需要呈现事实或人物，另一方面还要表达对于这些事实或人物基于情理的态度，我将此称之为"文化反思性"。《日本遗孤》中作者将战争遗孤问题扩展至对一切反人类战争及其战争狂人的批评和反思——"统治者、政治狂人对利益的贪婪和强权，一刻也没有停止过，类似造成日本遗孤那样的战争威胁却比以往任何时候都更加令人恐怖——据我10年前所知道的消息，世界上所拥有的核弹头，足以毁灭地球3 000次！"《罗布泊新歌》在写到李守江和他的团队面对人才和技术困难时，也有类似这样的反思："在科技爆炸的地球村，在以秒计数的网络时代，在大数据高调粉墨登场的时代，仅凭决心和吃苦远远不够，还要组织起高智能团队，以科技为先，在没有参照和借鉴的前提下，实现科技探索和科技创新，抢占行业制高点。"实际上，这些非叙事性话语在表明作者立场和态度的同时，也是对读者阅读的一种主体性导引。当然，刘国强作品对于再现对象的反思，亦有更为深入和全面的必要。譬如，《罗布泊新歌》在称赞罗布泊钾肥开发所取得的成绩时，如能进一步反思其产业的可持续发展和生态环保问题，或许会使作品更具深度和力度。这正如有学者指出的那样："而钾盐是一种不可再生资源，终有一日资源是会耗竭的，那么，罗钾能给当地百姓带来什么样的利益或影响，也是一部具有独立思想品格的报告文学应当思考的一个问题。矿产开采是国家赋予企业的权力，但是企业在开采资源牟利逐利的同时，如何反哺自然环境反哺当地民众，如何体现一家大企业所应有的担当，都需要作家重点关注和描写。"①

三、质朴与诗意的表现路径

与一般新闻不同的是，报告文学对真实事件和人物的再现，需要通过艺术的方式表达。刘国强报告文学在多个方面呈现出其艺术传达的特质，其中，给予我印象比较深刻的是其文本结构、人物再现、语言表达和跨文体艺术借鉴等方面。

在阅读中，我们不难发现刘国强比较注重其报告文学的结构方式。《日本遗孤》以全景式结构为主，通过"大寻亲""大移民""大收养"和"大报恩"等四个部分，详尽叙述日本遗孤现象的来龙去脉，对上至国家领导人有关遗孤问题的政策和策略，下至各阶层普通老百姓关注遗孤生存与成长的各个层面予以全方位的表现。在每一部之中又分出若干章节，以集合式方式描述丰富的个案，给人以清晰、具体和感性的认知。作品宏微相间、时空纵横交错。《罗布泊新歌》将交响乐的乐章与文章写作的"起承转合"结合起来，构筑一个基本按照罗布泊钾肥基地初创、开发、发展和壮大路径叙述的宏大框架。"起"主要写李守江及其团队草创时期的基础设施建设；"承"主要写将卤水变成优质钾肥的实验阶段和投产融资阶段；"转"主要写为可持续发展，李守江等广纳各路贤才，以及"罗钾人"温馨和谐的爱情、亲情和家庭；"合"写高举理想、低身劳作的"罗钾人"万众一心、精气神合一，勠力构建人类最高贵的精神高地。"有了同心聚力情同手足的归属感，'一根筋'精神就使得大家在奋斗创业中拧成了一股绳。作家捕捉到了这个关键，他所讲的故事就不可能是硬邦邦的年表展示、事迹罗

---

① 李朝全：《捕捉和描写不毛之地上萌发的生机——评刘国强〈罗布泊新歌〉》，《文艺报》2018年7月6日。

列,而是带上了闯劲十足的信心和温暖动人的情感。"①《祖国至上》以飞机飞行过程的"飞行记录"作为结构方式,形象概括黄大年的人生历程。"导航:朝向是'大战略'"主要写的是黄大年从初中到大学的学生生涯;"返航:为了你,我的祖国"写其放弃英国的优越生活,毅然回国;"云朵之上:地质宫不灭的灯光"写黄大年的刻苦攻关;"气流颠簸:'他不食人间烟火'"写其坚守纯正为人做事及科研的态度和品格;"提速:实现'弯道超车'"写黄大年及其团队科研成果频出,获得多项荣誉;"经停:为了祖国的未来"写其精心培养学生;"强气流颠簸:国殇"写黄大年因操劳过度患病去世;"续航:再出发"写其学生和团队成员继承遗志再创辉煌。《浪子的春天》则是以一个主要讲述对象张立祥作为线索,串联起其他"刑释解教"人物的故事,是一种"人像集合式"结构方式。《鹿王朝》的结构也与此类似,是各种与西丰"鹿产业"和"鹿文化"相关联的人物个案集合,但并没有一个作为线索的被讲述的主要人物。作者"我"作为叙述者出现在文本里并贯穿始终,起到联结全文的作用。根据文本内容组织结构,使之呈现多样化色彩,可谓刘国强报告文学经营结构的良苦用心。

除《祖国至上》等少数作品外,刘国强的大多数报告文学都有一个显著的特点,即对于大量现实人物个案的再现。《日本遗孤》围绕遗留在中国的日本战争孤儿,描述了诸多人物——慈父般细心照料从炮火中救出的日本遗孤美惠子姐妹的"元帅爸爸"聂荣臻;创办"快乐家"孤儿院,收养42名不同国籍战争孤儿的三位"姑娘妈妈";为养育三个日本孤儿,不惜离婚并终身不娶的内蒙古汉子吴凤奇;带上日本遗孤小弟出嫁的"小叫花子"刘桂芝;慷慨捐建"中国养父母公墓"的远腾勇;被养父母精心培养成长为人民教师或大学领导的立花珠美、福地正博和曲宝全;因病遭母弃,被中国养父母收养,又收养五个中国孤儿以做回报的殷桂兰;等等。《罗布泊新歌》里再现的上至院士、指挥长和总经理,下至普通员工的许多人物令

---

① 施战军:《〈罗布泊新歌〉:生命在场的艺术创作》,《文艺报》2018年7月6日。

人记忆深刻。领军人物李守江带领团队艰苦创业，变不可能为可能，在罗布泊建立起中国钾肥基地，成为全球硫酸钾化肥产业的"首席引擎"；总指挥长"铁人"刘传福眼里到处都是活，身体比"游沙"走得快；工厂司机张勇克服重重行车困难，在"死亡之海"罗布泊大戈壁的运行里程，相当于绕地球68圈；还有大学讲师出身的推销员张麟，靠哲学引领工作的副总姚莫白，领衔"大师工作室"以解决生产的"疑难杂症"的孙斌，"土专家"吴前锋，工人组成的原创音乐"红柳叶乐队"，与龙卷风搏斗的"山东壮汉"魏磊，解决水采机难题的"小个子"谭昌晶，红柳井的"守井人"刘进海等。《浪子的春天》除了重点再现的"浪子回头"与"浪子施爱"的典型张立祥之外，还描述了一批重获新生的刑释解教人员群像，诸如"八进宫"华丽转身的李文杰、"酒蒙子"从良的苏传举、"换个活法"的王世忠、13岁的"小逃荒"刘衢、拾金不昧的"抢劫犯"张洪伟、组建"二手车军团"的王军等。《鹿王朝》里个性鲜明的人物有：西丰创鹿茸生意外汇最多的张春吉，建造"世界鹿角博物馆"的于振清，"鹿王国"里的巾帼女杰王淑华、薛继荣和朱艳华，成为新疆鹿产品经营市场行业老大的张洪斌，"切片王"富连生，木匠转行制作鹿标本的刘国利，擅长鹿皮或鹿副产品加工的于长海和陈宝海，鹿业局长艾永利，以及冯国军、张春和、王家八兄妹、陈继东、陈氏兄弟、王德军和高利丰等鹿茸生意人。在《城韵》中，致力于艺术惠民的人物群像熠熠生辉，诸如创建市级交响乐团的王建华，组织艺术团的社区主任黄大妈，义务为残障人士上课的少年宫辅导教师李璐，自发组织合唱团、唱响《雷锋组歌》的史微，自费创建艺术馆的退休干部张振忠，为业余爱好者"把场"的京剧演员常东，培训上万业余舞者的金牌舞蹈教师关静姝，主办上千场次免费或惠民演出的剧场经理梁延威等。

这些人物虽然身处不同时代、来自不同阶层、从事不同职业，但他们都在努力呈现人性的真善美、人生的正能量、人间的爱与温暖，共同构筑刘国强报告文学气势恢宏和多姿多彩的人物画廊，也为当代中国报告文学的"人物形象"系列增添了新的内涵。当然，如何平衡再现人物的数量与质量，如何精选人物素材以凸显作品主旨，亦是刘国强报告文学创作需要认真面对的一个问题。

诗意与质朴相结合，是刘国强报告文学语言表达上的一个亮点。其叙事性话语追求诗意语言的表达，文学性意味浓郁，《日本遗孤》《浪子的春天》《鹿王朝》和《祖国至上》等无一不是如此。在《罗布泊新歌》里，作者通过比喻、拟人等修辞手法的铺陈性运用，促使其叙述的形象性大大增强，尽显语言的诗意气质和华丽感。作品多处以形象化的语言描绘"绝望之美"的罗布泊，譬如写其奇特的地貌——"塔克拉玛干高高挺起辽阔的胸膛，拧劲儿秀着成排成排的大肌肉块。这个号称世界第二、中国第一的大沙漠，每个大肌肉块儿都是烈烈燃烧的大火把，仿佛要烤干整个世界"；写其瞬息万变的天气——"无精打采的太阳渐渐模糊、黯淡，天空像肝病患者那样'印堂发黑'，灵幡似的黑丝带迅速在天地间飘荡，迫不及待地捂灭最后的光明。抢班篡位的晚风充当'督战队'，组织起一轮又一轮'敢死队'疯狂进攻，寒冷急剧升级"；写沙尘暴袭击——"晴朗的天突然变脸，黑云漫卷，烈风怒吼，远处上接天下接地的一条大黑被，迎头盖了过来，仿佛要捂死全世界！铺天盖地的千军万马奔腾而来，摧枯拉朽，雷霆万钧，气势惊天动地。忽尔，它们又'变阵'一群奔突的雄狮如人而立，尖啸呼吼着压将过来"；写糟糕的路况——"卡车开进大戈壁，每道坎、每个凹坑、每个斜坡，起伏的盐壳子，密集的石块，都是对魏磊的摧残和谋杀。每一次颠簸，脱肛处破裂的血管都要集体失控，撕大裂口，血液喷涌，痛如刀割。遥遥400公里戈壁滩哟，颠簸密若暴风骤雨……"作品还将人物意志和行动的坚忍顽强，放置于罗布泊恶劣的自然环境里加以对比和映衬，以此来凸显人物的"精气神"，甚至用诗意语言描述细节和场面，例如灭鼠蝇大战、盐田保卫战、多次的乘车经历等。"在这部报告文学里，'我想到的'这个部分特别充分、特别饱满，作家激情四溢，全方位而从容地调动自己的感官、知识和才情，语言铿锵，诗意充沛，诗性富足，扑面而来，给罗布泊这个地方，给国投新疆罗布泊钾盐有限责任公司这群员工的身上，投射了一道道诗意的光芒。"①

在谈到刘国强报告文学诗意语言表达时，有学者指出："'优美地抒情'是《罗布泊新歌》的一个显著特色，但有些段落的抒情铺排得有点过度，有些用力过猛，要是能冷却、克制一下就好了。就纪实作品而言，抒情、诗意可以让题材飞起来，但有些地方飞得太高了。"② 此语十分中肯地道出了刘国强报告文学叙事性话语的特点和局限。克制而留有想象空间的叙述，也许要比铺张性叙述更具文学蕴藉之美。"寄意在有无之间，慷慨之中自多蕴藉"，王夫之所说此言主要是针对诗这样偏于抒情的文体，但我以为，对报告文学这样偏重于写实的文体，同样也是具有启发意义的。

质朴的语言表达主要体现在刘国强报告文学的非叙事性话语上。《日本遗孤》中的非叙事性话语运用比较普遍，但它们主要不是一种偏于理论色彩的文字，而是侧重于情感性的激情评说。譬如在第十二章"报恩"里，当叙述到日本遗孤与中国养父母有着四五十年朝夕相伴的经历时，作者便发出了这样的感慨："就按40年算，40年休戚相关、相濡以沫、生死与共，岂止是'血浓于水'啊！"在作品中，类似这样的非叙事性话语还有很多，它们在呼应叙事性话语的同时，更多的是在表达作者对于日本遗孤现象的基本价值立场和情感态度。《罗布泊新歌》里的非叙事性话语则更为质朴——"李守江团队豪迈地创造了'罗钾质量'，时刻牢记担当和责任，把'家国情怀'和'国家利益'放在首位。全力打造'良心钾'和'放心钾'，让优质钾肥为中国粮食安全保驾护航，让中国声音和中国品牌导引世界钾肥市场，成为全球的风向标。""实现了硫酸钾单厂生产规模全球最大，产品质量全球最好，使我国一举迈入世界硫酸钾生产大国行列，改变了世

---

①② 王国平：《且看报告文学"优美地抒情"》，《文艺报》2018年7月6日。

界硫酸钾生产格局，缓解了我国钾肥供应紧张的局面。"相比起诗意话语，这种质朴话语的"实用性"更强，它们简明扼要直指题旨核心，或揭示意义、或表明态度、或引导阅读。

作为复合型文体，报告文学的跨文体性是比较突出的。这就是指其在艺术技巧上对于小说、散文、诗歌、影视剧本或其他非文学文体的借鉴。刘国强报告文学也体现出这样一个特点。在《日本遗孤》《浪子的春天》《鹿王朝》《祖国至上》《罗布泊新歌》和《弹孔里的和平》等篇什中，作者充分发挥其所擅长的小说写作特长，将小说的笔法生动地运用于场面、细节和人物的描绘上，并将书信、电子邮件、表格、诗歌、新闻、日记、网络跟帖和留言、书籍文字、起诉意见书、历史资料等多种文体的文字融入整体的叙述之中，形成其报告文学特有的跨文体写作现象。譬如在《罗布泊新歌》中，"许多表达罗钾人生活内容和心声的诗歌，被作家借用来作为切入人物故事的门径，然后透过这些门径探视和描述不同人物的人生经历及心路历程，在各自不同的生活情景和生命轨迹中形象呈现，显示出他们在罗钾创业发展中的地位和贡献"①。跨文体艺术技巧的借鉴，使得刘国强报告文学更具复合的"艺术范儿"，有利于其传播与接受。此外，被采访人的口述实录、"证言"或"采访笔记"等在其多个作品里也得到广泛运用。譬如《日本遗孤》里"大收容"一章的三节"采访手记"和亲历者"证言"；《罗布泊新歌》里的孙斌、晏河新、方靖荣、马林和沈华等人的口述；《浪子的春天》里的"南非饥民"孙海、"半残人"王希成、"下岗女工"侯淑斌的"自述"，少年犯李智、赵博、张光远与各自母亲的口述实录，作者与柏灵学、姜昆夫妇的现场采访对话笔记；等等。这些口述实录、证言、采访笔记（手记），加上其多数报告文学以第一人称"我"作为叙述者和"出场者"的身份，使文本的现场感和亲历性，以及由此而带来的真

---

① 李炳银:《绝望环境中生成的美——评刘国强报告文学〈罗布泊新歌〉》，《文艺报》2018年7月6日。

实性效应大大增加,充分显示出报告文学的非虚构品质。

  由以上可以看出,无论是文本结构、人物再现,还是语言表达和跨文体技巧运用,其实都透射出刘国强艺术营构意识的用心和专心,它们与题材选择的多向度和地方性、"及物"的现实性书写等特点一道,共同凸显和强化了刘国强报告文学的个性色彩,使之成为东北乃至当代中国报告文学创作群体中一个不容忽视的独立存在。

家国叙事

以"最惬意的路径"呈现"问心之旅"

2010年以来,作家丁捷主要创作出版有《追问》《初心》《名流之流》和《约定》等非虚构作品。这些作品再现对象不一、表现形式多元、美学风格殊异,但大多体现出作者以非虚构的艺术方式呈现"问心之旅"的共同指向。

一、正面直击:现实性与真实性的彰显

非虚构文学的标志性特征就是由田野调查性、新闻性和文献性所构成的非虚构性,丁捷的非虚构作品对此有着鲜明的体现。而其中最为凸显的,就是在广泛深入的田野调查的基础上,正面直击当下社会的问题所在,彰显文本的现实性和真实性要素,充分显示非虚构的力量。不可否认,《追问》当中的落马官员及其事件,《初心》当中的有关事件和人物大多为近几年轰动一时的案例,具有显在的新闻性。因此,真实性是这些作品的底色——无论是《追问》里的腐败官员,《初心》和《名流之流》里的各色

人物，还是《约定》里的"援友"、少数民族干部与群众，基本都是作者的所见所闻所感。这些作品从各个角度完成了对于当下纷纭万象现实的体认与透视。

《追问》这部作品所再现的对象既非底层平民，也非道德模范，而是曾经位高权重的落马高官。它因及时而鲜明地回应当下中国百姓热切关注的反腐败斗争而引发阅读"狂潮"，此作于2017年4月出版，当年10月其印刷次数就已达12次之多，成为新时期以来非虚构文学最具影响力的作品之一。以非虚构文学的形式再现反腐败官员的斗争，在当代中国有其传统，《没有家园的灵魂》《黑脸》《对面坐着马向东》等都是其中有影响力的作品。与这些作品相比，《追问》在作者身份和表现形式等方面有着显明的标记。与上述作品多为记者或作家所写不同的是，《追问》的作者丁捷兼具纪委书记和作家双重角色。一方面，作为省属上市文化集团的纪委书记，作者亲自参与查处了多起违纪违法案件，具有亲身体验；另一方面，作为一名作家，作者在有关纪检部门的安排下，调阅了600多件腐败案件卷宗，与全国28名落马官员直接对谈，从中精选八名落马高官的自述材料，写成《追问》一书。以现场采访中高级落马官员并以"口述实录"作为表现形式，在已公开出版的当代非虚构文学中几无先例，因此，这部作品可谓填补空白之作。作品真实呈现了这些落马官员腐败堕落的前因后果，及其对党和人民事业所造成的严重危害。作家二月河在该书的"序"中曾写下这样的文字："《追问》是当下一部难得一见的长篇非虚构文学，更是一部令人震颤的当代'罪与罚'。""《追问》是一部与所谓'落败者'正面交锋的心灵碰撞实录，更是一部哲思蕴含于理性追问之中的'醒世恒言'。""《追问》是一部融入其中、摒弃说教的人文反腐教材，更是一部运用文学力量贯通历史与现实的'劫后人语'。"① 应当说，这样的评价是十分中肯到位的，它道出了《追问》的深刻内蕴和现实价值。《追问》中所再现的八个个

---

① 丁捷：《追问》，中共中央党校出版社，2017，"序"第1-2页。

案《危情记》《无法直立》《风雅殇》《最后的华尔兹》《四海之内》《暗裂》《曾记否》《曲终人散》的对象身份、案例类型有所不同，有正部级和厅局级官员、大学党委书记、县委书记、大型企业集团负责人，有的因贪污受贿入刑，有的因严重违纪受处分，有的因生活作风和连带的经济问题受惩处。作者与这些人长时间交谈，经繁多的整理和深度写作，于"人之口"呈现其人生历程和内心世界，特别深入细腻地展现出一个人在个人、家庭和社会的正向或负向力量的推动下，怎样从年轻时淳朴善良、正直单纯之"人之初"，走向世故功利、厚黑狠毒之"人之恶"，显示出惊心动魄的真实性和令人喟叹不已的现实性。可以说，这种真实在一定意义上又是残酷、荒诞的，是颠覆常识、涂改常理、悖逆常情的现实存在。《危情记》里的副市长老赵在企业老板的设计下，先后与沈女、小乔和小凡等三人产生婚外孽情，认为自己贡献大能力强，绯闻不过是"不值一提的风雅"，结果是犯重婚罪入狱；《无法直立》里的市政协主席李立清骨子里是一个功利主义者，有才华也受过挫折，从一个出色的中学教师一步步走入官场，最后买官卖官，经营"官场产业"，收受巨额贿赂，被判无期徒刑；《风雅殇》里的省文化厅副厅长失察纵容下属违法犯罪，临近退休时受到党纪处分；《最后的华尔兹》里声称"为浪漫而死，死而无憾"的正部级官员为妻子和情人违规操作数十亿中国境外资金，造成巨大损失，曾经的锦绣生活变成牢狱之困；《四海之内》里的副厅长有能力有实绩，为"关照朋友"收受巨额贿赂，最终被"四海之内"的"兄弟"拉下水；《暗裂》里的名牌高校党委书记，拥有众多头衔和荣誉，工作中搞钱权和权色交易并大举索贿受贿，锒铛入狱；《曾记否》里的"成也贤妻、败也贤妻"女县委书记因严重违纪被撤职降级；《曲终人散》里的国有大型企业集团党委书记兼董事长，独断专行，搞"私家军""一面倒"，权力任性的结果是被判无期徒刑。八个案例犹如八个典型的现实反腐教科书。对于这一点，作者也有清醒的认知——"作为一部口述体的纪实文学，作者必须进入讲述者的内心，遵从讲述人的所谓逻辑,认同他讲述过程中流露的一切好恶,反映他的原本的内在形态,并以此触摸到他灵魂的真实。"① 人的堕落或腐败,一方面关乎其品质与道德,另一方面也归因于促成其堕落或腐败的种种环境。《追问》以"口述实录"形式还原落马官员作为人生失败者的生活轨迹和心路历程,对人之堕落的内外在原因予以深入揭橥,使其"立此存照"的文献意义得以加强,具有了成为经典文本的潜质,这使得其鹤立于当代中国同题材的非虚构作品,对于整体的非虚构创作也都具有重要的启示意义和示范作用。

《初心》全书由"得之篇""问之篇""思之篇""悟之篇""学之篇"和"践之篇"等六个部分组成。此作的"得之篇"对"初心"做了独具意味的解读,在作者看来,初心是寄情山水的自然、是返璞归真的自俭、是竭尽全力的自致、是自觉自悟的自由、是天下为公的自重、是克服懦弱的自强、是常戒常勉的自厉。如果说《追问》的口述实录体是一种对象的主体呈现,作者作为叙述主体只是一种隐性存在,那么《初心》则更像是对于《追问》的一种再阐释和再解读,其间对于创作过程的描述,无疑表现出作者思想情感呈现的显在性。"问之篇"主要是对于《追问》的创作谈。为何写《追问》?怎样写《追问》?作者在此给予了比较详细的回答。应该说,《追问》的写作缘起首先是由作者的职务行为所引发的。作者曾任省属文化单位的纪委书记,能够真切地看到、听到、感受到形形色色的干部腐败现象。在强烈的正义感、责任感和使命感的引领之下,作者决定开启一个特殊的"问心之旅",写一部"从自己本职出发,而到达群体内心的作品"。《初心》的"悟之篇"主要是作者对于"初心""人性"等各种理论的简要阐述和辨析。诸如人性本恶论、摇摆论、复杂论、中性论和本善论等。"学之篇"追忆作者之父在其成长过程中所给予的言传身教、关爱和帮助。"践之篇"可谓"实践",主要写作者自己的工作经历——从大学教师转岗机关科员,从机关干部转岗文化企业副总,挂职援疆及其归来等。

---

① 丁捷:《追问》,中共中央党校出版社,2017,第11页。

《约定》的写作时间早于《追问》和《初心》，是作者2005至2008年赴伊犁挂职援疆三年的生活纪实。作品首先由中大楼里大学同学争论李白出生地联想至遥远的西域巴尔喀什湖，诉说自己与新疆的缘分——"缘，让世界有了边，让你我的距离有了限"。接下来的重点则是描述自己对于新疆生活的诸种状态和感慨——与当地的各族朋友把酒临风、"一醉九醒"；五号楼单身宿舍"院里院外"的人和风景；维吾尔族与汉族诗人及其诗意生活；伊犁当地的画家、书法家、散文作家、诗人所构成的"大地才情"；包括县委干部、双语教师、高中女生、农家大嫂在内的哈萨克族女性"肖像"；巴彦岱、那拉提、果子沟、杏花海、大西沟、胡杨、昭苏油菜花海等令人迷醉的伊犁风物。

在正面直击万象社会现实的作品中，《名流之流》显然亦是十分独特的存在。在此作里，作者着力于对时下各式伪社会"精英"众生相的反讽与嘲弄，诸如又精又坏的"海龟"、死要面子的美才女、执着的"副名人"、攀比的同学会、"先语言后流氓"的骗子、误打误撞的吴编导、热衷讲课"带色儿"的陈博导、不耻学问通风水的孔兄等，显示出对于当下社会现实的敏锐观察力、诠释力和批判力。

二、哲理反思：显影批判现实主义

如何对现实进行写实与再现，是一个见仁见智的问题。在丁捷这里则有其独特的视角，即对现实的写实与再现充溢着批判现实主义精神的哲理反思。在某些后现代主义理论看来，所有理论和作品都充斥着平面感，深究事物现象背后因素的"深度模式"已经过时，"整个世界就是一堆作品、文本，时髦、服装也是一种文本，人体和人体行动也是文本"①。然而，我们在丁捷的非虚构作品中仍然看到了对于"深度模式"的执着与遵循，那

---

① 杰姆逊：《后现代主义与文化理论》，唐小兵译，北京大学出版社，1997，第204页。

就是在描述与再现光怪陆离的社会现实景观之后，继续追问其成因，并力求给出自己的解决之道。可以说，这不仅仅是展示，更多的是揭示；不仅仅是"文本"，更多的是"文心"。这其实也正是非虚构文学之"文化反思性"基本文体规范的生动体现。这一规范要求非虚构文学仅有对于现实的再现是不够的，还应有对于现实的反思或批判。经典现实主义作家与作品均以此为其重要表征。这也正如巴尔扎克所言："只要严格摹写现实，一个作家可以成为或多或少忠实的、或多或少成功的、耐心的或勇敢的描绘人类典型的画家、讲述私生活戏剧的人、社会设备的考古学家、职业名册的编纂者、善恶的登记员，可是，为了得到凡是艺术家都会渴望的赞词，不是应该进一步研究产生这些社会现象的多种原因或一种原因，寻出隐藏在广大的人物、热情和事故里面的意义么？"[1]

如果说，小说等虚构文体需要通过人物形象、故事情节曲折委婉地表达作家的这种探因和意义，那么，对于非虚构作品而言，作家则完全可以以"非叙事性话语"的形式直言之、放谈之，以鲜明呈现其态度、情感和思想。在丁捷的非虚构作品中，这样的哲理反思可谓是弥漫性存在。譬如在《名流之流》的首篇"肥大时代的名流之流"当中，作者对于当下的所谓文化"名流"予以尖锐的反思："现在，十个名流走到你面前，你至少能叫出九个名字，但是怎么也说不出他们有什么创造。他们作为文化的生命力，绝对不会比塑料坚强，一段极短的时间就会在尘世的记忆间溶解掉。"[2]没有深厚的文化根基，名流只能是名利场的匆匆过客，除了捞取一点可怜的利益之外，与文化传承无关，于文化光大无益。在《追问》中，作者借口述者之口，表达出对于官员腐败及其后果的形象化认知："如果你没有走对路，你走得越远，离魔鬼就越近。魔鬼，总是在各种邪路、错路前面守

---

[1] 巴尔扎克：《"人间喜剧"前言》，载北京师范大学中文系外国文学教研组编《外国文学参考资料（十九世纪—二十世纪初部分）》（上），高等教育出版社，1958，第520－526页。

[2] 丁捷：《名流之流》，江苏人民出版社，2019，第4页。

株待兔。"文中八名落马官员几乎无一例外地在人生道路上遇见各式以朋友、哥们、兄弟为名拉其下水的"魔鬼",在自欺欺人、堂而皇之、贪婪无耻的"心魔"驱使之下栽倒。

同样是进行对现实的反思,《初心》与《追问》的呈现方式明显不同。这两部风格各异的作品,刚好形成某种互文。《初心》以个案阐释某种人生哲理,特别是有关社会精英阶层(主要是以官员为主体的政治精英)的"初心"内涵,"初心"失守的种种表现,以及对于这些失守的原因的分析和深究。作品里的"思之篇"就是对此的集中探讨和诊断。譬如在"诊断:欲沟混沌"一节里,丁捷详尽分析了由各种欲望所形成的"混沌"之象。在作者笔下,那些落马精英们的人生轨迹往往是这样的——由开初的积极向上、奋发有为,到中期的激情亢奋、傲娇,再到晚期的欲壑难填,终至堕落与邪恶。这种酷似抛物线型的人生轨迹,其内在的一切成因都在于其"欲"的越界,物欲成奢、情欲泛滥、权欲喷张。以昂贵商品刺激精神,显示自身价值,私宅堆满高档金银珠宝、手表、包包、服装等奢侈品的市政府女副秘书长,被横流的物欲冲昏头脑。亲情、友情、乡情和爱情本为人之常情,"情为人本、情为伦常、情为理应",芸芸众生"为情所生,为情所死",但一旦越界,将情推至极端,情就成为"非常情",有情变无情。因为女儿被商人利用牟利,廉洁勤恳的市委副书记晚节不保;被称为"有情有义"的交通厅长,一些朋友助成了他的事业,而另一些"朋友"则毁了他的人生;为"爱情"疯狂追求女明星终至落马的省部级干部;等等。都是如此。与"非常情"相关联的是,一些官员除却"升官发财"别无正常"雅趣",而仅剩下畸变的"怪癖"——痴迷赌桌掷万金、受贿囤钱数钱瘾、公章造假图"好玩"、暴打犯人为"出汗"。不仅初心丧失,更显示出人性之恶。在为官之道上,则是由"官欲"走向残存着封建意味的"官威",落入了利益控、江湖气和潜规则的俗套。这种种的"欲沟混沌",实际上正是人性弱点的当代呈现,或者说是一种转型时代的"精神病"。扩而广之，如果我们反躬自问，这种"病"其实并不为作品中列举的社会精英所独有，它或许附着在每个人身上，不过是或多或少、或轻或重、或隐或现而已。因为"每个人的内心都有着成熟与不成熟之间的冲突，有着责任心与不负责任的寻乐之间的冲突，有着冲动与控制、个人欲望与社会要求之间的冲突。这种个人内心的冲突会导致人与人之间的冲突。人与人之间难以沟通是个人内心难以沟通的副产品"①。在一些所谓社会精英那里，这种种冲突比相对更为隐忍和克制的一般大众更激进地表现出来，最终酿成人生的苦酒。

在《初心》的"化俗"一节里，作者将面子、儿子、市井市侩、小农意识、一人得道鸡犬升天、难得糊涂、时尚等存在于现实之中的"世俗"或"恶俗"传统文化理念逐一列举批判，并提出"以高雅之文，化低俗之念"的解决之道。应当说，作品里所列举的有一定级别的官员或有较多财富积累的商人，他们最基本的生存需要已经不是问题，但仍然铸成大错，其原因就在于"衣、食、住这些低等需要得到满足并不能保证一个人的发展。'……也许我们有必要在自我实现者的定义上再加一条，即他不仅①身体健康，②基本需要得到满足，③能积极地发挥能力，而且④忠实于一些他正在为之奋斗或摸索着的价值'"②。因此，从某种角度上讲，一个人的精神健康是自我实现的重要前提，有了这个前提，才能最终实现马克思所言的"人的自由全面发展"。

如果说，在《追问》《初心》和《名流之流》当中的哲理反思带有浓郁"批判现实"的色彩，那么，《约定》里这种无处不在的对于现实的态度，则更多体现出一种充满诗意的哲思，是以一个杏花春雨江南人的视角对广袤多姿西北边陲的深情观照和体味——"边疆三年，对我们一生的时

---

① 弗兰克·戈布尔：《第三思潮：马斯洛心理学》，吕明、陈红雯译，上海译文出版社，1987，第85页。

② 同上书，第69页。

光来说,是一场匆匆。但它狂热而急速,那么高效地熔化着我们,升华了我们。这是一段诗意的人生,它的境界因为艰辛而成就磅礴。三年边疆诗人,终身诗人边疆。此后身体回归到任何地方,灵魂也会常常回旋在诗情边疆。"① 即使是喝酒这件在新疆再平常不过的事情,作者的理解也是别具诗意哲思的——"在新疆,没有一个人是为了喝而喝,更不会醉了而不思清醒。当我们从酒的狂烈中挣脱出来、从水的放纵中漫游出来时,我们一定是进入一个情感与理性并重的境界。酒精是会挥发的,我们的生命也许就是这样随之升华了。"② 这样带有浓郁情感色彩的哲思与前述批判性哲思互为映照,暗喻出丁捷创作内核的理智与情感、浪漫与现实之双重变奏。

三、随心而至:跨文体写实的多元实践

有人认为,《追问》《初心》与《撕裂》构成丁捷的"问心三部曲",如果这种说法的出发点是基于三者所共有的"反腐"内蕴,那么,它是成立的。但如果是从文体角度认知,三者又体现出差异性。作为非虚构文学,《追问》主要是口述实录,《初心》则更倾向于随笔,而《撕裂》是典型的虚构文体——小说。作为创作者,丁捷大抵有些另类,他不太在意"文体"的规范或边界,而是随心而至,根据表现对象的不同进行文体选择。此这正如他自己所言:"我遵从自己的表达需要,性情所致,随时开启某一部灵感发生、冲动强烈的作品的创作。我也不太在乎体裁,只要有利于我这部作品抒发的特定需要,就可以了。……我大量阅读,但从不钻研文体,不研究写作技巧,更不刻意经营某种文体。"③ 而非虚构文学的一个显在特征就是其融合小说、诗歌、散文等文学文体或非文学文体的跨文体性。丁捷

---

① 丁捷:《约定》,北京联合出版公司,2019,第75页。
② 同上书,第33页。
③ 何晶:《丁捷:文学带给我的,是一种生命体验式的满足》,《文学报》2020年7月23日。

"随心而至"的文体选择理念与此不仅不谋而合，其所创作的非虚构作品也充分印证了这一点。

众所周知，丁捷是具有小说、诗歌、散文等多文体创作成就的全能型作家，但他在写作《追问》时却选择了比虚构更接地气的纪实文学形式展开其激情的写作，以期实现其对于现实问题的逼视和思忖——"我决定写一部作品，比《亢奋》更现实，更深入体制内人心、人情、人性的作品。在灵感出现的时候，它的寒冷和尖锐，使得我没法去想象除纪实文学之外的任何一种文体，可以驾驭它！是的，它必须是纪实的，文学的一切生动，都要为它血淋淋的真实所服务。"① 从这个选择可以看出，惯常于《依偎》那样书写青春灵魂的浪漫与奇幻的丁捷，其创作人格其实是混合的，即想象性、直觉性和激情性的浪漫气质与观念性、理智性、现实性气质的融合，即韦勒克和沃伦所言的"诗人"和"制造者"的融合，前者被他们界定为"自发性、着迷性、或预言性的"，而后者则是指"受过基本训练的、有熟练技巧的、有责任心的工艺型的作家"。② 在丁捷这里，这种融合是十分鲜明而有意味的——描述人心、人情和人性等具有强烈主观性的内容，使用的形式却是极写实的。原因就在于，文学的绚烂与生动只有在表现"血淋淋的真实"之时才显示出其意义与价值。从这一点上讲，作为创作主体的丁捷，在灵魂深处仍然是及物的、入世的、现实的，所有看上去很美的奇幻与浪漫，不过是这灵魂的伪装或者说是其灵魂的另一侧面。

从文本上看，丁捷的这几部作品以写实为主，混搭诗意、哲思、反讽等具有跨文体特性的文字风格。《追问》和《初心》倾向于严肃的写实，叙述简洁而素朴，如哲学家之高屋建瓴、外科医生之客观冷静。《追问》当中八个人物的口述，《初心》里描述的为面子造假的"网红"卢氏县委土坯

---

① 丁捷：《初心》，中共中央党校出版社，2018，第46页。
② 雷·韦勒克、奥·沃伦：《文学理论》，刘象愚等译，生活·读书·新知三联书店，1984，第80页。

房，父亲的两次"棍棒教育"，荣誉等身的"光荣墙"，与副县长老朋友的倾心交谈，古板而正直的好人校长，不问"济世"、只管"济己"的腐败师兄，等等，都是如此。《初心》的全文架构具有哲理意味，由对于"初心"概念凝聚着强烈自省情结的七个"自"的读解，写到违背"初心"的种种"欲沟混沌"的表现及其具"恶俗"性质的世俗文化，以及对"初心走失"内里的探究，最后以父亲为代表的"愚公移山"之言传身教和自己人生与创作的"一醉九醒"结束全文，一个倡导志存高远、知行合一的作品主题便横空而出。这其中"悟之篇"里对于"初心"和"人性"哲学思考尤为凸显。此正如拉法格所言："哲学是人的特点，是人的精神上的快乐。不发表哲学议论的作家只不过是个工匠而已。"①《约定》则趋于抒情式写实，叙述自始至终充满温情与浪漫，如诗人之歌吟、散文家之美文。譬如文中对挂职新疆伊犁生活——包括自己如何适应、融入全新生活环境，对哈萨克双语教师、大嫂、小姑娘、女干部、油画家、"援友"等人物细致入微的描述，"我爱你，伊犁的雪""大西沟""走过昭苏油菜花的漫想"等如散文诗一样抒情意味浓郁的文字等。《名流之流》更具反讽式写实，叙述幽默俏皮，亦悲亦喜，嬉笑怒骂，谈笑间挥斥方遒、指点江山。这其中不乏对于"服硬不服软"社会环境里出现的迎宾保安、派号员、企业门卫、非演技派女明星等"牛人"的描摹（《互牛模式》）；对一面慷慨陈词讨伐男人不专一，一面脚踏两只船搞"精神肉体双享受"女代表的讥讽（《先生声讨会》）；对"才俊出墙、鸡飞蛙跳"的陈博导、何师兄、孔管理员、女文员等一众能够"掀起食色味高潮"的大学怪相的讽喻（《大学里的新才俊》）；等等。

与小说等虚构写作形式相类似，非虚构写作也有诸如线性与非线性结构之别，前者主要着眼于再现某一被热切关注的现实事件进程或人物故事，

---

① 拉法格：《左拉的〈金钱〉》，载《拉法格文论集》，罗大冈译，人民文学出版社，1979，第157页。

而后者重在以某一个核心问题或形象为中心展开叙述。丁捷的非虚构作品大多属于后者。《追问》以八个人物个案的"口述"为结构,个案之间的人物与情节互不勾连,但共同以形象阐释"追问"主题;《名流之流》选择28个小故事,以剖析当下各路"名流"之伪精英的矫情、虚伪与荒诞的"时代病"。《初心》全书的六个部分,构成从宏观到微观、从反例到正向、从抽象到具体、从形而上到形而下的文本建构,将各色社会精英个案与自身家风身世勾连叙述,呈现出以"初心"为关键词的发散性思维和写作方式,其哲理性、现实性、反思性、真诚性不言而喻。

丁捷非虚构作品视角设置主要以第一人称"我"的主观视角为主,他的近作《初心》《约定》和《名流之流》莫不如此。即使是《追问》,在每章口述开始前或结束后多有写作者的一段叙述,或是对即将展开的对谈或对谈对象进行简要描述,或是写自己对对谈对象的印象与评价,或是记录二人对话,或是表达自己的感慨等,目的在于或营造一种令人身临其境的浓郁的现场感,或提示人物和事件的真实性,或强化对于读者阅读的引领等。这种并非"零度"态度的叙述,其实是以作者的主体意识为导向引领叙事。因为"非虚构作家也可以成为视角人物,带领读者经历故事"[①]。而这其中八个个案的口述也是以第一人称"我"的方式呈现,不同的"我"在文本中不断切换,形成具有复调意味的"众语喧哗"。这些"我"通过自己的口述,不仅显影出其极具"个性"的人生轨迹,也共同建构了腐败落马官员的"共性"形象。当然,"口述"的本质是回忆,其主观性不可避免。从另外一个意义上说,即使作者宣称必须"遵从讲述人的所谓逻辑",《追问》里的"口述"无疑也是带有至少是文字、结构加工与修饰的文学式表达。即使是如此,我们仍然对这样以第一人称呈现的"我"的回忆保持兴趣,因为"回忆固然并非总真实,我们却不得不认为我们的回忆是真实

---

① 杰克·哈特:《故事技巧:叙事性非虚构文学写作指南》,叶青、曾轶峰译,中国人民大学出版社,2012,第42页。

的，因为它们是我们赖以汲取经验和建立关系，尤其是赖以绘制自我认同图像的材料"①。或许可以这样说，以自己的声音记述自己的历史，正是"口述实录"的意义所在。当然，这一过程是由口述者和采访者（记录者）合力完成的。

"最终每一位作家都必须遵循自己感到最惬意的路径。对多数学习写作的人来说，这条路径就是非虚构写作。它使得人们能够写自己知道的事，或者自己能够观察或发现的事。"② 丁捷通过其随心而至的跨文体写实的多元实践，成就了自己以"最惬意的路径"开启"问心之旅"的文学道路。正如作者贯穿政商文教等多界身份一样，其包含小说、诗歌、散文、纪实等虚构与非虚构文体创作的丰富性，也将要或已经使得其文学道路趋向必然丰富而绚烂的多维时空。

---

① 阿莱达·阿斯曼:《回忆有多真实?》，载哈拉尔德·韦尔策编《社会记忆：历史、回忆、传承》，季斌、王立君、白锡堃译，北京大学出版社，2007，第57页。
② 威廉·津瑟:《写作法宝：非虚构写作指南》，朱源译，中国人民大学出版社，2013，第83页。

"现代化脚印"的文学纪实与思辨

在当代中国,特别是自20世纪90年代以来的30余年时间里,相比较小说作家的虚构,报告文学作家以非虚构的方式和勇者的姿态,直面社会现实并予以形象再现。毋庸置疑,杨黎光是这其中最为耀人眼目的重要作家之一。出生于20世纪50年代的杨黎光,1977年毕业于安徽大学中文系,1990年开始从事文学创作,著有长篇小说《走出迷津》《大混沌》《欲壑·天网》和《园青坊老宅》,以及中短篇小说、散文、报告文学、影视剧本、评论等。应该说,此时杨黎光的创作几乎遍及文学的主流文体,视野开阔、叙事多元、文采斐然。1992年,杨黎光赴深圳从事新闻工作,历任《深圳法制报》副刊部主任、深圳特区报业集团副总编辑、《深圳晚报》总编辑、深圳市新闻工作者协会主席等职。或许是由于新闻行业的任职经历,又或许是有感于中国改革开放最前沿的火热现实,杨黎光从此之后的创作便主要集中于与新闻有亲缘关系的文体——报告文学的创作上来,且一发而不可收,成就了其文学创作的高光时刻,成为中国跨世纪的代表性报告文学作家。近30年来，其创作的《伤心百合》《美丽的泡影》《没有家园的灵魂》《生死一线》《打捞失落的岁月》《惊天铁案——世纪大盗张子强伏法纪实》（以下简称《惊天铁案》）、《瘟疫，人类的影子》《中山路》《我们为什么不快乐》《大国商帮：承载近代中国转型之重的粤商群体》（以下简称《大国商帮》）、《横琴：对一个新三十年改革样本的五年观察与分析》和《家园：对现代化进程中"城市病"治理的思考》等长篇报告文学，影响广泛，蝉联三届鲁迅文学奖，以及徐迟报告文学奖、冰心散文奖等多个全国性重要文学奖项。

从20世纪90年代起步至21世纪初叶，杨黎光似乎对改革开放和市场经济最前沿的深圳经济特区及其都市生活情有独钟。从《没有家园的灵魂》开始，直至《美丽的泡影》《打捞失落的岁月》《伤心百合》和《惊天铁案》等，杨黎光在报告文学创作当中就力图"探讨当代人的精神追求，研究商品经济下人的行为异化"①。对于历经十余年改革开放并取得巨大成绩的深圳而言，这无疑是一个有别于特区书写"套路"的独辟蹊径的观照方式，也是一个在今天看来十分难得的具有现实价值和前瞻意义的方式。2009年，杨黎光出版了他的长篇报告文学《中山路》，从那时起，其报告文学写作又拓展到一个新的境地。这部作品与2016年出版的《横琴：对一个新三十年改革样本的五年观察与分析》和《大国商帮》、2018年出版的《家园：对现代化进程中"城市病"治理的思考》一起，构成由历史回望现实的四部"思辨"纪实之作。它们从不同的描述对象切入，着力于以艺术的方式探讨百年中国发展与复兴的现代化路径。这既有别于特区书写的"套路"，自然也是一个十分宏大的命题，充分彰显出作者担当历史使命、传承民族精神的自觉与自信。可以说，近30年来，杨黎光报告文学作品给予我们最为深刻的印象体现在以下几个方面。

---

① 杨黎光：《报告文学创作的宏观叙述与哲理思考》，载中国作家协会创作研究部编《报告文学艺术论》，作家出版社，2012，第118页。

一、敏锐的现实性和厚重的历史感

作为非虚构的报告文学,现实性与历史感不可或缺。以此标准衡量,杨黎光报告文学无疑有着敏锐的现实性和厚重的历史感。20世纪90年代至今,杨黎光为创作报告文学作品,以实际行动进行着这一文体写作所必备的田野调查。在亲身介入描述对象现场的基础上,获得第一手鲜活的素材,显示出报告文学作家对于事实真相和人物本真的不倦探寻。在《瘟疫,人类的影子》一书中,作者对伴随、侵害和困扰人类的瘟疫进行了深入细致的探究,这既是为"非典"溯源,也在更为深刻的层面上将"非典"、瘟疫与人类命运的复杂关系揭示出来。作者对于《没有家园的灵魂》里贪污受贿的官员王建业、《打捞失落的岁月》中腐败堕落的企业经理曾莉华、《伤心百合》中充溢着爱恨情仇的特区青年书怀与圆圆等人的生动再现,都表达出对于改革开放最前沿阵地"深圳"现实社会生活的独到与精到的观照。与廉价而盲目的颂歌不同,这是一种敏锐而深沉的现实关怀与人文关怀,是直面"惨淡人生"的勇气和智慧,是杨黎光作为一个关注现实、关注人心、关注焦点问题作家的人格品质呈现。

真实性是报告文学最为重要的文体规范之一,也是凸显这一文体新闻性特质的要素。杨黎光的报告文学大多以写人性的变异、心理的扭曲和灵魂的无归为重点,始终坚守报告文学创作的真实性原则。他在《没有家园的灵魂》中"将许多生活奇闻都略去,……我不做雕琢不去描绘,只求细致地把王建业特大受贿案的前前后后,把自己在采访中的真实感受,把一个'没有家园的灵魂'原原本本地展现给大家,相信读者会有自己的思考"①。因此,他笔下的王建业显得真实而自然。真实性对报告文学来说,并非一个抽象的,或高不可攀的或可随意拿捏的概念,它完全可以在有作

---

① 杨黎光:《没有家园的灵魂》,载《杨黎光文集》第4卷,中国文联出版公司,1999,第3页。

为的报告文学作家那里得到真实的实现。

紧密勾连现实与历史，呈现厚重的历史感与敏锐的现实性，无疑是杨黎光报告文学的显在特质。从题材上看，《中山路》和《大国商帮》似乎主要谈论的是历史问题，但实际上却融入了对于中国发展道路与现实选择的深层思考。《中山路》重点描述的是中国革命的先行者孙中山先生为推翻帝制、建立民主共和鞠躬尽瘁、死而后已的伟大胸襟与超凡胆略，以及继承孙先生遗志的中国共产党人致力于民族独立与复兴、探新路开新局建设现代化国家的历史史实。作品以遍及全国的180多条为纪念孙中山先生而命名的"中山路"为叙事对象，着力再现作者寻访北京、上海、南京、武汉、广州、中山等地的"中山路"轨迹。在开阔的视野之中，将百年中国的强国梦寻予以形象化的艺术再现。作品所述的"中山路"既是一个实体——地理与空间概念上的道路，更是一种喻体——它象征或隐喻着现代中国人的制度理想与社会文明。1925年，声称"革命尚未成功"的孙中山抱憾与世长辞，但"无论怎样，孙中山都不容置疑地改写了中国历史，并且为它的未来拟定了前进的方向，那就是一条又一条的'中山路'"[①]！作品每一章的题目中都有一个十分显明的年份标志，譬如第二章里标识鸦片战争的"1840"，第六章里标识孙中山就任临时大总统和共和政府成立的"1912"，第十一章里标识建设新中国的第一个"五年"的"1953"，第十二章里标识解放思想、改革开放的"1978"等。这些具有特别意味的年份，仿佛都在告知人们那些百年中国走向的"焦点时刻"。这些"焦点时刻"又显现出一种现实与历史的互融样态——历史表现出现实的某种气质，而现实似乎就是历史在今天的投影。《家园：对现代化进程中"城市病"治理的思考》通过对深圳市罗湖二线插花地棚户区改造工程的田野调查，力求阐释以近40年走完世界其他地区三四百年城市化进程的年轻之都如何倾力破解"城市病"这一世界难题。在大量个案的描述之后，作者总结道："当代'善治'

[①] 杨黎光：《中山路》，人民文学出版社，2009，第214页。

理论告诉我们,任何一项有助于促进区域整体发展进步与文明和谐的公共治理,总是努力追求共赢共享、各得其所的良好效果。越是在一个诉求多元的现代社会,越需要寻求共识。一个了解各方诉求、实现互利共赢的治理过程,是善政者的认识,也是善政者的智慧。"多元社会寻求共识,最终达成共赢,这正是杨黎光通过作品所告知我们破解"城市病"历史难题的一把钥匙。从更为深入的层面上讲,这也是现代人类社会和谐发展、科学发展、可持续发展的基本路径和方略。

二、强烈的反思意识和批判精神

报告文学这种文体从其诞生的时候开始,本质上就具有反思与批判的特质,它是"左翼的文体",是"危险的文学样式",这种"危险"来自于其"唱对台戏"的社会批判性,以及毫不妥协地批判逆历史潮流和反人类文明趋向的诸种症候。

阅读杨黎光的报告文学文本,我们可以真切地体会到其间所渗透着的强烈的文化反思和批判精神。这种反思与批判不是泛泛而论的"泛批判",而是有着作家自身显明的个性特点。

20世纪90年代至今,杨黎光在《没有家园的灵魂》《美丽的泡影》和《惊天铁案》等作品中,对王建业、温迎龙和张子强等反派人物的书写,已经进入到一个以反思人性迷失与异化的哲学层面,给人以醍醐灌顶般的深入思考。更为可贵的是,杨黎光通过对现实案件的真实描述,对人物个性做立体而非平面、多向度而非单向度的刻画,去除了脸谱化和简单化的俗套,使得反派人物的形象再现。从这个意义上说,杨黎光是20世纪90年代,甚至是20世纪中国现代报告文学产生以来,成功再现反派人物的代表性报告文学作家之一。

其实,就报告文学的文体本性而言,对人类社会发展中所出现的种种假恶丑现象做深入的反思与批判，是其应有之义。20世纪出现的《开麦拉之前的汪精卫》等就是其中的优秀之作。如果说，这部作品对反派人物的批判还仅止于漫画式讽喻或政治性描述的话，那么，杨黎光的《惊天铁案》则以其对非常态下人性迷失的严肃思考与描述，使得以批判和反思为核心品格的报告文学写作进入到了一个更哲理化，又更契合报告文学文体规范的新境界。而这也正是杨黎光及其作品有别于且高于同类题材报告文学的独特之处。应该说，杨黎光的成功，很大程度上并不仅仅在于他所掌握的写作对象，而更在于他的写作理念。在《惊天铁案》中，作者多次表白了以下这样一些观点。他说："作为一个作家，对人性的开掘，写出不同人物的命运和个性特征，让读者有更深的体会和理解，是我多年来在创作中的追求。""我写案件是借案件为载体，主要表现在计划经济向市场经济转型期人（主要是手中有权的人）的异化和欲望伸张后的悲剧。我认为，案件是一个极端的载体，在这种极端的载体中，人更为典型。我可以在这种载体和环境中去充分表现人性，去探讨人的灵魂归宿。"也正是在这样的写作理念支配下，作者为我们所展现的反派人物就在很大程度上避免了因漫画式或政治倾向性过强，而可能导致的妖魔化、简单化或浅薄化等问题。表现反派人物的人性变异过程，并传达出具有普遍性意义的人生警示，是杨黎光在这部作品中所要着力书写的核心内容。作品对"世纪大盗"张子强策划、组织和实施的多起绑架、抢劫、走私案进行了全面而细致的描绘，但其用意显然并不仅仅在于展示这些惊心动魄的事件过程，而在于通过这些与常规生活相悖谬的人生样态，深刻地揭示张子强这类人的病态人格生成与发展的内在轨迹和外在因由。透过人物和事件的林林总总，我们似能看到这样一个命题：在现代社会中，人应该如何看待财富，如何追求财富，如何实现人生的理想？显然，作者否定了张子强们反社会、反理性、反人道、反规则的财富追求方式和财富积累方式。这种否定也绝非脸谱化，相反，作者恰恰还活画出了张子强作为一个"犯罪天才"所具有的谙熟法律、不尚暴力以及高超的组织策划能力，甚至他的儿女情长。作者的动因或许在于，他力图通过再现一个真实且血肉丰满，而非被妖魔化或传奇化了的人物形象，来表达其对真实生活中人性变异的拷问、人性迷失的思索，以及人性悲剧的感叹，进而凸显与增强其反思与批判的力量。因此，与其说这部作品是对张子强个案的形象描述，不如说它是一部具有普泛意义的人生警示录——它是对当今普遍存在着的拜金主义、享乐主义和功利主义等灰色的社会风尚与人生追求的警醒，是对构建更理智、更均衡、更有利于塑造健康人性的现代社会的深刻祈求与呼唤。

如果说，20世纪90年代，杨黎光的报告文学大多致力于描述人物个案，尤其是反派人物个案，以此显示其反思意识与批判精神，那么，进入到21世纪以来，他的描述对象则从人物个案转向事件、问题、状态或群像，着力探讨和反思中国进入新的社会文明转型期之后的种种问题。在此，由关注以深圳为代表的特区的现实与人，到聚焦"非典"、抗洪等具全国性影响的重大事件，再到思考中国社会转型和现代化发展问题，杨黎光创作的视野更显广阔、探索更为深入、"思辨"日渐浓郁。2003年，作者写下了《瘟疫，人类的影子》，由"非典"这样一个影响全国的大事件反思人类与瘟疫之关系。18年后，在当下新型冠状病毒肺炎疫情蔓延肆虐全球的时候，杨黎光这本书里对"非典"及其与人类关系的认知似乎就具有了某种超前的预见性——"随着采访的深入，我发现，'非典'的出现与人类的进化和与瘟疫进行斗争的历史紧密相连。人类在不断地发展，致病源也在不断更新，新的传染病便不断地出现。……瘟疫是人类的影子，瘟疫和人类文明的发展交织共行，在与瘟疫进行斗争的进程中，人类没有太多乐观的资本。"① 2011年，杨黎光发表《我们为什么不快乐》，作品历数中国人"不快乐"的种种表现，反思当下中国人的精神症候，希望国人重拾快乐的能力。2016年之后出版的探索"中国道路"的"三部曲"则更为凸显作者对

---

① 杨黎光：《瘟疫，人类的影子》，人民文学出版社，2003，第327页。

中国现代化进程的深刻反思。与《中山路》的写作目标相近似,《大国商帮》也在思考中国近代以来的现代化发展道路。二者所再现的对象均为广东籍人士,但写作路径略有不同。《中山路》以一条具象与抽象相结合的道路,演绎中国现代化道路探索的先行者之足迹。在作品中,有一段描述作者站在北京铁狮子胡同街道上的所思所想,呈现出对于历史过往的无尽感慨:"2008年,当我徜徉在北京街头,那条铁狮子胡同,已经改名叫做张自忠路。在这条绿树成荫的旧式街道上,除了23号这个门牌之外,再也找不到孙中山行辕的任何痕迹。那两扇紧闭的朱漆大门前,两尊灰白色的石狮子静默而立,仿佛在守护着不愿被人惊扰的历史。这条街道的另一头,就是当年的段祺瑞执政府。我站在孙中山行辕门口,向不远处的段祺瑞执政府旧址望去,心里忍不住在想,在1925年的那些日子里,距离如此接近的两个人,却又是那样水火不容。他们都想主导中国的未来走向,却又是那样南辕北辙。"① 《大国商帮》则聚焦一个特殊的群体——粤商的浮沉。以广州十三行行商、广东买办、粤籍侨商为代表,包括吴健彰、刘丽川、徐润、唐廷枢、郑观应和马应彪等在内的著名粤商,按照作者的理解,这个群体不事张扬、低调行事,但却承受着近代中国的现代化转型之重,他们开拓进取、克勤克俭、吃苦耐劳、诚信守德,是"中国第一批睁开眼看世界的人",在中西方文明不断冲突、碰撞和融合的交汇点上,把握机遇、乘势而上,成为明清以来广东沿海对外贸易的商业先锋。作者对其的反思是独特的,甚至打破了我们的惯性思维。在作者看来,孙中山和辛亥革命出现的前提是粤商所创造的近代商业文明——"没有近代商业文明,没有粤商在对外开放中取得的前沿地位,中国不会出现孙中山这样的革命家,不会出现梁启超这样的思想家,甚至可能不会发生结束数千年皇权专制历史

---

① 杨黎光:《中山路》,人民文学出版社,2009,第215页。

的辛亥革命。"① 对这些粤商本来面目的还原，对其地位与价值的重新认定，都可以看作是作者勇于反思的结果，也是这部作品的独特意义和价值所在。《横琴：对一个新三十年改革样本的五年观察与分析》以国家级新区珠海横琴岛为田野调查、跟踪观察个案，历经五年，对横琴做出一个全方位的判断，获得对这一改革开放30年"样本"的基本结论。譬如它的"领导干部家庭财产申报公示制度"试点地区，创设全国首个"廉政办"的制度革新；"新家园"搬迁居民安置房项目，城市地下综合管沟建设所代表的"城市的良心底线"；承接澳门产业资源，促进澳门经济多元化发展的城市开发；由"物本"走向"人本"的改革目标；等等。这部作品最为突出的反思意识表现在作者对于自发改革与授权改革之利弊的探讨。横琴新区的各项举措不是当年深圳那样"摸着石头过河"，而是为中央全面深化改革"探路"，是顶层设计与"摸着石头过河"的结合。作者认为横琴这种中央"授权"式改革的影响力很难与当年中央放手地方主导的深圳蛇口相提并论。因此，横琴"在改革疆域的自我厘定上，其实也没有如外界所想象的那么自由、自主"②，这直接导致了横琴对上级部门顶层设计的过分依赖。作者给出的思考就是，希望横琴在完成中央、省、市级领导交付的改革任务之外，结合自身特点，自主拓展更多改革领域。这无疑显示出一个报告文学作家的反思力度和思想高度。

三、持续的探索意识和超越勇气

报告文学是"艺术的文告"。当代报告文学作家中艺术探索意识和艺术表现能力比较强的，杨黎光是其中之一。纵观其30余年的创作，可以说，

---

① 杨黎光：《人国商帮：承载近代中国转型之重的粤商群体》，广东人民出版社，2016，第10页。
② 杨黎光：《横琴：对一个新三十年改革样本的五年观察与分析》，广东人民出版社，2016，第241页。

杨黎光不满足于自己已有的表现方式，总是在力求探索新路、超越自己、完善自己。此所谓好作品"永远在路上""最好的是下一部"。

相比较而言，在当代报告文学作家里，杨黎光作品的可读性十分显明，这与他很好地领悟了报告文学本性中的一个重要元素——跨文体性有着密切关联。作者充分发挥其擅长小说创作的优势，在诸多作品中注意结构故事，运用悬念手法，将报告文学的叙事推向最大的可能性。另外，诗的句式和节奏、散文的境界、影视蒙太奇的"拿来"，也使其文本平添了简洁、明快和美意。若从艺术性角度观之，他的人物型报告文学《惊天铁案》和《没有家园的灵魂》，事件型报告文学《瘟疫，人类的影子》和《生死一线》可以成为其中的典型代表。写人性的变异、写心理的扭曲、写灵魂的无归，是杨黎光报告文学的亮点所在。令人钦佩的是，这些亮点并非如时下一些报告文学那样成为主观想象、任意拼接和夸大其词的畸形产物，而是严格遵循报告文学的非虚构性这一核心文体规范的坚实之果。譬如在《惊天铁案》中，作者多次强调其写作的原则。他说："我在报告文学写作中，有一个原则，即尽可能多地得到第一手资料，尽可能地到每一个事件的第一现场，以真切的、新鲜的、具体的亲手采摘到的素材，使作品真实准确。因此，尽管关于张子强的材料非常多，张子强团伙的案卷、供词、旁证材料我看得非常多，很充分，但我仍然坚持要到香港实地采访。"这番话其实正抓住了报告文学写作的要害与精髓，在作品中它得到了深入的贯彻与强化。具体表现为：第一，注重田野调查，即对事件的发生或人物活动的现场做亲历亲为的考察，以获得现场感和真实性；第二，叙述事件过程、记录人物对话以当事人的口述或口供为依据，不做任意叙述，即使叙述以第三人称出现，也是对人物口述或口供的转述；第三，除去叙述者在讲述中使用的用以解析、抒发或连接情节、人物活动的文字外，对人物的心理描述和肖像、行动描述大多通过观看录像或现场直击进行，不做以主观想象为核心的虚构性表现或加入众多形容词的过分渲染；第四，通过对案卷的详细研读和对事发现场的深入考证，纠正以讹传讹的传媒报道或社会流言，在证伪和甄别中显示出真实的力量。恪守报告文学的文体规范和写作原则，并没有降低《惊天铁案》的可读性或减弱它的艺术性。相反，杨黎光充分发挥其长于小说技法的优势，在作品中运用小说的结构方式和悬念手法，将"铁案"的复杂性和惊险性演绎得淋漓尽致，获得了良好的艺术效果。

以文学的名义彰显国家的伟力与精神

作为一名钟情于报告文学的跨世纪作家,何建明的写作风格清晰而独特。21世纪以来,他创作了《根本利益》《永远的红树林》《部长与国家》《国家行动》《我的天堂》《破天荒》《忠诚与背叛》《三牛风波》等报告文学。以报告文学的形式构建当代中国的国家形象,以文学的名义彰显中华民族的伟力与精神,正是何建明创作的显在标志。其独具特色的"国家叙述"声名远播,成为21世纪传播中国形象的标志性报告文学文本。近期,何建明发表了他的最新作品《国家——2011·中国外交史上的空前行动》(以下简称《国家》)。这部长篇报告文学既保持着其一以贯之的文本特质,又显示出别样的风姿。它是对当下中国具有国际影响的重大事件的深度追踪和全景勾画,它还以出色的文学性表达凸显出报告文学作为"艺术文告"的文体本质。

《国家》聚焦的是2011年中国政府采取"国家一级响应"的空前的外交行动——历时12天,从处于战争动乱中的北非国家利比亚撤离3万余名中国公民,使他们转危为安,顺利返回祖国。这是史上最大规模的海外撤侨行动。作品以细腻的笔触和激情的话语,再现了这一具有国际影响的重要事件,并以事实形象地诠释了"国家"和"人民"的意义——"如果离开了自己的国家,你还会有什么?如果没有了自己的人民,国能是什么样?"作者在"题记"中写下的这句话,可谓是全文的文眼,它最好不过地描绘了国家与人民唇齿相依、血肉相连、命运相牵的紧密关系。而这样的描绘,正是何建明以传播当代中国国家形象为特色的"国家叙述"的具体体现。何建明说:"像《国家》这样记录国家重大事件的大题材,必须具有'国家叙述'意识和艺术创作的境界。"① 在此,我理解作家的"国家叙述"应当包含两个方面:一方面指文本叙说的对象,那些涉及具有全国性或全球性影响或意义的事件与人物,以及体现中国特色社会主义制度、践行社会主义核心价值体系的重要典型等,都可以列入此范围;另一方面,"国家叙述"指叙述方式,即全景式、多角度、多层次的高屋建瓴式描述,以及在这种描述之中所显示出来的具有宣示国家形象和精神的文学气势与民族风格。"国家叙述"的向度不是唯一的,而是多元的,不是平面的,而是立体的。应当说,何建明的许多作品都具有"国家叙述"的气质,而《国家》则可称得上是其中最为鲜明地体现这一气质的作品。这不仅体现在它的题材重大与主题厚重,也生动地表现在作品中时时处处浸润着的以"国旗""国歌"为标志物的、对国与民关系的深情描绘:

大路上,这群失散的中国工人兴高采烈地走向拉斯杰迪尔口岸。三公里的路途上,他们一直高唱着国歌。

这可以成为经典的一幕。

这是中国人在异国他乡证明自己身份的经典一幕。

……

"国旗!"

---

① 何建明:《〈国家〉让我为国家骄傲》,《文艺报》2012年11月2日。

"我们的国旗!"

当李玥等人抬头仰视风中猎猎飘扬的国旗并为之陶醉时,突然身后响起一阵高过一阵的欢呼声。他们回头一看:成百上千的同胞们如醉如痴地朝国旗这边奔跑过来,同胞们一边奔跑,一边欢呼……李玥说,其情其景,让他热泪盈眶,非常感动。

这样的描述,是对当代中国国家与人民情感相依、命运相连现实的生动凸显,它从文学的角度印证了中国政府"以人为本""执政为民"的治国理念,印证了胡锦涛总书记在中共十八大报告中所反复强调的执政党理念——"任何时候都要把人民利益放在第一位,始终与人民心连心、同呼吸、共命运,始终依靠人民推动历史前进。"

进一步说,"国家叙述"其实也正是作为"时代文体"的报告文学在逼近现实、思考现实和书写现实时的必然选择。因为,可以毫不夸张地说,在文学大家族中,报告文学对于现实的依存度、切近度、敏感度和反应度,无疑是最高的。如果报告文学没有或者弱化了这种叙述,那么,这种文体的存在价值就将大打折扣。因此,面对21世纪中国的崛起和复兴,凡是有大志、有担当、有理想的报告文学作家,都不应该忽视或者漠视"国家叙述",而应当像何建明那样努力探索之、积极实践之、勇于创新之,以光大报告文学的传统、扩张报告文学的影响、凝聚报告文学的力量。

何建明在呈现其"国家叙述"的时候,有着十分清晰和清醒的艺术营构策略。他努力使自己的每一部作品在艺术传达上各显千秋。在谈到《国家》的写作时,他说:"而要完成一部具有这种高度的'国家叙述'作品,是特别需要驾驭能力、思想高度、情节细腻、叙述生动、人物丰满、结构紧凑、景情如舞台或影视剧那样精彩等内在的艺术要求。'国家叙述'绝非是生硬、简单、死板的'高、大、全'。人物和故事必须是整篇叙述作品的核心,思想和主题一定是在栩栩如生的人物形象和扣人心弦的故事中呈现。

紧凑而合理的结构则是实现'国家叙述'的高度与整个作品的梁柱,语言与情节显然是依傍在这些宏梁伟柱之间的砖瓦和混凝土。"① 我觉得这段话已经十分清楚地表明了《国家》在艺术传达上的特点和成功之处。作者所讲的"思想高度""叙述生动""结构紧凑""人物丰满""扣人心弦"等,在作品中得到了真正的体现。文学性的强化使《国家》精彩纷呈,将抽象意义的"国家""人民"等概念付诸动人心魄的审美传达中,令人感叹万分、回味无穷。

在我看来,《国家》在艺术传达上的特出之处主要表现在结构、人物、细节与场面、语言等方面。在结构上,作家将时空交错、头绪复杂的事件进程处理得井井有条,详略得当。在全景式、多方位、多层次描述的同时,以外交部派出的三个特别行动小组的活动贯穿整个情节,重点描述了我方人员在班加西、利突边境、米苏拉塔和塞卜哈等四个关键地点的撤侨行动,以点带面地写出了通过海陆空三路救援的路径。作品的许多章节扣人心弦、引人入胜,堪比惊险小说。譬如"利突边境,上演万人方队……"里行动小组组长费明星机智勇敢率众突围过境;"女将挺身独行打通拉斯杰迪尔通道"里中资公司女员工高晓林为使同胞安全撤离,舌战群雄,以泪水感化边境军警;等等。作品以黄屏司长领受撤侨任务开始,又以任务完成后黄屏准备投入到新的战斗结束,在首尾呼应的同时,巧妙地设置了这样一个带有悬念感的开放式结局,令人期待和回味。结构安排的精心与巧妙,使得作品的情节线索多而不乱、丝丝入扣,为这部以再现事件为主的全景式作品增添了光彩。尽管全景式作品不以再现人物为主,但出色的人物形象的表现一定会为作品的成功加分。《国家》在这一点上也有着可圈可点之处。这部作品描写的人物众多,从国务委员、外交部部长、大使直至各级外交官,国务院国有资产监督管理委员会各级干部,驻利中资机构职工,利比亚等国外交官、船长、机长、军警,等等,均有涉及。其中重点表现

---

① 何建明:《〈国家〉让我为国家骄傲》,《文艺报》2012年11月2日。

的人物数十位,如黄屏、宋涛、费明星、陈夏兴、高晓林、李玥、沈健、贠亮、李春林、李方惠、黄振宇等。作品将这些人物置身于突发的紧急事件当中,通过语言与动作等描写,生动刻画出人物的精神风貌和性格特点,突出表现我方外交人员和中资机构人员爱国、勇敢、坚韧、忠诚、执着、善良的可贵品质,给人留下难以忘怀的印象。不同于一些报告文学采取"流水账"式对待事件的叙述,或者粗线条地"见事不见人",《国家》自始至终充盈着许多精彩细节和场面,这不仅对人物的表现起到关键作用,也使全文的结构焕发精神,充满灵动之感。由叙事话语和非叙事性话语所组构的《国家》的语言,晓畅而明晰,寓意深刻,充满激情。其中,作品里大量非叙事性话语的运用,既是作家对所叙事件或人物的解释,也成为作家观念和情感的表达通道。在《国家》里,作家并不回避甚至是比较高调地传递这种表达所具有的鲜明倾向性——

> 可是有一点连我们的敌对势力都不得不放下高傲的姿态并彻底认输,那就是中国的社会主义制度在关键时候,尤其是做大事、干大事,做成大事、干成大事方面,没有哪国可以匹敌。
>
> ……
>
> 社会主义国家的制度和体制得到证明,它属于人民,它为人民的根本利益谋福祉。利比亚大撤离再次证明了这一点。

此外,日记、博客、口述、记者文章等多种文本的加入,使《国家》在文本建构上更具包容性、开放性和丰富性。其优势在于能够多维度地展开事件叙述,强化作品作为非虚构文本的亲历性和现场感,使读者在富于张力的时空架构中,体验和把握作品的丰富内涵与文体魅力。

纪实文学的非虚构叙事及其主体诉求

与小说等虚构文学相对应,纪实文学或曰非虚构文学,也是文学族群中不可忽视的重要的一支。它们有别于历史和新闻,有时又呈现出"跨类性",因而有着独特的文体美学风貌。此诚如韦勒克和沃伦所言:"我们还必须承认有些文学,诸如杂文、传记等类过渡的形式和某些更多运用修辞手段的文字也是文学。"① 非虚构性、文化反思性和跨文体性共同构成纪实文学的基本写作伦理。这其中,以田野调查性、新闻性和文献性等元素,构筑了此类文体有别于虚构文体的"非虚构性";以充分表达作家主体诉求的、侧重于反思与批判的思想、情感或文化观念,构筑了此类文体的"文化反思性";以融合多种文学或非文学因素的艺术表现方式,构筑了此类文体的"跨文体性"。如果说,"跨文体性"并非纪实文学所独有,其他文体或隐或现也有存在,那么,"非虚构性"以及以非叙事性话语或曰人格化叙

---

① 雷·韦勒克、奥·沃伦:《文学理论》,刘象愚等译,生活·读书·新知三联书店,1984,第13页。

述为代表的"文化反思性"则能够比较显明地标注其文体的独特存在价值。因此,是否具有此"三性"、是否能将此"三性"融合贯通为一体,正是检验纪实文学文本纯正与否的基本标准,而以此标准衡量有着百余年历史的中国现当代纪实文学,尽管泥沙俱下、鱼龙混杂,但也不乏可圈可点的经典之作,近期读到的章剑华先生所撰"故宫三部曲"可为此做一个有力的佐证。

从某种意义上讲,故宫是一首"凝固"的中华史诗。无论是作为中华文化和中国精神的物质载体,还是作为中国人对于中国历史的集体记忆,故宫无疑都是最具标志性的。黑格尔说:"史诗就是一个民族的'传奇故事','书'或'圣经'。"① 迄今为止,一些历史文献没有忽视这样一个举足轻重的重要存在,但有关故宫的文艺性表达并不多见,从文学角度看,这不能不说是一个遗憾。值得欣慰的是,历经近10年时间,章剑华写出由《变局》《承载》和《守望》等三部长篇纪实组成的"故宫三部曲"。② 在近80万字的篇幅中,作品以文学纪实的方式,全景式演绎出故宫博物院90年的前世与今生。三部曲还以辛亥革命、抗日战争和新中国成立等近现代中国三个重大转折时间节点作为叙述的视角,在纵横捭阖之间,不仅形象地描绘了故宫的沧桑巨变,更由此透射出近百年中国从积贫积弱、内外交困,到自立自强、走向复兴的伟大历程。

一、田野调查:纪实文学写作的前提与基础

与小说等虚构文体有所不同的是,纪实文学具有显在的非虚构性特征,而支撑这种特征的是其田野调查性、新闻性和文献性。对纪实文学而言,

---

① 黑格尔:《美学》第三卷下册,朱光潜译,商务印书馆,1981,第108页。
② 章剑华所著《变局》《承载》和《守望》三部长篇纪实文学构成"故宫三部曲"系列,由人民文学出版社于2015年出版。

走出书斋，获取鲜活的第一手资料的田野调查无疑是至关重要的，它甚至可以说是这一文类写作的前提和基础。凡古今优秀的纪实文学作品，在此方面都堪称典范，"故宫三部曲"亦是如此。面对故宫这样一个具有600年历史的世界文化遗产、一个博大精深的史诗般的真实存在，任何虚构都不足以凸显其重要的历史价值和现实意义。章剑华深谙此中的道理，以纪实方式对北京紫禁城由皇宫演变为故宫博物院，直至形成海峡两岸"一宫两院"格局的历史进程予以清晰而生动的客观呈现，在彰显纪实文学的非虚构性上下足了功夫。作者十分注重对于故宫博物院历史演变进程的田野调查。譬如他在写作《承载》的过程中，不仅搜集大量的文字资料，还"向故宫博物院、南京博物院院长请教，采访当年参与故宫文物外迁的老人，与老一辈的故宫人的后代进行交流；利用出差的机会走访了北京故宫博物院、台北故宫博物院，以及当年故宫文物外迁的部分路线和贮存地；多次到朝天宫库房查看当年的南迁文物和原有的包装箱等"①。这样亲力亲为的零距离采访、交流、问询和查看，在获取具有原生态意义的多样化资讯的同时，也营造出一种能够返回真实历史情境的"现象场"。这正如弗里德伦德尔在谈到历史叙述时所说："只有兼顾幸存者的声音，才能确保历史叙述的客观性。因为这样的历史叙述把两种真实性结合在一起了：历史报告的科学的真实性和幸存者回忆的偶然的真实性。"② 从这个意义上讲，田野调查使"故宫三部曲"的"非虚构"特性得以保障和凸显。

除却田野调查之外，新闻性和文献性要素也深入地体现在三部曲中。三部作品的出版恰逢故宫博物院成立90周年、中国人民抗日战争暨世界反法西斯战争胜利70周年，且描述的对象又具有重要的现实意义，其新闻价值不言而喻。而作者立志于将三部曲写成文学版"故宫通史"和"故宫观

---

① 章剑华：《守望》，人民文学出版社，2015，第318页。
② 转引自詹姆斯·E. 扬：《在历史与回忆之间》，载哈拉尔德·韦尔策编《社会记忆：历史、回忆、传承》，季斌、王立君、白锡堃译，北京大学出版社，2007，第23页。

止"，力图使之成为可传承的历史性文本的努力，也增添了其文献价值。就文献意义而言，三部曲在所有以故宫为对象的叙述文字中独树一帜。这一方面因为它是文学化的历史表达，而非纯粹的历史叙述；另一方面，也是在于它的题材选择的重要性，以及对象的唯一和叙述角度多元的紧密结合。众所周知，相比起虚构文体，纪实文学对于题材的依存度往往比较高。"故宫三部曲"将故宫博物院90年风雨历程作为题材选择，无疑获得了一个高分。更为重要的是，作者在对象唯一、题材明确的基础上，精心构筑了各有侧重的叙述点，使纷繁复杂归于纲举目张，于线索交织缠绕之中见高屋建瓴之巧。三部曲之一的《变局》重在讲述紫禁城转变为博物院的复杂历程，凸显一个由帝制到共和、由专制到民主、由传统到现代的"变"字；《承载》重在叙述抗战时期中国知识分子力挽狂澜于既倒，将故宫文物"国宝南迁"的历史壮举，凸显一个在面临外族入侵、国破家亡的危急时刻，捍卫民族文化根基与血脉的"承"字；《守望》则重在书写"一宫两院"的格局之下，人物与文物的离合与悲欢，凸显一个期盼两岸和平统一的"望"字。"变""承""望"三字，以故宫博物院为中心，将激荡百年的近现代中国如画卷般展现在世人面前。《变局》全书23章，着力于"变"，详尽叙述了中国最后一个帝制的覆灭，末代皇帝溥仪被逐出紫禁城，皇宫变故宫博物院的惊心动魄之历程。它活画出封建与反封建、革命与反革命、复辟与反复辟的你死我活之战——"从皇宫到故宫，没有距离，却又是何等漫长的历程！多少人在这一历程中作出了何等的奋斗和牺牲啊！"《承载》聚焦的是"承"，写故宫万件文物的万里大迁徙，以世界战争史上规模最大的文物迁移，从一个侧面来展现中国文化战线上历时十余年的抗日战争，形象地诠释"文化抗日"的深刻内涵，表现出作者对于抗战题材文学创作的独具慧眼和标新立异。故宫以及故宫文物具有非凡的价值与意义，正如书中人物——故宫博物院总务处长俞同济所言："它们积淀了深厚的文化底蕴和文化内涵，是中华民族劳动和智慧的结晶，是物化了的中国社会发展史,是华夏子孙赖以生存的根和魂,其价值无可估量。"① 因此,保护、守护故宫文物,就是保护和传承作为国之命脉的中华文化遗产,就是在恪守民族尊严、延续民族之根,避免亡国灭种的悲剧发生。《守望》叙述的是两岸分离所带来的"一宫两院"格局,以及在此格局之下曾经的故宫博物院知名人物的离合与悲欢。又通过详尽描述分别收藏于"一宫两院"的书法、绘画、青铜器、历史文献等"镇院之宝",表达两岸和平统一、亲朋好友团聚、文物完美合璧的深情愿景。因此,其重点在期望、盼望、渴望之"望"。在作者如此严丝合缝的安排下,"故宫三部曲"既呈现出再现对象的唯一性和确指性,也表现出鲜明的时代性,使题材充满张力,为后世留存认知的广袤空间。这正应和了梁启超在谈到治史时所言:"历史的事实若泛泛看去,觉得很散漫,一件件的摆着,没有甚么关系。但眼光锐敏的历史家,把历史过去的事实看成为史迹的集团,彼此便相互联络了。"②

二、文化反思:"人格化叙述"的鲜明表征

如果说,"非虚构性"是对纪实文学真实客观再现现实世界法则的奠定,那么,"文化反思性"则是给予其写作主体的基本要求。纪实文学作家并非"有闻必录"的记录员,或复印机和麦克风,只能复制或成为传声筒。在强调非虚构性的同时,纪实文学仍然需要表现出作家侧重于反思与批判的思想、情感或文化观念的独具特色的主体诉求,即作家可以出现在作品中,"去发现、质疑、品味、探索、观察、交流、好奇,最重要的是思考"③。作家"出场"的方式,主要通过文本所设置的非叙事性话语表现出来。这种话语类似于布斯等人所称的"人格化叙述"——"人格化叙述是

---

① 章剑华:《承载》,人民文学出版社,2015,第10-11页。
② 梁启超:《中国历史研究法》,上海古籍出版社,1998,第174页。
③ 雪莉·艾利斯编《开始写吧!——非虚构文学创作》,刁克利译校,中国人民大学出版社,2011,第77页。

指作者或叙述人经常介入故事，在故事叙述中直接现身说法的叙述方法"①。这一点与小说等虚构文体隐蔽作者及其观点的做法有着重要差异。因此，优秀的纪实文学作家首先一定是一个善于独立思考的思想家。"故宫三部曲"对这一点的体现也是十分鲜明的。

"故宫三部曲"所展现的作者的主体诉求，集中体现在其文化担当意识和历史责任意识等方面。这种文化担当和历史责任意识鲜明地映现在作者的写作动机之中。与当下一些纪实文学的"命题写作"或"邀约写作"不同，"故宫三部曲"的写作完全是出自作者的有感而发和自觉主动。该著的"后记"中即有这样一些文字：有感于目前对于抗战时期故宫文物外迁历史反映的零星和片断，抑或"重物不重人"，甚至因两岸分离导致故宫人不愿提及这些话题等原因，作者决意要将这段"绝不亚于战场上的拼杀与流血"的历史"全景式地展现出来"，"我脑海里闪过这样一个念头，甚至突然间产生了一种冲动。我是想干就干、说干就干的那种人，于是立即动手，搜集了大量有关资料，进行深入研究"。② 在写作《承载》的过程中，作者又进一步发掘出这段历史的前端和后端，即"皇宫是怎样变成故宫的？""'一宫'是怎样变成'两院'的？"。"于是，我决定写一部'故宫通史'，从故宫博物院的成立一直写到现在。"③ 由决意展现一段历史的写作动力，转化成演绎一部"通史"的写作行为，如果没有强烈的文化担当和历史责任意识，作者不可能如此这般"刨根问底"、穷追不舍。这无疑是一种去功利有情怀的写作、一种担大义有风骨的写作、一种为民族甚至为人类的写作，它立足于弘扬中华民族精神，以还原历史的方式凸显历史发展的正能量，不仅十分契合非虚构创作的实质，也使"故宫三部曲"在立意上具有了历史的深度和史诗的气度。

---

① 陶东风：《文体演变及其文化意味》，云南人民出版社，1994，第189页。
② 章剑华：《守望》，人民文学出版社，2015，第318页。
③ 同上书，第319页。

作者的文化担当和历史责任意识更多地体现在"故宫三部曲"中大量使用的非叙事性话语之中。这些话语既有自身态度和观念的表达、情感的抒发、对所描述的人和事的评价，也有对读者阅读的引领和推动。如《变局》中作者不仅指出皇宫变博物院的意义——"将昔日帝王的宫苑禁地变为普通百姓可以参观的场所，将几百年来仅供皇帝享用的珍宝文物变为全民族的共有财富。这是辛亥革命之后的又一重大胜利，也是我国文化史上的伟大创举和丰功伟绩"[1]，同时也对"变局"予以深刻的点题——"这是中国历史上从未发生过的变局，这是一次翻天覆地的变局，这是一次对中国历史和中国将来产生重大而深远意义的变局"[2]。此语告诉人们，将象征昔日皇权的建筑物改变成为人民共享的场所，绝不仅仅是所有权和使用权的更替，由封建文化到现代文化的变革才是其实质所在。在《守望》里，为引领读者的认知，作者谈到典籍的意义："古代典籍是承载古代历史和中华文明的'郑和宝船'，它的内容、形态和语言是一个时代的历史和文明的真实写照，是一个民族传承历史文化的最主要的载体，能激起人们探秘寻宝的强烈冲动。"[3] 李石曾是《变局》中所再现的核心人物，他孜孜以求于故宫博物院的筹建。作为一个举足轻重的"历史人物"，作者对其在推进故宫博物院建设过程中的作用发出了这样的感慨："历史的发展，总会在某个时刻出现某个拐点。历史人物的作用，就是在历史和社会发展进程中捕捉到积极的信息，进而迅速行动，起到'顺势而为'的作用。不论其主观的出发点是什么，但只要顺应了历史发展的总趋势和社会潮流，就能成为历史人物乃至历史伟人，反之就是历史的罪人。"[4] 这段话凸显出作者对于"顺势而为"的历史责任意识的赞赏与推崇。

这样一些非叙事性话语淋漓尽致地展现了封建王朝的"复辟之梦"与

---

[1] 章剑华：《变局》，人民文学出版社，2015，第332页。
[2] 同上书，第326页。
[3] 章剑华：《守望》，人民文学出版社，2015，第256页。
[4] 章剑华：《变局》，人民文学出版社，2015，第319页。

革命者的"共和之梦"之间的浴血博弈，表达出以故宫博物院为代表的新的社会形态、制度、文明之来之不易。在深刻揭示中国现代社会和文化走向的必然逻辑的同时，这些话语还以生动的事实呈现告诉人们：历史潮流浩浩荡荡，顺之则昌，逆之则亡。作者的这种文化担当意识和历史责任意识不仅是"为历史存正气，为世人弘美德"的自身质素之体现，更应和着当下"没有中华文化繁荣兴盛，就没有中华民族伟大复兴"的社会需求和历史趋势。

三、经验故事的文学化演绎

纪实文学是对历史或现实的书写，但我们并不能因此将其完全等同于历史，准确地说，它是对历史的文学化表述，是一种力求生动的非虚构叙事。从艺术表现上观之，这样一种叙事具有比较显明的跨文体性，即借鉴小说、散文、诗歌、戏剧和影视等文学文体，甚至新闻、史料、书信等非文学文体的表现方法，形成兼容并包的交叉性文体的本质，这也是纪实文学成为一种特殊意味"文学"的基本规范。

在"故宫三部曲"中，除却叙述性文字外，新闻和文物照片、诗歌、书信、人物生平简介等渗入其间，形成图文并茂、虚实相间的互文效应。"为了避免过去记述中'见物不见人'的情况，文中有一些还原、想象和虚构的内容"，"但我尽量依据真实的史料，力图做到主要事实、主要情节、主要人物的真实性"。[①] 作者在该著"后记"中所说的这段话表明，在摹写和再现现实世界而非想象世界的"经验的故事"写作中，确保主要事实、情节和人物的真实，是一个基本伦理。为求得叙述的完整性和生动性，作者运用了联想或再造想象等手法，用以塑造人物、组构细节、营造场面，此为"大事不虚、小事不拘"，类似传统演义小说的某种笔法，注重历史现

---

① 章剑华：《守望》，人民文学出版社，2015，第319页。

场的还原、人物言行的刻画、细节和场面的表现,富于传奇性和可读性。"社会契约不给纪实文学以虚构——造假的权力与自由,却不要求它的描述与现实完全一致,达到'无差别境界',而给它以虚构以外的表现与创造的艺术自由,包括某些不可或缺的合理想象。"①

从结构上说,"故宫三部曲"体现出时空大跨越的叙事特质。它的时间跨度长达百余年,即从1911年的武昌起义写到2013年两岸故宫院长的互访;其空间跨度涵盖中国和英国等国家和地区。对此,作者并非空泛叙事,而是力求宏微相间,将时代风云融入具体的历史场景中进行表现。当然,他始终未离开一条红线,就是故宫博物院的酝酿、诞生、发展,"一宫两院"的分离和守望,形成既有结构的主脉贯穿,也有叙述的枝叶相辅相成的丰富性。"故宫三部曲"所再现的内容各有不同,但基本都是按照事件发生发展的顺序进行结构,此在《变局》和《承载》两部作品中尤为明显。《变局》讲述故宫博物院诞生的全过程。时间自1911年辛亥革命武昌起义开始,直至1930年故宫博物院在"变局"中绝处逢生、艰难前行。这其中,孙中山就任临时大总统、清帝退位、袁世凯专权复辟、冯玉祥政变、溥仪被逐出紫禁城等影响现代中国的重大事件得到生动再现。在血雨腥风、两军对垒、反复较量的格局中,以李石曾为代表的有识之士和革命者将筹办博物院作为推翻帝制、宣示共和、更新文明的试金石,不遗余力、不畏风险、不怕牺牲,最终取得了成功。《承载》基本按照故宫文物南迁与西迁的始末顺序结构全篇,即从1931年"九一八"事变直至1950年新中国成立之初。作品写到南迁计划的酝酿、争议、冲突、成行,几经周折,途经上海、南京、长沙、重庆、贵阳、汉中等地,在中国西南部的安顺、乐山和峨眉山等地安顿下来,抗战结束,又重新东迁至南京,最终回到故宫。将过去有关文物南迁的零星叙述转换成全景式的系统展现,将"重物不重人"的记录变成形象化的书写。在时间跨度为十余年,空间涉及中国的北

---

① 马振方:《在历史与虚构之间》,北京大学出版社,2006,第165-166页。

部、南部和西部的大时空叙事中,作品对事件采取了双线并置叙述的方式,即将保护迁移文物的中方的行动,与欲抢、偷、夺文物的日方行动相互交错叙述。既是真实再现历史原貌,也使叙述波澜起伏、张弛有度。《守望》采用时空交错式结构,以1949年新中国成立为时间起点,直至2013年两岸故宫院长在北京与台北之间的互访。既有叙写海峡两岸"一宫两院"的人物在新中国成立之后的命运与归宿,也有在第10至16章分别讲述"三帖""天下行书一二三""富春山居图""毛公鼎与大方鼎""永乐大典与四库全书"等多个"镇院之宝"或完美合璧或分置两岸的状况,以及围绕它们所展开的传奇人物的故事。在时空频繁转换之中完成"守望团圆"的主题诠释。

与这样的结构相对应的是,"故宫三部曲"呈现出诸多令人如临其境的精彩场面。诸如《变局》中慈禧召见李鸿藻父子;李石曾暗访琉璃厂和荣宝斋,获知溥仪转移文物;李石曾面见段祺瑞揭露溥仪阴谋;蔡元培、李石曾与袁世凯斗智;李宗侗遭父亲逼婚,与易叔本闹别扭。《承载》中马衡相会郭葆昌见到故宫三希堂的两幅帖;徐森玉深入虎穴见土匪;朱树声为调查易培基与吴瀛起冲突。《守望》里那志良与单士元60年后的台北相见;马衡赴上海邀请徐森玉回故宫工作;"文革"中造反派打砸故宫;毛泽东私访故宫;宋美龄向庄尚严学习绘画;吴瀛会董必武谈易培基案;等等。这些场面描述将人、事、景、物等要素进行巧妙安排,使标示着时代风云的大环境与再现人物和事件的小环境互为映现融合,使大时代和大事件得到生动的坐实。

"现代叙事非虚构作品的独到之处就是它能够用人物、动作、场景、年表和动机来代替新闻中的人物、事件、地点、时间和原因。最成功的故事能够将人物放在主导地位上,掌控整篇叙事。"[1] 作为一个对于故宫博物院

---

[1] 杰克·哈特:《故事技巧:叙事性非虚构文学写作指南》,叶青、曾轶峰译,中国人民大学出版社,2012,第76页。

诞生发展的文学纪实，"故宫三部曲"并未见物见事不见人，而是再现了诸多人物形象，以各色性格鲜明人物的呈现，"掌控"全篇，表现出人性描摹的深度。系列、丰富、全面、个性化，是这一人物形象图谱的突出特点。在作品中我们看到，这个系列有现代中国历史上的风云人物——孙中山、李大钊、毛泽东、蒋介石、周恩来、董必武、冯玉祥、张学良、袁世凯、溥仪、慈禧、段祺瑞、蔡元培、林森、宋美龄；也有与"一宫两院"关联的人物——李石曾、易培基、马衡、吴瀛、吴仲超、那志良、单士元、俞同济、沈兼士、徐森玉、杭立武、庄尚严、秦孝仪、蒋复璁、周功鑫、郑欣淼、冯明珠、单霁翔、周旬达、张继、郭葆昌；有为青年——李宗侗、易叔本、高茂宽、周若思、王立文、马彦祥；甚至还有日本特务金花玉、本田喜多，汉奸赵光希，盗贼武庆辉、陈银华、韩吉林；等等。在《变局》中，作者以主要人物——海外留学归来的革命党人李石曾为筹建故宫博物院殚精竭虑的故事为叙述核心，刻画了革命党人、保皇势力、末代君王等诸多人等的忠奸善恶。在《承载》中，作者不是简单地记录故宫文物南迁的过程，而是写出围绕南迁所展开的各方角逐，在始终伴随着南迁与反对南迁的斗争和冲突中再现人物性格。作品一方面写出了一批如易培基、马衡、那志良、吴玉璋、高茂宽、吴瀛等忠诚的知识分子形象，凸显这些人物以生命守护国宝、传承文化的使命意识和主动意识；另一方面，还描述了反对南迁的张继、周肇祥、周旬达等人物，并还原出其复杂的人性。在《守望》中，作者不仅详述珍贵文物的两岸"分离"，更着力于表现如高茂宽和周若思等人隔海相望的相思之苦，故宫人马衡、吴瀛的凄凉晚景，以及那志良、单士元跨越一甲子的相会，还有"一宫两院"领导人的互动互访，以及"把壮美的紫禁城完整地交给下一个600年"的庄严承诺。此外，"故宫三部曲"还分别叙写了李宗侗与易叔本、高茂宽与周若思这两对青年男女的爱恋情感。这并非闲来之笔，或可有可无的调料，而是具有深意的安排。作者力图以他们的情感故事写出对封建婚恋观念的反叛、青年的觉醒、时代的变迁,以及青年一代忠于祖国和人民,献身文物保护和研究事业的可贵品质。

"一种民族精神的全部世界观和客观存在,经过由它本身所对象化成的具体形象,即实际发生的事迹,就形成了正式史诗的内容和形式。"① "故宫三部曲"以关乎中华民族文化承传和中国人民集体记忆的故宫为叙述对象,以史诗的方式书写,无论对文学,还是对历史,抑或对人生与社会,其意义其价值不可估量。从纪实文学的角度而言,"故宫三部曲"对于"非虚构性""文化反思性"和"跨文体性"这三个最为重要的写作伦理的实践颇具启发意义和引导意义,它不啻为当下纪实文学的文体写作提供了一个可资借鉴、激浊扬清的范例,也清晰地标示着这一文体的未来发展方向。

---

① 黑格尔:《美学》第三卷下册,朱光潜译,商务印书馆,1981,第107页。

致力于航天人物形象的多维聚焦

从20世纪90年代至今，尽管李鸣生写过《全球寻找"北京人"》、《中国863》、《国家大事：战略科学家蒋新松生死警示录》和《震中在人心》等题材各异又颇具影响力的报告文学和影视作品，但在当代重量级的报告文学作家中，他给予我们的最为特出的印记却是其对于中国航天科技事业的关注和书写。他的"航天六部曲"——《飞向太空港》《澳星风险发射》《走出地球村》《风雨"长征号"》《远征赤道上空》和《千古一梦》闻名遐迩，可以称得上是航天史诗。如果单从题材上看，围绕科学家及其科技成就所做的非虚构性的文学表达，在20世纪80年代初期前后就已经达到了一个高峰，徐迟的《哥德巴赫猜想》等一批中短篇报告文学即为其中的典型代表。而李鸣生的特点在于，他用长篇纪实形式专注于科技，特别是航天科技领域，他不再局限于一人一事式的线性描述，而是着力于大事件、多人物的全方位书写。他的作品不仅表现出以爱国、创业、奉献和牺牲为主题的"主旋律"，也浸润着一个作家和一个思想者在荣誉与尊严、人格与人性、历史与现实、人类与未来等问题上的反思和追问。有意思的是，李鸣生对于航天科技的关注并非源于某种钦定的任务,或某个功利的目标,而完全在于他的青春之梦和他的热爱之情。因此,从这个意义上讲,他倒是很像一个我手写我心的小说家。时间进入到21世纪的第十个年头,李鸣生又为我们写出了他的航天系列的"第七部曲"——《发射将军》。这部长达36万字的报告文学所展示的是新中国第一支导弹发射部队和第一个导弹发射基地从无到有、从弱到强的历史发展进程。但其叙事的焦点却主要集中在一个人物身上,这就是"发射将军"——酒泉发射基地司令员李福泽。作者选择了"发射将军"人生历程中最具戏剧色彩的20世纪50年代末到90年代末这段时间,对其人生命运和人格魅力做出形象、细致而生动的刻画。而这种视角选择和刻画方式,又深深地打上了李鸣生近些年来对于报告文学文体进行深入探求和革新的烙印。

在我看来,李鸣生是一位特立独行、探索意识很强的作家。他近来著文表示,在报告文学中要"逃避概念写作""有点个人的思想""尽量说点真话"。这其实正是针对报告文学创作现状的切身感言。20世纪90年代开始,伴随着中国经济由计划向市场的转型,报告文学创作也呈现出明显的一分为三的格局,即传统或经典意义上的报告文学写作,基于主流意识形态宣传需要的"主旋律"报告文学写作,以及商业化的广告式报告文学写作。在这样复杂的写作状态中,报告文学呈现思想性和批判性钝化、艺术性淡化、文体意识浅薄、广告化取向等令人堪忧的问题,其后果当然是在侵蚀并进而威胁到这一文体的基本品质。李鸣生在此时此刻提出这样一些命题,我以为正逢其时。特别是他主张报告文学在需要"思想的革命"的同时,还需要进行"文本的革命"。在他看来,"近十年来,小说的叙事发生了较大的革命,报告文学的叙事却缺乏变化。尤其一些写所谓'大题材'的报告文学,几十年来基本都是传统意识,'主流叙事';作者总是有模有样、捏腔拿调、卷着舌头说话——有的说的还是大话、空话甚至假话;有的作品就像早市二道贩子手上的大白菜，既没个性，又缺质感，还少了鲜活"①。因此，强调真相揭示、强调思想内蕴、强调个性凸显、强调艺术传达，就成为李鸣生近期报告文学创作的一个鲜明的价值取向和审美取向。2009年，作者出版了直击汶川大地震的《震中在人心》，这部纪实摄影报告以图文互现的方式契合着这一取向；在这部《发射将军》里，作者又一次强化了这一取向。

具体说来，李鸣生近期报告文学创作的价值取向和审美取向，在《发射将军》中有着多样的表现。其一是，宏微相间，以小见大，专注于小，又不止于小，以此彰显真相揭示者和思想者的力量。众所周知，在这个世界上，人的活动都离不开社会这个舞台，即使是叱咤风云、长袖善舞的豪杰领袖和精英，也不可能脱离国家民族这样一些平台。因此，以描述个体生命轨迹来折射社会历史风云，以观照社会历史风云来演绎个体生命轨迹，就成为文学惯用的笔法。李鸣生在这里也不例外，但他对此还有自己的独特表达。在《发射将军》中，作者将"发射将军"李福泽个人人生悲欢的描述放置于对新中国近50年历史进程反思的语境中，以将军个体命运之"小"窥见一国之特定时期的政治和文化生态之"大"，又以一国之特定时期的政治和文化生态之"大"反观将军个体命运之"小"。一国之宏观与一人之微观互为对应、互为参照、互为阐释、互为塑造。作者没有空洞抽象地按照既定当代史的表述口径描述历史，而是首先专注于小，即通过描述将军李福泽的"个人史"，通过诸多小的情节和细节、小的语言和行动来建构其个体命运的逻辑线索，昭示其生命过程的清晰真相。与此同时，作者又不止于小。他并没有将作为"小"的李福泽的"个人史"描述，独立于作为"大"的中国当代史之外，而是将后者视为一种阔大的语境、背景、幕布、氛围存在，将其密布于、散漫于主人公命运的所有轨迹之中，以此凸显主人公的传奇性——他不仅是一个爱恨鲜明、刚柔相济、个性突出的

---

① 李鸣生：《震中在人心》，上海文艺出版社，2009，第291－292页。

人,也是一个代表着国家荣誉和民族尊严的"第一支导弹发射部队和第一个导弹发射基地"的领导者和开拓者。《发射将军》全文13章,作者通过其中的"兄弟情""大饥饿""天变了""争气弹""粮啊粮""核导弹""东方红""西霸天""狱中泪"等章节,不仅生动而细腻地叙述了导弹发射基地艰辛创业和建设的主要过程,还透过这种叙述,将共和国历史上的诸个多事之秋揭示出来——20世纪50年代末的"大跃进"运动、中苏友好与交恶、20世纪60年代初期的自然灾害、长达10年的"文化大革命"、东西方冷战等。将军李福泽就是受命于这样一个充满着对立、动荡和转型的极其特殊的历史语境之中,一个集恶劣凶险的自然环境与复杂多变的政治环境于一身的中国西北的荒漠之中。这样的情状颇有几分"天将降大任于是人也,必先苦其心志,劳其筋骨,饿其体肤"的意味。然而,这是一个桀骜不驯、争强好斗、不畏强权,集正气、豪气、傲气和匪气于一身的另类人物,这是一个富家子弟、大学生、自愿投身革命且战功赫赫的高级军事指挥员——"据说毛泽东有严格规定,抗战入伍的,原则上不授将军衔;但有几人例外,将军便是其中之一。"作品就是在这样一种宏微相间、悲壮神奇的美感风貌中完成对李福泽将军这一人物形象的再现,并进而充分表达出作家的鲜明态度,那就是对于"将军"这种真正具有纯真高尚人格和信仰的人的肯定与褒扬,对于荒唐畸形政治文化生态的批判和反思,对于民族崛起和精神再造的祈盼和热望。在我看来,在当下中国社会急剧转型、中国文化亟需复兴的关键时期,作为一个严肃而有为的作家,秉持这样一种写作理念、采取这样一种写作方式无疑是难能可贵的。因为"任何一个伟大的诗人之所以伟大,就在于他的痛苦和幸福深深地根植于社会舆论和历史之中,因为他是社会、时代和人类的喉舌和代表"[①]。

其二是,专注于细节,力求文学化与个性化表达,力避概念写作。尽

[①] 别林斯基语,转引自布尔索夫:《俄国革命民主主义者美学中的现实主义问题》,刘宁、刘保端译,中国社会科学出版社,1980,第94页。

管触及诸多的"国家大事"和上至毛泽东、周恩来、邓小平等中央领导，下至导弹发射基地的各级官兵和职工，但《发射将军》的叙述视点始终不离文中的主要人物李福泽，并以这一人物的生命轨迹来折射国家历史风云。值得肯定的是，作者对于将军的描述并非大而化之、笼而统之，而是通过大量生动的细节来展现，在创造强烈的现场感的同时，使人物形象可感可触、可敬可亲、呼之欲出。报告文学惯于或长于宏大叙事，这本是其文体本性使然。但近十多年来，报告文学中一种并非良性的写作方式似乎有所蔓延，那就是以获奖为目的的功利性写作，它们表面上高扬宏大叙事，但文本内质却空洞无物，只见宏大，不见细节和人物，更看不见"毛茸茸"的历史，仅仅只是现成权威结论的概念式演绎，或是按照某种题材模式进行不假思索的套用，此李鸣生"概念写作"之谓也。可以清楚地看到，李鸣生对这样一种现状是不满意的，他力图通过《发射将军》对这种报告文学写作方式做出某种修正。毋庸置疑，李鸣生文如其人，他有着文学化和个性化表达的激情和冲动，除却其他文学化表现手段，这其中最为典型的就是在文本中有意识地加入大量的细节描写，以细节表现宏大，以细节表达性格、人性和人格。譬如，作者在"大饥饿"和"粮啊粮"两章中对于粮食匮乏所引发的全基地饥荒就做出了十分深入的描述，多个生动场面、对话及行动描写，使人能够非常感性地把握"饥荒"及其所造成的灾难，以及在灾难面前"将军"真性情的魅力展现。文中有一个段落特别令人感怀，那就是为解决因饥荒造成的夜盲症和浮肿病，李泽福将军亲自下厨房为战士冲奶粉：

> 食堂外，战士们早已集合完毕。战士中，有患夜盲症的，有得浮肿病的，还有胀肚子、拉肚子的，虽然个个体质虚弱脸色苍白，却依然昂首挺胸，站在那里，等着将军训话。然而他们做梦也没想到，奇迹突然发生了！炊事班把一口热气腾腾的大铁锅抬到他们面前，接着

将军亲自掌勺，把香喷喷的奶汤盛进碗里，然后高高举起大声说道："同志们，这是我刚从北京空军司令员刘亚楼那里带回来的奶粉，咱炊事班把它熬成了一锅奶汤，大家趁热喝了吧！"说着，将军把一碗奶汤递到前排第一个小战士的手上！

小战士端着奶汤，望着将军，看着队长，不知所措。

大队长说："快，喝了吧！"

小战士这才把碗送到嘴边，伸出舌头舔了舔，然后喝了一小口，又急忙把碗传到下一个战士的手上；下一个战士也只喝了一小口，又急忙把碗传到再下一个战士的手上……如此重复，不一会儿，一碗奶汤便从十几个战士的手上传了一遍，而碗里却依然还剩半碗奶汤！

将军被深深地感动了。他几乎是含着眼泪说："同志们，不是每人喝一口，而是每人喝一碗。你们就放心地喝吧，我保证你们每人都能喝上一碗！"

将军把一碗碗奶汤依次递到战士们的手上。

战士们端着奶汤，你看看我，我瞅瞅你，还是不喝。

将军只好对大队长施存壁下令道："施存壁，你带头，先喝他娘的一碗！"

望着风中的战士，施存壁热泪滚滚，一扬脖子，带头喝下一碗！

战士们这才举起碗来，慢慢地，一小口一小口地，喝了一碗梦寐以求的又香又甜的奶汤。有的战士喝完了，还伸出舌头，把碗的边缘，舔了又舔。

在上面这个段落里，我们既可以通过生动的细节看到饥荒带给官兵们的灾难，又能够充分领略到将军亲力亲为、爱兵如子的博大情怀。应当说，通过细节表现将军的个性，其文字遍及全书各个章节，完全可以称得上俯拾皆是。作品中的"将军"形象具有多层面、立体化的特点。他既是果敢耿直的指挥员，又是官场上的失意者——"将军天生就是一个军人，一个在战场、发射场极能把握战机的人，只要在战场、发射场，他的生命便能显示出巨大的威力、非凡的意义；而一旦离开了战场、发射场，便什么也不是！尤其在政治这块'高地'上，还常常表现出一种低能——不是'决策失误'，便是'贻误战机'，甚至'丢失阵地'！"他是把发射场看得比自己的命还重要的工作狂，但绝非草莽英雄和冷血动物，他也有夫妻情和儿女亲情。作品中多处写到将军的夫人梁山帮将军洗脚的细节，其用意在于表达将军夫妻情感的真挚和谐与纯真。特别是在尾声"火箭碑"中，作者似乎在用一个大特写镜头来表现"洗脚"——"此时此刻，当将军的双脚浸泡在这个小木盆里时，立即便有了一种暖暖的感觉，从脚心一直暖到胸口。老伴儿为他洗得很慢，洗得很细，洗完了脚掌，又洗脚趾，一根一根地掰着洗；一边洗，还一边和他唠嗑。这是几十年来将军和老伴儿唠得最多的一次，也是最贴心贴肺的一次。"这是作品中描述将军生病住院最后日子里的一次洗脚场景，它极为真切地传达出主人公与妻子患难与共、相濡以沫的深厚情谊。文中"狱中泪"一章有一个细节特别深刻地表现了将军的儿女亲情：

  雪，越下越大了，似乎要在春节前把大地彻底清洗干净。风雪中，将军站在仓库门前，目送着儿子、孙子们从雪地上慢慢离去。雪花飘落下来，散落在将军的身上，越积越多，越积越厚，只片刻工夫，仿佛便成了一座冰雕。突然，风雪中隐隐传来一声婴儿的啼哭声。这哭声将军听见了，那是孙子"狱生"的声音！将军的心一颤，往前窜了几步，又急忙停住了。这一刻，将军突然有一种想冲出去抱着儿子、孙子痛哭一场的冲动，他马上又抑制住了自己。然而，就在将军转身回到房间的那一瞬间，一滴泪水还是从他眼里滚落下来……

在"西霸天""狱中泪"等章节中,作品还有对于将军个性和人生感悟的多个细节展示,如在被关押的陋室里练习打拳、观蚁、观蜘蛛、观蛾、打牌、学木工活等。在"晚年赋"一章中,作品还通过诸如接听电话、下棋、打麻将、游泳、练书法等众多精彩细节,多方位展现了将军离休后的生活情趣。此外,作品还通过将军与苏联专家之间的关系等细节描绘来表现其博大、宽容的可贵人格。譬如在"兄弟情"等章节中,将军从工作出发,努力搞好与苏联专家的关系,想方设法为他们解决物质和精神方面的困难——上北京、哈尔滨等地请西餐厨师;组织文工团女团员为专家伴舞;在食品匮乏的情况下,为"挖出"更多资料请专家喝酒,自己却只能喝用水稀释的酒精。所有这些,其实都向读者传达出了一个多姿多彩、有情有趣、充满人格魅力的共和国将军的生动形象。这个形象不是概念式的、无色彩的、僵硬的,而是多向度的、立体的、可感的、活生生的。它好似传统典型理论中的圆形人物,在当代报告文学人物形象谱系中也完全可以称得上是独具风采的"这一个"。

除却细节的特出之外,相比较李鸣生的前六部航天题材作品,《发射将军》的结构与节奏也有其鲜明的特色。它的结构犹如它的章节标题一样清晰如流水,一气呵成。作品开篇即以"钱先生"作为序章,引发出国家最高层领导人建设导弹发射基地的决策。紧随其后的"军委令""戈壁风""不归路""兄弟情""大饥饿""天变了""争气弹""粮啊粮""核导弹""东方红"等章节,则按照基地建设的基本顺序一路道来,让人十分清晰地领略新中国"第一支导弹发射部队和第一个导弹发射基地"的创建过程。与此同时,作品又强化了对主人公李福泽形象的表现,除却上述章节之外,还在"西霸天""狱中泪"和"晚年赋"三个章节中对其做出重点描述,以此显示作为一部人物型报告文学所应有的结构特征。与其结构特征相联系的是,作品节奏的舒缓。如果说,李鸣生的航天六部曲因其多为事件描述而显得节奏趋快的话,那么,《发射将军》则表现出节奏趋缓,原因之一也许在于其强化了对人物的刻画和对细节的加强，使叙述的空间扩展大于时间的流动，使读者在张弛有度的节奏里拥有足够的时间进行欣赏与品味，不经意间便获得了"胜似闲庭信步"的效果。譬如，为了使作品节奏张弛有致，作者并未在第一章"军委令"中全盘揭示主人公李福泽将军的身世和家庭情况，而仅仅只是做了一段有关将军的出身及参加抗日武装的插叙，直到第十二章"狱中泪"，作品才比较详细地将李福泽的家庭及子女情况和盘托出。这样的写法并未使人产生割裂感，而是可以真实地感受到节奏的变化、舒缓和从容。我们不妨将此视为作者力图矫正"概念写作"，致力于文学化表达的一种努力。

此外，作为强调真相呈现的一种方式，《发射将军》不仅展现了发射导弹的成功，也多次揭示了发射导弹的失败。失败的原因多种多样，一个重要的因素在于非正常的政治生态——譬如"文革"动乱等的从中作祟。这无疑是代表作家良知的严格的纪实，当然，我们也可将其视作中国崛起的自信表现。

总的来讲，关于《发射将军》的话题还有很多。掩卷之余，感慨良久。我以为，这部作品对于李鸣生创作的刷新意义是显而易见的。我由衷地祈望，《发射将军》作为报告文学"思想革命"和"文体革命"的实验品，不仅能够将作者带进一个全新的创作天地，也应该能够给予面临诸多困境的当代报告文学以新的启示和振兴的曙光。

民族传奇的 "天真之声"

一、题材聚焦三个关键词

作为一名军旅作家，徐剑于1994年开始文学创作，1995年出版长篇报告文学《大国长剑》，1998年该著作获得首届鲁迅文学奖。获奖那年，徐剑刚好40岁，创作上有些大器晚成的意味。这之后，徐剑便一发而不可收，迎来了创作的高峰期。除鲁迅文学奖外，他的报告文学作品还获得了中宣部"五个一工程"奖、中国人民解放军文艺奖、中国图书奖等多项大奖，其本人也被中国文学艺术界联合会授予"德艺双馨"优秀文艺家称号。现在的徐剑，已然成为目前为数不多的跨世纪重量级报告文学作家。

《大国长剑》既是徐剑的一举成名之作，其所聚焦的中国战略导弹部队（即第二炮兵部队），也是他创作题材的重要关键词之一。而纵观徐剑近20年的报告文学创作，我们不难发现，其题材选择基本围绕三个关键词展开，就是二炮、西藏和国家电网。可以说，其代表作无一不与这三个关键词紧密相连。《大国长剑》、《鸟瞰地球》、《遍地英雄：第二炮兵部队抗震救灾实录》（以下简称《遍地英雄》）的"主角"是二炮部队，《东方哈达——中国青藏铁路全景实录》（以下简称《东方哈达》）、《雪域飞虹——青藏联网工程全景实录》（以下简称《雪域飞虹》）、《麦克马洪线》主写西藏，《国家负荷：国家电网科技创新实录》（以下简称《国家负荷》）、《冰冷血热》聚焦国家电网。这三个关键词，基本可以概括徐剑报告文学的书写视野，即以中国战略导弹部队为描述核心的军事文学创作，以及以国家大型工程建设为描述核心的"建设文学"创作。即使是其中穿插的譬如对南方雪灾和汶川地震等重大灾难的描述，也离不开这三个关键词。如《遍地英雄》以汶川地震为题材，但主要是记录第二炮兵部队的抗震救灾；《冰冷血热》以南方雪灾为题材，但主要是写国家电网职工的抗冰保电。

在三个题材关键词里，二炮部队和西藏的书写，与徐剑的工作和生活经历密切相关。徐剑年轻时在二炮部队从军，在20世纪90年代初进藏——"1990年7月19日，阴法唐中将时隔五年，以全国人大常委的身份进藏视察，……我又重操旧业，暂时扮演了阴法唐将军秘书的角色，由此拉开了六上青藏高原的序幕。"（《东方哈达》）因此，无论感情、阅历，还是职业，二炮和西藏都已成为徐剑写作生涯里最为重要的灵感资源，他在长篇散文《灵山》里所表达出来的对于西藏的浓烈与痴迷情感，再好不过地说明了这个问题。某种程度上，我们完全可以将徐剑的报告文学创作看作是一个类似于小说家或诗人那样的专业写作。雪莉·艾利斯在《开始写吧！——非虚构文学创作》一书中指出，非虚构文学创作中往往会存在两种声音，即"天真之声"和"经验之声"。天真之声叙述的是个人经验的事实。徐剑对于二炮和西藏题材的钟情，也大抵有着"天真之声"的内质。而有关国家电网的纪实性文字，又使徐剑凸显记者型报告文学作家的特质。在报告文学写作的传统中，一直都贯穿着作家型和记者型写作的两股红线。在记者型和作家型写作主体那里，报告文学文体多呈现出两种样态，即"文学性报告"和"报告性文学"。一般来讲,前者会突出显现以非虚构性中的新闻性为基础,并融合文化批判性的文本内涵;而后者则注重给予报告文学文体以语言体式和叙述模式上的新启迪,并使之更具审美的意味。徐剑作品比较明显地倾向于后者,但也不乏前者的质素。

这三类题材中的一些报告文学作品或许带有比较多的"命题作文"色彩,对此,徐剑有自己的想法:"穿着这身国防绿的军旅作家,命题作文太多,还不能不写,吃着皇粮,部队养着你,纵使是表扬稿,还要写出人性人情来,纵是戴着镣铐跳舞,还要跳出优美的舞姿来,……"(《国家负荷》)由此可见其清醒的创作意识,即力求艺术地呈现"命题作文"所规约的宏大主题。这种意识从《大国长剑》初露端倪,到《东方哈达》登临高峰。

二、史诗性主题的审美传达

如何艺术地呈现宏大主题,对于报告文学创作来说至为关键。徐剑报告文学所涉及的主题不可谓不宏大——中国战略导弹部队的成长历史、青藏铁路的建设历程、国家电网的科技创新之路、抗击南方特大冰雪灾害、汶川大地震救灾纪实。这些主题看似互不相连,但其所汇聚的意义却有着相当的一致性,它们从现代化军队建设、领先世界的科技成果、应对突发自然灾害等多个维度见证中华民族的重新崛起,诠释艰难困苦、玉汝于成的精神实质,给人以信心、力量和智慧的启迪。"最好的非虚构小说显示出一些辨别是非的审美能力,这种能力在所有的时代对持续不断的人类困境来说,都起到一种向导的作用。如同任何时期最好的文学,这些作品最终都具有人的性质和人类解决面临的困难的力量。"[①] 这番话,主要针对的是20世纪60年代美国的非虚构小说,我以为它也同样可以用来说明徐剑报告

[①] 约翰·霍洛韦尔:《非虚构小说的写作》,仲大军、周友皋译,春风文艺出版社,1988,第22页。

文学的主题在今天所蕴含的深意。

然而，主题的宏大并不能与作品的成就划上直接的等号。作为一种非虚构的文体，艺术的呈现，或者说审美的呈现，有时甚至会显得比小说更为必要。"文学并不是因为它写的是工人阶级，写的是'革命'，因而就是革命的。文学的革命性，只有在文学关心它自身的问题，只有把它的内容转化成为形式时，才是富有意义的。因此，艺术的政治潜能仅仅存在于它自身的审美之维。"① 在这里强调的正是艺术的审美呈现问题。而在报告文学创作中，这个问题长期以来被人们或多或少地忽略，以至于一些报告文学只见"报告"不见"文学"，在相当程度上削弱了这一文体的审美力量。在我看来，徐剑是当代报告文学作家中看重文体审美价值、注重文体审美传达的代表之一。这种"看重"与"注重"的其中一个表现就是，对宏大主题与题材的史诗性把握和呈现。黑格尔曾言："史诗就是一个民族的'传奇故事'、'书'或'圣经'。"② 徐剑在《大国长剑》《鸟瞰地球》中对于中国高科技军事力量从无到有、从弱到强历程的描绘，就典型地浸润着古老东方民族大国崛起的史诗性表达。他并不是要再现一个穷兵黩武、称霸世界的国家形象，相反，他是通过书写特定的军人群体，表达"铸剑为犁"的和平祈愿，以及一个民族自立自强的精神境界。《东方哈达》没有流程式的刻板地报告青藏铁路作为国家第一号重点工程建设的始与末，它几乎颠覆了报告文学书写重大工程拘泥于事件本身"见事不见人"以及表扬稿式思维的常规套路，而是借题发挥，或者说以工程建设为引子，以艺术的穿透力和营构力，将青藏的历史与现实、宗教与民俗、文化与风情等融为一体，自始至终充满着梦境般的诗情与画意。它由艺术呈现生发至文化呈现，最后抵达思考人与自然、人与社会关系的哲理呈现，为人们勾勒出自然青

---

① 赫伯特·马尔库塞：《审美之维》，李小兵译，广西师范大学出版社，2001，第191—192页。

② 黑格尔：《美学》第三卷下册，朱光潜译，商务印书馆，1981，第108页。

藏、人文青藏和哲理青藏的多层次内涵，完全可以称得上是有关青藏高原前世今生的壮美史诗。《国家负荷》则表现出别样的韵味，那就是艺术地传达科技精神，生动地活画出人的精气神。作者写的是国家电网的科技创新的个案，而蕴含其中的深意却在于，充分揭示其作为创新型国家高地和中国人自主创新知识品牌的本质，形象化地传达出中国在21世纪和平崛起的文化自觉和文化自信。如果说，《大国长剑》《鸟瞰地球》是书写中国军事强国之梦的史诗，《遍地英雄》和《冰冷血热》是表现不为任何风险所惧、不被任何干扰所惑的中华精神的史诗，那么，《东方哈达》《国家负荷》和《雪域飞虹》则是寻求由中国制造走向中国创造之梦的史诗。

三、文本要素的精心营构

看重文体审美价值、注重文体审美传达，对于徐剑来说，并不仅仅是对宏大主题与题材的史诗性把握和呈现，它还表现在对于文本结构和语言等要素的精心构筑上。

徐剑报告文学大部分为长篇。以几十万字的篇幅构建一个长篇报告文学，无疑是对一个作家艺术智慧的极大考验。徐剑以积极的探索精神迎难而上，力求在结构上使每一部作品都能展示出新意。《大国长剑》的成长史式结构，《东方哈达》的上下行列车式结构，《国家负荷》的阴阳五行、金木水火土式结构等就是其中的典型代表。《东方哈达》的信息量巨大，但最让人过目不忘的正是它融历史与现实、文明与乡土的"上行与下行列车"的独特结构方式。这十分契合其书写对象——"铁路"建设，同时又层次分明。上行列车表现"现实"，写法倾向于铁路建设的"实"；下行列车追忆"历史"，写法倾向于历史、传说与文化的"虚"。上下行交叉，既生动地表现现实与历史的交错与纠结，又使全文灵动，去除了呆板与枯燥。《国家负荷》用新颖的"阴""阳"二篇，以及金木水火土五卷12章结构全文，力求形象诠释"金木水火土,五行成电,相生相克,构成了中国智慧和力量之源。西东北南中,五方联网,相连相辅,驱动了中国制造和发展之轮"。这样的结构,其实是对"电"和"网"的文学化思考和艺术化表达。它将中国传统文化智慧与现代先进科技巧妙勾连,恰如其分,寓意深远。

  对于报告文学文本语言的运用,徐剑也是煞费苦心、独具匠心。无论是以叙述、描写为主体的叙事性话语,还是以议论、抒情为主体的非叙事性话语,在徐剑那里都是可圈可点、精彩纷呈。与其他报告文学作家的语言相比,他的作品语言更倾向于诗性语言。从这个角度说徐剑本质上是一位诗人,应该并不为过。当然,作为叙事文本,他的作品第一位的要素还是质朴的叙述。《冰冷血热》以2008年年初的冰雪之灾为叙述背景,以"我"的女儿从北京回昆明的经过作为引线,重点再现了湖南等省的国家电网职工舍生忘死、排除万难抗冰保电的事迹。《遍地英雄》则是以严格纪实的手法,记录了第二炮兵部队官兵第一时间赶赴汶川地震灾区进行紧急救援的英雄壮举。徐剑认为:"文学毕竟是人学,作家的视角永远只能对准人的世界,人性的、情感的和精神的世界。"因此,在他的作品中,对于人物的表现常常放在十分突出的位置。譬如,在《国家负荷》中,作者生动地再现了上至院士、下至普通员工等众多电网科技人物的群像,薛禹胜、黄立民、许杏桃等人物形象呼之欲出。作品大量使用非虚构的细节和对话表现人物的性格特征、言行举止,特别专注于书写这些人物的率真智慧的"性情"、爱国敬业的"真情"和创新创造的"热情"。在熟练运用叙事性话语的同时,徐剑报告文学中的非叙事性话语也独具特色。在几乎每一部作品中,作家徐剑既是亲历者,也是叙述者,同时还是思考者。他对于所叙述对象的大量评论,以及由此发出的感叹,都标示着其作为一个思想者的风范。

  如果我们承认以"非虚构性"作为核心文体要素的报告文学仍然是一种特殊的文学样式的话,那么,审美价值与审美表达就绝非可有可无的要素。徐剑及其报告文学的创作实践就是对此极好的证明。

卓越的行动力、思考力与表现力

陈启文是当下较多关注自然、关注人类与自然的关系、关注人类命运的报告文学作家。他的关注基本上沿着两条路径展开：一方面是对中国粮食问题的形象化描述与思考，这主要体现在其早些年所写的《共和国粮食报告》以及《袁隆平的世界》等作品当中。第二个方面，也是陈启文用力最多最勤的方面，就是对于中国大江大河前世今生的探索，以及与之相关的生态环境与人类生存等问题的艺术性表达，《命脉——中国水利调查》《大河上下——黄河的命运》，以及2020年出版的《中华水塔》就是其中的典型代表。可以说，陈启文以其卓越的创作实绩，成为当代中国报告文学最具行动力、思考力和表现力的重要作家。

一、坚韧与求真的行动力

与以书斋写作为主的虚构文学不同，作为非虚构的报告文学作家必须强调其行动力，即以田野调查等方式获取第一手材料与信息的意识和能力。

这是报告文学作为"行走文学"的重要体现。《中华水塔》的写作延续了陈启文一以贯之的田野调查风格,"这十多年来我几乎成了一个江湖浪人,我已走遍中国七大水系,在 2017 年夏天我又穿越了中华水塔三江源"。作者在该书"后记"中所说的这句话,看似平凡,实则非凡,体现出报告文学作家鲜明的求真意识、责任担当和坚韧品格。具有自然形态、自然保护区和国家公园等三个认知维度的"三江源"被誉为"中华水塔",其寓意在于,它是中国主要河流——黄河、长江和澜沧江的发源地,是孕育与滋养着中华民族的最主要的水源地,是地球最后的秘境与大自然元气之所在。《中华水塔》不是有关三江源的旅游指南,而是对三江源生态现状及其危机做极富针对性的深入的考察,将触目惊心的现实客观再现出来,将人的修复与保护意识的觉醒以及实际的行动再现出来,以此警醒国人和世人。因此,作者在三江源的行走具有非一般的意义,它是挑战生命极限,甚至以生命为代价的行走,是坚韧不拔和求真向善的行走。作者按照自北向南考察黄河源、长江源和澜沧江源的行走顺序结构全文,即由登临青藏高原江河之源的"第一道坎"日月山开始,穿越共和盆地,翻越河卡山、阿尼玛卿雪山,追溯黄河之源巴颜喀拉山约古宗列曲和卡日曲,穿越长江第一段干流通天河、玉树、长江北源楚玛尔河、昆仑山、可可西里、唐古拉山、长江正源沱沱河,最后抵达澜沧江发源地杂多、扎曲大峡谷、正源吉富山等。通过艰辛万难但卓有成效的行走,作者将三江源地区的地理面貌、气候温度变化、人及其他生物活动的相互勾连、互动影响等细腻地再现出来——人类活动→温室效应→草地退化→超载放牧→开矿淘金→水土流失污染→捕杀野生动物→加害人类。作品对于三江源地区严峻生态情势的形象再现告知我们,人类既是自然的加害者,也是受害者及被惩罚者。如果不能采取有效措施扼制这种恶性的生态循环,最终就有可能使地球及人类堕入万劫不复的危境。

二、秉持深广忧思的思考力

真正的报告文学作家不应以"零度"态度描述现实,而是需要以"思想家"的姿态反思现实。在《中华水塔》中,陈启文表现出了深刻而广泛的思考力,忧思当下三江源地区的生态危机,以及与人的生存、生活、生命息息相关的诸多问题。这部长篇报告文学给予读者的启示很多,其中最为重要的就是作者考察三江源得出的结论——"在大自然中从来没有独立存在的个体,每个生命都是自然的一部分。这个世界,人类其实只是卑微的物种之一,哪怕人类真是万物灵长,也不能主宰这个世界,更不可能征服大自然。只有重新确认人与自然之间天然的和谐关系,像珍惜自己的生命一样珍惜大自然,像爱护自己的眼睛一样爱护三江源,天地才能生生不息,江河才能源远流长。"这一结论与蕾切尔·卡逊写作于20世纪60年代的《寂静的春天》里的表述不谋而合,卡逊认为:"地球上生命的历史一直是生物及其周围环境相互作用的历史。"[①] 而这些忧思集中体现为作者的生态平衡观——以人、草、畜为代表的草原生态平衡。譬如文中从生态系统和生物链角度对大规模捕杀高原鼠兔提出异议;从藏野驴的"泛滥成灾"联想到应在自然法则的支配下看待生态与生态之间的博弈,而不应人为干预;对草原围栏"过度保护"措施的忧虑;开矿导致对雪豹等野生动物领地的侵占和破坏,使高原生态出现危机;如何化解"人兽冲突",实现生态公平;等等。作者的这种"生态平衡观"打破了"人类中心主义"的藩篱与陈规,是一个关注到所有地球物种和谐共处的合理可行的生态方案。

在《中华水塔》里,作者既忧思三江源的生态危机,也肯定当下人们的积极应对,对未来寄予希望并提出带有根本性和建设性的意见,譬如建立健全生态文明制度体系、培育生态文化体系、探索人与自然和谐共生之

---

① 蕾切尔·卡逊:《寂静的春天》,吕瑞兰、李长生译,吉林人民出版社,1997,第4页。

路等。这样的报告文学创作无疑是值得大力提倡的,因为它秉持的是一个真正意义上的报告文学作家所理当坚守的理念——不唱违背事实真相和良知的"颂歌",也不唱一味猎奇和绝望的"挽歌"。在对当下境况做出深入反思的同时,作者还将思绪发散至与三江源有关的历史事件和历史人物,力图寻找与打捞已经沉寂或被淡忘的忠贞悲情。此外,作者对三江源所做的种种忧思,既具个案意义,也具示范价值,因为三江源地区的生态问题完全可以看作是中国乃至全球生态危机的一个例证和缩影——"人类经济并不是在可持续地利用地球的存量和汇。土壤、森林、地表水、地下水、湿地、大气以及自然界的多样性正在退化。"① 对这一问题的正视与解决,自然也将对全球环境与生态治理起到引领作用。

三、素朴与绚烂相融的表现力

《中华水塔》在素朴的叙述与灵动的描绘之间取得平衡、获取张力,为报告文学作为"艺术的文告"提供了又一个鲜活的例证。作品共12章,基本按照作者考察三江源的行进路线结构全篇,是一种非典型的连贯叙述。在每一章当中,作者以第一人称"我"作为叙述者,叙述实际上是以其所到之处为核心做扇形展开,将与之相关的或历史、或传说、或现当代的真实人物事件或地质气候面貌等一一再现出来,并将自己的感慨与议论渗入其间。行走的路径与思绪统摄在纵横交错的时空里,尽显内涵之丰润。譬如,"最后的秘境"一章叙述作者乘车穿越可可西里无人区的经历。文中既有对可可西里湖泊、冻土、藏羚羊等的描述,也有对两位澳大利亚探险者和中国探险爱好者刘银川生死经历的叙述,以及藏羚羊盗猎者和索南达杰、扎巴多杰、洛松巴德等反盗猎者壮举的描述。"穿越共和盆地"一章既有对

---

① 德内拉·梅多斯、乔根·兰德斯、丹尼斯·梅多斯:《增长的极限》,李涛、王智勇译,机械工业出版社,2006,第116页。

自己遭遇沙尘暴的亲历叙述，也涉及对古城堡、风灾、诗人昌耀所在的劳改农场、女劳改犯、垦荒、发明"水钻造林"的郭增鸿等人与事的再现。对"莽昆仑"的描述融合了西王母与文成公主的神话传说、登山队遇险的历史事件、作者本人的登山体验等元素，将昆仑山的神秘与险要形象化地表现出来。

除却素朴的写实文字之外，偏于灵动的跨文体表现在《中华水塔》里也得到了印证，诸如小说式的情节叙述、细节与场面描绘、人物形象的再现等，对三江源之山、水、林及其他风物的诗意描绘呈现出油画般的绚丽。如描述"日月山白云"——"往西看，天蓝得近乎透明，那一朵朵吉祥的白云就像神仙驾来的，在日月山西麓的察汗草原上投下一片片清晰的云影，成群的牛羊如影随形，却也如清晰的影子一般。"文中再现的与三江源相关的诸多人物亦令人过目难忘，诸如可可西里"藏羚羊之神"索南达杰，"站在时代伤口喊疼"的诗人昌耀，治沙造林的"塔拉之子"郭增鸿，首漂长江的勇士尧茂书，看湖"鸟人"文德江措，民间环保组织"绿色江河"创始人杨欣，生态护林员乐尕，致力"山水自然"实践的吕植教授，以及"雪豹喇嘛"果洛周杰，等等。诸多历史事件、地理风貌、神话传说等汇聚于文本之中，与人物和动物相得益彰。特别是其中给予读者神秘感、新奇感和趣味性的艺术呈现，尤其难能可贵。诸如野生濒危动物藏野驴、棕熊、黑颈鹤、雪豹和秃鹫的生活习性，鼠兔之害，"狼嚎鬼啸"一般的沙尘暴，阿尼玛卿雪山的神话与传说以及冰山的溃决，汽车与藏野驴比赛奔跑，雪豹捕捉山岩羊，棕熊偷吃食物、攻击人类，等等，文字活泼、细节丰富、可读性强，很好地再现了三江源地区生物的多样性及其山水之魅。

荧屏像志

新意纷呈的"乡愁叙事"

一、"乡愁叙事"的纷呈新意

在当下,对包括非物质文化遗产(以下简称"非遗")在内的中华传统文化的影像传播方式呈现多元化趋势,除却报刊书籍之类传统印刷传媒之外,电影、电视和互联网等都是这种多元化传播的重要载体。单就电视纪录片而言,近几年中央电视台(以下简称"央视")在此方面就有主动而为的多种表现。无论是其投拍,还是借助其平台播出的纪录片,它们大多与过去单一的"宣传口径""外宣立场"作品有所不同,无论规模、类型、题材,还是叙述方式,都可谓新意纷呈。特别有意味的是,这些纪录片在注重更具中国民间传统文化色彩内涵传播的同时,努力塑造具有丰厚历史文化积淀的现代中国的"国家形象",形成具有中国特色的"乡愁叙事"。"一切迹象表明,现代大众传播媒介在回忆文化领域所做的工作,其影响力乃是最大的。这里所指的已经不仅是由国家控制的电子传媒或党的机关报了（它们在这方面当然起着主导作用），而是指除此之外的大量其他报纸、广播、电视节目和因特网服务项目，后者都为公众提供许多回忆内容和回忆启发。"① 以色列学者摩西·齐默尔曼的这段话虽然主要指的是传媒在"回忆"中的影响力，但也完全可以借用其来说明纪录片对于"乡愁"的传播。

乡愁，过去被称为"思乡病"，由于时间或空间的原因，造成"有家难回"的状况，久而久之形成郁积于心的"愁绪"。这是一种浓烈的心理情绪，表现出对于家乡和亲人的思念，或者是对家、家乡、祖国的特征性物质和精神的依恋之情。它是个体对家庭、家乡、民族、国家的情感认同和身份认同，也是家庭、家乡、民族、国家对个体的吸引力和凝聚力之所在。"乡愁"既是世界的、全体的——它是人类共通的情感和心理，也是民族的、个体的——它是可以因人而异、因国别和民族而异的。譬如20世纪70年代，余光中的一曲《乡愁》引发海峡两岸中华儿女的强烈共鸣，其中因现代中国独特的政治和地缘隔离要素所形成的"乡愁"，大抵只是属于两岸中国人的特殊情感。在流动性和变化性空前的当代中国社会，伴随科技与讯息的发达，人的困惑和迷失反而愈加严重。"人不再知道何处去找寻他真正的'家'，一个能安享休憩、宁静的所在。"② "五味杂陈"的乡愁也许就更为繁多而浓郁。这是情感的认同，也是心理的依恋，或许还有某些情绪的失落。"乡愁叙事"纪录片的乘势而起，无疑是对这一文化心理的真实写照和理性引领。这正如丹纳所说："自然界有它的气候，气候的变化决定这种那种植物的出现；精神方面也有它的气候，它的变化决定这种那种艺术的出现。"③ 中国纪录片从20世纪60年代的《长江行》《珠江三角洲》，到20世纪八九十年代的《丝绸之路》《话说长江》《话说运河》《望长城》，其

---

① 摩西·齐默尔曼：《以色列人日常生活中的迫害神话》，载哈拉尔德·韦尔策编《社会记忆：历史、回忆、传承》，季斌、王立君、白锡堃译，北京大学出版社，2007，第244页。
② 孙志文：《现代人的焦虑和希望》，陈永禹译，生活·读书·新知三联书店，1994，第85页。
③ 丹纳：《艺术哲学》，傅雷译，人民文学出版社，1963，第9页。

实始终贯穿着独具中国特色的"乡愁叙事",只是因时代变迁,其"乡愁"表现的广度、深度和力度逐渐得以强化,就像纪录片《记住乡愁》主题曲中所唱的那样——"乡愁是一碗水,乡愁是一杯酒,乡愁是一朵云,乡愁是一生情",在此,将"乡愁"比作"水""酒""云""情",正是在物质与精神、自然与社会、民族与国家等多元层面上寓意中国式"乡愁",并力图形象、全面、系统地诠释之。

二、以中国元素表现中国式"乡愁"

从传播中华传统文化视角切入,表现中国式"乡愁",塑造全新中国"国家形象",是央视近几年摄制或播出电视纪录片的一个显在特点。它们初显系列化和规模化,表现出多集、多季和多式的态势。多集如《留住手艺》(50集),多季如《记住乡愁》《舌尖上的中国》,多式如《远方的家》等专题式或栏目式纪录节目。衣食住行、草木山川、习俗技艺,是这些立足于现实中国的"乡愁叙事"的题材所指,其多元化亦是十分显明。最为重要的是,这些纪录片在叙述方式上为我们呈现出诸多的新意。

这种新意的表现之一即是,将所呈现的人、事、物、景、衣食住行等与中国元素相结合,而这种元素又主要表现为中国传统的伦理道德、文化观念、习俗和技艺等。于2012年和2014年先后播出第一季与第二季的纪录片《舌尖上的中国》,讲的是中华各地民间代表性饮食的制作技法、仪式,以及蕴含其中的饮食伦理和文化。每集相对集中于一个主题,如第一季的"自然的馈赠""主食的秘密""时间的味道""五味的调和",第二季的"时节""脚步""家常""秘境""相逢""三餐"等,在广阔的叙述视野中,该片始终聚焦的是与中国饮食相关的材质、气候、土地环境、制作方法、饮食习惯、习俗与情感,既具有广度——涉及中国各民族各地域饮食,也具有深度——充分挖掘深藏于饮食背后的中国传统情感、伦理和文化,及其在当下的变迁。2015年播出的百集系列纪录片《记住乡愁》则以代表性中国古村落为表现对象，从建筑、地理等角度形象再现其与中国传统文化的关联。《家风》（2015）表现的是中华家庭道德文化传统。其上集《孕育》，以《颜氏家书》《朱子家训》和《曾国藩家书》等古代著名家书、家训为切入口，探寻富于中国传统的优良家风形成的内在机理。其下集《传承》则将视野扩展到现今社会，重点讲述家风的传承。片中表现著名京剧艺术家谭鑫培一家百年七代从事同一戏种行当，以"孝"和"义"为传家宝，德艺双馨，造就一部"浓缩的中国京剧史"。在以钱穆、钱学森、钱三强和钱伟长等为代表的钱氏家族庭院里，《钱氏家训》得以代代为继、薪火相传。分别于2012年和2015年播出的《留住手艺》和《传承》，主要记录的是中国非遗传承人的故事。两部纪录片将中华传统民间"技艺"作为讲述的重点，生动地阐释了百姓由生活习俗与环境生成的种种独特技能，譬如"章丘铁匠习俗""金门菜刀制作技艺""马头琴制作技艺""台湾新竹玻璃技艺""黎族钻木取火""苗族刺绣""武强年画""石破天惊曲阳石雕"等等。它们使受众在怀念或体验家乡美食的同时，又增添了对伴随自己成长的家乡"技艺"的深情回味，进而获得某种情感与身份的归属感和认同感。

将自然地理与人文要素结合，也是央视近期播出纪录片给予我们的另一种新意。2006年，33集《再说长江》继续《话说长江》的基本风格，表现改革开放以来从长江源头直至大江入海口的沧桑巨变，以及在这中间中华文化生生不息、血脉相承、历久不变的定力。2010年播出至今的日播系列纪录片《远方的家》特别能够显示自然地理与人文要素结合的特点。它的规模庞大，包含100集的《边疆行》、112集的《沿海行》、189集的《北纬36°中国行》、239集的《百山百川行》、280集的《江河万里行》和194集的《长城内外》等。这一系列以展示包括边疆、沿海、北纬36°等在内的不同地理位置的"家"为核心元素，以出镜记者为代表的摄制组的采访为叙事线索，以记者的亲身体验为特色，综合表现中国代表性的名山名川、民族风俗、特色美食，将物理要素的"家"与心理要素的"家"紧密结合，在呈现国家"旅游形象"的同时，也将"乡恋"深情寄托于此。《记住乡愁》以中国各民族各地区古村落为再现对象，在叙述其自然地理之时，重点传达这些村落所承传的人文传统美德。在长达六季的篇幅中，我们并没有感到"千村一面""万户同颜"，因为该片的"一集一村"都具有各自鲜明突出的特点，如"汪口村——诚信为本""上庄村——慎独修身""沙溪村——心慈向善""郭亮村——自强不息""双凤村——心存自然""仁里村——仁爱为本""高定村——和亲睦邻""塘石村——忠义兴国""张店村——重教启智"等。这些宣示正能量的传统"村德"，看上去各有侧重，有的注重个人修养，有的注重人际关系，有的表明人生态度，有的显示家国情怀，但综合起来就形象地勾勒出中华民族传统伦理道德的全景图，让人不仅从地理，更从心理上"记住乡愁"、回归家园。

　　无论是衣食住行，还是自然地理，央视近期播出纪录片的指向和导向都是十分明晰的，那就是不去做单纯的风光片和科教片，而是要与中国元素相勾连，要与民族、民间、民俗等人文要素相勾连，力求以展示、体验、参与等"接地气"和"有生气"的具体方式，而不是以抽象的概念，形象地传播中华传统文化。不仅表现文化传统的历史魅力，也表现这些传统、这些"非遗"在当下中国社会中的承传，强调其强劲的生命力。这或许是一种对于民族文化的记忆方式，是一种拒绝遗忘、再启蒙与再觉醒的方式。因为"文化是持续的、恒久的和无所不在的，它包括了我们在人生道路上所接受的一切习惯性行为。文化在我们的物质环境中同样起着决定性作用，它包含并说明我们生活在其中的社会环境"①。于是，我们可以看到这些纪录片在自然而然的故事叙述中呈现观点，更少强制性"灌输"，更多的是春

---

① 萨姆瓦、波特、简恩：《跨文化传通》，陈南、龚光明译，生活·读书·新知三联书店，1988，第28页。

风化雨、润物细无声。它们将"记录""提倡"和"表达"融为一体,注重现场实感的同期声和现场效果声音,注重显示采访"过程"的长镜头,注重多角度拍摄,注重追踪人物或事件的"进程",注重片中人物的"口述实录"。《舌尖上的中国》以画外音(解说)为主,兼有人物的口述,画面和音乐比较唯美,富于诗意,艺术性较强;《远方的家》既有画外音(解说),也有出镜记者和被访者的同期声,现场感和纪实感凸显;《记住乡愁》《传承》和《留住手艺》以画外音(解说)为主体叙述,兼有被采访人的同期声口述,更重故事性和传奇性。这些呼应国际纪录片创作潮流的方式,不仅彰显出中国纪录片创作者的与时俱进,也促使纪录片更多地回归到其具有文献价值的"非虚构"本质上来。

三、存在问题与内涵拓展

系列化和规模化,以及"乡愁叙事"叙述方式的新推进,无疑使央视播出的纪录片在传播中国传统文化方面获得了生机。与此同时,我们也不应忽视问题的存在。譬如在表现内容上,一些纪录片的题材有相似与重复之处,《记住乡愁》《美丽中国乡村行》与《远方的家》对乡村的表现,《传承》与《留住手艺》对非遗项目和传承人的表现等都是如此。从总体上看,这些纪录片关注乡村远多于关注城市。因此,有必要在内容上去除同质化、凸显个性化。

另一个需要注意的问题是,一些纪录片基本倾向于展示、再现、歌颂"正面"的美好形象,而对问题、困境和危机表现不足,缺乏必要的忧患意识和反思意识。譬如在再现古村落的优良文化和道德传统的时候,对其在当下转型时期出现的发展困境,甚至民族矛盾和生态危机等未做触及或很少触及;在精美绝伦的声画中演绎中国各地美食及习俗之时,较少对当下日渐严重的威胁百姓健康之食品安全问题做出有效回应。其结果,当然就在无形之中容易形成某种不够全面和客观的遮蔽，使"乡愁"之"愁"难以释然。"纪录片似乎可以揭示更深入的事实并且暗示某种社会批评。……一部真实记录工人生产刮胡刀片过程的电影是一部工业电影，然而，一部展示反复进行精确生产给工人造成的影响的影片就可以被称为纪录片，尽管它也同样展示了生产过程。"① 美国学者拉毕格的这段话在形象诠释纪录片与"工业电影"之间差异的同时，再好不过地道出了前者"分析和质疑"、批评和反思的重要功能。因此，"乡愁叙事"纪录片如果能够进一步去除单一性、凸显全面性，在张扬美丽、再现美好的同时，不忘预警危机、揭示丑恶，其价值和意义或将得到整体提升。这正如意大利电影理论家基多·阿里斯泰戈所说："尽管记录电影并不能把一切事物都告诉人们，至少也把现代真实的面貌，现代世界的本质，市民的义务与市民的实际利害等等告知大家。同时还使报道遍及各个角落，力求全面，有时使用特殊的故事效果，使人们理解得更加全面和明确。"②

在央视近期播出的"乡愁叙事"纪录片当中，摆拍、搬演和情境再现的拍摄方式不在少数，而且还呈现出仪式化成分多、参与性和主观性色彩较强等特点。相比之下，这些纪录片强调客观性的自然跟踪拍摄较少。应当说，摆拍、搬演和情境再现等流行于当下纪录片的表现方式，其源流实际可以上溯至20世纪20年代弗拉哈迪所拍摄的《北方的纳努克》。格里尔逊将此种方式称作"对现实（真实）的创作性处理"，即将纪录片视为"打造自然的锤子"，而不是"观照自然的镜子"。然而，既然是一种"非虚构"影像形式，纪录片就不应为了追求戏剧性、娱乐性和可视性，进而以牺牲原生态、客观性和真实性为代价。在此，我以为将米特里的"描述式影像"理论运用于纪录片创作是比较可行和科学的。在米特里看来，这种影像表

---

① 迈克尔·拉毕格：《纪录片创作完全手册》，何苏六等译，中国传媒大学出版社，2005，第4页。

② 基多·阿里斯泰戈：《电影理论史》，李正伦译，中国电影出版社，1992，第244页。

现为"摄影机从能够最充分描述所涉事件的角度记录剧情、运动和动作。视点仅仅最有助于'如实再现'这一情节动作,目光也尽可能是无人称的。不为任何象征性表意而凸显任何细节或任何人物。人与物之间的关系仅仅是如实记载的情境中所蕴含的关系"①。"乡愁叙事"纪录片最为重要的任务即是以传播中华优秀传统文化,塑造具有深厚文化底蕴的中国国家形象为己任,以独特的"乡愁"表现赢得海内外炎黄子孙的情感认同。因此,尽可能减少主观性仪式化拍摄,更多一些原生态、生活流的客观叙述和再现,或许能够更为完美地实现这一重要任务。

进一步讲,"乡愁叙事"纪录片在表现以"非遗"为代表的中华传统文化的同时,还需要发掘和加强对中国现代文化的再现,以此塑造一个迅速崛起于世界的"文化大国"形象。央视播出的有关南京大屠杀的纪录片《1937 南京记忆》和《1937 南京真相》可以视为这种发掘和再现的一个成功个案。2015 年,与《清代大金榜》《纳西东巴古籍》《本草纲目》和《黄帝内经》等文献遗产一起,中国的《南京大屠杀档案》入选世界"记忆遗产"。作为世界文化遗产项目的延伸,记忆遗产与非物质文化遗产、大型景观遗产一起,成为联合国教科文组织于 1992 年启动的文献保护项目。纪录片对中国现代文化的表现当然并不仅仅局限于此,央视播出的有关中国当代教育的《高考》,展示当下中国现代都市文化和科技发展的《鸟瞰中国》,讲述有关中国人商业、财富、贸易梦想的《与全世界做生意》,以及反映当代青藏高原地区藏族百姓传承历史、与自然和谐相处的《第三极》等纪录片,在表现当代中国文化的趋向上,已经显示出比较开阔的视野和胸襟。

在全球化和融媒体时代,强调民族文化的传承和传播,致力于彰显中华文明的历史传统和当代成就,无疑具有十分重要的意义。一方面,它是在标明中华文化的独特性,另一方面,它也是在强调这种文化长盛不衰的内在机理和密码。而中国在 21 世纪的崛起和复兴,不仅表现为其经济在全

---

① 让·米特里:《电影美学与心理学》,崔君衍译,江苏文艺出版社,2012,第 275 页。

球份额中的举足轻重,更为重要的是,还表现为中华文化对世界的影响力和辐射度。相对于经济而言,欲使一个民族或一个国家或一种文明能够"万古长青"地屹立于世界民族之林,恐怕非文化莫属。从这个角度上说,央视近几年摄制或播出的"乡愁叙事"纪录片就不仅仅只是满足中国人的情感依恋和身份认同,而是具有更为深远和阔大的世界意义和人类价值。

独特的农民工群体影像志

在目前全面建成小康社会,实现中华民族伟大复兴中国梦的现实语境中,有关农民工的话题广布于人文社会科学的诸多领域:农民工的小康之路在哪里?他们的幸福梦想在何方?对这些问题的回答可谓多维多向、见仁见智。在影视传达方面,给予我深刻印象的则是2017年央视财经频道播出的系列纪实节目《城市梦想》(第一季,十集),一部诠释农民工群体的独特的影像志。其独特性体现在:第一,它是央视首部以农民工群体为主要表现对象的系列纪实节目;第二,它凸显的是隐藏身份、乔装打扮、真实体验、纪实拍摄的表现方式;第三,是通过生动个案的展示所凸显的创作导向和价值立场。

一、农民工与城市:相互塑造

众所周知,近几年电视真人秀节目层出不穷,其主角多是具有收视率"流量"的当红影视明星或影视"小鲜肉"。而数量达2.8亿之巨的农民工群体则基本与此无缘。值得欣慰的是,《城市梦想》的编导独辟蹊径地将镜头对准农民工,使之成为央视首部以他们为表现对象的"真人秀"节目,在"娱乐为王"的今日更显珍贵,体现出强烈的现实性。这一系列节目的第一季包括《北漂的日子》《铁骑返乡》《父亲》《留守大山的孩子》《姑娘,不哭!》《钢筋工的音乐梦》《团圆年》《快递小哥》《十月花开》和《流动的家》共十集。它们并未笼而统之地抽象呈现作为"沉默的大多数"之农民工的生存现状,而是将这一呈现细分开来,以十个个案的"细节真实",深入展现农民工及其子女工作生活的主要领域和存在的主要问题。《流动的家》《钢筋工的音乐梦》和《父亲》等主要再现的是建筑业农民工,他们代表着全国近6 000万同类身份的劳动大军。《北漂的日子》和《快递小哥》《姑娘,不哭!》《团圆年》则分别再现物流快递业、餐饮业和环境卫生业等行业的农民工群体。作为农民工在城市工作和生活所遭遇的主要问题——留守儿童、子女入学、医疗、欠薪、住房和创业等,节目也予以细化表现。这其中尤其以《留守大山的孩子》和《铁骑返乡》对于农村留守儿童和留守老人的表现最为充分。

农民工与城市相辅相成、相互塑造。因此,在节目中我们看到,尽管这些农民工所从事的职业各有不同,年龄、性别和性格各有差异,但他们大多有着相似的经历,即从农村流向城市,而且大部分是跟随父辈来城市打工的第二代农民工,年龄层次上属于"80后"和"90后"。他们不仅已经成为城市的一个特殊社会群体,也在逐渐形成一个特殊的心理群体,因为"构成这个群体的个人不管是谁,他们的生活方式、职业、性格或智力不管相同还是不同,他们变成了一个群体这个事实,便使他们获得了一种集体心理,这使他们的感情、思想和行为变得与他们单独一人时的感情、思想和行为颇为不同"①。因此,相对而言,这个群体就拥有了大致相似的

---

① 古斯塔夫·勒庞:《乌合之众:大众心理研究》,冯克利译,中央编译出版社,2005,第14页。

思想观念、情感诉求、人生梦想和生存困惑,譬如家庭团圆稳定,孩子能够上学,收入可以支撑家庭在城市生活,医疗与城里人一样有保障,职业有前途和希望,等等。而这一切都可以归结到农民工群体,尤其是第二代农民工的"我的城市梦"之中。他们与其父辈的诉求不同。父辈有浓郁的家乡情结,城市只是其打工赚钱的地方,并不是最后的家园。回家盖房娶妻生子,成为大多数第一代农民工的"梦想",诸如《团圆年》中北京环卫汽车修理工王进吉的父亲,《十月花开》里北京花木公司顺义基地花木工韩旭的父亲,等等。第二代农民工要求则更高,他们在看过城市的风景之后,不愿再回到贫穷落后的家乡,重复自己先辈的生活轨迹,而是希望在生活方式上追求与城里人同等机会和待遇,甚至成为完全融入城市的新市民,以实现自己带有城市色彩和时代印记的职业梦想。常去歌厅做歌手,希冀成为大歌星的河南睢县农民工袁晨;创业受挫,但仍然坚持开办微型食品连锁店的广东湛江农村姑娘梁金梅;初中辍学打工,却立志做个园艺师的河北定兴县农民工韩旭等就是其中的典型代表。因此,以影像纪实的方式聚焦城市的农民工,特别是新生代农民工群体,既是在记录其生存现状和生活理想,也是在记录一个新阶层前行的脚步,更是在记录时代的转型和国家的复兴,其意义是怎么强调都不会过分的。

二、"同身份"零距离聚焦农民工群体

就影视艺术而言,对于农民工群体的聚焦路径可以有多种,《城市梦想》采取的是"另一只眼看世界"的表现方式。也就是说,节目并没有如普通纪录片那样,以观察者视角直接呈现农民工本身,也没有因袭近几年流行的游戏式真人秀方式,让农民工"秀"上一把,博眼球看稀奇,甚至搞怪整蛊。而是采用行业精英以隐藏身份、乔装打扮、真实体验和纪实拍摄的方式,在受众和作为"秘密农民工"的精英体验者心知肚明,而农民

工不知就里的情境下进行。力求在"同身份"、一对一的人物零距离接触和互动中，还原作为生活底层的农民工日常的生活状态和精神状态、现实诉求和未来梦想。或以"大学生勤工俭学""找工作"和"当特岗教师"为由，表现作为社会中上层的行业精英在与农民工全方位接触过程中的所作所为、所思所想。节目里作为"秘密农民工"的行业精英大多为知名企业董事长、总裁或创始人，他们所体验的农民工职业角色各不相同，其中包括送奶工、钢筋工、摆花工、架子工、快递员、修理工、食品店员和山村特岗教师等。主要体验地点在北京和重庆等大城市，另有个别体验地点在广西桂平、安徽金寨和河南睢县等农村。"秘密农民工"到农村的目的在于，跟随农民工一起回乡过年或照看其生病的父亲，或者是以"特岗教师"的身份去了解乡村留守儿童的情况。

  主要为单线叙述的节目故事线大多是如此展开：行业精英隐瞒身份成为"秘密农民工"，化装出发至真实农民工住宿地或工作地，以"找工作"或"实习"为名，与真实农民工同住同吃同劳动，用二至四天的时间体验其甘苦。在体验过程中，双方结下深厚情意，体验期结束时依依不舍告别。秘密农民工"恢复"身份回到单位，立即开会讨论如何以实际行动帮助真实农民工解决燃眉之急。制订好帮助方案后，行业精英邀请真实农民工到自己的办公地点，自曝身份。真实农民工在显露或惊讶或疑惑等表情之后，表达感动与感激，"燃眉之急"得到阶段性解决。《北漂的日子》中北京大型能源公司年轻的董事长白云峰从北京CBD出发，乔装成大学生"小白"来打工，跟随做了八年送奶工的李根建一起体验四天送奶的艰辛——同住同吃同睡在"冰窖"般车库改建的陋室，凌晨三点起床，冒着零下七度严寒骑车送奶被冻僵，街头散发宣传单推销牛奶，陪同李去幼儿园咨询遭冷遇。体验结束后，白向李揭开身份谜底，并接其在家乡的女儿过来全家团聚，帮助其儿子就近入园。《快递小哥》中的秘密农民工李国庆是当当网前总裁，以"李明"身份体验京城快递员的生活。与来自山东农村的"90

后"农民工侯可长一起同吃同住同送货，感受其承载家庭的重担和梦想，及其工作的认真、繁重和辛苦，甚至来自城里人对其的偏见。《留守大山的孩子》表现安徽科大讯飞董事长刘庆峰，变身安徽大别山腹地高寒地区的乡村特岗教师"刘小峰"，与夏桂林、王心凌和胡恩浩等一群留守儿童一起生活、学习、劳动，在做值日官、帮忙打理学校杂务的过程中体会乡村教师和孩子们的甘苦，发现和了解留守儿童的情感、心理和行为的种种问题。回到单位后，刘开会商讨与教学点"结对子"，设基金培训，以帮助这些学生。在揭示真实身份的同时，刘让学生体验公司研发的智能产品，鼓励他们树立信心。

从以上个案我们可以发现，乔装→出发→相遇→体验→离开→揭秘→解决，是《城市梦想》故事线的基本走向。如此单线叙述如何吸引观众、增强可看性？这其中有一个关键的"钩子"，即"钩子首先是勾起你对这个主题的兴趣的东西。它是揭示故事本质及其特征的信息的浓缩，是即将展开的戏剧故事"[①]。《城市梦想》之叙述"钩子"正在于精英乔装探秘底层，底层生存零距离展现，精英身份反转救助底层。此为"扣钩"，最终形成一个完整有趣的环形叙述链。这在某种程度上造就了叙述的悬念感，以及真相揭幕时颇具戏剧性的惊奇感。此为《城市梦想》有别于一般农民工题材纪录片的特殊之处。除故事线之外，还有一些元素也在增加节目的可看性，譬如人物行动的娴熟老到与生涩笨拙形成的鲜明对比效应。节目里的真实农民工对其工作往往有着长时间的经验积累，干起活来十分在行自信，犹如一个"成功者"——李根建走街串巷骑车送奶、余先龙工作勤奋打桩优秀、王进吉修理环卫汽车熟练麻利；由于第一次接触所体验的工作，秘密农民工的表现往往生涩且不自信，犹如一个刚上学的"小学生"——孙冕做建筑架子工和钢筋工动作迟缓、白云峰送奶遭遇电动车故障不知所措，

[①] 希拉·柯伦·伯纳德：《纪录片也要讲故事（第2版）》，孙红云译，世界图书出版公司，2011，第43页。

夏华"应聘"店员做紫菜包饭失败，杨少峰打桩基时恐高，田宁协助修车无意间弄坏车上设备。这种可看性还体现在真实农民工与秘密农民工之间因做事产生的一些语言小冲突和小摩擦，诸如《父亲》中的余先龙与杨少峰、《姑娘，不哭！》中的梁金梅与夏华、《团圆年》中的王进吉与田宁、《十月花开》中的女老板与张亚勤等。精英的化装打扮、携带200元"生活费"、坐地铁等带有一定"秀"的举动，也为节目的可看性加了分。此外，作为事后陈述的片中人物旁白或对话实录，一方面表达着人物真实心迹，凸显出纪实意味浓郁的现场感，另一方面也是在彰显对人物的理性评价与判断，是对偏于感性的"秀"的平衡。

如果一定要将《城市梦想》视为一种"真人秀"的话，那么，它对农民工群体的纪实可以看作是一种案例式"真人秀"，而不是如《爸爸去哪儿》和《奔跑吧，兄弟》那样的游戏型真人秀。在《城市梦想》每一集节目的结尾都附有一段国务院及其所属部门有关农民工问题最新文件的内容摘要。也就是说，每一集节目即是一个典型案例，用来对国家顶层政策设计做形象解读。譬如《流动的家》即是以农民工随迁子女在城市入学问题对应《国务院关于进一步完善城乡义务教育经费保障机制的通知》和《教育部2017年工作要点》；《北漂的日子》《团圆年》和《钢筋工的音乐梦》以农民工平等享受城镇基本公共服务、住房和医疗问题对应《国务院关于进一步做好为农民工服务工作的意见》和《国务院关于全面实施城乡居民大病保险的意见》；《铁骑返乡》和《留守大山的孩子》以建立健全农村留守儿童的救助保护机制对应《国务院关于加强农村留守儿童关爱保护工作的意见》；《父亲》以再现拖欠农民工工资问题对应《国务院办公厅关于全面治理拖欠农民工工资问题的意见》；《姑娘，不哭！》以反映创业者面临的诸种问题对应《国务院办公厅关于建设大众创业万众创新示范基地的实施意见》和《国务院办公厅关于支持农民工等人员返乡创业的意见》；《十月花开》以农村新成长劳动力职业教育问题对应人力资源社会保障部对农民工创业的支持及帮扶政策；等等。因此，作为案例式"真人秀"，《城市梦想》已经超越娱乐化的游戏型真人秀，在关注现实与民生，承载媒体社会责任的同时，成为形象化的政府镜鉴。

三、创作导向与价值立场

作为央视首部再现农民工群体生活的系列纪实节目，《城市梦想》的创作导向和价值立场亦值得我们深入探究。

从创作导向上来看，这一系列节目无疑是对"以人民为中心"创作导向的生动诠释。创作以人民为中心，是中国现实主义的文艺传统，因为人民"既是历史的'剧中人'、也是历史的'剧作者'"，"人民的需要是文艺存在的根本价值所在。能不能搞出优秀作品，最根本的决定于是否能为人民抒写、为人民抒情、为人民抒怀。一切轰动当时、传之后世的文艺作品，反映的都是时代要求和人民心声。……要始终把人民的冷暖、人民的幸福放在心中，把人民的喜怒哀乐倾注在自己的笔端，讴歌奋斗人生，刻画最美人物，坚定人们对美好生活的憧憬和信心"。① 在这里，"人民"并不是一个抽象的所指，而是由一个个有血有肉、可歌可泣的鲜活个体组构而成的生动整体。《城市梦想》以中国2.8亿多农民工、数百万农村留守儿童为表现对象，体现出"以人民为中心"创作导向的最大诚意。这种诚意，一方面体现在节目表现的对象——农民工及其留守儿童成为主角，他们的悲欢离合、喜怒哀乐被客观呈现出来，充分显示出节目编导关注民生民瘼的良苦用心，以及对于历史"剧中人"的真实记录；另一方面也体现在节目编导对于农民工作为参与城市建设和小康社会构建的历史"剧作者"的尊重和敬意，以此诠释卑微者看似渺小实则伟人的真理。

从价值立场上看，《城市梦想》通过描述生动的个案传递出梦想与责

---

① 习近平：《在文艺工作座谈会上的讲话》，《光明日报》2015年10月15日。

任、坚韧与诚朴、尊重与友善的人生观和价值取向。

"梦想与责任"是对农民工最高精神境界的表达,没有梦想的人,等同于没有人生的目标和动力,无异于行尸走肉。对农民工的表现可以有多种方式和维度,《城市梦想》选择的是"梦想"——一个足以呈现这一群体精神高度和视野广度的方式。在真实再现农民工现实生存状态的同时,这无疑是对其表现境界的显著提升。在十集节目中,我们不难发现这其中的农民工或留守儿童都身怀梦想,哪怕这个梦想只是渴望融入城市、全家团圆、当园艺师、做工业画师、开饮食店,哪怕这些梦想与他们身处的现实仍然距离遥远。而每个农民工的梦想又汇聚成这一群体的梦想,成为中国梦的有机组成部分。在节目里,我们也不难发现,这些农民工对实现自己的梦想都有着沉甸甸的责任担当,这种责任充分体现在他们所肩负的为父为母、为子为女的多重家庭角色,以及城市运行中最基础、最普通、最辛苦的建筑、物流、餐饮和环卫等行业角色。

"坚韧与诚朴"指的是农民工践行梦想的路径和方式。《城市梦想》并未止于表现农民工的窘状、困苦和磨难,而是强化其苦中作乐的坚韧、难中求助的实诚。这正如《钢筋工的音乐梦》中秘密农民工徐井宏所说:"虽然他们在最普通的岗位上,甚至在很艰苦的环境中,他也怀着对生活的热爱,也有他自己的渴望,也有他自己的欢乐,只要人对生活充满着爱,只要爱心不丧失,虽然很苦,但是可以苦中有乐,可以充满着期盼,充满着力量。"亦如农民工袁晨在由其父作词的歌曲《我是农民工》中所唱的那样:"吃点苦,受点累,心里乐融融,这城市需要我,一腔赤诚是我农民工!"

"尊重与友善"强调的是现代社会人际交往的准则,它传递一种温情、一种力量和一种情怀。在《城市梦想》中突出地表现为去除社会阶层的隔阂与歧视,弥合社会阶层的精神与生活差距,强化社会阶层间情感的交流与融通。城市梦,一定程度上说明了中国社会目前仍然存在着的城乡差别和东中西部地区差别。在由农业文明向工业文明转型时期，大量农民由农村涌向城市、寄梦想于城市。《城市梦想》没有避讳农民工在融入大城市过程中的种种艰辛、困苦和无奈——一是他们职业本身的艰辛，二是部分城市居民对他们所存有的偏见和歧视。而平时"高高在上"的行业精英们却难得体验农民工的这种感觉。因此，节目特别安排行业精英以置换角色的"变形记"方式直接接触农民工的生存环境和生活状态，体验底层的甘苦，把握底层的情感。透过十个个案，我们强烈地感受到从国家政策层面到行业精英人士对农民工所表现出来的"尊重与友善"。在《北漂的日子》《留守大山的孩子》《快递小哥》《钢筋工的音乐梦》和《铁骑返乡》等节目中，我们甚至看到行业精英们被农民工的道德和精神力量深深打动，说到动情处，情不自禁潸然泪下。这不是站在高位所显示的自身优越感、对底层的不屑与鄙视感，而是一种精神的洗礼和反哺，是阶层的交流与融合。"我骨子里深深地尊重你""会与根建做一辈子的朋友"，年轻董事长白云峰的这些自白，一定是发自内心的尊重和友善。与此同时我们也看到，体验之后的行业精英们在人生观和价值立场上所表现出的诸多改变，尤其是利用自己的资源助力农民工解决困境，实现人生梦想，《城市梦想》"老总接济农民工"的大团圆结局即是对此有力的证明。也许在旁观者看来，节目选择的这些农民工是幸运的，因为他们的结局很幸福。这些似乎看上去有些"程式化"，或者说类似于经典好莱坞电影结局的表现至少有两方面的意义：一方面是试图改变纪录片对于底层弱势群体生存状态和命运改变仅止于"呈现真实"而无力"改变现实"的无奈感——"但或许正是这样的真实过于赤裸，过于残酷，始终旁观而不施以援手，结果可能是自己和农民工的双重失望，未能给农民工的生活带来实质性的帮助和改善。"① 另一方面也是力求通过影像构建属于人的精神层面的内在真实。这正如博格斯和皮特里在谈论经典电影展现现实生活时所说的那样："它们呈现一种童话般

---

① 董小玉：《改革开放以来"农民工"媒介形象流变研究》，人民出版社，2014，第146页。

的、'从此过着幸福生活'的结局——好人总是会赢、真爱战胜一切。但从一个特殊的角度,这些故事也是可信的,或者至少看起来如此,因为它们具有所谓的内在的真相——人们相信看不见、摸不着的事物是真实的,因为我们想要或需要它们这样。"① 因此,《城市梦想》中的农民工诸种问题的解决,是对"尊重与友善"的最好诠释。当然,理想的状态绝不应当仅仅局限于节目中获得一对一、点对点帮助的这些农民工,而是面对现实中两亿多农民工的庞大集群,是基于观念和制度层面的关爱和支持,特别是激发起这一群体内在的发展动力,使其构建自己的梦想并为之奋斗不息。这个理想状态如果能够达成,《城市梦想》所做出的探索和努力就一定是值得肯定的。

---

① 博格斯、皮特里:《看电影的艺术》,张菁、郭侃俊译,北京大学出版社,2010,第39页。

奠基者群像的文影互动与互塑

一般而言，电视剧改编大多来自小说。但自20世纪90年代以来，这种状况已悄然改变，许多报告文学被改编成了电视剧。何建明的《中国高考报告》《落泪是金》《国家行动》，一合的《黑脸》，杨黎光的《没有家园的灵魂》，王宏甲的《无极之路》等在当代报告文学界具有广泛影响的作品都被改编成电视剧，一些甚至还获得了"飞天奖"等重要奖项。2010年，根据何建明的报告文学《部长与国家》改编的《奠基者》更是成为央视的开年大戏和国庆60周年献礼大片，这是近十年来央视开年大戏中唯一一部根据报告文学作品改编的电视连续剧。从现在来看，由知名导演康洪雷执导的《奠基者》无疑是成功的，它承继了《激情燃烧的岁月》《士兵突击》等"康剧"的基本风格，是英雄主义、爱国主义和创业精神的又一次精彩演绎。与之相得益彰的是，这个成功的电视剧的义学基础同样是来自一部曾经荣获鲁迅文学奖的报告文学作品，其作者何建明正是当代中国最为重要的报告文学作家之一。强强联手成就了这部电视剧，也在更为广阔的层面上拓展出报告文学传播的新空间。

一、文影互动的"共通性"

从报告文学到电视剧,从文学纪实到影像呈现,这其中有许多问题值得我们思考。某种程度上说,报告文学文体与电视艺术之间有着许多共通性。这一方面在于报告文学的非虚构性所带来的具有强烈现实性的真实元素与电视或电影影像的纪实元素的相似,前者用语言描摹现实,后者则是用影像来表达现实——这诚如克拉考尔在谈到电影时所说:"电影特别擅长记录和揭示具体的现实,因而现实对它具有自然的吸引力。"① 而"电视性的一个突出表现还在于追求真实性,体现在对生活纪实性、写实性乃至原生态的刻画与摹写上"②。另一方面,还在于报告文学的非虚构性中的新闻性与电视媒体新闻性的对接,对于现实中所发生的重要事件、所出现的重要人物以及所暴露的重要问题,无论是报告文学还是电视,都会给予迅速的关注和呈现。还有一个方面是,报告文学与电视都在某种程度上满足了社会转折时期人们期待真实了解现实和自身的心理诉求。这种种的因素就决定着报告文学与电视艺术的天然而内在的联系。当然,这种"共通性"并不能替代分属于文学和影像的两种艺术形式的特点之间的差异性。特别是在当今视觉艺术几乎要成为主角的时代,文学如何立于不败之地并尽可能地保留甚至扩大自己的读者群,这无疑是一个亟需认真面对的问题。何建明认为:"当今文学界要特别重视这样一个问题:以往的读者们现今绝大多数已转成了电视、电影和其他新兴媒体的观众。文学要想获得应有的作用和影响,就必须注意将原创文学转化为影视作品和其他新媒体传播艺术。"③ 在此,何建明说出了一个事实。但如果做进一步深究的话,文学作

---

① 齐格弗里德·克拉考尔:《电影的本性》,邵牧君译,江苏教育出版社,2006,第39页。
② 周星主编《影视艺术概论》,高等教育出版社,2007,第176页。
③ 高小立:《我是革命英雄主义的崇拜者和表达者——访电视剧〈奠基者〉原著〈部长与国家〉作者、报告文学作家何建明》,《文艺报》2010年1月11日。

品通过影视来呈现，或者反过来，影视作品通过对文学作品的改编获得其新意，这个过程其实是双向互动的，并不绝对地是文学匍匐于影视的脚下，乞讨被夺走的读者。也就是说，文学与影视在这样的双向互动中应当都能够获得各自所需的艺术精神和影响力，产生"双赢"的效应。作为《奠基者》的原作者和编剧之一，何建明在创作《部长与国家》时就有将其搬上银幕或屏幕的企图，因此，他特别注意在这部作品中强化场面、对话、动作、表情等适宜影视表达的具有鲜明画面感的元素。这正是一个报告文学作家面对当下媒介文化转型时的自觉选择。当然，这并不是新的发明，而是影视的传统使然。安德烈·巴赞曾在他的《非纯电影辩——为改编辩护》一文中谈到过此类现象："诚然，电影从小说和戏剧中汲取滋养并非自今日始，但是，借鉴方式似乎有所变化。……的确，许多美国'黑色小说'一类作品的写法明显追求双重目的，为的是让好莱坞把它搬上银幕。"① 巴赞的这句话其实已经十分清晰地阐明了文学与电影之间的互鉴关系，由此可见，文学纪实与影像呈现之间并非鸿沟横亘，而是既相对独立又可以互相塑造的。

二、宏大叙事：文影指向的一致性

具体来说，无论是题材内涵还是叙述方式，作为文学纪实的《部长与国家》和作为电视剧的《奠基者》，在记录重要历史进程和政治文化事件的宏大叙事这一点上，都表现出惊人的一致——以余秋里、王进喜等为代表的中国石油工业的"奠基者"，在爱国主义和英雄主义的旗帜下，在对内面临百废待兴的社会转折，对外面临冷战封锁的国际环境中，不畏艰辛、勇于拼搏、开拓创业，谱写了新中国建设史上的壮丽篇章，生动诠释了20世纪下半叶中国大地上所进行的前无古人的社会主义实践的活力与生机。报

---

① 安德烈·巴赞：《电影是什么?》，崔君衍译，文化艺术出版社，2008，第75－76页。

告文学和电视剧都始终浸润着奉献、牺牲、国家利益至上的英雄主义和爱国主义情结，一种令人热血沸腾的激情，一种崇高感。几乎所有人物间的争执都不是围绕着私利，而是围绕着怎样为国家多做工作、多做贡献来进行。正如身为两部作品的作者和编剧之一的何建明所说："其实我想向读者和观众传递的最重要的东西是：我党的高级干部在共和国建设初期，他们爱憎分明、真实可爱，为国家和人民的利益，他们勇于战斗、说到做到、无私无畏、赤胆忠心，他们同时又是爱民如子、克己奉公的人民公仆，我们应当铭记和学习老一代的高级干部，如果今天的干部们都能够像老一代那样，那么我们的现代化建设会走得更快，人民会更满意。"① 特别值得一提的是，《部长与国家》和《奠基者》都将尊重科学、尊重人才的理念凸显出来，而将这样的理念显示置于一个全民跃进的时代就更显难能可贵。相对而言，《部长与国家》具有鲜明的文学性特征。它突出了对主人公——共和国石油部长余秋里的形象再现，主要记录其在20世纪50年代末至60年代初，如何受命于危难之间，如何励精图治开拓石油建设新局面的事迹。其交错叙述使作品结构波澜起伏，全书诸多章节基本是以20世纪90年代初余秋里成为植物人躺在病床上作为开篇，然后切入进历史叙述的，现在与过去交织、对应，显示出文学作品自由跨越时空界限的优长。作品再现的人物众多——上至毛泽东、刘少奇、周恩来、邓小平、胡耀邦、彭德怀、何长工，主角余秋里，康世恩及省部级领导，下至王进喜等石油干部和工人。作品中的人物描写细腻生动，特别是具有动感的场面描述和人物的对话，为真实再现历史提供了一个有力的前提，呈现出文学表达的丰富性和深刻性。作者作为叙述人引领着全文的叙事，这其中还有诸多的插叙——作为采访者、作者和叙述人的"我"对作品中当事人的采访对话或纪实，另外还有大量作为报告文学文体所特有的，表达作者对所叙事件与人物态

---

① 高小立：《我是革命英雄主义的崇拜者和表达者——访电视剧〈奠基者〉原著〈部长与国家〉作者、报告文学作家何建明》，《文艺报》2010年1月11日。

度的非叙事性话语。譬如在评述"两面旗帜"时，作者写道："独臂将军在他灵魂和精神世界里从不曾缺过胳膊。他余秋里一生树起的这两面旗帜就够我们亿万中华民族儿女好好学习和继承几百年几千年的。'硬骨头六连'所铸造的军魂和王进喜身上体现的民族魂，早已成为中华民族精神的重要组成部分。"类似这样的非叙事性话语弥漫在作品之中，让读者无时无刻不忘作者的存在，置身对现实的观照之中。与小说等虚构性文学有所不同的是，报告文学中的非叙事性话语是在保证作品非虚构的纪实本性的前提下，表明作家主体态度和情感倾向的重要元素。从这个意义上说，报告文学作家在具备文学家特质的同时也应该是一个深刻的思想者。

三、写实历史与影像传真

如果说，《部长与国家》是重现一段历史的文学写实，那么，根据其改编的《奠基者》则在最大限度上运用影像艺术再现了那样一个令人难忘的"火红年代"。从全部剧情来看，《奠基者》对《部长与国家》中的主要人物和情节做了保留。但为了保证电视剧的大众性和通俗性，凸显影像要素，《奠基者》的导演显然已经将原著情节删繁就简，强化其集中和整一。因此，我们所看到的该剧的叙述时间安排就没有采取《部长与国家》里今昔交织、时空的交错叙述，而是以传统的连贯叙述为主，基本按时序呈现1958年至1962年余秋里任石油部长期间"思油""找油"，最后成功发现并开发大庆油田的史实。《奠基者》全剧为28集，大庆石油会战的剧情几乎占用了全剧剧集的一半，而表现大庆石油会战之前的剧集则主要描写余秋里临危受命担任石油部长，与地质部专家一起在西北、四川和松辽地区寻找石油，及其主抓的川中石油会战失利。这样的剧情安排既是历史真实的体现，也是叙述起伏有致、因果相系的艺术要求，它能够更充分地展现"天降大任于是人"式"投之亡地然后存，陷之死地然后生"的英雄气概。

在人物塑造上，《奠基者》也体现出其有别于原作的特点，它将原作中以余秋里为主线的描述方式，调整为对余秋里、康世恩以及王进喜等中国石油工业"奠基者"群体的刻画，并增加或强化了对钻井工人等普通劳动者的形象塑造。剧中除余秋里、康世恩、何长工、李聚奎、王进喜，以及毛泽东、刘少奇、邓小平、周恩来、李富春、薄一波、陈云等中央领导为真名实姓之外，对《部长与国家》中所涉及的其他真实人名均做出改变，这也许是出于拍剧成本或演绎的自由度的考虑。剧中饰演余秋里、康世恩的演员都有较好的表演，他们将这些"奠基者"们的雄才大略、忠诚奉献、身先士卒、刚柔相济、亲民爱民的人格风范生动传神地表达出来。特别是对余秋里形象的描绘"摒弃高大全的写法，真实表现了一位有血有肉的共和国部长的形象，而且是一位为国家、为人民干真事、干实事并且在干工作中还犯过错误、又能不掩饰错误与个性的高级干部形象"①。剧作对"王进喜"形象的表现则打上了这个时代的烙印。一方面，各式传媒塑造的王进喜"人拉肩扛"安装钻机、破冰取水、不顾腿伤跳进泥浆池用身体搅拌泥浆压井喷等的经典细节在该剧中得到了全部体现，充分展示出这位铁人"有条件要上，没有条件创造条件也要上"的雄心与壮志。另一方面，与20世纪70年代电影《创业》中有些高高在上的"王进喜"形象相比，《奠基者》中的"王进喜"风风火火、大大咧咧、敢作敢为，被人们亲切地称作"犟驴"，更显生活化、平民化、个性化。如果说"王进喜"在《创业》中是一个充满了崇高感和革命意味的正剧形象，在《奠基者》里，这一形象则打上了更多的喜剧色彩，成为我们这个时代的"平民英雄"。不可否认，该剧有着宏大叙事的主调，但为了增强故事性和观赏性，作品加入了三支钻井队你追我赶、互不服输、互相竞赛的有趣故事，以及三个队队长（最早到达大庆的1528队队长武三宝、来自克拉玛依的1202队队长马厚生和

---

① 高小立：《我是革命英雄主义的崇拜者和表达者——访电视剧〈奠基者〉原著〈部长与国家〉作者、报告文学作家何建明》，《文艺报》2010年1月11日。

1205队队长王进喜）间的幽默、风趣、个性化的对话和行动描写。对电视剧而言，人物形象的塑造、人物语言的设计固然重要，但细节和场面也绝不可以忽视。《奠基者》演绎的是重大的历史事件和历史人物，但支撑其成为厚重生动之作的，除去情节结构、人物塑造、语言传达之外，应当还有细节和场面的力量。可以说，该剧细节的真实性和丰富性、场面的煽情性都达到了一个比较高的高度。剧中有多个细节和场面描述充分表现工人和知识分子的忘我奉献精神：松辽钻井队女勘探队员亚新为保护勘探标本，身陷沼泽地英勇牺牲；1528队指导员万大年在井喷事故中光荣献身；试油过程中，松辽局总地质师沈霖接到母亲病危电报，在领导百般劝说下上火车准备回四川老家，但终下决心返回现场，继续工作，以致母亲病逝也未能见到；局长杨军旗利用工作间隙进家门与女儿相见，但为了工作，饭都没顾得上吃，又匆匆搭火车赶往松辽会战前线。剧中还对余秋里、康世恩等高级干部的亲民和爱民的举动多有细节刻画和场面的渲染：总地质师陆惟夫被列入右派名单，余秋里为了保护其不受伤害，将之强行送入医院治"肺炎"；为保护一心找油的同志不受政治斗争影响，余秋里在饭桌上同甘肃省委书记据理力争；路遇因病跪地工作的女技术员，余秋里将自己的吉普车椅拆除送给其坐；工人"大个子"饥饿难耐，打饭时与食堂师傅闹矛盾，康世恩用自己的钱买了近20个窝头给他吃；康世恩亲自参加技术员小卢的结婚仪式。该剧还通过会战大军面临严寒、风餐露宿、营养不良、天降大雨、浮肿病、因饥饿而逃跑等细节和场面来形象化地表现创业之艰辛。为了使作品具有一定的纪实性，该剧还在多处剪接了有关大庆石油会战纪录片的片段影像，如移井、火车站装卸物资、王进喜跳进泥浆池、第一列运油列车驶出大庆等。如果说，《奠基者》还有不足的话，我以为这样两个方面是值得注意的，即剧中个别演员的表演显得较为做作，欠缺自然；一些剧集的节奏稍显缓慢。

由以上可见，电视连续剧《奠基者》因其恢宏的气势、厚重的内涵、形象而富于冲击力的人物和画面，赢得了声誉与喝彩，但它的文学基础正是来自于报告文学《部长与国家》。不难想象，如果没有这样一部凝聚智慧、汗水和深刻思考的非虚构作品，《奠基者》就不能够如此精彩。而作为14年前就已经发表的《部长与国家》，尽管其发行量已超过10万册，但如果没有电视剧《奠基者》作为央视开年大戏的加持，它的更深广更多层面的传播也许还有待时日。作家出版社于2010年1月出版了《部长与国家》的"增订本"，书名已然改为《奠基者》。而此时电视连续剧《奠基者》正在央视黄金时段热播。因此，在这样一个媒介转型的时代，作为传统印刷媒介宠儿的文学作品与作为视觉媒介新宠的电视之间，应当而且完全可以建立起互相塑造的关系。这其中，非虚构性文学作品因其与影视艺术特有的共通性，在拓展自身文体影响力方面的优势应当毫不逊于甚至更胜于虚构性的文学作品。

城市文化与影像表达

在中国的城市文化版图中，南京所具有的鲜明个性和重要地位是不言而喻的，对这个城市的各种文字解读也不计其数。孙中山先生早在其《建国方略》中就曾赞誉过南京的地理优势，他说："其位置乃在一美善之地区。其地有高山、有深水、有平原，此三种天工，钟毓一处，在世界中之大都市，诚难觅此佳境也。……南京将来之发达，未可限量也。"当然，在图像时代，对于南京的图像或影像表现也层出不穷。而这其中，我以为给我印象最深，也最有影响力的，是中央电视台拍摄的《话说长江》（1983）和《再说长江》（2006）。这是两部跨越20多年时空摄制完成的大型电视纪录片。无论"话说"还是"再说"，它们都具有某种内容上的姊妹性和风格上的史诗性，它们通过影像所呈现的内涵可谓极其丰厚，从大江之源写到黄浦江畔，地理、历史、文化、人生几乎无所不及、无奇不有。但我最感兴趣的却是其中有关长江流域各个城市的讲述，特别是有关南京这个长江下游著名都市的影像表达。

如果对这两部"说长江"的影片加以细致考察的话，我们就会发现它们在传达理念上的差异:《话说长江》重在展示"风景长江",而《再说长江》则重在表现"人文长江"。此诚如原中央电视台副台长张长明所言:"《话说长江》中更多的是注重了历史和人文景观,在那个巨变刚刚开始的年代是必要的也是重要的;而在《再说长江》中,我们更多关注的是人。也就是说,长江的变化首先是长江两岸人的变化。"① 这样的差异也就决定了其对城市文化表达的差异。在此,我关心的是:两部纪录片叙述了南京这个都市怎样的文化个性?它们在表现南京都市文化上又有着怎样的异同?

在《话说长江》和《再说长江》中,"古都"是南京影像表达的核心概念,但前者与后者的叙述重心不同。《话说长江》对南京的表达,侧重于对其"古都"历史的一般性介绍,作品充分利用镜头这一影视特有的形象化的表现方式,将能够标示南京拥有2 400年悠久历史的历朝历代的代表性景观或建筑进行重点展示和解说,譬如石头城、六朝石雕、南唐舍利塔、明代城墙、城门、明故宫遗址、明孝陵、鼓楼、大钟亭、无梁殿、天王府遗存——西花园石舫、总统府、中山陵、梅园新村、雨花台、渡江胜利纪念碑等,让受众以点带面地感受南京曾经作为中国政治中心——长江流域唯一的十朝都会的厚重的历史遗存。以此呼应该片第20回的标题——《古城南京》中"古城"的深刻内涵。有意味的是,影片并未止于上述的历史景观或建筑的介绍,它又在结尾荡开一层,以"六代豪华,天国春秋,都化作了长江的滔滔流水,'数风流人物,还看今朝'"的语句,将视角拉入20世纪80年代,即影片拍摄时的南京,用特写镜头描述了画家钱松嵒、书法家林散之、科学家韦钰和运动员孙晋芳等当代南京名人的精神面貌。意在表现"古都"的新生和历史的传承,以及"今胜昔"的进化观念。应该说,尽管《话说长江》的拍摄时间已经处在中国改革开放和社会转型的开端期,但对南京城市文化的表达,其强调的仍然是古都演变中的政治、军

---

① 张长明:《再说长江前言》,载中央电视台《再说长江》摄制组《再说长江》,上海科学技术文献出版社,2006。

事等元素，这无疑是以宏大的政治叙事和精英叙事为主体的传统历史叙事观的影像体现。

相隔20余年，《再说长江》仍然延续了《话说长江》对南京作为"古城""古都"的文化影像定位，《灯火石头城》是该片中南京专集的标题，其中的"石头城"正是南京迄今尚存的最古老的城墙，此题一出，"古都"之意便呼之欲出、不言自明。然而，与《话说长江》的叙事有所不同的是，《再说长江》并未重复其对南京历史遗迹的介绍，而是一方面"查漏补缺"——补叙《话说长江》中未能重点展开或新建重建的能够代表南京地域文化特色的民俗或景观，譬如列入首批"国家非物质文化遗产"的夫子庙"秦淮灯会"、阅江楼、天妃宫、静海寺、南京大屠杀遇难同胞纪念馆、南京长江三桥、鸡鸣寺、江南贡院、夫子庙大成殿、南京新图书馆等，另一方面，则将叙述的焦点集束到以古城墙为代表的古城保护这一问题上。影片以多个与古城墙相关联的人物的故事和口述为叙事线索，表达保护古城墙的寓意：譬如南京明城垣史专家杨国庆拓印城墙砖上印有烧造地和监制官吏名字的文字做研究，李传宏一家成为为治理城墙周边环境而进行动迁的千户人家之一，司机张福荣见证城墙修复前后的巨变，南京中华中学学生到中山门实地考察古城墙，等等。通过这样的影像叙述来强化一个理念，即保护古城墙，修复或重建曾经被毁的古迹，就是延续传统、修补被破坏的生态环境、弥合人与自然日益紧张的关系，就是凸显城市的独特个性。这无疑又是涉及了中国几十年来经济社会高速发展中出现的一个十分紧迫而现实的问题，即：是破坏性地无极限发展，还是建设性地科学地和谐发展？是复制千城一面、泯灭个性的城市，还是营构各具特色、张扬个性的城市？《再说长江》所给予我们的当然不仅仅是对于南京古城保护的焦点叙说，它还通过"灯""火"两个意象，寓意深刻地总结出南京古都2 400年的成败和兴衰。"火"对于南京来说，意味着战争、动乱、毁灭和劫难，有人说，南京是中国最伤感的城市，也许就是指的这不祥之火所带来的创痛；"灯"对于南京来说，则意味着和平、安定、和谐与繁荣。伴随着桨声灯影里的秦淮灯会，影片在这样的解说词中结束："是的，对南京这座灯火交替的城市来说，火光湮灭的时刻，就是灯光耀眼的时候。"这自然是对这座十朝都会坎坷身世的精辟概括，以及对其今天和未来命运的美好祝福。

客观地说，《话说长江》和《再说长江》对南京都市文化的影像表达有其连贯性、独特性和新颖性，在相当程度上把握住了这一城市的文化主脉。如果说还存有遗憾的话，那就是对南京现代气息的表达相对较弱。《再说长江》里仅有国内生产总值和人均可支配收入增长的抽象说明，以及逐渐增多的新建大厦和民宅的影像掠影，而对于南京作为中国著名园林城市、全国重要的科教基地和重要的现代工业基地等特点未有涉及。这就难以表现南京都市文化内涵的丰富性和现代性。这恰好又与对上海的表现形成了一个共性的问题，即城市文化表达的单一性。在两部影片中，影像强调的是上海作为国际大都市的新潮、时尚、超常的发展速度、众多"第一"的足以傲视群雄的工业成就，也就是对上海的都市影像表达还未能超越已有文字表达的认知水准，呈现出单一化效果。对上海都市文化的历史承传缺乏深入的挖掘，影像给予视觉的外在冲击力大于城市丰富内涵的有意味的表达。

作为姊妹专题纪录片，《话说长江》与《再说长江》对南京都市文化的表达具有的衔接性是显明的，这就是集中再现其作为著名"古城"或"古都"的风貌。这种"再现"即德国电影理论家克拉考尔所谓的"物质现实的再现"，也就是"记录和揭示具体的现实""表现在时间中演进的现实"。① 因此，为了恪守纪录片取材于真实事件、人物和环境的非虚构故事，捕捉原发性自然动作和生动的语言变化的基本原则，两部影片都大量使用了长镜头这种如巴赞所言能够保持可摄世界的时空完整性、可信性、统一

---

① 齐格弗里德·克拉考尔：《电影的本性》，邵牧君译，江苏教育出版社，2006，第39、56页。

性和丰富性的视觉表现方式。

尽管如此,两部影片在传达上的差异也是显明的。从内涵表现来看,"风景长江"是《话说长江》的最大看点,而"人文长江"则是《再说长江》的新颖之处。"如果说,20年前的《话说长江》还只是在说长江,看长江,还只是在风光及历史、文化的范畴内展现那时的长江;那么,《再说长江》则从对长江的说与看,扩展到了思考,开阔到了生态、人文、发展等多个领域,并以人为主体,以故事为核心构成了表现手法上的特色,从而揭示出一个更广阔、更鲜活、更生动也更耐人寻味的新时代的新长江。"① 这一理念在表现南京时也不例外。可以说,《话说长江》是静态表现法,即对南京已有历史遗迹做出比较全面同时又是"旅游解说词"似的呈现,它给人的视觉效果是以"物"的介绍为主体的"风景南京"。为了突出这一点,大量的以景物镜头为主体的空镜头在该片中被频繁使用。而《再说长江》则体现出动态表现的法则,即对南京现在的活的现实的呈现,它给人的视觉冲击是以"人"为主体的"人文南京"。前者在表达内容上无疑具有全面性,后者则是对前者的补充、深化和扩展。从语言表达上看,《话说长江》的诗性表达强烈,抒情意味浓郁,一些解说词几乎就是诗句——"贯穿全城的林荫大道呀,车如流水马如龙,像是穿行在绿色的云里。一幢幢拔地而起的高楼呀,像紫金山的一座座新的山峰。"这样的表达透露出20世纪80年代所特有的诗化叙事色彩。《再说长江》则显示出纪实性强之特点,其叙述语句和语调更显内敛与平实,写实性大于抒情性。譬如同样是描述秦淮河,《话说长江》这样写道:"秦淮河,你昔日的笙歌灯影,已成过去。伴随着你的是永不消失的青春。"语句空灵而写意。《再说长江》则是:"桨声灯影里的秦淮河如梦如幻,观灯的游人仿佛又回到十里秦淮的鼎盛时期。"叙旧又写实。从叙述视角上看,《话说长江》秉承的是一种传统

---

① 赵化勇:《再说长江·序》,载中央电视台《再说长江》摄制组《再说长江》,上海科学技术文献出版社,2006。

的历史叙事,即强调政治军事元素和精英元素的叙事。葛兆光在谈到近代以来历史学研究倾向时曾指出,近代西方"占优势的还是以政治史为中心的、以严格的档案文献为历史资料的、用科学的专业的严格的方法来鉴定、组织和编纂历史"①。《话说长江》的叙事理念与葛兆光所言形成了一致。与这种理念相适应,全知视角得以在《话说长江》中通篇使用,这种叙述者无所不在、全知全能、君临一切的叙事视角,使得《古城南京》中的影像人物不是主动而是被动地呈现,犹如早期默片中的人物。《再说长江》则不同,它的叙事法则,不再局限于传统的历史叙事,而是仿照法国年鉴学派的历史叙事。这一学派"是对传统的政治史为中心的历史学传统进行挑战,用后来人的话来描述,叫做'从阁楼到地窖',就是把研究重心从上层的、中心的、精英的政治史、经济史、大事件、大人物,转到社会生活、环境、经济这些看起来很形而下的、普通的东西"②,即写出全景的历史和有"人"的历史。因此,《再说长江》中的《灯火石头城》一集,便打破了全知叙事的一统天下,使用交错视角,即全知视角和第一人称限制视角的交叉运用,作为现实个案的普通百姓即小人物成为叙述的内在连缀和前后呼应的角色,甚至整个影像的主角。民俗、民间、大众等元素在影片中占据着相当大的比例,成为影片大众化叙事的主体。这就在一个比较高的层面上契合着《再说长江》"以人为主角、以故事为载体、以情感为核心、以真实为灵魂"③的创作原则。

---

① 葛兆光:《思想史研究课堂讲录:视野、角度与方法》,生活·读书·新知三联书店,2005,第27页。
② 同上书,第25页。
③ 张长明:《再说长江前言》,载中央电视台《再说长江》摄制组《再说长江》,上海科学技术文献出版社,2006。

医疗题材纪录片的新向度与新聚焦

近些年，有关医院、医生、医疗题材的电视纪录片或系列纪实节目频登荧屏网络，形成一种特别的题材集聚现象。这其中，2014年东方卫视播出的《急诊室故事》以及2015年播出的《急诊室故事》第二季，2016年由上海广播电视台和上海市卫计委联合策划拍摄的纪录片《人间世》及其2019年播出的《人间世》第二季，2018年网络视频播出的《生门》等，大多产生了广泛而良好的收视效应。2020年1月，在全国上下奋力抗击疫情的非常时刻，《中国医生》又将这一题材的纪实影像创作予以新的聚焦，呈现新的向度。这部由国家卫健委健康报社与乐正传媒联合策划出品、乐正传媒拍摄制作、爱奇艺及多家省级卫视播出的九集纪录片，"一经上线，该片迅速引起社会的强烈反响，并成为爱奇艺有史以来热度最高的纪录片，占据了爱奇艺纪录片的热播榜首位和飙升榜首位，豆瓣网给该片打出了9.3高分"①。

---

① 罗德鑫：《纪录片〈中国医生〉广受欢迎》，《中国社会科学报》2020年2月17日。

一、特出的再现向度与"医心"意蕴聚焦

相比起近几年播出的医疗题材纪录片,《中国医生》显示出独具一格的再现向度。《急诊室故事》和《生门》分别选择上海第六人民医院急诊部和武汉大学中南医院妇产科,表现地域与医疗科室相对单一和集中;《人间世》主要记录多家医院不同医疗科室的医护与病患,但地域局限于上海。《中国医生》则不再局限于某一个城市的某个医院,而将视野拓展,将全国东中西部具有一定代表性的六家大型三甲医院(南京鼓楼医院、浙江省人民医院、中国科技大学附属第一医院、河南省人民医院、西安交通大学第一附属医院、四川大学华西医院)20多位医护人员的故事呈现在受众面前,恰到好处地呼应了"中国医生"之命名。该片的编导人员用两年时间,深潜式跟拍这些医院妇产科、急诊科、肿瘤科、手术室、重症监护等科室的医护人员,力图客观展现他们工作和生活状态的日常,以及他们与病患及其家属建立在沟通、理解、同情、仁爱、信任、精诚之上的和谐关系。可以说,这部纪录片的再现向度包含了全景与特写的要素,东中西部多家医院与多种类医疗科室的选择使之更为全景、综合,概括力更强;在多种复杂关系交织一体的医疗环境中凸显再现医护人员,使之具有更具集中意味的"特写"效应。这一方面透射出该片在同类型纪录片当中的特出性和价值感,另一方面的用意也许就是以此来聚焦"医心"。

《中国医生》于2019年5月在央视国际频道首播四集时的片名即为《医心》。显而易见,该片编导的一个最重要目标就是彰显当代中国医生的"医心"。"医心"是什么?答案或许有多种。就其宽泛意义而言,它可以指医院的功能、医疗的目的、医护的操守;而其狭义则可专指医护人员的职业操守,譬如"医生的初心""医生的职业伦理""医生的道德准则"等。古希腊的希波克拉底誓言对此早有诠释,中国医师宣言则更为具体地昭示

了"医心"的内涵——"自觉维护医学的尊严和神圣,敬佑生命,平等仁爱,患者至上,真诚守信,精进审慎,廉洁公正,终身学习,努力担当增进人类健康的崇高职责。"在《中国医生》里,"医心"并非表面化地呈现为医生面对"宣言"或者"誓言"握拳宣誓的镜头,而是以"挚诚""成长""妙手""信念""契约""守护""抉择""希望"和"初心"等为主题的九集内容,通过多个问诊、沟通、交流、讨论、手术的个案,以及大量极具现场感的对话、口述、细节、场面等要素形象阐释"医心"之意蕴,使其抽象涵义得以具象化、情景化,使受众由此获得可观可感的真切体验。"救死扶伤""治病救人"无疑是"医心"最核心的内容。但作为"人"的医生,并不是万能的"神","有时去治愈,常常去帮助,总是去安慰",这是影片中一位医生的话,我把这看作是对"医心"的一种"现实版"解释。由此,我们不难看到《中国医生》当中秉持"治愈、帮助、安慰"之"医心"的各类医护人员,譬如,"不敢死的医生"朱良付、心脏"拆弹专家"王东进、把患者当亲人的孙敬武、"成就感非常强"的王强、"从赤脚医生到大牛医生"的胡娅莉,甚至是遇到"人心瓶颈"的徐晔,以及因没能救活同学而自责的孙自敏,等等。影片将医生还原为不忘"医心"的普通人,而不是被道德绑架的"圣者"或"超人"。他们以"挚诚""信念"和"契约"精神关爱病患,以"妙手"力克疾病,但面对极其凶险难治的病魔,他们有时也回天乏术,常常抱有心有余而力不足的遗憾。面对中国患者及其家属,中国医生要解决的问题常常也是"中国式"的。譬如,患者之病已到手术无意义的时候,是基于亲情人道维持生命,还是迫于经济压力选择放弃;面对高额手术医疗费用,低收入群体在治病与放弃治疗之间如何抉择;医疗方案实施当中,医生与患者及家属之间产生分歧或不信任感;等等。在当代社会转型加快与民众对美好生活需求剧增的情形下,中国式"医心"让我们更为真切地体验到"中国医生"这四个字的特殊含义。

"《中国医生》的卓异之处,在于它用镜头直面了当今中国的医生群体,忠实且朴素地还原他们的专业态度、情感世界和生命哲学。"① 不仅如此,《中国医生》也在以坚守"医心"的中国医生的正向个案回应有关医患关系紧张,伤害医护人员刑事案件时有发生的社会关切,其倾向性亦是不言而喻的。

二、多维日常呈现鲜活之原生态职业群像

正如中国医师宣言里所说,对于"医心",医师最重要的是"谨记于心,见于行动",成为知行合一的践行者。《中国医生》的编导以平和冷静的基调再现多维日常工作和生活当中的各类医护人员,呈现其作为原生态职业群像的生动与鲜活,以此形象化地阐释责任仁心、敬佑生命、患者至上、医术精进等"医心"意蕴的内核。

在《中国医生》里,许多影像聚焦在那些富有责任仁心、敬佑生命与人道关怀精神的医护人员身上。河南省人民医院国家高级卒中中心主任医师朱良付每天需要面对中国死亡人数最多的心血管疾病——脑卒中的病患和家属。影片表现其为 83 岁脑血栓女患者做脑血管介入手术,此手术需要十分精细,否则失之毫厘谬以千里,会造成极大危险。在对 60 岁的患者白晏滨进行手术抢救之前,朱良付告知患者妻子与儿子手术风险并用手机录音,以防可能会带来的被投诉的高风险。但即使这样,朱良付仍然笑称自己是"不敢死的医生",认为国家培养一个像他这样的医生需要 25 年,"我要是死了,就是浪费国家资源"。能够做一台向国际会议直播手术的朱良付,同时亦是医心仁厚、极富亲和力的医生——查房时送小患者巧克力、跟住院男病患打趣、和蔼看望八旬高龄杨老太,工作后回家与妻女亲密团聚,共享天伦之乐。除朱良付之外,还有南京鼓楼医院肿瘤科最年轻的副主任医师、博导魏嘉对 28 岁胃癌晚期女患者关心、精心与暖心的治疗;南

---

① 李习文:《搭建通向医者之心的理解之桥》,《光明日报》2020 年 2 月 12 日。

京鼓楼医院整形烧伤科年轻住院医生徐晔对于严重脸部烧伤患者的全程贴心关照；西安交通大学第一附属医院整形美容外科主任医师舒茂国有感于李平平夫妇收养弃婴的爱心和善良，免费治疗先天性唇腭裂弃儿；中国科技大学附属第一医院血液内科女主任医师孙自敏治愈辗转多地医院，最终来到该院求医的重型再生障碍性贫血患儿；等等。四川大学华西医院心胸外科副主任医师赁可为先天性心脏病患儿施行难度较高的心脏瓣膜修复手术，面对负债累累也不轻言放弃的患儿父母，赁可坦陈："一个疑难病来了是压力，同时也是兴奋，想去克服它，自己的双手能够让患者获得新生，就是对自己工作的最大褒奖。"这些看上去与常人无异的医生，在其日常和平凡的岗位上，不露声色地彰显着仁心人道的"医心"。

《中国医生》还再现了一批医术高超、敬业乐业的医生群像。譬如，一年做两千多台手术，被誉为心脏"拆弹专家"的南京鼓楼医院心胸外科主任王东进，患有严重的颈椎病，却仍然乐此不疲地忙于院内外的手术、义诊或讲座，几乎全年无休；孙自敏为攻克白血病苦苦探索20余年，使其科室成为世界上最大的脐带血移植中心；西安交通大学第一附属医院麻醉科主任医师王强与舒茂国默契配合20余年，成为事业的"黄金搭档"，自称能帮助同事救活病人"成就感是非常强的"；浙江省人民医院胃肠胰外科主任医师牟一平用先进的腹腔镜微创手术成功救治数千病患，在他看来，"医生要做得好，要像艺术家，要有工匠精神"；等等。作为行业名家，南京鼓楼医院脊柱外科主任医师邱勇说："你对疾病手术的解释越到位，病人就会越信任你。要把你的每一次手术都当成你的第一次手术去对待。"与《急诊室故事》《生门》和《人间世》等纪录片相类似的是，《中国医生》在再现这些术业有专攻的医生之时，还通过其诊疗的各种病案向受众传授关于某类疾病的医学常识和急救技巧。譬如，为应对发病紧急的心脑血管疾病，一般大型医院都专门开辟了24小时开放的绿色通道，以避免因短时间内未及救治而导致的残疾或死亡；孙自敏在救治白血病人的过程中，展示脐带血移植的常规流程、造血干细胞移植舱病房无菌封闭的环境；急诊科医生救治心梗患者，告知受众急性心梗的死亡率在三成以上，且只有12小时的黄金治疗时间；等等。精进的医术、敬业乐业的态度，一方面成就了"中国医生"的才智，另一方面也成为纾解医患矛盾、融洽医患关系的重要前提。

患者至上，是"医心"的应有之义。与《生门》和《急诊室故事》有所不同的是，《中国医生》基本没有表现时下现实当中屡见不鲜的医患冲突，而更多的是展示医患之间的融洽关系。影片中一位医生曾说"疾病是我们共同的敌人"。这句话无疑是将目前社会上紧张的医患关系予以重新解读——医患并非是势不两立的敌人，而是与疾病作战的同一战壕的战友。为此，亲身践行"医患一家亲"的医护群像便被生动地再现出来。中国科技大学附属第一医院耳鼻喉科主任医师孙敬武"把患者当做自己的亲人去关心他关照他"，为重度耳聋患儿做人工耳蜗植入手术；浙江省人民医院肾脏病科主任医师何强、河南省人民医院肾脏内科护士长田素革长期与尿毒症等慢性病人相处，犹如互签了一个漫长的"契约"，成为病患及其家属的知心朋友，他们开办和谐交流的"肾友会"或"肾友嘉年华"，甚至家访问苦，被患者金志强亲切地称为"外婆家"；深得患者信任的浙江省人民医院感染病科主任医师潘红英十年间不懈努力救治晚期肝癌女患者，因为在她看来"治疗不放弃的同时，关爱是更重要的"；南京鼓楼医院急诊科主任医师王军和主治医师邵翔，每天花时间最多的不是治疗，而是与患者家属的沟通，"有时候我们明知道不可能，但也不能不作为，也要去努力，尽管努力很可能是不成功的。要做到位，家属是看得到的"。这些鲜活的群像告诉我们，理性的换位思考、情感的互相激发、亲情般的感同身受，促使"中国医生"与"中国患者"在攻克病魔的征程上目标一致、并肩向前。

在对于医生这一原生态职业群像的纪实呈现中，《中国医生》并没有将医生的形象描述成"高大上"或"伟光正"，而是还原医生作为普通人所应有的一切特质,真切直面医生的遗憾、苦恼和困惑,使其形象更加真实可信。入职三年的年轻医学博士徐晔为医治全身皮肤95%重度烧伤的患者老刘,"拼尽全力没有遗憾",耐心为其换药治疗,并争取到医院的"大病救助"基金。在百万元巨额医疗费用面前,来自农村的儿子一筹莫展,最终老刘被放弃治疗,出院回家后去世。徐晔为此伤心、沮丧、无奈,感叹:"人生本来就是一场修行,何况是医生呢?"血液病专家孙自敏历经15年救治的包括自己大学同学在内的白血病病人,先后离世,一个都没能存活,她曾经感叹自己没有任何成就感,"等于白干了",甚至想过弃专业而去。曾经被愤怒的患者家属想将其"撕成碎片"的朱良付,自嘲浑身是病、没有"站功"便遭淘汰的王东进等也无一例外有着职业的烦恼。除此之外,医护人员日常工作中不分昼夜的辛苦付出,也使之难以全面照顾家庭或孩子,以致心生愧疚。从这个角度上说,《中国医生》戳中了"中国医生"职业生涯与家庭生活的痛点和泪点。当然,影片除了短暂表现朱良付医生回家与孩子互动亲热的场景之外,对其他医生工作之余家庭生活的表现比较欠缺,即对医生的"职业"形象表现出色,但对其作为社会与家庭角色的"人"形象表现不足,可以说,影片对人物再现的多角度和圆满性还有提升的空间。

三、平和叙述建构时空真实

于日常之中呈现"中国医生"的原生态职业群像,并以此阐释"医心"之内涵,这一切都需要通过影片的讲述方式得以实现。《中国医生》在叙述方式上体现出鲜明的特质,就是在平和叙述中建构时空真实,以实现其对现实人物和事件的记录与意蕴引领。

与《急诊室故事》在固定空间(急诊室)安装78个摄像头和24小时不间断拍摄的方式略有不同的是,《中国医生》对于人物和事件的讲述采取的是跟拍—剪辑—补拍—连缀情节—建构故事的方式。具体组构形式即是男性旁白解说（叙述人物身份、解释疾病种类及手术危险、连缀故事情节）+ 医生口述（面对镜头）或与患者及家属对话，以解释病情、了解情况 + 画面与字幕呈现。除却少量例外情况，这似乎是近几年医疗题材纪录片的通用做法。而"跟拍"似在强调拍摄的主体性、切近感和真实度，在这一点上，《中国医生》的编导可谓煞费苦心——"为了能够体现出专业性和真实性，摄制组不仅要学习掌握基本的医疗专业理论，在拍摄中深入浅出地普及各种疾病知识，还要与患者多次沟通，掌握他们的真实想法。为了呈现医生为患者做手术的镜头，拍摄人员穿上医院的无菌服，机器进行严格的消毒。"① 但与《生门》等更趋于"观察模式"的叙述相比，《中国医生》的整体叙述方式更加类似尼科尔斯的"阐释模式"，即"直接向观众进行表达，通过字幕或旁白提出观点、展开论述或叙述历史"。② 此种方式也是一种根据编导意图和影片主题对原始影像材料的取舍和精选，显示出创作者的主体性。塔可夫斯基说导演的工作就是雕刻时光，在纪录片《中国医生》这里则可以称之为"建构时空真实"。它并非如"直接电影"或者《急诊室故事》里"墙上的苍蝇"一般的监控探头不动声色的观察与记录，而是更加类似于法国"真实电影"，强调平和记录背后的主体选择与呈现。"'真实电影'在某些程度上记录了现实，但同其他电影一样，需要由导演选择和安排材料。导演选择的不仅是电影的主题，还有摄影机需要记录的事件。"③ 在《中国医生》里，我们可以看到，其每一集当中主要叙述两至三位医护人员个案，以交错叙述方式再现这些医生接诊病患，与患者及其家属做病

---

① 尼玛泽仁、张林：《纪录片〈中国医生〉——医者仁心的情感书写》，《解放军报》2020 年 3 月 1 日。
② 比尔·尼科尔斯：《纪录片导论》，陈犀禾、刘宇清、郑洁译，中国电影出版社，2007，第 121 页。
③ 大卫·波德维尔、克莉丝汀·汤普森：《电影艺术——形式与风格（第五版）》，彭吉象等译，北京大学出版社，2003，第 406 页。

情或治疗方案的沟通互动、手术过程、最终治疗结果等。在先后完成这些个案讲述的同时，人物形象的呈现与故事的展开也告一段落。在运用长镜头和蒙太奇剪辑之中，编导完成对于叙事时间的省略和压缩，以便在有限的时长里尽可能多地再现丰富的内容。当然，这种再现的全面性和深入性也不可能实现得非常理想（人物与事件表现的"碎片化"也确是事实），因为以九集篇幅描述20多个医生丰富复杂的经历与个性，的确是太难为编导了。在《中国医生》里，编导以九集时长归结九个相对集中的主题，以此来再现和诠释"中国医生"的"医心"，展现他们的奉献与敬业、辛苦与困难，以及性格特点与人格魅力。这九个主题的归结，显然是纪录片编导所为，某种程度上就是其对于"医心"内涵的主体性阐释，是对中国医师宣言的形象化解读。

与类似于"真实电影"选择安排影像材料以凸显某个主题的做法相适应的是，《中国医生》以平和叙述建构时空真实的背后，其实也还是有着吸引观众眼球的可视性追求，譬如对于肿瘤、心血管、整形烧伤、妇产、急诊、重症监护等危重疑难病症科室类型的选择，多为利于展示影像的冲突性、戏剧性和奇观性。"一方面，纪录片导演为求表现世界而取消了情节；另一方面，他又出于完全相同的理由而感到有必要恢复戏剧性动作。"① 因此，即使是"平和"的叙述，其建构的"时空真实"也具有了某种情节性，而不完全是纯粹的"写实"或曰"零度"观照，其背后当然还关联着市场和受众的逻辑。与之相协调的是，《中国医生》的大多数医疗个案皆为手术成功、患者痊愈等结局，它们给予受众或安慰、或美好、或充满希望，而类似患者老刘被家属"强行"放弃治疗而逝的失望与悲剧结局则相对较少。

扩而广之，以平和叙述建构时空真实的表现法则也正在成为一种趋势，它不啻体现于《中国医生》及其所归属的医疗类纪录片，更反映出再现艺术的形式传承与新变，甚至是文化观念的兴衰与轮转。

---

① 齐格弗里德·克拉考尔：《电影的本性》，邵牧君译，江苏教育出版社，2006，第285页。

国宝迁徙历史的影像化写真

作为一种比较成熟的电视剧类型，抗战题材电视剧可谓积淀深厚、常演常新。当然，类似于"抗战神剧"之类鱼龙混杂的情况也有发生。令人欣慰的是，电视剧《国宝奇旅》从一个全新视角诠释抗战题材剧的新内涵及其新走向，其特出的题材与具普遍性价值的主题呈现、极具抓力的"人物联盟"与叙事维度、同质和差异并存的纪实原著与影像表达等，都不能不给予受众以深刻的印记。相比起一些粗制滥造的"抗战神剧"，这部剧可谓文质俱佳的"抗战良心剧"。

一、题材的特出与主题价值的普遍性

电视剧《国宝奇旅》改编自长篇纪实文学《承载》。这部作品与《变局》和《守望》一起，构成章剑华创作的纪实文学"故宫三部曲"。在近百万字的鸿篇巨制中，"三部曲"以纪实方式艺术地再现了故宫博物院90余年的沧桑历程，是对中国当代文学表现领域的重要开拓，也因此获得徐迟报告文学奖和紫金山文学奖等多项殊荣。这其中,《承载》主要再现的是抗日战争时期故宫文物外迁的历史,在中国抗战文学中独树一帜。可以说,作为文学原著,《承载》为电视剧改编提供了良好的基础。故宫文物南迁是当代中国电视剧表现的独特题材,而通过文物这一中华宝贵遗产被迫迁徙的历史叙述凸显"文化抗战"的鲜明主题,在《承载》和《国宝奇旅》当中都得到明晰的确证。在《承载》里,时任故宫博物院馆长的马衡说:"我们都要参加抗日,可抗日的形式多种多样,我们保护好国宝、保护好故宫的文物,不让日寇毁灭我中华文化,也是一种抗日,我称之为文化抗日!"[①]在《国宝奇旅》中,故宫博物院院长易培基说:"故宫国宝积淀着深厚的文化底蕴和文化内涵,是中华国宝的智慧和结晶,一旦毁坏就不可复原,我们中华民族文化之根就要断掉,我们中华民族真的要亡了。我们要留住祖宗留下的珍宝,保住我们的文化之根。"在中国现当代传统抗日战争题材电视剧当中,对于中日军事对抗的表现占据主流地位,而对于文化战线抗战,特别是以故宫文物迁徙为主要表现对象的电视剧则相对较少。从这个意义上说,《国宝奇旅》是独特的。由"军事抗战"到"文化抗战",这不仅是对于中国抗战题材影视剧题材和主题的新开拓,也为这一题材影视剧的未来发展提供了重要的参照系。

1931年"九一八"事变之后,日本军国主义加快了侵略中国的步伐,这不仅表现在其军事上的步步紧逼,也表现在其对于包括故宫文物在内的中华文化的觊觎掠夺之心。《国宝奇旅》形象地表现了国难当头之际各阶层中华儿女的"护宝"行动,这里有故宫博物院的易培基、马衡、吴瀛、徐森玉和周若思等知识分子,有任弘毅、王立文、任正秋和苏默涵等爱国军警、中共地下党和社会贤达,有宋子文、张学良和林森等国民党与国民政府的高层官员等。他们在"护宝",更是在保护中华文化遗产,以及由此而体现出来的避免亡国灭种的"文化抗战"的坚定意志和决心。电视剧详尽

---

① 章剑华:《承载》,人民文学出版社,2015,第71页。

再现了数以万计的故宫文物由北平南迁至南京的惊心动魄的曲折迁徙过程，表现出爱国与卖国、忠诚与背叛、正义与邪恶、良知与利欲、人性与兽性的殊死较量，凸显出中国知识分子和爱国人士的拳拳报国心。"这就是中国的知识分子。他们的身躯是那么的柔弱、外表是那么的平凡，但他们承袭了士大夫的传统，又充满着时代的精神。他们执着，他们负重，他们敢于担当，他们充满力量。他们是中华民族的脊梁，他们是中华文化的守护神！"① 正如剧中男主角任弘毅的名字所示，"士不可以不弘毅，任重而道远"。一方面，这正是有作为的中国知识分子"位卑未敢忘忧国"的基本品格和价值取向，是一个极富中国传统文化精神内涵的主题宣示；另一方面，故宫文物南迁，还是世界战争史上最大规模的文物迁徙。为保护代表中国乃至世界水平的文物"国宝"免受战争侵害，中国的有识之士不惜生命代价。因此，这也是对世界文化遗产的保护之举和承传之义，是具有人类普遍价值意义的主题呈现，洋溢着智慧之光、善意之魅和崇高之美。不仅如此，为了使这一具有普遍性价值的主题呈现更为深入，《国宝奇旅》还通过对日本特工本田喜多、金花玉和日本军队将军本庄繁，以及周旬达、赵立夫和于洪等各色见利忘义的中国人勾结日本侵略者企图鲸吞甚至毁灭故宫文物丑恶行径的表现，力求形成一种对待人类文化遗产不同态度和行为的鲜明映照，并在这种映照当中传达文化是民族之根、文明之魂的人文理念。这不啻是对于物欲横流、利欲熏天等价值观和人生观的批判与唾弃。

二、极具抓力的"人物联盟"和叙事维度

在《国宝奇旅》中，我们不能不看到，特出的题材和普遍性价值的主题呈现，与其人物形象塑造和叙事维度息息相关。

从人物形象上看，这部电视剧的人物类型设计对于主要人物的塑造和

---

① 章剑华：《承载》，人民文学出版社，2015，第245页。

情节推动具有重要意义,"就像小孩们玩'魂斗罗'游戏那样,主角必须和其他人组成联盟,才能达到其目标,他们被称为'辅助人物'或者是'镜子人物'。对手同样有一个'帮助小组',被称为'对抗力量'或者说'对抗人物'。另一个类型,是'爱情人物'或'浪漫角色'"①。根据这样一个人物类型结构,我们可以梳理出《国宝奇旅》的"人物联盟"构成——主角是任弘毅,对手是本田喜多,支持者是王立文、马衡、田惠等,对抗力量是赵光希、周旬达等,爱情人物是周若思。国宝的"护"与"夺"是这个"人物联盟"对立两极的根本目标。其中任弘毅的形象令人记忆深刻。这是一个融多种身份和气质于一体的人物形象——他是国民党部队教官,是从北大退学又留学日本的弃文从武之学生,还是故宫博物院副院长之子,可谓智勇双全、文武兼备。在剧中,任弘毅处于"人物联盟"或协同、或对立、或矛盾、或犹疑的种种互动的中心,历尽挫折甘苦而不悔。譬如,任弘毅为周若思放弃赴粤履职,承担文物南迁护卫重任;任弘毅追求周若思遭周旬达反对;任弘毅因其被诬陷与日本人勾结炸毁列车、私藏《中秋帖》而被捕;弘毅喝下田惠所下迷魂药昏迷送医并被本田劫走;若思被关监狱、被绑火车头,弘毅舍己救之;等等。弘毅的"爱情人物"周若思为该剧的女主角,一位北大毕业的故宫工作人员,与弘毅一见钟情并伴随之护卫文物南迁。剧作通过围绕文物南迁前前后后一系列的亲情、友情和爱情的重重考验,展示这两位主要人物"真正的自我","这种真正的自我就是我所谓的'人物的本质'。它指的是主人公在剧情发展中有潜力实现的自我。如果主人公鼓起勇气,抛开层层情感盔甲,冒着碰壁以及遭人遗弃的风险,追求自己真正想要的生活,那么,她就会赢得与真爱一起幸福生活的权利"②。喜欢若思的赵光希和喜欢弘毅的田惠这两个人物的设置,显然

---

① 温迪·简·汉森:《编剧:步步为营》,郝哲、柳青译,江苏教育出版社,2006,第139页。
② 雪莉·艾利斯、劳丽·拉姆森编《开始写吧!——影视剧本创作》,王著定译,中国人民大学出版社,2012,第128页。

是弘毅与若思爱情的试金石，成为或主观或客观的重重障碍。最终，弘毅与若思在顺利完成南迁任务之时收获了坚实的爱情之果。在此，任弘毅完成了其人生履历中一个举足轻重的阶段，并彰显出忠勇合一、担当大义、坚韧果敢、情真意切的性格特征，形成"天降大任"般鲜明的人物之弧。此外，剧作中"支持者"形象里的易培基、马衡、任颐和、吴瀛等故宫博物院高层，宋子文、张学良等政府高官，王立文、田惠、姚刚等一干兄弟姐妹的表现可圈可点；"对手"及"对抗力量"中的本田喜多、赵光希、赵立夫、金花玉等日寇与汉奸形象特点突出；周旬达和苏默涵等公私纠结、爱恨交加的矛盾个性得到生动展现。可以说，以任弘毅为代表的剧中人物塑造，为当下抗战剧的人物画廊增添了新面孔，进而也使得《国宝奇旅》成为近年来这一类型电视剧创作的新亮点。因为"最优秀的作品不但揭示人物性格真相，而且还在其讲述过程中展现人物内在本性中的弧光或变化，无论变好还是变坏"①。

在叙事维度方面，《国宝奇旅》以女主角周若思的第一人称视角叙述故事，强化了叙事的在场感和亲历性，自然也奠定了女主角在全剧中的重要地位。剧作以故宫文物南迁为叙事线索，重点再现包括南迁决策中"主迁派"和"反迁派"的争议斗争，围绕《中秋帖》等故宫国宝而展开的中日官方与民间的争夺战等事件。其叙事特别突出一个"奇"字，即将故宫文物南迁过程中的"文物之奇""护宝之奇"和"情感之奇"作为剧作叙事的"抓力"，使全剧既有纵向明晰的主茎贯穿，又有横向丰腴的枝蔓扩展。

首先是"文物之奇"。原著《承载》里有诸多对于故宫国宝级文物的介绍，譬如由《快雪时晴帖》《中秋帖》和《伯远帖》构成的"三希宝帖"，翠玉白菜、肉形石、散氏盘、大方鼎等玉器和青铜器，《富春山居图》等画作。《国宝奇旅》则选择其中之一的《中秋帖》作为叙事"钩子"贯穿始

---

① 罗伯特·麦基：《故事：材质、结构、风格和银幕剧作的原理》，周铁东译，天津人民出版社，2014，第114页。

终，演绎中日各方对其的保护、追寻与索求。这既是对文物代表性的彰显，亦使得叙事更为集中简洁。譬如，剧作第一集即由周若思到故宫工作为引子，开启作为故宫三宝之一的王献之书法作品《中秋帖》的真假之辨，以及故宫工作人员、日本特工、中国警察、民间帮会丹青会、中政会副主席赵立夫父子等各方角力的奇特之旅。自此之后的剧集里，《中秋帖》或隐或显地出现，本田、丹青会于洪甚至派暗探在文物专列上制造各种事端，其目的仍然是盗走《中秋帖》。这一国宝似乎成了一个众矢之的的"标的"，探寻真迹或以假乱真或真假莫辨，众人寻它千百度，却难识庐山真面目，最终成为一个谜一样的所在，平添了几分神秘感和传奇性。

再次是"护宝之奇"。对于故宫文物的"护宝"，从剧作第一集日方与丹青会追踪《中秋帖》并造成命案之时就已经开始。接下来故宫博物院高层有关文物南迁的动议和争议，无疑也是"护宝"之举。但真正表现"护宝之奇"的剧集则主要集中在第20至42集之中，即第一批南迁文物从故宫运出到滞留南京浦口火车站，重点表现文物专列途经济南和徐州时所经历的"护宝"与"送宝"、"夺宝"与"毁宝"之惊心"奇旅"。这其中的一些场面和情节令人难忘，譬如袁炳章煽动工联会到故宫堵门阻止文物南迁；东北军闯入故宫质问易培基为何带文物"逃跑"；郭葆昌向故宫献出《中秋帖》，被日方觊觎；专列临时改道平汉线，以避开本田在天津沿线安排的铁路炸药；车至徐州，炸弹爆毁铁轨，列车被迫停驶；内奸司炉放置炸弹，厨师下药迷晕专列押运人员，"白狼"暗杀发报员；赵光希跟车押运，调包《中秋帖》嫁祸于弘毅；专列滞留浦口站半个多月，遭遇种种不测与暗算；本田买炮轰击文物专列；等等。"护宝之奇"不仅集中在专列上护卫队员与暗探内奸、特派员等的殊死搏斗，也表现在专列之外的徐州和南京等地所进行的激烈斗争。多条线索的汇聚和延展，使得对于"护宝之奇"的呈现点面结合，广泛而深入。

最后是"情感之奇"。《国宝奇旅》里面表现的人物较多，其中对于人物爱情和亲情关系的纠葛表现尤为凸显，织就了一张复杂而庞大的情感之网，堪称"情感之奇"。剧作重点表现的是男女主角任弘毅和周若思两人之间历经风雨见彩虹般独具传奇色彩的爱情，以及夹杂在其中的田惠对弘毅、赵光希对若思的单方面之爱恨情仇。围绕这两位主角的家庭和社会关系，剧作还表现了弘毅姐姐任正秋与警察署长王立文的感情纠葛；周旬达与女儿若思和妻子之间的爱恨；周旬达与丹青会女掌门苏默涵之间的情感往事；苏默涵与师兄于洪之间"欲说还休"的情意；苏默涵对亲生女儿若思的思念之苦；田惠与日本特工本田之间特殊的兄妹关系；等等。全剧以周若思与任弘毅的情感关系作为情节发展的核心推动力，这样做的好处就在于，使文物南迁故事有一个集中而紧密的"抓手"，不至于因缺乏核心人物而使叙事散漫。任弘毅的国民党教官和文物护卫队队长身份，又使该剧融传奇、悬疑和战争等类型要素于一体的特质得到充分彰显。而作为女主角的周若思，其北大学生、故宫工作人员、周旬达之女、任弘毅之女朋友的多重身份，又可将"主迁派"和"反迁派"、汉奸、日本特务、丹青会等围绕文物南迁的各方势力勾连起来，形成对于情感与人性复杂性的深入审思。

三、原著与改编：演绎同质性与差异性

众所周知，历史题材文艺创作应遵循"大事不虚、小事不拘"的原则，对于重要历史事件和人物的表现应该尊重基本事实。电视剧《国宝奇旅》基本遵循了原著《承载》的写法，当然也有人物或情节等方面比较大的加减与改写。譬如，剧作并非全景式展现原著所写文物南迁、东迁和西迁的全过程，而只是截取表现了其中一段，即文物由北平故宫外运至南京浦口火车站的"南迁"；原著以易培基和马衡等故宫博物院历史人物为主体，电视剧则以虚构的任弘毅为主要人物；除易培基、马衡、吴瀛、徐森玉、张学良、宋子文、林森和郭葆昌等真实历史人物之外，电视剧新增任弘毅父

子及姐姐、赵立夫、田惠、丁洋、赵光希、高茂宽等人物或身份角色更改者，新增丹青会苏默涵母子、任颐和及其子女、赵立夫父子以及文物南迁护卫队成员的活动等剧情；将原著描述较多的文物"反迁派"人物简化为周旬达、袁炳章和赵立夫等人。这些对原著内容的加减或改写，很大程度上体现的正是编导为尽力满足电视剧艺术表现或受众市场需求的行为。

尽管我们可以说由文学改编成影视，是媒介语言和形象呈现方式的转换，二者都有各自特殊的必须严格遵循的创作规律，且无论创作界还是研究界，对于原著与改编之间契合度高低的认知也不尽相同。但我以为，作为根据以真实的历史事件和人物为底本的纪实文学《承载》的影视改编，对"大事不虚、小事不拘"原则的遵守应该严于小说等虚构作品的改编。也就是说，基于历史事实的"同质性"是纪实原著与影视改编应共同遵循的，也是后者具有叙事真实性与合法性的前提。而"差异性"则可以体现在纪实作品与电视剧的表现形式与手法、枝节事件与人物的想象等方面。如果说，对于小说作品的改编，编剧和导演想象与虚构的自由度有着更大空间，那么，对于纪实作品的改编则应该在尊重基本历史事实的前提下，允许合理想象，但需要将无中生有的虚构降低到最低限度。这可谓是纪实作品影视改编的基本伦理。实际上，《国宝奇旅》在总的历史事件和重要人物的表现方面并没有越过这一伦理红线，当然，也并不是说没有一点瑕疵。譬如，易培基辞职的原因以及与第一批文物外运的先后次序；虚构人物和事件占比较多；为强化专列"奇旅"的传奇性和悬疑性，弱化专列启程之前各方有关文物南迁的动议、策划、争论和冲突；为吸引部分观众关注，进而浓墨描述与文物南迁缺乏紧密关联性的男女主角及配角的情感戏份；对于重要国宝或文物修复技艺的介绍较少，减弱了剧作的文化气息。这些"瑕疵"存在的背后其实大多要归因于电视剧创作者的改编理念和创作态度。是"娱乐无底线""娱乐至死"，还是"以人民为中心""弘扬正能量"？它或隐或现地反映出当下电视剧创作的两难困境，即在以收视率为标尺的市场导向与以精品意识为核心的艺术创造之间的激烈博弈和艰难抉择。在我看来，这种博弈和抉择似乎常常以前者的胜利为结果，但最终获胜或者说赢得市场者，或许不是唯收视率者，而是后者。近40年来多部堪称经典的电视剧的成功足以说明这一问题。譬如，十多年之前轰动一时的电视剧《蜗居》，将同名小说当中的男女主人公宋思明和海藻置换成励志奋斗的海萍，目的就是为了弘扬公平正义的价值观。"《蜗居》的意义在于呈现了一种现实存在的社会焦虑生态，真实进入了当代中国人的心灵世界，这在电视剧界普遍回避现实社会矛盾的整体氛围中鹤立鸡群。该剧是刺向当下困境的一根有力量的'刺'。"①

由此，《国宝奇旅》的创作给予我们许多启示：其一，电视剧对纪实文学原著的改编，唯有以精品意识处理好同质性与差异性的关系，并使之达致和谐统一，方能获得真正的成功，赢得受众心中真正的"收视率"。其二，在当下每年海量剧集的创作情形下，电视剧已然成为"快销品"，即使是有幸位列"现象级"，也逃不脱仅仅成为阶段性"话题"的宿命。如何摆脱这一"宿命"，使"快销"变为"畅销"，进而是"常销"和"长销"，正是包括创作、研究、制作、传播等环节在内的电视剧业界需要认真对待的问题。有人说"内容为王，形式是金"，我以为这完全适用于当下的电视剧创作，因为这是经验，也是规律。

---

① 吴春集：《中国电影营销：理论与案例（1993—2012）》，上海交通大学出版社，2012，第236页。

真相与记忆：历史叙述的影像出新

作为中国人民抗日战争和世界反法西斯战争中的一个重大事件，日本侵略者制造的1937年"南京大屠杀"惨案昭然于世。80多年来，这一事件在中国以小说、报告文学、纪录片、故事片和电视剧等多种形式被不同程度地表现出来。通过这些形象化的艺术再现，中国人和越来越多的外国人，不仅对这一堪称中国国难的惨案饱含切肤之痛，对自1937年开始的全面抗战以及中华民族浴火重生的新征程也有了进一步的深刻认识。在这些以"南京大屠杀"为表现对象的作品中，中央电视台先后播出的两部纪录片尤为引人注目，这就是2005年播出的《1937·南京真相》（中共江苏省委宣传部、江苏省广播电视总台联合摄制），以及2014年播出的《1937南京记忆》（中央电视台、江苏省广播电视总台联合摄制）。尽管播出时间相隔九年，但这两部电视纪录片题材聚焦具有一致性，视角和艺术呈现各有侧重，恰好形成一个完整的表现系统，真实、准确、新颖、生动地再现了"南京大屠杀"事件。

尽管在一些日本国内的右翼势力看来，"南京大屠杀"是一个虚构的事件。甚至"与日本遭受的原子弹袭击和欧洲的纳粹屠杀犹太人不同，南京大屠杀的恐怖在亚洲以外几乎无人知晓"①。但迄今为止，大量的中外史实和证人证言表明，作为非虚构的历史，"南京大屠杀"是毫无疑义的存在、无可辩驳的事实。纪录片《1937·南京真相》和《1937南京记忆》恰是以这样的真实发生的事件为叙述对象，在题材选择上表现出高度的一致性。这种一致性，一方面是在表明作品编导对这一事件一以贯之的确证态度，即勿忘历史、勿忘国耻，警惕"灭人之国，必先去其史"的险恶用心和图谋；另一方面也是在警醒世人勿忘反人类战争的历史，以共谋世界和平——"南京大屠杀应该被当作警世良言，告诫人们，人类很容易让自己的孩子被塑造成高效的杀人机器，并丧失人性。"②

一、视角：历时真相与共时记忆

一般来讲，"南京大屠杀"属于现代中国历史的一部分，但历史与历史叙述应当有所区别。"在德语中，'历史'的含义有二：一是指真正发生的事件，即 Geschichte（历史）；一是指对这些事件的报导和描述，即 Historie（历史叙述）。"③ 在《1937·南京真相》和《1937南京记忆》之前，作为"历史叙述"的"南京大屠杀"事件并非完全空白，而是已经有一些文字或影像的表达。是以重复的姿态跟随于前人的叙述，还是立足历史、另辟蹊径、发出新声？这无疑是摆在编导面前的一道难题。两部纪录片以其出色的实践印证了后者，显示出其历史叙述的新意和价值。此亦应和着梁启超对历史叙述的认知："历史的目的在将过去的真事实予以新意义或新价值，

---

① 张纯如：《南京浩劫——被遗忘的大屠杀》，杨夏鸣译，东方出版社，2007，第5页。
② 同上书，第285页。
③ 林少雄：《纪实影片的文化历程》，上海大学出版社，2003，第10页。

以供现代人活动之资鉴。……譬如电影，由许多呆板的影片凑合成一个活动的电影，一定有他的意义及价值，合拢看是活的，分开看是死的。"①

这两部纪录片对于"南京大屠杀"历史叙述的新意，主要体现在其视角的出新。《1937·南京真相》对于南京大屠杀事件的再现，其视角切入着力于"真相"以及对于"真相"的揭示。所谓"真相"，在此主要呈现为事实之真，即对应客观物质世界现实的真实或曰事实的本来面貌。而对于"真相"的揭示，即克拉考尔所谓的"集中注意于物质现实"，是"物质现实的再现"。因此，针对过去反映"南京大屠杀"的影像资料并不丰富，尤其是对这一事件还缺少系统完整再现的情况，《1937·南京真相》主要以历时态的表现方式，即按照大屠杀的发生直至后来的审判等事件发展的时间顺序进行叙述，在大量首次披露的原始影像资料的基础上力求还原历史的真相，在"时间"之轴上显示事件之真实。我们可以从影片的第一至第六集的标题（《古都沦陷》《血海金陵》《国际救援》《尸山记录》《正义之剑》和《为了和平》）上看出这一历时态视角切入的特点，它们清晰展现出"前奏""现场""结局"和"尾声"等事件发生发展的全过程，凸显以日军为代表的"加害者"、以中国军民为代表的"受害者"、以国际友人为代表的"救助者"在事件发展过程中所承担的角色。第一集《古都沦陷》主要再现南京大屠杀事件的"前奏"，即以1937年8月15日轰炸南京开始的有计划进攻，直至12月13日日军入城。主要呈现"加害者"的行为。在大量的当时纪录影像以及学者、守军老兵等人的讲述中，我们可以看到，8月淞沪战役开始，日军对上海、南京、苏州、无锡等地进行轰炸。国民党的"首都要塞计划"被打乱，国民政府被迫迁都重庆，日军兵临城下。在南京雨花台、紫金山和光华门等地，南京卫戍军司令长官唐生智率守卫部队奋力抵抗日军进攻，朱赤等将军壮烈殉国。12月12日下午，唐生智宣布放弃南京，少量守军突围、撤退、溃逃。13日日军入城。帝王之都南京第

---

① 梁启超：《中国历史研究法》，上海古籍出版社，1998，第148页。

一次被外国人占领。作为《1937·南京真相》的主体部分,第二集《血海金陵》、第三集《国际救援》和第四集《尸山记录》主要叙述从12月13日起至1938年2月左右,持续六周的"南京大屠杀"事件的基本"现场",分别从日军大屠杀、国际友人对南京难民的救助、大屠杀尸横遍野的惨状等三个方面进行全景式再现。"加害者"之残暴无耻、"受害者"之悲惨绝伦、"救助者"之慈善正义,在此三集中展现无遗。"南京大屠杀"事件的"结局"主要体现在第五集《正义之剑》中。它实际上强调的是"加害者"的结局——再现1945年抗战胜利之后,远东国际军事法庭和中国国防部审判战犯军事法庭对制造南京大屠杀日本战犯的审判。它告诫人们:破坏和平、进行战争、践踏人道,是违反国际法的罪行,违反者必须为此承担责任并付出高昂代价。第六集《为了和平》为"尾声",主要叙述战后中国幸存者、日本老兵和中日社会对于大屠杀的认知和反思,以此显示日本社会对于大屠杀的忏悔、掩盖、否认等多种复杂心理和行为,以及中日有识之士调查、揭露、起诉等富于人类良知与道义的感人之举。用六集的长度和以时间为序的视角,《1937·南京真相》使"南京大屠杀"作为一个有始有终的"事件"得以清晰展现。大量碎片式原始影像资料以及"加害者""受害者"和"救助者"的文字或口头讲述,被统摄于一个有序的"时间"之中,受众在体验"时间之真"的时候,也就在头脑中还原了大屠杀的原本样貌,获得了"事实之真"。

相隔九年,有关"南京大屠杀"的历史、文学、影视等叙述已经比较丰富。此种情形下,如何通过影像对这一事件进行重新解读,或者说在更高层面上回溯并反思之,就成为一个问题。对此,《1937南京记忆》或许能够给予我们一些启示。与《1937·南京真相》立足于时间之轴显现事件"真相"的视角有所不同的是,《1937南京记忆》对于"南京大屠杀"历史叙述的视角着力点在于"记忆"。从心理学角度讲,记忆是人脑对经历过事物的识记、保持、再现或再认。纪录片是独特的形象记忆、情绪记忆和长时记忆，它保持着事物的感性，具有直观性和长久性。相比起事实层面的"真相"，"记忆"主要体现在心理层面，即人的精神世界对于"南京大屠杀"事件的"存储""编码"或"提取"。这样，两部影片无形中就在视角上形成了一个由外向内、由物质到精神、从有形世界到无形世界的表现系统。如果说《1937·南京真相》是一种揭示事件真相的历时态叙述，《1937南京记忆》就是一个呈现不同人种、不同民族、不同国度对同一事件的精神记忆的共时态叙述。这构成了一个纵横交错、时空交织的立体化表现模式。

以"记忆"为表现视角的《1937南京记忆》共分五集，每一集以讲述一位人物为主，兼及其他人物。选择张纯如（美籍华裔作家）、比尔·古登塔格（美国导演）、松冈环（日本小学教师）等外国人士，主要记录这些人如何以各种方式来到中国，通过寻访、考察、调研、查阅，以出版书籍和拍摄电影等形式，形成自己有关大屠杀的独特记忆。张纯如痛感"南京大屠杀"事件在日本被忽略、被掩盖、被遗忘，毅然来中国采访幸存者，以《南京浩劫——被遗忘的大屠杀》一书拒绝遗忘，因为"忘记大屠杀就是二次屠杀"。比尔·古登塔格拍摄的纪录电影《南京》请好莱坞演员扮演当年的一些著名人物，如约翰·拉贝、辛德贝格、魏特琳等，以其讲述与历史影像结合的方式，记录外国传教士、医生护士等在大屠杀期间所做的保护或医治难民的善事。松冈环在日本建立铭心会，采访大屠杀幸存者、日本老兵等，完成纪录电影《南京·被割裂的记忆》和《南京的松村伍长》，以及《南京战·被割裂的受害者之魂：南京大屠杀受害者120人的证言》和《南京战：寻找被封闭的记忆》等书籍，用大量日军老兵和幸存者的证言说明大屠杀的存在。日本老兵东史郎捐赠《东史郎日记》，多次来大屠杀纪念馆忏悔、谢罪。在中国国内，南京大学和南京师范大学成立了有关"南京大屠杀"的研究机构。南京大学教授张宪文主持编撰出版迄今为止最翔实最权威的《南京大屠杀史料集》（72卷，4 000万字）。作家徐志耕骑自行车在南京城采访近百位幸存者，写出报告文学《南京大屠杀》。侵华日军南京大屠杀遇难同胞纪念馆馆长朱成山1992年来馆工作，倡议每年12月13日为祭奠日。南京炮兵学院教授费仲兴采访胡山村村民大屠杀情况，将幸存者个体独白的灾难记忆转变为可以传承下去的集体记忆。纪念馆邀请夏淑琴等幸存者到馆里进行遗属的登记和造册工作，让遗属的第二代和第三代出来说话，使其成为历史记忆的传承者。吴先斌创建南京民间抗日战争博物馆，将口口相传的民间记忆定格下来。在中外各界人士的共同努力下，记忆之门由张开一条缝到全方位打开。在作品中我们可以看到，《1937南京记忆》没有忽略对幸存者口述的记录，但其更为着重表现的是对南京大屠杀的"传播记忆"——著书立说、拍摄电影、办纪念馆或博物馆、遗属传承等等。而且，这种记忆已经不仅仅是中国人的记忆，也是包含了美国人、德国人、丹麦人、日本人等在内的具有国际视野的"记忆"。记忆的承传和延展由此展开。

进一步讲，《1937南京记忆》所展示的幸存者、受害者、加害者、救助者，甚至今天的记录者的系列文字、口述和影像资料，使有关"南京大屠杀"的碎片化记忆演变成系统化记忆，单一的口头与文字记忆演变成口头、文字和影像的全方位立体化记忆，从而形成由个体记忆或家庭（家族）记忆，到城市（地方）记忆和国家记忆，再到民族记忆和人类记忆的完整链条。当然，人类记忆并非一个抽象的概念，它实质上与社会记忆紧密相连。德国心理学家哈拉尔德·韦尔策说："我就把社会记忆定义为一个大我群体的全体成员的社会经验的总和……属于回忆社会史范畴的，有口头流传实践、常规历史文献（如回忆录、日记等等）、绘制或摄制图片、集体纪念礼仪仪式以及地理和社会空间。"[①] 诸如纳粹大屠杀和"南京大屠杀"等与二战相关联的反人类事件就是属于这种社会记忆。法裔犹太导演克劳德·朗兹

[①] 哈拉尔德·韦尔策：《社会记忆（代序）》，载《社会记忆：历史、回忆、传承》，季斌、王立君、白锡堃译，北京大学出版社，2007，第6页。

曼在20世纪80年代拍摄的《浩劫》记录纳粹对犹太人的种族灭绝大屠杀，其意义具有全人类性，已超越了犹太人问题本身。与此类似，《1937南京记忆》中外国人对于大屠杀的记忆，更多的是侧重于对日军反人类罪行的反思以及对善恶人性的反思，它超越国家关系和民族恩怨，具有人类关怀的意义。作品第五集在扩建新馆的建设理念中，在回顾历史、祭奠亡者的基础上加入了"和平"元素，即所有一切的行动指向都是为了反对战争、期待和平。中国将《南京大屠杀档案》申报为"世界记忆遗产"，其用意也许就在此处。

以"记忆"为表现视角，并将之扩大至国际视野的关注和反思，使《1937南京记忆》获得了世界性认同。"去年6月法国拉罗谢尔举行第25届法国阳光纪录片大会上，该片获得了唯一提案预售大奖，随后还通过非洲电视节、法国电视节和美国电视节大范围宣传推广……在前不久的首届'中俄电视周'优秀电视作品揭晓仪式上，《1937南京记忆》在所有20部入围的中俄优秀电视纪录片作品中获得最佳纪录片殊荣并位列榜首。"① 日本、德国和比利时等国电视机构也有意向购买该片的播映权。

二、呈现：朴实还原与两极结构

除却视角切入的新意之外，《1937·南京真相》和《1937南京记忆》对于历史叙述的出新，还体现在其艺术呈现的多个方面。

在当下的纪录片创作中，"情景再现"等表现手法十分风行。"很多制作人用再现的手法展示过去的事件，要么是为了扩充稀少的影视资料，要么是因为'再现'能够更好地满足他们讲述故事的（有时是资金的）需

---

① 《2014年优秀国产纪录片及创作人才项目获表彰》，中国新闻网，http://chinanews.com/cul/2015/06-26/7366790.shtml，访问日期：2015年6月26日。

求。"① 作为文献纪录片的《1937·南京真相》和《1937南京记忆》，则并非依靠这种看上去以所谓形象性、生动性和娱乐性取胜的表现方法。它们通过展示大量幸存者、见证者、加害者的影像史实或文字口述，力图用朴实的方式还原这一事件的本来面目。"纪录片的制作过程是艰辛的，但曹海滨说，最难的是确保每个画面、每个镜头、每个资料来源的准确性。'南京大屠杀是饱受日本右翼军阀势力否定的重要题材，在剧本创作和拍摄过程中，我们宁可舍弃无法确认来源的重要生动细节或一家之言，确保每个镜头都有确凿出处。'"②《1937·南京真相》总编导曹海滨所言"确保每个镜头都有确凿出处"，其实正是宣示了一种忠实于原生态历史事实的创作理念，是影片能够描述"真相"、还原"真相"和揭示"真相"的前提和保障。而这种理念也贯穿在九年后拍摄的《1937南京记忆》当中。对于颇具主观性，处在精神和心理层面的"记忆"，该片编导也仍然没有为博眼球而动用"情景再现"的手法，而是以大量真实人物口述、采访对话或原始记录影像连缀"记忆"、凸显"记忆"、具象"记忆"。譬如该片第一集对张纯如"南京记忆"的表现，即是通过张纯如生前视频、同期声、书信、采访幸存者录像、张母张盈盈口述等方式完成。对于比尔·古登塔格、松冈环和东史郎等其他人物"记忆"的表现也无一不是如此。其所呈现出的素材的原生态，以及表现的真实性，使之不是以娱乐、戏说或穿越，而是以严谨、求实、可信的力量获得了对于"南京大屠杀"历史存在的确证。某种意义上说，它们以高信度的影像实现了为今人和后人提供强劲说服力的文献价值。

　　对于以事件叙述为主体的纪录片而言，作品结构安排的重要性不言而喻。《1937·南京真相》与《1937南京记忆》在叙述结构上有不同之处，

---

① 希拉·柯伦·伯纳德：《纪录片也要讲故事（第2版）》，孙红云译，世界图书出版公司，2011，第60页。
② 邢虹：《央视十套首播〈1937·南京真相〉直书大屠杀真相》，南京报业传媒网2005年12月13日。

形成一种互补或互动，使人在观看两部同一题材的影片时，能够多方位地深入探寻南京大屠杀事件的点与面、显与隐。迈克尔·拉毕格在谈论纪录片结构时指出："在处理时间的方式上，可以将它们划分为相互对立的两极：一种按年代的先后顺序安排事件，另一种则是因某些特别的需要对时间碎片进行重新安排。"① 《1937·南京真相》致力于"真相"的揭示，基本按照事件发生的先后顺序来结构全片，即拉毕格所说的第一种方式。上文论及视角问题时，我们实际上亦涉及此结构特点。此片的第一至六集内容安排依据的就是事件发生的先后顺序，"前奏""现场""结局"和"尾声"等这些按照时间走向实施的要素，正是作为历史的"南京大屠杀"事件发生发展全过程的形象化呈现。因为"对于非虚构故事来说，叙事弧线描述的是现实，事件顺序就是现实中的实际顺序"②。这种结构的优势在于，能够使瞬间即逝的活动影像以尽可能清晰的线索形式显现出来，有利于观影者记忆和理解由这些影像组构的事件。而《1937南京记忆》的结构类似于拉毕格所言的第二种情形。该片以"记忆"为叙述核心和动力，将所有"南京大屠杀"事件的时间要素做出重新安排。在五集的影像篇幅里，以每集讲述一位人物的"记忆"为主，呈现包括中国、美国、日本等国在内的相关人士对于"南京大屠杀"的目睹和记忆。这是一个以"记忆"原点为中心的发散结构，其并非如《1937·南京真相》那样以线性勾勒事件的前因后果还原事件本身，而是从一个特定角度出发，表现事件的原发力和扩散力，将事件在不同国度、时代、民族、人种的精神辐射和心理的冲击下凸显出来。它更为强调编导的逻辑思考及其力图展现给受众的种种新奇感。这种有可能会显示出主观性和盲目武断的结构方式，因其弃用演员进行情景再现式的"搬演"，最终也会呈现"用事实说话"的非虚构品格。

---

① 迈克尔·拉毕格：《纪录片创作完全手册（第4版）》，何苏六等译，中国传媒大学出版社，2005，第80页。
② 杰克·哈特：《故事技巧——叙事性非虚构文学写作指南》，叶青、曾轶峰译，中国人民大学出版社，2012，第31页。

与结构相关联的一个问题是解说词的运用。在讲述以历史事件为主的文献纪录片中,解说词的作用是比较重要的。与比尔·古登塔格的纪录电影《南京》基本没有解说词,仅依靠连续不断的人物口述和影像组构全片不同的是,《1937·南京真相》与《1937南京记忆》的叙述推力主要依靠的就是作为画外音的解说词。在两部作品中,我们自始至终都能够听到一个深沉、浑厚、富有磁性的男性解说人的声音。这不是一种带有强烈情感色彩的诗性解说,而是语调平和、庄重的新闻式叙述,它带来的美学效应是冷观静思、从容大气。在笔者看来,这并非一个简单的"旁白",它有着更为重要的叙述功能。因为"无论解说词还是画外音,如果处理得当,都将成为推动故事发展最佳、最有效的途径之一。不是因为解说词或画外音能讲故事,而是因为它能带领观众进入故事和贯穿故事"①。在两部作品中,解说词不仅成为推动叙述的手段,还起到串联人物、揭示画面内涵、标明叙述者立场、引领受众认知等重要作用。譬如,《1937南京记忆》第五集叙述2005年侵华日军南京大屠杀遇难同胞纪念馆第二期开始扩建,2007年扩建后的新馆对外开放。通过画外解说,我们不仅对新馆的布局有了了解,还对纪念馆序厅和尾厅每隔12秒遇难者照片浮现、水滴高空落下的寓意更加感同身受,也对"苍天有眼"、冥思厅、档案墙和幸存者照片墙的设计理念刻骨铭心,最终获得对历史的深入认知。

此外,在两部纪录片中,我们还可以看到许多采访的细节。譬如在《1937南京记忆》中,因摄像机掉落,张纯如意外出现在镜头里;《1937·南京真相》中,幸存者常志强口述母亲和弟弟被日军刺刀刺杀遇害过程时的落泪哽咽;等等。所有这些表露人物真情实感的细节,一方面是在强化记录的真实性和在场感,使受众在如临其境之时,身心亦为之触动;另一方面,它们也成为影片叙述的有机组成部分,与历史影像一起塑造影片自身。

---

① 希拉·柯伦·伯纳德:《纪录片也要讲故事(第2版)》,孙红云译,世界图书出版公司,2011,第216页。

"一个国家没有纪录片,就像一个家庭没有相册。"智利导演顾兹曼的这句话将国家形象与纪录片紧密联系在一起。从这个意义上也许可以说,《1937·南京真相》与《1937 南京记忆》以各自富有新意的历史叙述,重现中国现代史,乃至人类历史上最黑暗与最悲惨的时刻,为中国相册增添了令人难忘而又沉甸甸的一页。随着时间的流逝,它们之于纪录片、之于南京、之于中国、之于人类的意义和价值,一定会愈来愈清晰地显露出来。